DESEO

AF274858

MARY LYNN BAXTER
UN AUTÉNTICO TEXANO

HARLEQUIN™

Editado por Harlequin Ibérica.
Una división de HarperCollins Ibérica, S.A.
Avenida de Burgos, 8B - Planta 18
28036 Madrid

© 2024 Harlequin Ibérica, una división de HarperCollins Ibérica, S.A.
N.º 547 - 27.9.24

© 2006 Mary Lynn Baxter
Un auténtico texano
Título original: Totally Texan

© 2004 Jill Floyd
Cómo seducir al jefe
Título original: Never Naughty Enough

© 2005 Rochelle Alers
Heridas de amor
Título original: Beyond Business
Publicadas originalmente por Harlequin Enterprises, Ltd.
Estos títulos fueron publicados originalmente en español en 2006

I.S.B.N.: 978-84-1074-083-9
Depósito legal: M-16550-2024
Impreso en España por: BLACK PRINT
Fecha impresión para Argentina: 26.3.25
Distribuidor exclusivo para España: LOGISTA
Distribuidor para México: Distibuidora Intermex, S.A. de C.V.
Distribuidores para Argentina: Interior, DGP, S.A. Alvarado 2118.
Cap. Fed./Buenos Aires y Gran Buenos Aires, VACCARO HNOS.

MIXTO
Papel procedente de fuentes responsables
FSC® C159065

Capítulo Uno

Grant Wilcox acababa de bajarse de su camioneta cuando Harvey Tipton, el jefe de correos, salió de la cafetería Sip'n Snack.

–¿Qué?, a echar un vistazo, ¿no? –Harvey ofreció a Grant una sonrisa que medio escondían su barba y bigote–. O quizá debería decir a echar otro.

–¿De qué hablas? –preguntó Grant, perplejo.

–De la nueva pieza del pueblo.

–Supongo que te refieres a la mujer recién llegada, ¿no? –Grant hizo una mueca.

–Correcto –contestó Harvey, moviendo la cabeza de arriba abajo y sin dejar de sonreír. Obviamente, no veía razón para avergonzarse o pedir disculpas por su forma de expresarse–. Está llevando la tienda de Ruth.

Grant gimió para sí, Harvey era el mayor cotilla de pueblo. Y el que fuera hombre lo empeoraba aún más.

–No lo sabía –Grant encogió los hombros–, pero hace tiempo que no voy a tomar café.

–Cuando la veas te arrepentirás de eso.

–Lo dudo –ironizó Grant.

–No te daba por muerto, Wilcox.

–Dame un respiro, ¿quieres? –Grant estaba irritado y no se molestó en ocultarlo.

–Pues es despampanante –declaró Harvey–. Está a años luz de cualquiera de aquí.

–¿Y por qué me lo cuentas? –preguntó Grant con

3

tono de aburrimiento, esperando que Harvey captara la indirecta.

–Pensé que podría interesarte, dado que eres el único de por aquí que no tiene esposa ni compromiso –esbozó una sonrisa de complicidad y le dio un golpe en el hombro–. Tú ya me entiendes.

Durante un segundo, Grant deseó aplastarle la cara al cartero pero, por supuesto, no lo hizo. Harvey no era el único que había intentado ser su casamentero.

Era indudable que le gustaría que una mujer batalladora y de sangre ardiente ocupara su cama de vez en cuando, pero la idea de algo permanente le daba escalofríos. Por primera vez, la vida le iba bien, sobre todo en Lane, ese pequeño pueblecito de Texas. Grant, como guarda forestal, estaba haciendo lo que adoraba: jugar en el bosque y cortar árboles con los que ganaría montañas de dinero.

Además, no estaba listo para asentarse. Con su pasado de vagabundeo, nunca sabía cuándo volvería a entrarle la comezón de moverse. Y si no podía hacerlo se sentiría atrapado. Eso no era para él, al menos aún.

–¿Quieres que vuelva a entrar y os presente? –preguntó Harvey, soltando una risa profunda.

–Gracias, Harv –Grant apretó los dientes–, pero en cuestión de mujeres, sé apañármelas solo –miró su reloj–. Estoy seguro de que tienes clientes esperando.

–Captado –Harvey le guiñó un ojo.

Sin embargo, cuando el jefe de correos desapareció de la vista, Grant aceleró el paso hacia la puerta de entrada Sip'n Snack.

***

4

Kelly Baker se frotó las manos en el agua calienta y jabonosa, mordiéndose el labio inferior. Había estado colocando bollos en el mostrador y estaba convencida de que estaba pegajosa hasta los codos.

Desde que estaba en el pequeño pueblecito campestre, Lane, hacía tres semanas, se había preguntado una y otra vez si había perdido la cabeza. Pero conocía la respuesta y era un «no». Su prima, Ruth Perry, necesitaba ayuda y Kelly había acudido al rescate, igual que Ruth la rescató a ella después del trágico acontecimiento que había cambiado su vida para siempre.

—Ay –gimió Kelly, sintiendo escozor en las manos. Las sacó del agua, agarró una toalla y frunció el ceño al ver sus dedos. Las largas y perfectas uñas pintadas y la suave piel de la que tanto se había enorgullecido habían desaparecido. Sus manos tenían aspecto seco y arrugado, como si las tuviera en remojo todo el día. Así era, a pesar de que tenía dos ayudantes, Albert y Doris.

Echó un vistazo a la cafetería vacía y soltó un suspiro, imaginando cómo estaría minutos después: abarrotada de gente. Sonrió para sí por la palabra «abarrotada». El término no encajaba con ese diminuto pueblo.

Sin embargo, no tenía por qué reírse. La nueva adición de Ruth a esa localidad maderera de dos mil habitantes había sido un gran éxito. Con muy poca inversión, su prima ya tenía beneficios, aunque escasos, vendiendo café, pastas, sopas y bocadillos de alta gastronomía.

Según los lugareños, Sip'n Snack era el local de moda, y eso era bueno. Si Kelly tenía que estar allí, al menos estaba donde estaba la acción, hasta que cerraba.

Kelly odiaba las veladas. Eran demasiado largas y tenía demasiado tiempo para pensar. Aunque entraba en la pequeña y acogedora casa de Ruth tan agotada que apenas era capaz de llegar a la bañera, y menos a la cama, no podía dormir.

Las noches habían sido un problema mucho antes de que llegara a Lane. Y teniendo las tardes libres, el pasado tenía muchas oportunidades de alzar su traumática cabeza. Pero pronto cumpliría con su obligación para con su prima y regresaría a Houston, a donde pertenecía.

Se recordó, con ironía, que su vida personal no había sido mejor allí, de haberlo sido no estaría en Lane. Por dentro, en lo más profundo de su ser, tenía el corazón recubierto de una capa de cemento que nada podía romper.

—Teléfono para ti, Kelly.

—Hola, tesoro, ¿cómo va todo? —canturreó la alegre voz de Ruth al otro lado del auricular.

—Va.

—No quiero estar encima de ti, pero no soporto no saber qué ocurre. Estar lejos de la tienda me provoca síndrome de abstinencia.

—Lo imagino.

—¿Lo has conocido ya?

—¿Conocer a quién? —Kelly hizo una mueca.

—Al guaperas del pueblo —rió Ruth—, el único soltero que merece la pena por aquí.

—Si lo he conocido, no lo sé —dijo Kelly, intentando ocultar su agitación.

—Oh, créeme, lo sabrías muy bien.

—Estás perdiendo el tiempo, Ruth, intentando hacer de Celestina.

—Hace tiempo que deberías estar mirando a otros hombres —su prima suspiró—. Hace mucho tiempo.

—¿Quién dice que no miro?

–Bah, sabes lo que quiero decir.

–Eh, no te preocupes por mí. Si está escrito que encuentre a otro, lo encontraré –dijo Kelly, aunque no creía que fuese a ocurrir en esa vida.

–Seguro –la voz de Ruth se tiñó de cinismo–. Sólo lo dices porque es lo que quiero oír.

–Tengo que irme –rió Kelly–. Ha sonado el timbre. Antes de que Ruth pudiera contestar, colgó. Esbozó una sonrisa y salió de detrás del mostrador. Se quedó inmóvil y con la vista fija. Después no sabía por qué había reaccionado así; quizá porque era alto y guapo.

O, mejor aún, por cómo la miraba él.

Se preguntó si ése era el «guaperas» que acababa de mencionarle Ruth.

La disgustó que los ojos azul oscuro del desconocido miraran la punta de sus pies y subieran lentamente, sin perderse detalle de su esbelta figura. Miró con intención su pecho y su cabello, y ella se alegró de haberse puesto reflejos en los cortos mechones recientemente.

Cuando los increíbles ojos se clavaron en los suyos, el aire estaba cargado de electricidad. Atónita, Kelly se dio cuenta de que estaba aguantando la respiración.

–¿Le gusta lo que ve? –preguntó sin pensarlo. Era una consecuencia de su *auténtica profesión*. Ser atrevida y directa era lo que la había llevado al éxito.

–Lo cierto es que sí –el tipo esbozó una lenta y sensual sonrisa.

Por primera vez desde la muerte de su esposo, cuatro años antes, Kelly se sintió desconcertada por la mirada de un hombre. Y por su voz. Sin embargo, percibía que ese desconocido no era un hombre cualquiera. Tenía algo especial que llamaba la atención. La palabra que se le pasó por la cabeza fue «rudo».

7

No estaba acostumbrada a ver a hombres con vaqueros desgastados, lavados tanto que apenas tenían color, camisa de franela, botas con puntera de aluminio arañado y un casco en la mano. Incluso en Lane, los hombres de ese calibre escaseaban.

Él seguía mirándola. Kelly movió los pies e intentó desviar la vista, sin éxito. Esa rudeza suya parecía encajar con su metro ochenta y cinco de altura, cuerpo musculoso y revuelto cabello castaño, dorado por el sol.

–Se sorprendió al pensarlo. Por atractivo o encantador que fuera, no estaba interesada. Si fuera así habría aceptado el afecto de otros hombres, en Houston. Además, incluso en Lane, él debía de estar rodeado de mujeres.

Ningún hombre podría estar nunca a la altura de su esposo fallecido, Eddie. Tras haber llegado a esa conclusión, Kelly se había concentrado en su carrera y la había convertido en su razón de vivir.

–¿Qué puedo ofrecerle? –preguntó con seriedad.

–¿Cuál es el especial del día? –repuso él con una voz profunda y brusca que encajaba con su aspecto. Kelly se aclaró la garganta, contenta de volver a la normalidad.

–¿Café?

–Eso para empezar –contestó él, adentrándose en el local, apartando una silla y sentándose.

–Los especiales del día están en la pizarra –muy a su pesar, Kelly estaba clavada en el sitio. Se sonrojó y consiguió mirar la pizarra que había detrás del mostrador, que listaba los cafés y comidas especiales.

–Hoy no –farfulló él–, a no ser que se me haya escapado un día –hizo una pausa–. Es miércoles, no martes. ¿Correcto?

Convencida de que estaba como un tomate, Kelly asintió. No había cambiado el cartel. En circunstancias ordinarias, le habría dado igual, pero por alguna razón el comentario del hombre hizo que se sintiera inadecuada; una sensación que despreciaba.

–El café es con leche y aroma de vainilla francesa –le dijo, esbozando una sonrisa empalagosa.

–Es una pena que un tipo no pueda tomarse un café solo sin más –comentó él, frotándose la barbilla.

–Lo siento, no es esa clase de local –se disculpó, consciente de que él intentaba tomarle el pelo–. Pero eso ya lo sabe. Si quiere café de supermercado, tendrá que preparárselo usted mismo.

–Ya lo sé –rió él–. Tomaré el café solo que más se parezca al normal, el de toda la vida.

Cuando regresó con la taza y se la puso delante, Kelly no lo miró, para evitar más conversación. A pesar de su atractivo, ese hombre hacía que se sintiera incómoda, y no quería saber más. Le entregó la carta.

Él le echó un vistazo y la dejó a un lado de la mesa.

–¿Así que tú eres la nueva Ruth?

–En absoluto.

–¿Y dónde está ella?

–Fuera del estado, cuidando de su madre enferma. Estoy sustituyéndola durante un tiempo.

–Por cierto, soy Grant Wilcox –se presentó él.

–Kelly Baker.

–Un placer –dijo él, sin ofrecerle la mano.

Cada vez que hablaba, ella sentía una reacción física. Era como sentir el golpe de algo que podría hacer daño y que rehuía internamente. Sin embargo, no era así en absoluto. De hecho, era agradable.

–¿Eres de por aquí? –inquirió él, tras tomar un largo sorbo de café.

–No –repuso Kelly–. Soy de Houston. ¿Y tú?

–No originariamente. Pero ahora sí. Vivo a quin-

9

ce kilómetros al oeste del pueblo. Soy maderero y he comprado la leña de un terreno enorme. Así que estoy atrapado en Lane; al menos por ahora –sonrió y la piel de alrededor de sus ojos formó arruguitas–. Acabamos de empezar a cortar, y estoy tan contento como un cerdito al sol.

Ella se preguntó si intentaba sonar como un paleto o pretendía decirle algo con esa comparación tan burda.

–Me alegro –dijo, por decir algo. A pesar de su reacción a Grant, le importaba poco quién fuera y qué hiciera. Le preguntó si quería comer algo.

–Tomaré un bol de sopa y más café –dijo él con una mueca irónica en los labios.

Sólo le habría faltado añadir «damita». Kelly se preguntó si resultaba tan obvio que se sentía incómoda o si él era intuitivo. Pero daba igual. Lo importante era que su condescendencia la irritaba tanto que exacerbaba su empeño en servirlo a la perfección.

Kelly fue a por la cafetera y regresó con una sonrisa en los labios. Alzó la taza y se le resbaló. El café que quedaba cayó en el regazo de Grant Wilcox, que gritó.

Muda de horror, Kelly lo observó echar la silla hacia atrás y ponerse en pie.

–Yo diría que ése ha sido un buen disparo, señora.

Aunque se llevó la mano a la boca, los ojos de Kelly miraron hacia abajo y se quedaron clavados en la mancha húmeda que rodeaba la compañera.

Ambos levantaron la vista y sus ojos se encontraron.

–Por suerte, no ha causado daños graves –farfulló él. Sus labios se curvaron lentamente.

–Oh, Dios mío, lo siento –tartamudeó Kelly con horror y vergüenza–. Espera, iré a por una toalla.

Giró en redondo y corrió al mostrador. Cuando regresó, sus ojos y los de Grant volvieron a encontrarse.

–A ver, déjame –dijo, estirando el brazo. Se detuvo bruscamente al ver su descarada sonrisa. La sangre se le subió al rostro y alejó la mano de un tirón.

–Es igual. Creo que me cambiaré de vaqueros.

–Ejem, de acuerdo –musitó ella.

–¿Cuánto te debo?

–Dadas la circunstancias, nada en absoluto.

Él se dio la vuelta y fue hacia la salida. Kelly se quedó mirándolo, paralizada.

–Nos vemos –Grant le guiñó un ojo desde la puerta.

Ella deseó que no fuera así, aunque admitió para sí que tenía el trasero y los andares más sexys que había visto nunca; incluso recién escaldado por el café.

Por desgracia, usarlos con ella era un desperdicio.

11

Capítulo Dos

Aunque odiaba el papeleo, no por eso podía ignorarlo. Grant miró la mesa que había en la esquina de la habitación y gruñó. No sólo había montones de facturas que pagar, también tenía que archivar documentos.

Había pasado un rato fuera. Manejar un hacha había sido un alivio físico que necesitaba. Tras pasar gran parte de la mañana encerrado, revisando sus finanzas con el director del banco, le había hecho falta el respiro. Las sesiones de banco siempre lo enloquecían.

Muchas cosas lo habían vuelto medio loco esa mañana. Al ducharse, hacía un rato, había comprobado que sus «joyas» no habían sufrido daños con el café caliente; estaban intactas y listas para ponerse en marcha.

Grant resopló. Lo único malo de eso era que *no* tenían adónde ir. Apenas recordaba la última vez que había compartido la cama con una mujer y disfrutado de verdad. A lo largo de los años, pocas mujeres habían tenido el poder de afectar a su libido o retener su interés.

Sin embargo, tenía que admitir, con brutal honestidad, que la sustituta de Ruth Perry, quien quiera que fuese, había conseguido ambas cosas.

Kelly Baker era una mujer bella. No había podido evitar fijarse en su frágil piel de porcelana salpicada por delicadas pecas. Tenía una estructura ósea fantástica, con las curvas correctas, y la ropa envolvía su esbelta figura a la perfección.

Era una pena que su cerebro no pareciese estar a la altura de su físico. Su conciencia le dijo que seguramente ésa no era una evaluación justa. Sólo habían hablado dos minutos y no sabía de ella más que su nombre. Pero sin duda estaba fuera de su elemento y no entendía qué hacía en el negocio de la restauración. En otras condiciones y circunstancias, tal vez habría disfrutado pasando algo de tiempo con ella.

–Ah, diablos, Wilcox –masculló, estirando la mano hacia la cerveza y tomando un trago–, déjalo estar.

Ella ni muerta permitiría que la viesen con alguien como él. Había tardado pocos segundos en catalogarla: una mujer de ciudad de actitud cosmopolita. Desde su punto de vista, ambas cosas apestaban. De ninguna manera llegarían a estar juntos.

Una lástima; era guapa. Le gustaban las mujeres con agallas, y ella parecía disponer de una buena dosis. Habría disfrutado jugando con una mujer como ella. Al menos durante unos días. No había nada de malo en soñar, siempre y cuando no hiciera alguna tontería para intentar convertir sus sueños en realidad.

Casi soltó una carcajada al pensarlo.

De ningún modo iba a liarse con esa mujer. Eso en sí mismo, lo provocaba. Tal vez el que pareciese tan intocable, tan condescendiente, lo llevaba a querer explorar qué había bajo esa capa de hielo y probar que era lo bastante hombre para derretirla. Primero estrechándola contra su pecho… Casi podía imaginar el sabor de su piel mientras la acariciaba y mordisqueaba, besando su boca, su cuello, sus hombros y espalda.

13

Se preguntó qué sentiría ella. Si conseguiría provocarle un cosquilleo, excitarla.

Pero ella no lo dejaría acercarse tanto. Disgustado por pensar en esa reina de hielo, fue a la cocina a por otra cerveza. Cuando la acababa, tuvo una idea. Se puso en pie, sintiendo una oleada de calor.

—Diablos, Wilcox. Olvídalo. Es una locura. ¡Estás loco!

Loco o no, iba a hacerlo. Agarró una chaqueta y salió de la casa, sabiendo que había probablemente había perdido el poco sentido común que le quedaba.

Seguía ardiéndole el rostro.

Y no por el agua caliente en la que llevaba remojándose al menos treinta minutos. No entendía cómo podía haber sido tan patosa. Nunca se había sentido tan perdida. En la empresa todos la consideraban impasible, serena y compuesta, y así era como funcionaba a diario.

Al menos solía hacerlo, antes de…

Kelly movió la cabeza, para no pensar en eso. Hacerlo no sólo era perjudicial para su psique, sino también estúpido. Lo que había ocurrido cuatro años antes no podía cambiarse. Nada le devolvería a su familia.

Lo ocurrido esa mañana, en cambio, era otro tema.

—Santo cielo —murmuró, frotándose la piel con el guante de crin hasta irritarla. Después, pensando que no podía cambiar la vergonzosa escena de esa mañana, por más que quisiera, salió de la bañera y se secó.

Después, envuelta en un albornoz, se sentó en el sofá, cerca del fuego. Aunque era pronto, debería

14

intentar dormir, pero sabía que sería un intento vano. Tenía la mente demasiado inquieta. Además, en su casa casi nunca se acostaba antes de media noche, solía llevarse montañas de trabajo de la oficina.

Pensar en su trabajo le oprimió el corazón. Echaba de menos su oficina, su piso y a sus clientes. Muchísimo. En la Galería Houston oía el sonido del tráfico, no de los búhos. Se estremeció y apretó más el albornoz. Beber algo caliente solía calmarla, pero es noche no había funcionado. Aunque se había hecho una taza de su café favorito, seguía intranquila.

Se recostó y cerró los ojos, pero sólo vio la imagen de Grant Wilcox. Dio rienda libre a su mente y pensó en la camisa de franela y los vaqueros ajustados y desvaídos que cubrían un cuerpo que cualquier hombre se moriría por tener, preguntándose cómo era él.

Ya había aceptado que era más atractivo de lo habitual, con su aire rudo y sexy. Tenía los rasgos muy marcados, pero una sonrisa y unos hoyuelos devastadores. Y su cuerpo era musculoso pero con una agilidad y soltura inhabitual en hombres tan grandes. Podía imaginarlo trabajando al aire libre, sin camisa, arreglando una valla, talando árboles o lo que quiera que hiciese.

De pronto, su mente dio un salto y lo vio sin vaqueros. Y sin ropa interior.

La imagen no se detuvo ahí. La siguió una visión de ellos dos juntos, desnudos…

Se ordenó parar. No sabía qué bicho la había picado. Esos pensamientos la traumatizaban tanto que ni siquiera podía abrir los ojos. Pero nadie iba a saber lo que le pasaba por la cabeza. Esas eróticas imágenes eran suyas y sólo suyas, y no harían daño a nadie.

Mentira.

Estaba practicando un peligroso juego mental: examinar su vida, su soledad y su necesidad de ser aceptada y amada. Sin embargo, las imágenes de bocas, lenguas y besos que robaban el alma no la abandonaban.

El teléfono fue piadoso con ella y empezó a sonar. Kelly se incorporó, con el corazón acelerado, y dejó escapar el aire de golpe.

—¡Dios! —susurró, avergonzada y confusa. Estiró la mano hacia el auricular.

—Hola, chica, ¿cómo te va?

Ruth otra vez. Aunque Kelly no quería hablar con ella, no tenía elección. Tal vez la risa de su prima fuera el antídoto que necesitaba para recuperar la cordura.

—¿Qué tal el resto del día?

—¿Seguro que quieres saberlo? —preguntó Kelly con voz temblorosa.

—Oh, oh, ¿ha ocurrido algo?

—Podrías decirlo así.

—Eh, no me gusta cómo suena eso —Ruth hizo una pausa—. ¿Te han abandonado los empleados?

—Nada de eso. Me adoran.

—Uf, es un alivio. Si supieras cuánto me costó encontrar a ese par, te alegrarías. Entonces, si el sitio sigue en pie y el género se vende, ¿qué puede ir mal?

—¿Conoces a un granjero llamado Grant Wilcox?

—Mal, no es granjero —Ruth se rió—. Es maderero.

—Eso da igual, pero lo acepto.

—Niña, es el guaperas del que te hablé. Estoy segura de que eso ya lo supusiste.

—Sí, lo supuse.

—Dime ¿qué… te… parece?

—Está bien —repuso Kelly. «Si tú supieras», pensó.

–¿Sólo bien? –casi gritó Ruth–. No te creo. Todas las mujeres del condado y de los que lo rodean han intentado llevarlo al altar –hizo una pausa–. Sin éxito, por cierto.

–Pues es una lástima. Tú sabes mejor que nadie que no me interesa un granjero, por Dios –Kelly se retorció en el sofá.

–Maderero.

–Es un patán de campo que seguramente prefiere abrazar árboles en vez de mujeres –calló un segundo–. Sin ánimo de ofender.

–No me ofendes –contestó Ruth risueña–. Ya sé lo que piensas del campo. ¿O debería decir del bosque?

–Para mí son lo mismo.

–Ya, bueno. Volviendo a Grant. ¿Qué pasa con él?

Kelly carraspeó y después contó la pura verdad, sin saltarse nada. Siguió un silencio al otro lado de la línea y después Ruth gritó como una posesa.

–Oh, Dios mío, ojalá hubiera estado allí para verlo.

–¿No estás furiosa conmigo? –preguntó Kelly.

–¿Por ser una patosa? –Ruth soltó otro gritito de alegría.

–Suenas como si se mereciera lo ocurrido –comentó Kelly, confusa por la reacción de su prima.

–En absoluto –dijo Ruth, risueña–. Es sólo que él, de todos los hombres, el semental del condado, resultara quemado donde más duele.

–¡Ruth! No puedo creer que hayas dicho eso.

–Bueno, ¿no es lo que hiciste?

–Llevaba vaqueros, Ruth. Sin duda…

–Cuando hablamos de líquido caliente, los vaqueros no son tan gruesos. Puedes apostar a que sus gónadas sufrieron el impacto.

17

–Supongo que sí –admitió Kelly compungida.

–Esperemos, por el bien de las que aún lo persiguen, que su orgullo esté sólo chamuscado, no carbonizado.

–Ruth, voy a estrangularte cuando te vea.

Las risitas de su prima se convirtieron en carcajadas.

–Estás haciendo que me sienta fatal.

–Cariño, no te preocupes. Grant es duro, sobrevivirá. Puede que nunca vuelva a la cafetería, pero qué se le va a hacer. Aparte de eso, ¿cómo va el negocio?

Tras charlar con su prima un largo rato, Kelly iba a la cocina cuando llamaron a la puerta. Se detuvo y volvió a la sala. Abrió la puerta con el ceño fruncido y se llevó la sorpresa de su vida. Se le abrió la boca.

Grant estaba en el porche con flores en la mano.

Antes de decir nada, la recorrió con la mirada. Ella intentó tragar saliva, pero tenía la garganta cerrada.

–Es obvio que no esperas compañía –cambió el peso de un pie a otro–. Pero ¿puedo entrar de todas formas?

Capítulo Tres

Kelly se quedó sin aire. Por supuesto que no podía entrar. No había ninguna razón para que él estuviera allí. Y menos aún para que entrase.

Sin embargo se quedó allí con la puerta abierta, mientras su sentido común se perdía. No podía permitirse esa locura.

Ni siquiera estaba vestida. No llevaba nado bajo el albornoz, pero al menos era grueso y nada transparente.

—Estas flores se mueren de sed —Grant ladeó la cabeza y sonrió—. No sé cuánto tiempo más sobrevivirán.

—Sí que están un poco mustias —Kelly movió la cabeza de lado a lado.

—Ya sabía yo que en algo estaríamos de acuerdo.

—¿Te han dicho alguna vez que eres imposible? —preguntó ella, mirándolo con exasperación.

—Sí —la respuesta fue seguida por una risa grave y profunda que hizo que a Kelly se le disparase el pulso.

La asombraba que ese hombre estimulara su naturaleza sexual cuando otros no lo habían conseguido, por empeño que pusieran.

Hacía años que no miraba un hombre excepto con pasividad. Se preguntó por qué era distinto él.

No lo sabía pero tampoco quería analizar las razones con él instalado en el porche de Ruth.

—Si te prometo que sólo me quedaré hasta que

19

pongas las flores en agua –no lo dijo como pregunta, pero alzó las cejas como si lo fuera.

Kelly, resignada, dio un paso atrás e hizo un ademán con la mano.

Grant, sonriente, se quitó el sombrero y entró de dos zancadas. Kelly cerró la puerta y lo siguió a una distancia segura, pero observándolo.

No sólo estaba fantástico con otro par de vaqueros desvaídos y una camiseta azul del mismo color que sus ojos; su altura y constitución hacían que la habitación pareciese pequeña, demasiado para los dos.

Aún con el pulso desbocado, Kelly deseó alejarse más, pero sabía que sería inútil. No había ningún sitio que pudiera poner la suficiente distancia entre ellos.

–¿Tienes un jarrón?

–Hum, seguro que Ruth tiene alguno por ahí.

–Tal vez deberías ir a buscarlo.

–Tal vez –afirmó ella tras un tenso silencio.

–Eh, soy inofensivo –rió él–. De verdad.

Kelly alzó las cejas y sonrió. «Eres tan inofensivo como una serpiente cascabel en una guardería», pensó. Tenía que aguzar sus sentidos para protegerse.

–Siéntate mientras busco un jarrón –estiró la mano hacia las flores.

–¿Seguro que no necesitas ayuda? –preguntó él, dándole el ramo.

–Seguro –repuso ella, con más dureza de la que pretendía. Pero ese hombre se le estaba metiendo en la piel y, lo peor de todo, era que le estaba dando carta blanca para hacerlo. Había permitido que sus manos se rozaran y la sensación le provocó un escalofrío.

Buscó un jarrón, lo llenó de agua y colocó las flores. Después volvió a la sala y puso el jarrón sobre una mesita. Él estaba inclinado junto a la chimenea, reavivando las ascuas.

Era indudable que tenía un trasero perfecto. Y en ese momento podía observarlo sin que él lo supiera. De pronto, comprendiendo lo que hacía, sacudió la cabeza.

—Gracias por las flores.

Él se irguió y se dio la vuelta. Sus ojos se encontraron un momento. Cuando Grant desvió la mirada, ella suspiró de alivio. Su presencia allí iba a ser problemática si no conseguía controlar sus emociones. Estaba comportándose como una adolescente dominada por las hormonas,.

—Es una oferta de paz —dijo él, frotándose una barbilla que lucía un principio de barba que acentuaba su atractivo.

—Si es por eso, debería ser yo la que apareciera en tu puerta.

—En realidad sólo es una excusa para verte otra vez —hizo una pausa y la miró a los ojos—. ¿Tienes algún problema con eso?

—Desde luego, no te muerdes la lengua —dijo ella, intentando ganar tiempo. Era el momento perfecto para decirle que no estaba interesada en él ni en ningún otro hombre. Pero no lo hizo—. ¿Quieres sentarte?

—Me encantaría, pero ¿estás segura de que es lo que quieres?

—No —su voz sonó temblorosa—. Ahora mismo no estoy segura de nada.

Él se dejó caer en el sofá y miró el fuego.

—No te he ofrecido nada de beber.

—Una cerveza estaría bien.

Ruth tiene algunas en el frigorífico.

—No me gusta beber solo.

21

—Yo tengo mi café.

La risa de él la siguió hasta la cocina. Preparó las bebidas y volvió a la sala. Él había extendido sus largas piernas ante él. Inconscientemente, miró sus fuertes muslos y el bulto que había bajo la cremallera.

Al comprender lo que estaba haciendo, alzó la vista y descubrió que él la miraba con ojos ardientes. Inspiró con fuerza, pero no sirvió de mucho. Le ardían el rostro y los pulmones.

«Debería marcharse», pensó.

Se sentó en el sillón. Él tomó un trago de la botella de la cerveza y la dejó en la mesita.

—¿Qué trae a alguien como tú a este lugar?

—¿Alguien como yo? —Kelly dio un respingo.

—Sí, una dama con clase que parece y se comporta como un pez fuera del agua.

—Mi prima necesitaba mi ayuda y acudí al rescate.

—Nada es así de sencillo.

—Puede que no.

—Pero eso es todo lo que vas a contarme, ¿correcto? —agarró la botella de cerveza y tomó otro trago.

—Correcto —afirmó ella, aunque sus labios pugnaban por curvarse con una sonrisa.

—Entonces tienes mucha carga del pasado o muchos secretos, Kelly Baker. ¿Cuál de las dos cosas?

—No voy a contártelo.

—Si no estás dispuesta a compartir, ¿cómo vamos a llegar a conocernos mejor?

—Supongo que no lo haremos —dijo ella.

—Vaya, desde luego que sabes dejar a un hombre sin palabras —se puso en pie, estiró los hombros y volvió a la chimenea a alimentar el fuego.

Sus movimientos eran pura agilidad sexual; desde luego, no le faltaba carisma.

—Te aviso que el que no me hables hace que sienta aún más curiosidad.

La tensión de la sala se incrementó.

–Ya sabes lo que dicen sobre la curiosidad –intervino ella, entrelazando los dedos.

–Sí, que mató al gato –sonrió él.

–¿Qué me dices de ti? –inquirió ella cuando él volvió a sentarse en el sofá.

–¿Qué de mí?

–Apuesto a que no estás dispuesto a desvelar tu vida a una desconocida.

–¿Qué quieres saber? –él encogió los hombros.

–Lo que te sientas cómodo contando –repuso ella, que había estado a punto de decir «todo».

–No creo que tenga nada que esconder.

–Todo el mundo tiene secretos, señor Wilcox.

–¿Señor Wilcox? –la miró con seriedad–. Debes de estar de broma.

–No te conozco lo bastante para usar tu nombre.

–Bobadas. El hecho de que me calentaras la primera vez que te vi nos lleva a un territorio más familiar.

–Muy gracioso –rezongó Kelly, aunque sabía que tenía el rostro rojo como un tomate. Él empezó a esbozar una sonrisa–. De acuerdo, Grant.

–Ah, eso está mejor –se terminó la cerveza y volvió al tema–. Creo que lo más importante sobre mí es que me cuesta quedarme en un sitio.

–¿Y eso por qué?

–El ejército. Mi padre cambiaba continuamente de destino y no nos quedábamos en ningún sitio lo suficiente para echar raíces y formar relaciones duraderas.

–¿Eres hijo único?

–Sí. Mis padres ya murieron.

–Los míos también.

–Eh, ten cuidado, o me contarás algo personal –se rió al ver que ella lo miraba enfadada–. Hasta que no fui a la universidad, A & M de Texas, no supe lo que era asentarme. Me costó mucho, hasta que conocí a mi mejor amigo, Toby Kealthy.

–Toby estudiaba ingeniería forestal y como a mí también me encantaba estar al aire libre, congeniamos. Terminé estudiando lo mismo y pasaba todo el tiempo que podía con Toby. Con el dinero que heredé a la muerte de mis padres compré tierras en Lane County y construí la cabaña de troncos en la que vivo. Poco después formé mi propia empresa y viajé por el mundo. Ahora, con este nuevo contrato para cortar madera, estoy encantado.

–Es toda una historia –comentó Kelly.

–Mi aburrida vida en pocas palabras.

–En ti no hay nada aburrido –bromeó ella sin chispa de humor.

–Viniendo de ti, lo tomaré como un cumplido.

–Hay algo que te has saltado.

–¿Sí?

–Tu vida personal. Mujeres.

–Tampoco hay mucho que contar. La experiencia que he tenido con ellas me enseñó una cosa importante.

–¿Y cuál es?

–Les gustan los hombres que pueden ofrecer seguridad: hogar, familia, empleo fijo, todo el lote; y eso es tan ajeno a mí como algunos de los países en los que he vivido.

–¿En serio crees eso? –preguntó ella pensando que hablaba como si hubiera nacido en los años 50.

–Ahora estás curioseando demasiado.

–Ah, ya, así que no soy la única que tiene secretos, ¿o tal vez sea carga del pasado?

–¡Tocado! –siguió un incómodo silencio y Grant se puso en pie–. Será mejor que me vaya, se está haciendo tarde.

24

Ella no discutió aunque sintió cierta desilusión.

–Gracias por la cerveza –dijo él desde la puerta.

–Gracias por las flores.

–Mustias y todo, ¿eh?

Estaba tan cerca de ella que su olor la golpeó como un puñetazo en el estómago, y más aún cuando vio los increíbles ojos azules clavados en su pecho. Bajó la cabeza y vio que el albornoz se había abierto.

Antes de que pudiera moverse, la yema del dedo de él se deslizó por su cuello hacia abajo, hasta que rozó el lateral expuesto de su seno. Su mente le gritó que lo rechazara, pero no pudo hacerlo. Se encogió, pero no por vergüenza, sino por la descarga de lujuria que recorrió su cuerpo, dejándola clavada en el sitio.

Los ojos de él se oscurecieron cuando se inclinó hacia ella. Intuyó que iba a besarla pero fue incapaz de detenerlo. Él gimió y aplastó los labios contra los suyos; ella se dejó caer contra él, disfrutando de su boca, hambrienta y posesiva, que la devoraba como si temiera no volver a tener otra oportunidad similar.

Cuando por fin se separaron, ambos jadeaban. Las emociones de Kelly eran tan intensas y aterradoras que siguió agarrada a la pechera de su camisa.

–Llevo deseando hacer eso desde que entré por la puerta de la cafetería –farfulló él. Ella deseaba responder, pero no sabía qué decir–. Mira, me voy, pero hablaremos después –la miró con ojos ansiosos y agudos al notar su tensión–. Estás bien, ¿verdad?

«No, ¡claro que no estoy bien!», pensó ella. Tragó saliva y asintió. Grant se fue y Kelly se quedó parada largo rato, anonadada, hasta que fue a la cama, se tumbó sobre ella y dio rienda suelta a sus lágrimas.

No entendía cómo había dejado caer la guardia y traicionado a su marido, el amor de su vida, permitiendo que ese desconocido la besara. No quería volver a exponer su corazón, por miedo al dolor que eso le causaría. Se lo había prometido a sí misma.

Lo más triste era que no sabía cómo corregir el error que acababa de cometer.

Grant terminó de cortar y apilar montones de leña que no necesitaba. Si dar golpes con un hacha lo ayudaba a contener su frustración, seguiría haciéndolo.

Por desgracia, el trabajo físico no había logrado su objetivo. No podía sacarse a Kelly de la cabeza, aunque hacía dos días que no la veía. Aún recordaba su olor y el tacto de su piel como si estuviera empapado de ella.

Eso podía causar muchos problemas a un hombre, porque implicaba dependencia, necesidad y un vínculo emocional con una mujer a quien apenas conocía. Con Kelly Baker eso era imposible. No se quedaría allí mucho tiempo y, además, tenía demasiados secretos.

Pero ese beso le había hecho surcar el cielo como una cometa. Y deseaba más. Apenas había visto y rozado uno de sus senos, pero sabía que era firme y delicioso como un melocotón recién madurado. Sólo con pensar en saborearlo se le hacía la boca agua.

«Cuidado, amigo, más vale que eches el freno o la asustarás», se dijo. Si quería volver a verla tendría que ir despacio, ser delicado. Aun así, no sería fácil.

Sin embargo, había visto el deseo en sus ojos, percibido el calor que irradiaba su cuerpo. Ella también lo deseaba, aunque no parecía querer admitirlo; ahí estaba el problema. Pero no iba a rendirse. Si no se equivocaba, bajo esa fachada de hielo se ocultaba una mujer ardiente y explosiva e intentaría comprobarlo.

Recogió las herramientas y entró en la cabaña. Se duchó, vistió y abrió una cerveza. Se llevaba la botella a la boca cuando llamaron a la puerta.

—Está abierto —gritó—. Un segundo después entró su capataz y amigo, Pete Akers—. ¿Quieres una cerveza? —preguntó Grant sin preámbulos.

—Creía que no ibas a preguntarlo nunca —rió Pete.

Grant le dio una botella y fueron a la sala a sentarse junto al fuego.

—Diablos, ahí fuera hace más frío que en Montana.

—¿Cómo puedes saberlo? —preguntó Grant, mirándolo de reojo—. Nunca has salido del este de Texas.

—Eso da igual —dijo Pete con obstinación—. Sé lo que es el frío cuando lo siento.

—Entonces acerca esa cabezota calva al fuego.

Pete se sentó y ambos se concentraron en sus cervezas, a gusto con sus pensamientos.

—¿Y toda esa leña de fuera? —preguntó Pete un rato después—. Has cortado suficiente para todo un invierno en Alaska. Y casi estamos en marzo.

—¿Te has dado cuenta?

—¿Cómo no iba a dármela? —Pete alzó una ceja y lanzó a Grant una mirada penetrante.

—Supongo que necesitaba descargar algo de energía —Grant encogió los hombros.

—No puedes estar estresado por nada, ahora que todo va como tú quieres —comentó Pete extrañado.

—Eso no puedo discutirlo —Grant no pensaba hablar de su obsesión por la recién llegada al pueblo, así que se centró en los negocios–. No esperaba conseguir comprar esos árboles. Darán muchos beneficios.

–Lo que harán será poner tu empresa en el mapa.

–Eso espero. Entretanto, tengo un montón de facturas que pagar en el banco. No olvides eso. Como sabes, los árboles no fueron baratos, ni tampoco el equipo.

–Lo sé –Pete soltó un resoplido–. Viéndolo así, supongo que sí tienes buenas razones para estar estresado.

–Creo que «estresado» no es la palabra correcta –Grant frunció el ceño–. En realidad estoy excitado y confío en que el terreno dé beneficios y me saque de las deudas. A ver, ponme al día –dejó la botella vacía sobre la mesa.

–Los dos grupos de trabajadores ya están listos.

–¿Con el equipo y todo?

–Sí –replicó Pete con voz animada, como si se sintiera orgulloso de su logro.

–¿Has encontrado otro capataz?

–Pensé que podríamos encargarnos tú y yo –Pete arrugó la frente–. Sabes que no me gusta contratar a gente que no conozco.

–Pero aquí conoces a todo el mundo.

–Por eso no he contratado a nadie –Pete ladeó la cabeza–. ¿Entiendes?

–Supongo que nos apañaremos. ¿Dónde colocaste a los trabajadores? –inquirió Grant.

–Un grupo en la zona noroeste, cerca de la carretera del condado, y el otro al sur, cerca de la antigua casa.

–Yo me ocuparé del grupo sur –afirmó Grant, consciente de que sería la zona más difícil de talar.

–Las sierras ya están en marcha y parece que podremos sacar de doce a catorce cargamentos al día.

–Si eso dura de seis a ocho semanas, entonces mis problemas se solucionarán del todo –Grant sonrió. En ese momento sonó su teléfono móvil.

Él miró la pantalla y vio que era Dan Holland, el propietario que le había vendido los árboles.

–¿Qué ocurre, amigo? –preguntó Grant.

–Me temo que tenemos un problema.

Capítulo Cuatro

¿Se arrepentiría del beso?

Probablemente.

Kelly suponía que ésa era la razón de no haber vuelto a verlo. No lo sabía con seguridad pero, como siempre, su mente era su peor enemigo: se disparaba e imaginaba todo tipo de locuras.

Desde que estaba a cargo de la cafetería sólo había visto a Grant una vez. No había sido un cliente habitual así que no tenía por qué empezar a serlo.

Lo cierto era que no podía dejar de pensar en el beso. Si no lo hubiera permitido, se sentiría bien; pero había cometido un error y eso tenía consecuencias. Quería verlo de nuevo, por más que se recordaba que no sería conveniente.

La vida de Kelly estaba en Houston. Pronto se iría de Lane, Texas. Además, estaba deseando volver a su trabajo *auténtico*, y al reto que suponía.

–Kelly, teléfono para ti –volviendo a la realidad, sonrió a Albert y fue al pequeño despacho a contestar la llamada. Era su jefe, John Billingsly.

–¿Cómo te va? –preguntó él con voz amable.

–¿De veras quieres saberlo? –sentía un profundo respeto por John y lo consideraba amigo además de jefe, pero en ese momento no estaba entre sus personas favoritas. Al fin y al cabo, en gran medida era culpa suya que estuviera allí.

–Sabes que sí –soltó un suspiro–, o no habría preguntado.

–La verdad es que las cosas van mejor de lo que esperaba, aunque odio admitirlo.

–Sé que sigues disgustada conmigo –rió él.

–Y lo estaré mucho tiempo –aunque Kelly había hablado con sinceridad, no había rencor en su voz.

–Sabes cuánto me importas, Kelly. Sólo deseo lo mejor para ti.

–Lo sé.

Era cierto. A veces tenía la sensación de que a él le gustaría ser algo más que su jefe, sin embargo nunca había cruzado esa línea. Pero percibía que sus sentimientos por ella iban más allá de lo que expresaba.

–Quédate allí algo más de tiempo –dijo John–, para dar a tu cuerpo y a tu mente la oportunidad de sanar del todo. Es lo único que te pido.

–¿Tengo elección?

–No –respondió él con voz suave pero firme.

Ella sabía que tenía razón, aunque odiaba admitirlo. Tanto John como el doctor Rivers, su psiquiatra, se lo habían dicho, pero había sido John quien la convenció. No había llegado a cuestionar la seguridad de su empleo, pero si la había amenazado con perder el ascenso que le correspondía y ella anhelaba.

Recordaba el día muy bien. La había llamado a su despacho y cuando se sentó, John ocupó la silla contigua y tomó su mano.

–¿Puedes mirarme a los ojos y decirme que no estás en apuros?

Kelly no pudo. Sus ojos se llenaron de lágrimas.

–¿He perjudicado a la empresa? Si es así, lo siento.

–No te mentiré; últimamente has tomado algunas malas decisiones. Pero creo que eso ya lo sabes. No has perjudicado a la empresa, de momento. Eso es lo que vamos a procurar evitar.

–Gracias a Dios –Kelly había apretado su mano con fuerza.

–Tienes la posibilidad de convertirte en socia de la empresa –dijo John–, pero sólo si puedes controlar tus emociones y convertirte en la abogada que sabemos puedes ser.

«Pero así era antes de que un conductor borracho matara a mi esposo y a mi hija», deseó gritar ella.

–Es necesario que superes tu pérdida –había añadido John, como si le leyera el pensamiento.

–Lo he hecho –gritó Kelly, liberando su mano. La molestaba que la tratase con condescendencia, como si fuera una niña. Era increíble. Ella era Kelly Baker, la triunfadora de la empresa. Había conseguido algunos de los clientes más grandes e importantes. Eso debería contar para algo. Pero por lo visto no era así porque, al menor problema, intentaban liberarse de ella como si fuera un desperdicio.

Su conciencia se rebeló, recordándole que estaba sacando de contexto las palabras de John. En el fondo sabía que él y la empresa la apoyaban por completo.

–No, no la has superado –dijo él con paciencia–. Muy lejos de ello, y ése es el problema. Has enterrado tu dolor y tu corazón en el trabajo. Ahora, cuatro años después, el dolor al que nunca te enfrentaste abiertamente se vuelve contra ti. Está empezando a controlar tus emociones y tu salud. Ambos sabemos que estás al borde de una crisis nerviosa.

Aunque odiaba admitirlo, era cierto. Ya no podía convencerse de que ella y cuanto la rodeaba iba bien.

–Sé que tu prima necesita ayuda, Kelly –siguió John–. Ve a ayudarla. Otro ambiente, otro trabajo, gente nueva… –hizo una pausa y sonrió–. No te imagino sirviendo café y comida, pero sé que te entregarás por completo, como haces con todo.

–Yo tampoco me imagino haciéndolo, pero parece que no vas a ofrecerme otra opción.

–Tienes toda la razón –admitió John con severidad.

Kelly se había inclinado hacia él, había besado su mejilla y salido del despacho. Desde entonces habían pasado tres semanas. Tres de las más largas de su vida.

–Kelly, ¿sigues ahí? –preguntó John en su oído.

–Sí. Disculpa. La verdad es que estaba recordando nuestra última conversación.

–Me alegro, porque por mi parte nada ha cambiado.

–Lo sé –se le cascó la voz pero esperó que él no lo notase. Quería mantener su dignidad a toda costa.

–Vuelve al trabajo. Hablaremos de nuevo pronto.

Cuando colgó y volvió al comedor, Grant entraba por la puerta con cara de pocos amigos. Se le cayó el alma a los pies. Había acertado: él no se alegraba de verla. Debía de haber ido porque quería café o comer algo.

–Pareces sorprendida de verme –dijo él con tono amable, mientras iba hacia una mesa.

Iba vestido algo más formal que las otras veces. Llevaba vaqueros y botas, desde luego, pero la camisa era de algodón liso, no de franela, y en vez de casco llevaba un sombrero negro, que se quitó.

–Lo estoy –dijo Kelly con honestidad, cuando recuperó el habla. Después no supo qué decir, algo muy inusual en ella. Pero achacó su nerviosismo al hecho de haber besado a ese hombre con pasión pocos días antes.

Cuando Grant pasó a su lado, captó un aroma

limpio y fresco, como si acabara de ducharse. Eso la puso aún más nerviosa. Sonrojándose, Kelly se dio la vuelta. No había pensado así desde la muerte de su marido.

–¿Quieres algo de beber? –preguntó–. ¿O comer?

–Un café bastará.

–¿Seguro que quieres que te lo sirva yo? –se obligó a preguntarlo con una sonrisa, esperando que él se relajara un poco.

La tensión de su rostro se suavizó e incluso esbozó una sonrisa. A Kelly se le disparó el corazón.

–Claro, pero ya te habrás dado cuenta de que me he sentado muy cerca de la mesa.

Ella sonrió de nuevo, pero Grant, en cambio, frunció de nuevo el ceño. Kelly fue a por el café y dejó la taza ante él con mucho cuidado.

–Pareces molesto –dijo. Si era por culpa de ella, quería saberlo.

–Sí, pero no contigo –la miró a los ojos. Ella notó cómo el rubor cubría sus mejillas. Grant siguió con voz baja y ronca–. Estás tan preciosa que, si pudiera, te abrazaría aquí mismo y te besaría hasta que me suplicaras que parase. Y aun así, no sé si obedecería.

La provocativa afirmación la desconcertó tanto que se quedó de pie, muda y ardiendo de calor.

–¿Tienes un minuto?

–Claro –dijo, temiendo escuchar algo que no deseaba oír.

Él apartó la silla contigua a la suya y le indicó que se sentara.

–Deja que vaya a por un café antes. Volveré enseguida –Kelly volvió con su café y se sentó. Estuvieron en silencio unos minutos, bebiendo–. Ha ocurrido algo –aventuró ella por fin.

–Y que lo digas –Grant soltó un suspiro.

–¿Quieres hablar de ello?

–Necesito un buen abogado. ¿Conoces alguno?

A Kelly le dio un vuelco el corazón, pero mantuvo el aspecto de serenidad. ¡Vaya si conocía abogados!

–Con todos tus negocios, me sorprende que no tengas uno.

–Sí lo tengo, pero está fuera del país. Y su socio es un idiota.

–Ah –Kelly alzó las cejas pero no hizo preguntas.

–Perdona. Eso no es del todo cierto. Digamos que no tenemos las misma ideas.

–¿Por qué crees que necesitas un abogado? –preguntó Kelly. No tenía por qué contárselo, pero parecía querer hablar con alguien del tema.

–Dan Holland, el propietario del terreno cuyos árboles compré acaba de llamarme y ha dejado caer una bomba.

–¿Sí?

–Sí, y lo peor de todo es que yo lo consideraba amigo mío.

–La amistad y los negocios son cosas muy distintas, Grant. Eso deberías saberlo.

–Lo sé, diablos. Pero en un pueblo pequeño la palabra de un hombre vale tanto como su firma. Y yo tenía ambas cosas de Dan.

–¿Qué es lo que ha cambiado?

–Quiere que mis trabajadores dejen de talar.

–¿Por qué razón?

–Un cuento de un medio hermano ilegítimo que ha aparecido de la nada y quiere tomar parte en el negocio que Dan y sus hermanos habían hecho conmigo.

–¿Y tu amigo se lo ha creído y quiere romper al trato? –Kelly estaba atónita pero también intrigada.

–Se lo ha tragado enterito. Dice que si Larry Ross, así se llama el tipo, dice la verdad, tiene derecho a una participación en el negocio.

–Suena ridículo.

–Es más que eso. Es una locura.

–¿Y qué has contestado? –preguntó Kelly.

–Le he dicho a Holland que está fuera de sus cabales si un tipo al que no ha visto nunca llega de repente con esas pretensiones y no lo manda a paseo.

–Me parece increíble que no lo haya hecho –Kelly movió la cabeza consternada.

–Dan dijo que nunca me había visto tan enfadado.

–Tengo la sensación de que ese comentario no debió de gustarte nada –Kelly abrió mucho los ojos.

–Tienes razón. Le dije que si creía que eso era estar enfadado esperase un poco, porque aún no había visto nada. En ese momento aún estaba tranquilo.

–Qué lío –comentó Kelly.

–Hay más –interpuso Grant–. Dan defendió al tipo diciendo que su padre era un mujeriego y era posible que Larry Ross fuera fruto de una de sus aventuras. Según él, la madre de Ross estaba harta de callar y le juró a su hijo que Lucas Holland era su padre y que debía reclamar todo aquello que le correspondiera.

–¿Y tu respuesta? –Kelly lo miró a los ojos.

–Basura y más basura –Grant soltó el aire de golpe. Kelly casi sonrió–. Le dije que suena demasiado fácil. Ross es su problema, no mío. Tenemos un trato en marcha, firmado, sellado y entregado.

–Pero él no lo ve así, ¿verdad?

–Acertaste. Por lo visto, Larry Ross amenaza por poner una demanda para interrumpir mi negocio, alegando que su familia no tiene derecho a vender los árboles sin su firma.

–Es una locura; cuando hizo el trato, Dan ni

siquiera sabía que el tipo existía –Kelly estaba atónita y lo demostraba–. Pero por lo visto al tal Ross le da igual.

–Así que le dije a Holland que me devolviera el dinero. Un proceso judicial podría arruinarme.

–¿Y qué contestó? –Kelly estaba cada vez más horrorizada. Grant tenía razón: necesitaba un abogado, cuanto antes mejor.

–Dijo que no podía, que él y sus hermanos lo habían invertido todo en acciones de liquidez a largo plazo.

–Ese hombre es toda una pieza.

–Le dije que ése era su problema, no mío. Por supuesto, Dan gimió que buscaríamos una solución, que sólo me pedía que suspendiera las operaciones unos días, hasta arreglar este lío.

–Espero que le dijeses que no.

–Efectivamente. Él arguyó que estaba siendo irrazonable. Le pregunté qué haría él si estuviera en mi lugar. ¿Estaría dispuesto a ceder? Contestó que no, así que le dije que la solución era pedir un préstamo utilizando las acciones como garantía y pagar al tipo.

–Si hubiera aceptado, no estaríamos teniendo esta conversación –apuntó Kelly.

–Correcto de nuevo –afirmó Grant–. Amigo o no amigo, un trato es un trato. Yo cumplí mi parte y espero que él cumpla la suya. Dan se enfadó y me dijo que esto no quedaría así. Pero si quiere lucha, la tendrá. Yo *voy* a talar *mi* madera.

–Tal vez pueda ayudarte.

–¿Tú? –Grant la miró sorprendido.

–Eso he dicho –dijo Kelly con ecuanimidad.

–¿Cómo? –él rió–. ¿Vas a utilizar tus dotes de camarera para echar café caliente en su entrepierna?

37

Kelly sabía que intentaba ser gracioso, pero para ella el comentario no lo era en absoluto. Forzó una sonrisa almibarada y se puso en pie.

—Tengo mis fallos como camarera, pero cuando me dedico a las leyes, soy una abogada excelente.

Grant se puso pálido, como si acabara de rebanarle el pescuezo.

—¿*Tú* eres abogada? —su risa resonó por todo el local.

Capítulo Cinco

Debería haber mantenido la boca cerrada. Reírse de Kelly no había sido inteligente, sobre todo cuando tenía problemas y ella había ofrecido su ayuda. Pero nunca habría pensado que fuese abogada. Sólo la había considerado un hombro bonito sobre el que llorar.

Kelly Baker, abogada. Le resultaba difícil aceptarlo.

Grant se dio una palmada en la frente y maldijo, aunque sabía que eso no serviría de nada. La única forma de arreglar lo ocurrido era esconder el rabo entre las piernas y suplicar. Sonrió al pensarlo: eso sí que sería toda una escena, él de rodillas ante una mujer.

En ese momento estaba dispuesto a hacer lo que fuese para salir del embrollo. Pero no sería fácil. Casi habría preferido enfrentarse a un oso que a Kelly; tendría más oportunidades de ganar.

Apretó los labios. Había estado tentado de llamar a Ruth y descubrir qué tipo de abogada era Kelly. Pero Ruth podría pensar que tenía motivos ulteriores, como un interés personal en Kelly, y eso no podía estar más lejos de la verdad.

«Mentiroso», le pinchó su conciencia. Grant hizo una mueca. La había besado, era cierto, pero las cosas no habían ido más lejos. Y quería más. Sus senos lo estaban volviendo loco. Lo poco que había visto le había hecho desear mucho más.

–Maldición, Wilcox –masculló. Tenía que apartar esos pensamientos eróticos de su mente, o tendrían un efecto negativo en su trabajo. Quizá había pasado demasiado tiempo desde la última vez que estuvo con una mujer. Desde que conocía a Kelly, le parecían siglos.

Pero relacionarse con ella en cualquier sentido sería como meter la mano en un avispero, sabiendo que iba a recibir múltiples picotazos.

A pesar de todo, si Kelly era abogada, y no tenía por qué haberle mentido, había metido la pata al reírse de ella. Apretó los dientes y cerró los puños con disgusto.

Debía haber supuesto que era más de lo que aparentaba. Desde el primer momento le había parecido una dama con clase y su negativa a hablar de sí misma lo había convencido de que tenía secretos. No había imaginado que su profesión fuera uno de ellos.

La única solución era hacerle la pelota a Kelly. Por desgracia, no parecía el tipo de mujer a la que eso fuera a convencer. Aun así, tenía que probar. Sonrió.

Sabía que él no le resultaba indiferente. El deseo había sido mutuo; estaba dispuesto a jurarlo. Se habían atraído como imanes. Y ese beso… Dios, cuando posó su boca ardiente y abierta sobre la de ella…

Ya basta, Wilcox, se dijo, levantándose y yendo hacia la cocina. Había desperdiciado demasiada energía en Kelly Baker. Lo ayudaría o no, ya se vería.

Grant miró su reloj y gruñó. Llevaba demasiado tiempo remoloneando por la casa. Ya debería estar trabajando. No, debería estar en casa de Kelly.

Cuando se ponía el sombrero, sonó su móvil.

–¿Dónde estás? –preguntó Pete.

–En casa –por el tono de voz de su capataz, Grant adivinó que algo iba mal.

–Más vale que vengas aquí, y pronto.

–¿Qué ocurre? –a Grant se le contrajo el estómago. Siguió un momento de silencio.

–Ven cuanto antes –respondió su capataz.

Treinta minutos después, Grant aparcaba su camioneta en la zona de tala. Supo de inmediato por qué había llamado Pete. El coche del sheriff estaba aparcado junto a una de las máquinas. Los trabajadores estaban cerca, agrupados, hablando entre ellos con voz queda.

Pete tenía aspecto de ir a darle un puñetazo en la nariz al sheriff Sayers.

–Buenos días, Amos –dijo Grant con calma, dispuesto a tranquilizar el ambiente.

Amos Sayers era un hombre alto y delgado, con gafas y unas orejas muy grandes.

–Buenos días, señor –respondió Amos, con un obvio cambio de tono y actitud. Se dieron la mano y siguió un incómodo silencio al que puso fin Amos–. Va a tener que cerrar.

–No he visto nada escrito –dijo Grant con confianza.

–Ahora ya sí –Amos le puso un papel en la mano.

–¿En serio vas a cerrar la obra? –preguntó Grant, sin molestarse en mirar el papel.

–No tengo elección –Amos restregó la puntera de la bota por el suelo–. Son órdenes del juez.

–Entiendo.

–Entonces, ¿acatarás el mandamiento judicial? –preguntó Amos con voz insegura–. ¿Suspenderás las operaciones?

–Espero que no vayas a permitir que este jovencito mocoso nos dicte las reglas –masculló Pete indignado.

–¿Quieres ir a la cárcel? –preguntó Amos.

Pete movió la cabeza con un gesto negativo.

–Eso me parecía –Amos volvió a arrastrar el pie por la tierra y miró a Grant–. Siento todo esto, señor –fue hacia su coche y se subió.

–¿Qué vas a hacer? –preguntó Pete con voz lóbrega.

–Conseguir un abogado y volver a trabajar.

–¿Y el que has estado utilizando durante años?

–Está fuera del país.

–¿Tienes a otro en mente? –preguntó Pete.

–Sí.

–¿Me llamarás? –Pete lo miró extrañado.

–En cuanto sepa algo.

Grant apretó los labios, subió a la camioneta y arrancó. Sabía lo que tenía que hacer, pero no por eso tenía que gustarle la idea.

Kelly se preguntó si ese día acabaría alguna vez. Sólo eran las diez de la mañana del lunes y estaba aburrida como un hongo. El día anterior no había sido tan malo, porque estaba cansada. Se había quedado en casa, en pijama, sesteando, leyendo un libro de misterio y viendo la televisión.

Deseó con toda su alma que la cafetería no cerrase los lunes. Un día libre en ese pueblecillo era suficiente. Dos seguidos eran más de lo que podía soportar.

Más deprimida que nunca, Kelly fue hacia la ventana y miró el día frío y nublado. Últimamente el tiempo era más sombrío que soleado. Se recordó que estaban a finales de febrero y no tenía por qué hacer calor.

Suspirando, volvió al sillón y se sentó, encogiendo las piernas bajo ella. Tras mirar la pared un rato, sacó la cartera del bolso y desplegó una funda con fotos.

La primera que vio fue la de su marido. Eddie había sido alto, moreno y muy guapo. Y, además, un hombre amable y dulce que las adoraba a ella y a su hija.

Mientras Kelly miraba el rostro, le resultó difícil recordar qué había sentido cuando la tocaba. Sabía que lo había amado intensamente, pero no podía recordar cómo era. Todo se había difuminado con el tiempo.

No ocurría lo mismo con su hija. Cuando miró su foto un pinchazo de dolor la dejó sin aire. Su preciosa bebé, su bella nena. Su Amber, alzando el rostro sonriente hacia ella. Saber que nunca volvería a verla ni a tocarla, aun cuatro años después, era impensable.

Insoportable.

Haber dejado a su hija en la fría y oscura tierra era lo que finalmente había podido con Kelly, llevándola al borde de la locura.

Tomó aire y se obligó a sonreír, aunque las lágrimas surcaban su rostro. Recordaba muy bien el día en que habían sacado esa foto. Amber acababa de cumplir tres años y llevaba puesto un vestido rosa, con volantes y muy femenino. A pesar de sus rizos pelirrojos, el rosa le quedaba perfecto.

Kelly había puesto un lacito rosa entre los rizos, pero no había sido fácil. En cuanto Amber se bajó de su regazo, se lo arrancó.

–Renacuaja –había dicho Kelly, volviendo a sentarla en su regazo y repitiendo el proceso.

Esa vez el lazo había seguido en su sitio, pero sólo porque Kelly le había prometido a Amber un helado si no se lo quitaba. A sus tres años, la niña era lo bastante lista para reconocer un chantaje, y para obligar a Kelly a cumplir su palabra. Amber había exigido dos helados, aunque con voz dulce y una sonrisa encantadora.

Si hubiera vivido, habría sido tan encantadora en su personalidad como en su aspecto. Tenía la naturaleza amable de su padre. Cuando Amber miraba a cualquiera con sus enormes ojos marrones, les derretía el corazón.

Kelly se tragó un sollozo y cerró la cartera. Alzó la cabeza con la determinación de no ahogarse en sus lágrimas y se levantó. Hacía tiempo que no tenía uno de esos momentos de autocompasión. La culpa era de la añoranza de su casa y del aburrimiento. Y su soledad.

Y de Grant Wilcox con su condescendencia y desprecio. No podía olvidar eso. Se había recompuesto y limpiado las lágrimas cuando llamaron a la puerta.

—Oh, cielos —masculló, preguntándose quién sería. Abrió la puerta y se quedó boquiabierta. Grant Wilcox estaba ante ella.

—Sé que la cafetería está cerrada —dijo él con voz contrita—, pero pensé que tal vez servías Cuervo aquí. ¿Me equivoco?

44

Capítulo Seis

A Kelly la dejó perpleja que Grant hubiera vuelto a buscarla en su casa. Parecía avergonzado, algo que no encajaba con ese forestal y sus diabólicos hoyuelos.

Se había fijado en ellos la noche que la besó. Por fortuna había conseguido sacárselos de la cabeza. Se recordó que Grant Wilcox no le importaba. La había insultado. Y ese día, de entre todos los días, no tenía ánimo de perdonar. El hombre era insoportable, sexista y… se había metido bajo su piel.

Por desgracia, allí seguía.

Con el hombro apoyado en la jamba de la puerta, estaba atractivo. Letal. El cabello, demasiado enmarañado para su gusto, parecía recién lavado, como él. Llevaba esos vaqueros que se ajustaban a su cuerpo en todos los lugares correctos, una camisa blanca que realzaba los ojos azul oscuro, y una botas que lo hacían parecer más alto y duro de lo habitual.

Tenía que admitir que era un buen espécimen.

Notando el rubor que ascendía hacia sus mejillas, Kelly se dio media vuelta, con la esperanza de ocultar su reacción. Sería horrible que él se diera cuenta.

—¿Está prohibido entrar? —preguntó él con su voz profunda y sensual.

—Eso depende.

—¿De qué?

—Aún no lo he decidido.

–Puedo soportarlo.

–De hecho, estoy pensándolo –comentó ella con voz ronca, después de aclararse la garganta.

Aunque una leve sonrisa jugueteó en sus labios, Grant se abstuvo de decir nada que pudiera dar al traste con la tregua. Kelly pensó que era un tipo listo. Una palabra de más y lo hubiera despedido sin pensarlo.

–Supongo que puedes entrar –dijo finalmente, con un suspiro.

Igual que la vez anterior, en cuanto cruzó el umbral todo la habitación pareció encogerse. El calor de su cuerpo parecía envolverlo todo.

Era un hombre grande, algo a lo que ella no estaba acostumbrada. No tenía mayor importancia, si no se la daba. Eddie había sido bastante más bajo.

–No has contestado a mi pregunta –dijo Grant.

–Si quieres, puedes sentarte –ofreció Kelly, recordando sus modales. Al fin y al cabo, lo había invitado a entrar.

–Gracias. Es buena idea.

Kelly siguió en pie, pensando que eso le daba algo más de fuerza, aunque era una bobada. Pero no estaba dispuesta a sentarse y darle la bienvenida como a un invitado. Al menos, no por el momento.

–Sigues sin haber contestado a mi pregunta.

–Es porque no la recuerdo.

Lo decía en serio. Verlo en la puerta la había sorprendido tanto que no se había fijado en sus palabras.

–Te pregunté si servías Cuervo.

–Desde luego que lo tenemos en el menú de la cafetería –a pesar suyo, Kelly sonrió.

–Para imbéciles como yo, ¿eh?

–Si se lo merecen… –volvió a sonreír, pero se obligó a ponerse seria. No pensaba ponérselo fácil.

46

Aunque no la había ofendido tanto como había simulado, su reacción había puesto una distancia muy necesaria entre ellos. Pensaba demasiado en él para su tranquilidad.

—En mi caso, así es. Y mucho.

—Si tú lo dices —su disculpa le daba igual. No tenía ninguna intención de rescatarlo. Había muchos abogados en la zona tan competentes como ella, o más.

Cuanto menos tuviera que ver con ese hombre mejor. Debía de haber perdido el juicio momentáneamente cuando se ofreció a ayudarlo, sobre todo cuando se suponía que no debía pensar en el trabajo.

—¿Aceptas mis disculpas? —preguntó él, acomodado en el sofá, cerca del fuego.

—De acuerdo. Disculpa aceptada —Kelly encogió los hombros. Vio que él tensaba la boca un segundo, dando paso a una mueca avergonzada.

—Algo me dice que esta disculpa no ha conseguido su objetivo ni por asomo —clavó los ojos en ella.

—Eh, tranquilo. Tú te disculpas y yo acepto. Fin del asunto —dijo ella, rebelándose contra la atracción magnética de su mirada.

—Eso es lo que temo —Grant se frotó la barbilla—. Significa que voy a tener que arrastrarme por el suelo.

—¿Por qué ibas a molestarte en hacerlo? —preguntó Kelly, aún de pie, cansándose de la conversación. Algunos elementos de su personalidad de abogada estaban regresando. Sabía que debería ser hospitalaria y ofrecerle algo de beber; pero si lo hacía él se que quedaría allí. Aunque se sentía sola y triste por sí misma, ese hombre no era en absoluto el que elegiría para consolarla.

Que el cielo no lo permitiera.

–Necesito un abogado.

–Pero no a mí.

–Sí, a ti.

–¿Cómo puedes estar tan seguro de eso?

–Porque eres la más accesible –replicó él sin titubear–. Y necesito… *necesitaba*, consejo legal ayer.

–Al menos eres sincero.

–Entonces, ¿qué dices?

–Ni siquiera sabes qué tipo de derecho practico.

–¿Importa eso?

–Claro que sí. Por lo que sabes, podría no ser más que abogada tributaria.

–¿Lo eres?

–No.

–Pues ya está dicho todo –Grant abrió las manos.

–Se supone que no debo trabajar –Kelly movió la cabeza, irritada con él y con sus razonamientos.

–¿Por qué? –la miró intrigado–. ¿Te ha inhabilitado o algo así?

–No, no estoy inhabilitada ni nada así –dijo ella con paciencia forzada.

–Mira, lo siento –dijo él con sinceridad, como si hubiera comprendido que estaba metiendo la pata de nuevo–. Pero hay algo en ti… –calló de repente, como si temiera cometer otro error.

–Que *te* hace decir y hacer cosas que no harías normalmente –Kelly terminó la frase por él.

–Sí. ¿Cómo lo sabes?

–Tal vez a mí me ocurra lo mismo.

Que hubiera admitido eso pareció sorprenderlo. De hecho, ella también se había sorprendido. Cuanto menos personales fueran las cosas entre ellos, mejor sería. De hecho, cuanto antes se librara de él, mejor.

–Te suplicaré si hace falta –dijo él. Dejó de mirar el fuego y la miró a ella.

Ella no pudo leer sus ojos, pero notó una desesperación en su gran cuerpo que no había percibido antes. Seguramente creía que si le pedía perdón, ella cedería.

Pero se equivocaba. Una vez más.

—Las súplicas están prohibidas aquí.

—¿Y arrodillarse? —preguntó él.

—Eso también —le costó un gran esfuerzo no sonreír.

—No le das mucho cuartel a un hombre, ¿eh?

—Sólo cuando se lo merece.

—Fui un burro. Ya lo he admitido —Grant se puso pálido—. Pero si de veras no puedes ayudarme, me marcharé y no volveré a molestarte.

De repente, Kelly se sintió culpable. Pensó que quizá en lo más profundo se moría de ganas de hacer algo, *cualquier cosa*, relacionada con la ley. Y luchar contra un mandamiento judicial sería sencillo comparado con lo que solía hacer; a menos que el juez fuera un viejo cascarrabias que se creyera el Dios de por allí.

No la sorprendería que fuera el caso. Si era *así*, tendría que esforzarse. Los abogados de ciudad y los de campo eran como agua y aceite. Aun así, anhelaba aceptar. Cualquier cosa en vez de servir café y tartas.

—El que aún no me hayas echado a patadas me da esperanzas.

Kelly percibió un toque de excitación infantil en la voz de Grant y eso le llegó al alma. Deseó que no la mirase así. No sabía definir exactamente ese «así», pero reconocía el deseo en un hombre cuando lo veía. Y aunque eso la incomodaba, también hacía que se sintiera como una mujer por primera vez en mucho tiempo.

—¿Quieres beber algo?

Grant alzó la cabeza de golpe. Había vuelto a sorprenderlo. Kelly se alegró; no quería que se sintiera seguro de ella.

—¿Sigues teniendo cerveza?

—Eso creo.

—Si no tienes, no importa.

—Iré a ver.

Regresó poco después con dos botellas de cerveza abiertas. Aunque parecía ser la bebida favorita de Ruth, a Kelly no le gustaba. Pero decidió acompañar a Grant.

Bebieron en silencio unos minutos. Sorprendentemente, Kelly empezó a relajarse. Atribuyó el cambio a la cerveza, aunque sólo había tomado dos sorbos. Le hacía efecto muy rápido, por eso casi nunca bebía. Pensando en eso, dejó la botella en la mesa y contempló cómo él echaba la cabeza hacia atrás y vaciaba media botella de un trago.

Tal vez no estaba tan cómodo ni seguro de sí mismo como quería hacerle creer.

—Han paralizado la tala.

—¿Disculpa? —Kelly parpadeó.

—No permiten a mis hombres cortar la madera que compré —Grant soltó un suspiro y se acabó la cerveza.

—Entonces, ¿ese tipo interpuso la demanda?

—Sí.

—¿Has hablado con él en persona?

—Aún no. Ahora mismo, seguramente es mejor que me mantenga lo más alejado posible, para no arrancarle la cabeza de los hombros.

—Me parece una medida inteligente —Kelly no pudo ocultar su sarcasmo, aunque no dudaba que Grant Wilcox hablaba en serio y sería capaz de hacer lo que se propusiera, incluso si tenía que herir a otra persona.

Se estremeció por dentro. Estaba planteándose la posibilidad de meterse en algo que podía ser un lío.

–¿Vas a ayudarme? –Grant se había erguido y movido su enorme cuerpo hacia el borde del sofá.

Sentada frente a él, siguió en silencio, mordiéndose el interior del labio. Sabía que se arrepentiría de su decisión, pero iba a hacerlo. No lo hacía por él, sino por sí misma; al menos eso se dijo.

A pesar de lo que había dicho su médico, necesitaba un reto o se marchitaría hasta morir. Servir bebidas y comidas no era suficiente. Y su reciente ataque de llanto lo demostraba.

–No te prometo nada –dijo Kelly finalmente–, pero te daré el asesoramiento legal que necesites.

–Gracias a Dios –Grant suspiró con alivio.

–No le des las gracias aún. Y a mí tampoco.

–Ah, bueno.

–Tendrás que ayudarme. Soy buena abogada, pero no estoy familiarizada con la industria maderera. Sólo sé que se cortan árboles en el bosque y se utiliza la madera para muchas cosas: construcción, papel… –hizo una pausa y sonrió–. Incluido el papel higiénico.

Él soltó una risa y empezó a explicarle en detalle cómo funcionaba la industria y su parte en el proceso.

–Busco a propietarios de terreno que quieran vender parte de sus árboles. Los compro, los talo y los clasifico por tamaño y calidad. Después, llevamos la madera a las fábricas donde se procesa y distribuye por todo el mundo.

–Así que si no talas, la empresa pierde… y mucho.

–Yo soy la empresa –afirmó Grant–. Y como ya mencioné antes, esto podría arruinarme financieramente.

–Sigue –pidió Kelly.

–Las cuotas por la maquinaria, que ahora está en el bosque parada, son de cincuenta mil dólares al mes.

Kelly soltó un gemido.

–Eso no es todo –dijo Grant–. Como había gastado el efectivo en árboles que ahora no se pueden talar, por culpa de la humedad, he tenido que pedir un préstamo para compra éstos.

–¿A cuánto ascienden el equipo y la madera?

–A cerca de cien mil al mes. Ya ves por qué tengo que arreglar esto cuanto antes –la voz de Grant sonó áspera–. Cuando mis trabajadores están parados, no tengo ningún ingreso.

–Eso tiene sentido.

–No puedo permitir que Holland o ese Ross sigan adelante con esta tontería. Si no reemprendo la tala pronto… –se detuvo y su rostro se contrajo.

Era innecesario que acabara la frase. Deber tanto dinero podía ser una sentencia de muerte para un hombre de negocios si no afrontaba los pagos. Por no mencionar pagar al banco *a tiempo*.

–De acuerdo –aceptó ella–. Veré qué puedo hacer.

–¿De veras? –él pareció aliviado.

–Eso he dicho pero, de nuevo, no te hago ninguna promesa.

–No te preocupes, te compensaré.

–Ésa es la menor de mis preocupaciones.

–Gracias –Grant carraspeó–. Te lo agradezco mucho.

Kelly se limitó a asentir.

–¿Te importa que te pregunte algo?

–Eso depende.

–No tiene nada que ver conmigo.

–Pregunta –dijo ella, a sabiendas de que debería cortar la conversación de raíz.

–¿Habías estado llorando? –Grant hizo una pausa y ladeó la cabeza–. Parecía increíblemente triste.

Kelly se puso rígida. Seguro que aún quedaban vestigios de su ataque de llanto. Debía de estar horrible, con la nariz roja y los ojos inyectados en sangre. Y churretones de maquillaje en las mejillas.

Pero su aspecto daba igual. Ella no intentaba impresionarlo. Al menos, no en ese sentido…

–Estaba pensando en mi marido y mi hija.

Él pareció quedarse atónito, y un silencio sofocante invadió la habitación.

–¿Estás *casada*? –preguntó con áspera sorpresa.

Capítulo Siete

—No lo estoy —dijo ella con voz temblorosa, desviando la cara para evitar sus ojos interrogantes.

Aunque él pareció pasar del asombro a la perplejidad, no dijo nada. Siguió mirándola. Ella deseaba evitar su mirada, pero le resultaba imposible.

A veces tenía la sensación de que él podía ver a través de ella. Ningún hombre le había afectado de esa manera. Pero él no era cualquier hombre, lo había sabido desde el primer momento en que lo vio.

Tenía que manejar la situación con el mayor cuidado, como si fuera un frágil objeto de cristal. En su interior, así se sentía ella, frágil y a punto de romperse.

—¿Kelly?

No recordaba que él la hubiera llamado por su nombre antes con esa voz grave y sensual, que le paralizaba el corazón. Luchando por recuperar la compostura, inspiró con fuerza para despejarse la cabeza y superar los siguientes terribles momentos. Él no se quedaría mucho tiempo más; después podría relajarse.

O quizá no.

Había accedido a ayudarlo a salir del atolladero en el que se encontraba y lo vería con frecuencia, mucho más de lo que había pretendido.

Fantástico. Pero no podía culpar a Grant de eso. Él no la había obligado a aceptar. La verdad era que estaba encantada con que le hubiera pedido consejo. No por quién era él, sino porque ella volvería a trabajar en lo que más le gustaba en el mundo, el derecho. La idea la animaba muchísimo.

—¿Hola?

—Lo siento —musitó ella, sonrojándose.

—No lo sientas. No quería que olvidases que estoy aquí.

Ella casi se rió al oír eso. Era imposible que ocurriera, cuando su enorme cuerpo dominaba la habitación y el aroma fresco de su colonia la volvía loca. Pero no iba a decirle eso, ni siquiera insinuarlo. Cuanto antes se librara de él, antes recuperaría la compostura.

—Mira, perdona que haya mencionado a tu familia o que hubieras llorado. Obviamente, no es asunto mío.

Inesperadamente, para su vergüenza, se le llenaron los ojos de lágrimas. Kelly no volvió el rostro a tiempo y él las vio.

—Eh, ¿puedo hacer algo para ayudarte? —preguntó Grant con incomodidad—. Tú has accedido a salvarme el pescuezo. Tal vez pueda devolverte el favor.

—No lo creo —susurró ella, parpadeando para librarse de las lágrimas. Era muy embarazoso derrumbarse ante un hombre que era casi un desconocido. No sólo la enfadaba, también le daba miedo. Había viajado hasta allí para recuperar el control de sus emociones, a curarse, para poder volver al trabajo y ser la abogada de éxito que había sido en otro tiempo.

Al ritmo que iba, regresaría a Houston en peor estado que cuando salió. *Aburrimiento*. Ése era el problema. Necesitaba algo que supusiera un reto y mantuviera su mente ocupada. Y gracias a ese hombre, lo tenía. Aunque parecía un caso sencillo, agradecía la oportunidad de volver a ejercer la abogacía.

Era ilógico que estuviera vez de llorando, en vez de sonriendo. Cuando recuperó el control, descubrió que Grant seguía mirándola. Sus ojos se encontraron un segundo y una chispa eléctrica saltó entre ellos.

Santo cielo. Contuvo la respiración, no podía estar ocurriéndole eso a ella.

Percibía que él había notado esa misma chispa y reflexionaba al respecto mientras se aclaraba la garganta, agarraba el sombrero, y se ponía en pie para marcharse.

–Mi marido y mi hija murieron en un accidente automovilístico –las palabras se le escaparon.

Él se detuvo abruptamente. El silencio volvió a dominar la habitación.

Kelly pensó que era bueno, porque estaba demasiado anonadada para decir nada más. No podía ni moverse. Se sentía helada por dentro y por fuera. Algo debía de haberla poseído para barbotar la verdad de esa forma. Él ya se había disculpado por entrometerse en su vida y estaba listo para marcharse. No debía haber dicho nada.

Había vuelto a abrir la caja de Pandora, exponiendo su vulnerabilidad. Lo miró y, tal como había sospechado, él la escrutaba; el azul de sus ojos era tan oscuro que parecían negros.

–Eso es muy duro –dijo él con voz tensa.

–Sí –musitó ella–, lo fue. Casi me mató a mí... emocionalmente, quiero decir.

–Puedo imaginarlo. ¿Qué ocurrió?

Kelly tomó aire. Grant extendió el brazo y tocó su mano, pero la apartó rápidamente cuando las chispas volvieron a saltar entre ellos.

–No hace falta que contestes a eso –dijo él.

–Es la misma historia que habrás oído un millón de veces –la voz de Kelly sonó apagada–. Un conductor borracho, un adolescente, se metió en su carril a toda velocidad. Fue un choque frontal y todos murieron.

–Dios, lo siento.

–Yo también.

Siguió otro largo silencio.

–¿Cuándo ocurrió?

–Hace cuatro años.

Grant no respondió, pero ella vio cómo giraban los engranajes de su mente. Como todo el mundo, pensaba que ya debería haber superado la tragedia, que debería haber rehecho su vida.

–Sé lo que estás pensando –dijo con voz más fuerte.

–¿Sí? –Grant alzó las cejas–. ¿Y qué es?

–Que ya no debería sentir lástima de mí misma.

–De hecho, estaba pensando justo lo contrario.

Ella lo miró intrigada.

–Sí, me preguntaba cómo conseguiste mantener la cordura y seguir funcionando, sobre todo como abogada.

Esa respuesta la sorprendió tanto que se quedó boquiabierta.

–Tiempo –dijo por fin–. No creí a mi psiquiatra cuando me dijo eso, pero ahora sí. El tiempo es la mejor medicina para todo.

–Pero aún no estás curada del todo.

–No, y nunca superaré lo ocurrido. Por eso estoy aquí.

–Ahora conozco uno de tus secretos –dijo él con voz suave y amable.

–Supongo que el resto de la gente también se hace preguntas sobre mí, porque no encajo para nada en la cafetería.

–Eh, lo haces muy bien… –Grant hizo una pausa y sonrió–. Excepto cuando tienes una taza de café en la mano. Entonces eres un poco peligrosa.

–Un arma letal, ¿no? –sonrió ella con ironía.

–Sólo puedo hablar por mí misma.

Ambos sonrieron.

–¿Cómo se llamaba tu niña? –preguntó él.

–Ámber. Y mi marido Eddie. También era abogado, pero en otra empresa.

–Suena como la perfecta familia americana.

–Lo éramos –afirmó ella con voz triste.

–No tenemos por qué hablar más de eso si no quieres. Tú decides.

–Mi médico dice que hablar es lo que debería hacer. No hablar del tema y enterrar el dolor en lo más profundo es lo que me ha hecho estrellarme y arder.

–Yo diría que eso es un poco fuerte.

–¿El qué?

–Decir que te has estrellado y ardido. A mí me parece que lo tienes todo bajo control.

–Te equivocas –ella desvió la mirada–. Estoy muy lejos de eso. Sólo tienes que preguntárselo a mi jefe.

Al oír la amargura que teñía su voz, Kelly controló su dolor y volvió a mirar a Grant. Él la miraba con compasión y eso la enfadó. No quería su lástima. Quería su... Antes de que el pensamiento tomara forma, lo rechazó con un portazo mental.

Todo era una locura. No sabía lo que quería, y menos de ese hombre que estaba descontrolando su cuerpo y su mente. Si no tenía cuidado...

–¿Por eso estás aquí?

–Sí –Kelly se obligó a volver a la realidad. Tenía que poner fin a la conversación–. No estaba trabajando bien y mi jefe me sugirió que me tomara un tiempo.

–Pero tú no estabas de acuerdo –afirmó Grant.

Kelly se lamió el labio inferior. Vio cómo él

seguía el movimiento de su lengua con los ojos y rechazó la sensación que eso le provocaba.

—Al principio no, pero después comprendí que tenía razón. En realidad nunca llegué a llorar la muerte de mi familia. Enterré el dolor en un lugar tan profundo de mi corazón que no podía salir a la superficie.

—Y un día afloró. Inesperadamente.

—Exacto. Me quedé en casa varias semanas, durante las cuales lloré y tuve ataques de rabia. También tiré y rompí objetos, pero al menos me enfrenté al dolor. De repente, Ruth me llamó, y aquí estoy.

—Pero no por mucho tiempo.

—El día que regrese Ruth, me iré —aclaró ella con una sonrisa inexpresiva.

—Este pueblucho aburrido no es para ti, ¿eh?

—Tú lo has dicho, no yo.

—Pero eso es lo que sientes.

Kelly se encogió de hombros, percibiendo el leve tono de censura de su voz. Que a ella le gustara o no el pueblo no era asunto de Grant. Sin embargo, no tenía derecho a despreciar su entorno, era insultante.

—Mira, pretendía…

—Eh, no me debes ninguna disculpa —Grant alzó la mano—. Hubo un tiempo en que yo pensaba igual.

Kelly abrió los ojos de par en par.

—Como sabes, no siempre he vivido aquí.

—Eso dijiste, pero pareces haber encontrado el huequito perfecto para ti.

—En otras palabras, no he tardado mucho en convertirme en un pueblerino.

—No quería decir… —Kelly se ruborizó.

—Claro que sí, y no importa. Me encantan estos bosques y la gente que vive en ellos.

—¿Y si te quedas sin árboles que talar por aquí?

—Eso no ocurrirá.

—¿En serio?

Él soltó una risita y se inclinó hacia delante.

Kelly captó el aroma de su colonia, que volvió a asaltar sus sentidos. Intentó simular que no la afectaba, pero cada vez era más difícil. Ese hombre tenía que marcharse, sobre todo porque el tórrido beso que habían compartido estaba muy presente en su mente. Si llegaba a pensar en lo que había sentido cuando su dedo le rozó el pecho, tendría problemas muy serios.

—Esta zona es el paraíso para un forestal —dijo él, devolviéndola a la realidad—. No creo que me quede sin árboles nunca.

—Eso es un plus para ti.

—No importa, me encanta este sitio y, con suerte, no tendré que abandonarlo.

—Eso lo entiendo —dijo Kelly con voz vigorosa—. A mí me encanta la ciudad y no la abandonaré nunca.

—Hace mucho que aprendí a no decir nunca —ladeó la cabeza y le lanzó una mirada calculadora.

—¿Eso incluye el matrimonio? —ella se indignó consigo misma por preguntarlo. Le daba igual que hubiera estado casado o pensara casarse en el futuro. El que la hubiera besado con furia no le daba derecho a indagar en su vida personal—. Disculpa, no es asunto mío.

—No es problema —alzó los hombros y sonrió—. No me opongo al matrimonio, ahora que me he asentado en un sitio. Supongo que no he encontrado a la potrilla adecuada todavía.

Ella sintió una oleada de disgusto. La potrilla adecuada. Ese tipo de lenguaje le recordó de nuevo que no tenía nada que ver con ese hombre y que estaba perdiendo el tiempo al mantener una conversación personal con él. Iba a ser su cliente, nada más.

Lo acompañó hasta la puerta, unos pasos más atrás, y volvió a fijarse en sus andares que hacían justicia al trasero masculino más firme y atractivo que había visto en su vida. Al ver el rumbo que tomaban sus pensamientos, Kelly rezongó una palabrota.

–¿Decías algo? –preguntó él, volviéndose.

–No –forzó una sonrisa.

–Sigues pensando en ayudarme con el requerimiento judicial, ¿verdad? –preguntó él, serio.

–¿Estás seguro de que quieres que lo haga, ahora que sabes que mi empresa no confía mucho en mí en estos momentos?

–No pongas excusas tontas –protestó Grant.

Ella titubeó.

–No puedes abandonar el barco ahora.

–Te dije que haría lo que pudiera, y pienso mantener mi palabra –hizo una pausa–. Sólo espero que no tengas que arrepentirte.

–No me arrepentiré –murmuró él, mirándola como si pudiera comérsela.

Ella se dijo que no podía permitir que le afectase. Sus sentimientos eran puramente físicos. Si los ignoraba, desaparecerían.

–Sabes lo que me gustaría hacer ahora, ¿verdad? –la voz sonó aún más ronca y grave.

Kelly se sentía como si estuviera a punto de tener un infarto. Lo miró sin decir nada.

–Me gustaría besarte hasta quitarte el aire.

«¿Y por qué no lo haces?», estuvo a punto de decir ella. Pero venció el sentido común.

–No creo que sea buena idea.

–Yo tampoco –la desnudó con ojos ardientes–. Porque una vez que empezase, no me bastaría con un beso.

Kelly siguió parada, inmóvil, la sangre le martilleaba los oídos. Grant se puso el sombrero y carraspeó.

–Me marcho.

Cuando la puerta se cerró a su espalda, Kelly obligó a sus piernas a llevarla al sofá. Se dejó caer y se apretó el estómago, la cabeza le daba vueltas.

¿En qué se había metido?

Capítulo Ocho

¿Tienes un minuto?

Grant torció el gesto al oír la voz de su banquero, Les Rains.

–Montones de ellos. ¿Por qué?

–Vamos a quedar a tomar un café.

–¿Dónde? –preguntó Grant, deseando que no sugiriese el Sip'n Snack.

–Sip'n Snack, ¿qué otra cosa hay en el pueblo?

–Te veré enseguida –Grant suspiró internamente–. Cerró el móvil y se encaminó en esa dirección.

Por más que deseaba ver a Kelly, se resistía a hacerlo, incluso por negocios. Le gustaba demasiado estar con ella, y eso lo preocupaba. La última persona que necesitaba ver en ese momento era la mujer que pulsaba sus teclas, en más de un sentido. Sin embargo, más le valía acostumbrarse, porque iba a representarlo. Le gustara o no, *era* la única abogada del pueblo.

Mayor razón para mantener la guardia. Tenía demasiada carga del pasado para él. En ningún modo deseaba competir, no lo haría, con los recuerdos de un hombre y una niña fallecidos. Iniciar una relación con esos antecedentes sería un suicidio.

Suponía que ningún hombre estaría a la altura de su esposo. Diablos, Grant ni siquiera quería probar. Cuando se casara, si lo hacía, y era dudoso, su esposa sería una mujer bella enamorada del aire libre, como él. Trabajaría a su lado en el jardín, e incluso haría conservas de frutas y verduras. La imagen de Kelly Baker haciendo algo así le daba risa.

No. No era la mujer para él. Pero tenía que admitir que era atractiva, y lo excitaba. Por tentado que estuviera, haría mejor limitando su relación a lo estrictamente profesional. Además, cuando Ruth regresara, Kelly se marcharía de Lane.

Grant no tenía ninguna intención de permitir que se llevara su corazón con ella, dejando un agujero en su vida tan grande como el cráter de un volcán. No, era demasiado listo para eso.

Unos minutos después entró en Sip'n Snack. Les Rains ya estaba sentado con una taza de café delante de él. Al principio, Grant no vio a Kelly hasta que salió de detrás del mostrador. Se detuvo al verlo.

Sus ojos se encontraron durante lo que pareció un momento interminable. Después ella lo saludó con la cabeza y se dirigió hacia una mesa que acababa de ocupar un pareja. Grant supuso que después lo atendería a él. Pero no había prisa; en cuanto había entrado, había percibido su dulce perfume. No se atrevía a mirar hacia abajo, pero estaba convencido de que su reacción era visible en la entrepierna de sus vaqueros.

–La recordarás la próxima vez que la veas.

Grant estrechó los ojos y miró a su banquero, cuyo rostro era tan redondo como su cuerpo. Les no estaba gordo; era fuerte como un toro, porque asistía al gimnasio a diario. Decía que eso lo mantenía cuerdo para enfrentarse con gente rara todo el día. Grant no envidiaba en absoluto su trato con la gente; sobre todo cuando el tema era el dinero. Prefería con mucho la maquinaria y los árboles. Eran mucho más sencillos: no replicaban.

—¿A qué te refieres? —preguntó Grant con voz ruda, sentándose.

—A cómo la estabas mirando —Les resopló—. ¿Qué pasa? ¿La conoces o algo?

—En cierto modo.

—Sabes explicarte mejor que eso, amigo —Les lanzó a Grant una mirada de incredulidad.

—¿Y si no quiero hacerlo?

—Tenías aspecto de poder comértela con una cucharilla, si hubieras tenido una —Les sonrió.

—Bueno, es un gusto para los ojos. Y no estoy muerto. ¿Entonces...? —Grant dejó la pregunta abierta a propósito.

—Ya empezaba a inquietarme —la sonrisa de Les se hizo más amplia—. Hace mucho que no te veo con una mujer, ni te oigo hablar de una.

—Estoy demasiado ocupado trabajando.

—Eso es basura.

Grant se encogió de hombros.

—¿Quién es? ¿Y qué está haciendo aquí?

—Es la prima de Ruth, Kelly.

—Ah, así que Kelly, ¿eh?

—Vete al cuerno —Grant miró a su amigo con ira.

—Eh, no te culpo por mirarla de arriba abajo. Chico, es despampanante, no lo que uno espera encontrarse trabajando en un sitio como éste, aunque tenga más clase que ningún otro de Lane.

—Ruth tiene problemas y está sustituyéndola.

Grant cerró la boca y observó a Kelly llevar café y bollos a la mesa que había frente a ellos. Ese día llevaba unos vaqueros de corte bajo, un cinturón ancho y un suéter negro de cuello vuelto. De sus orejas colgaban unos pendientes brillantes. Les tenía razón; era despampanante, sobre todo ese día. El conjunto acentuaba todos sus puntos positivos.

Para que no lo viera mirándola, giró la cabeza. Poco después, Kelly llegó a la mesa.

–Buenos días –saludó.

–A ti también –dijo Grant. Alzó la cabeza y sus ojos se cruzaron un milisegundo.

–¿Café?

–El más fuerte que tengas.

–Volveré enseguida.

Cuando les sirvió y se fue, Les volvió a reírse.

–Otra vez. ¿Qué hay entre vosotros? He visto cómo te miraba *ella*. Algo ocurre, pero si no quieres contármelo, me parece bien.

–Gracias –respondió Grant rezumando sarcasmo. Les se limitó a sonreír–. En realidad es abogada.

–¿Ella? –la sonrisa de Les se esfumó–. ¿Abogada?

–Eso he dicho –afirmó Grant con voz tersa.

–Entonces, ¿por qué está aquí?

–Ésa es otra historia y, francamente, no es de tu incumbencia.

–¿Eso opinas?

–Sí.

–Supongo que ya se ha convertido en incumbencia tuya.

–No sabes cuándo rendirte ni cuándo callarte, ¿verdad? –Grant tuvo que tragarse una palabrota.

–No.

–Va a ayudarme a levantar el mandamiento judicial, dado que Matt está fuera del país. ¿Satisfecho?

–Más o menos. Nunca pensé que Matt mereciera la pena, por cierto.

Grant ignoró el comentario de Les sobre su abogado. Eso daba igual. Lo único importante era poner a sus hombres y su maquinaria en marcha de nuevo. Esperaba que Kelly pudiera conseguirlo. Se moría de ganas de preguntarle si había empezado a trabajar en el caso, aunque lo dudaba, porque lo habían discutido el día anterior. Aun así, se moría de impaciencia.

Cada segundo de retraso le costaba tiempo y dinero.

Tenía la esperanza de que empezase esa tarde. Por esa razón, no pensaba molestarla en casa, aunque deseaba hacerlo. Y la razón no tenía que ver con el caso.

–¿Ha hecho algo ya? –preguntó Les.

–Aún no, estoy seguro.

–Necesita ponerse en marcha.

Grant frunció el ceño. Iba a responder cuando llego Kelly con una cafetera llena. De nuevo, se le aceleró el corazón al verla. Maldijo su libido y sus emociones.

–¿Queréis más? –preguntó ella.

–No, gracias –repuso Les–. Quizá más tarde.

Ella asintió, se dio la vuelta y se fue. Grant no pudo evitar admirar el lindo balanceo de su trasero. Nada le habría gustado más que poner las manos sobre él, hacerla girar y besar sus labios húmedos y carnosos. Le costó toda su fuerza de voluntad dejar de pensar en ella, pero lo hizo. Había demasiado en juego.

–Sigues apoyándome en lo del dinero, ¿verdad? –preguntó Grant, llevándose la taza a al boca.

–Te daré tanto tiempo como pueda –respondió Les–. Pero los demás no serán tan comprensivos –hizo una pausa–. Si tardas en arreglar este lío, quiero decir.

–Entiendo – a Grant los nervios le atenazaban el estómago–. Por eso me alegra haber hablado contigo. Necesito informar a Kelly de lo que esté sucediendo.

Charlaron un rato más, hasta que Les terminó su café y se marchó. Grant fue hacia la barra y se sentó en uno de los taburetes. Kelly estaba de espaldas a él pero, como si percibiera que alguien la observaba, se dio la vuelta. Un velo inexpresivo cubrió sus ojos y rostro.

–Sólo quería decirte adiós y pedirte que me llames cuando sepas algo.

–Lo haré –le sonrió débilmente.

Sus ojos mantuvieron el contacto un momento más. Después, él se levantó y salió. Lo asustaba la fuerza de sus emociones; maldijo todo el camino hasta llegar a su furgoneta.

Capítulo Nueve

Tras utilizar el ordenador de Ruth para investigar casos similares al de Grant, Kelly decidió que el siguiente paso era ir al juzgado del condado. Wellington, su sede, estaba sólo a treinta kilómetros.

Al día siguiente, cuando cerró la cafetería, fue en coche hacia allí y presentó una moción para que se levantara el mandamiento judicial y Grant pudiera volver a trabajar lo antes posible.

No estaba segura de lo que ocurriría. Si Larry Ross era de esa zona, el juez Winston podría extender el mandamiento, en vez de levantarlo; simplemente porque así funcionaban con los suyos en los pueblos pequeños.

Era injusto, pero Kelly había descubierto hacía tiempo que el sistema legal de Estados Unidos tenía muchos agujeros. Aun así, era uno de los mejores del mundo, y se sentía orgullosa de formar parte de él.

Ya estaba de vuelta en Lane, a punto de aparcar en casa de Ruth, cuando frenó de repente.

La furgoneta de *él* estaba ante la casa. Kelly se quedó inmóvil un segundo, respirando con agitación. Se preguntó por qué Grant tenía un efecto tan adverso sobre ella. Hacía que pensara y actuara de una forma totalmente inusual en ella.

A pesar de la atracción que sentía por él, Kelly seguía firme en su decisión de no entablar una relación con otro hombre. El precio era demasiado alto. La amistad era suficiente.

Hasta que había conocido a Grant.

Sin duda, la volvía loca con sus comentarios chauvinistas y su arrogancia. Pero, además de hacer que se sintiera consciente de su cuerpo, había despertado en ella deseos que creía muertos hacía tiempo. Se había equivocado, estaban vivos, y mucho. La clave para no rendirse a esos deseos era tener fuerza de voluntad y testarudez. Y siempre había creído tenerlas.

Kelly adivinó, a la luz del reto que había aparcado ante su casa, que pronto vería de qué pasta estaba hecha.

Con la piernas temblorosas, bajó del coche. Grant se reunió con ella a medio camino. Su rostro tenía el mismo aspecto que cuando le habló de Larry Ross: el de una tormenta a punto de estallar. Ella cuadró los hombros, esperando malas noticias.

—¿Dónde diablos has estado? —exigió él con aspereza.

Sorprendida por el súbito ataque, Kelly ensanchó los ojos. Al mismo tiempo, sintió una oleada de ira.

—¿Disculpa?

—Me has oído.

—¿Cómo te atreves a hablarme así?

—¿Cómo te atreves a desaparecer sin más?

—Eh —replicó ella—. No tengo por qué darte explicaciones.

Grant farfulló una palabrota y se frotó la nuca, como dándose tiempo para recuperar el control de su frustración y su mal genio.

—Mira, no pretendía atacarte.

—Pues lo has hecho.

—Kelly...

—Apártate de mi camino —dijo ella, ignorando el tono suplicante de su voz.

–¿Adónde vas?

–Dentro de mi casa, lejos de ti –los ojos y la voz de Kelly sonaron fríos como el hielo–. Ningún hombre me habla así. Y menos uno a quien apenas conozco.

Grant, comprendiendo que había cometido un grave error, la miró contrito.

–Oye, lo siento. Lo siento de veras.

Kelly forcejeó con su conciencia. Le habría encantado mandarlo a paseo, al infierno incluso; no lo hizo.

–Me temo que «lo siento» no basta.

–Estaba preocupado, eso es todo.

Ella lo miró con incredulidad y se preguntó por qué no lo rodeaba, entraba en casa y acababa con esa tontería. Tal vez fuera por la mirada desesperada de sus ojos, o porque estaba muy atractivo con el sombrero negro, vaqueros, camisa blanca y botas. Por no mencionar su olor… como siempre, su colonia le provocaba un cosquilleo en todo el cuerpo.

Maldito fuera.

–¿Preocupado por qué? –exigió.

–Por ti.

–¿Por mí? –sonó incrédula–. ¿Por qué ibas a estar preocupado por mí?

–No lo sé –Grant estaba un poco pálido–. No estabas en la cafetería ni aquí, y pensé que tal vez… –calló y se frotó la nuca con fuerza–. Diablos, no sé qué pensé.

–No voy a marcharme, Grant. Dije que te ayudaría y lo haré –contempló cómo todo su cuerpo parecía relajarse.

–Pero el tiempo es crítico –dijo él, unos segundos después, con un tinte de desesperación en la voz.

–Lo sé –afirmó ella, con tanta paciencia como pudo. Eddie había sido un hombre tranquilo, que rara vez perdía los nervios. Por lo visto no hacía falta mucho para que Grant se disparase como un cohete.

–He hablado con mi banquero, y los mandamases del banco están muy nerviosos respecto a la cantidad de dinero que debo –explicó Grant–. Enterarse de lo del mandamiento judicial, ha sido un agravio y un insulto.

–No es tan grave como podría haber sido –dijo Kelly–. Mientras tú te dedicabas a perder los nervios, yo estaba trabajando para ti. Acabo de regresar de Wellington, ya he interpuesto una demanda para que se levante el mandamiento.

Los rasgos de Grant denotaron alivio y remordimiento a la vez.

–Si quieres darme una patada en el trasero, me pondré en posición.

–Algo me dice que eso no serviría de nada –supo que había acertado, porque él se sonrojó.

–¿Tienes algo que hacer ahora mismo? –preguntó él de repente.

–No, pero... –Kelly frunció el ceño.

–Ven conmigo al emplazamiento, ¿quieres? Pete está fuera y tengo que revisar la maquinaria antes de que oscurezca. Por el camino puedes contarme los detalles de tu viaje a Wellington.

–No estoy vestida para ir al bosque –protestó Kelly. De hecho, llevaba vaqueros, una camisa y chaqueta. Pero eran sus delicados zapatos los que fallaban.

–Eso no importa. No tienes que bajar de la camioneta si no quieres.

–¡Tendría más éxito discutiendo con un árbol que contigo! –Kelly alzó las manos, derrotada.

En cuanto subió a la camioneta, que olía igual que Grant, Kelly se tensó. Ya debería haber aprendido a no estar con él en situaciones íntimas. Acceder a ayudarlo probablemente era lo más tonto que había hecho en mucho tiempo.

Pero había estado deseando volver a ejercer. Hasta el momento, había disfrutado con cada minuto del sencillo caso. Simplemente entrar al juzgado había hecho que le subiera la adrenalina. Durante un rato había paseado por los pasillos, inhalando ese olor tan peculiar y característico de los juzgados.

Sin duda, servir café y comida estaba afectándola. Pero también Grant. Y ser camarera era, con mucho, lo menos peligroso de las dos cosas.

—Te prometo que me comportaré bien —comentó él, como si captara su intranquilidad.

—Muy gracioso —replicó ella, irónica.

—Eh, tranquila —dijo él, arrancando el motor—. Sé cómo te sientes respecto al bosque, pero te aseguro que estarás a salvo.

En ese momento lo que menos la preocupaba era el bosque, pero no iba a decírselo.

—¿Hablaste con el juez Timmons? —preguntó Grant. Ella contempló su perfil. También era atractivo.

—La verdad es que sí, pero no es el juez que se ocupará de tu caso.

—Eso es un alivio. He oído decir que puede llegar a ser insoportable.

—Conmigo fue muy agradable.

—Eres una mujer guapa, y él tiene fama de donjuán —Grant la miró de reojo.

—¿Él? Debe de tener ochenta años.

—Ese viejo truhán todavía es un conquistador, al menos eso dicen las malas lenguas.

Ella volvió la cabeza para que no viera su sonrisa.

—Disculpa, no pretendía avergonzarte.

—No estoy avergonzada —volvió a mirarla—. Pero

pensar en él con una mujer… –calló, ruborizándose por lo que había estado a punto de decir.

–Estoy completamente de acuerdo –Grant echó la cabeza hacia atrás y soltó una carcajada. Después, la miró con curiosidad–. Si Timmons no es quien dictó el mandamiento judicial, ¿por qué hablaste con él?

–Él y el fundador de mi empresa se conocen de hace tiempo. Nos encontramos y me preguntó quién era…, así que charlamos un rato.

–Entonces, ¿quién se ocupa de mi caso?

–El juez Winston. No sé nada de él, excepto que el mandamiento es temporal, y eso juega a tu favor. En otro caso, estoy podría alargarse infinitamente.

–Eso no puede ocurrir –Grant tensó el rostro.

–Claro que puede. Pero intentaré impedirlo. Con suerte, conseguiré que la vista se celebre pronto. Entonces, Winston podrá exigir que se cumpla el decreto, restringirlo, o cancelarlo.

–¿Cuándo puedes conseguir esa vista?

–Nos han incluido a finales de la próxima semana.

–¿Eso es lo mejor que pudiste conseguir?

Era obvio que Grant no estaba al tanto de cómo funcionaban los juzgados. Lo miró con reprobación.

–Dadas las circunstancias, deberías estar más agradecido –dijo un tono irritado a su voz, con toda intención.

–Tienes razón, debería agradecerte de rodillas todo lo que consigas –Grant se mordió el labio.

–Con un simple «gracias», bastará.

No dijeron nada más hasta que Grant entró en una carretera que llevaba a una zona despejada, con montones de troncos. Había varias piezas de maquinaria muy grandes. Kelly nunca había visto una zona de tala y se dejó llevar por la curiosidad.

–Parece que ya está talada toda la madera.

–Apenas hemos empezado. Lo que estás viendo es una explanada de almacenaje. En cada emplazamiento despejamos una zona en la que apilamos la madera y guardamos el equipo.

Grant bajó del vehículo y ella lo siguió.

–Pensé que no querías bajar –la miró con los párpados entrecerrados.

–He cambiado de opinión.

–Como quieras, pero ten cuidado.

–¿Hay serpientes por aquí?

–Hace demasiado frío para que estén de paseo –le sonrió con un indulgencia y a ella se le derritió el corazón–. Los agujeros en el suelo serán tu peor enemigo, así que anda con cuidado.

–Me quedaré cerca de ti.

–No veo la deslizadora de troncos –Grant miró a su alrededor–. Tengo que echarle una ojeada.

–No sin mí, desde luego –dijo Kelly mirando las sombras entre los árboles y estremeciéndose.

–De acuerdo, ven, pero ten cuidado.

–¿Qué son esas marcas en los árboles? –preguntó, caminando tan cerca de él como podía, pero sin tocarlo.

–Ésos son los árboles que hay que talar.

–Ahora entiendo. Quedan montones.

–También entenderás por qué el tiempo es crítico. Si no talamos, nadie gana dinero. Ni yo, ni los trabajadores, ni el banco.

–¡Ay! –gritó Kelly, notando que su pie derecho se hundía en el suelo y se torcía.

Grant la agarró antes de que cayera de rodillas. Después se acuclilló para mirar su tobillo.

–¿Te lo has torcido? –preguntó con preocupación.

–No creo –contestó Kelly, poniendo peso en el

pie, pero apoyándose en su hombro. El incidente la había asustado. Lo que menos necesitaba era un tobillo roto o dislocado.

—Ya veo la deslizadora —dio Grant con voz áspera—. Ven, voy a llevarte de vuelta a la camioneta.

Veinte minutos después, Grant aparcó ante la casa de Ruth. Ninguno de los dos había hablado mucho por el camino. Kelly habría querido hacerle más preguntas sobre su trabajo, pero como no parecía estar hablador, se mantuvo en silencio. Además, tenía el tobillo dolorido y eso la ponía furiosa consigo misma. Si se hubiera quedado en el vehículo, no habría ocurrido nada.

En realidad, no había sido nada serio. Después de un baño caliente con sales, se sentiría mucho mejor.

—Espera, te ayudaré a bajar —dijo Grant, después de apagar el motor.

—Estoy bien. Puedo andar sola.

Él encogió los hombros pero fue a abrirle la puerta de todas formas. E hizo bien, porque cuando se puso en pie y dejó el peso en el pie, puso una mueca de dolor. Él agarró su brazo de inmediato.

—Gracias, pero estoy segura de que está bien. Supongo que soy un poco paranoica.

—Eso es bueno —masculló Grant. Antes de que se diera cuenta de lo que ocurría, la había alzado en brazos y llevado a la casa—. Estoy seguro de que el tobillo se pondrá bien. ¿Qué me dices del resto de ti? ¿Adónde te llevo? —preguntó, deteniéndose en medio de la sala—. ¿Sofá o dormitorio?

Ella no se atrevió a mirarlo por miedo a que leyera en sus ojos. Todos los nervios de su cuerpo estaban en alerta, sintiendo el contacto de sus brazos.

—¿Qué te parece el sofá? —preguntó él, al ver que ella no contestaba. Su voz sonó grave y ronca, difícil de oír. Kelly tenía la garganta tan cerrada que se limitó a asentir. Él la colocó sobre los cojines.

Entonces pareció quedarse helado. No apartó las manos ni el rostro, que estaba a centímetros del suyo.

Capítulo Diez

Kelly se quedó sin aliento. Iba a besarla de nuevo y no lo detendría. De hecho, tuvo que contenerse para no alzar los brazos y bajar su cabeza hasta sus labios, de tanto como lo deseaba. Pero, para su sorpresa y decepción, Grant se echó hacia atrás.

—Deja que eche un vistazo a tu tobillo —dijo con voz estrangulada.

Antes de que ella pudiera reaccionar, se arrodilló y le quitó el zapato y el calcetín. Ella se tensó para no reaccionar al sentir sus dedos callosos recorriendo su pie y tobillo, presionando suavemente la zona hinchada.

—Estarás bien. No hay nada roto —dijo él cuando acabó. Sus ojos brillaban como ascuas.

—¿Crees que sólo está dolorido?

—Sí —repuso Grant—. Y poco. Pero prueba a apoyarte en él.

Ella obedeció y no tuvo ningún problema.

—Duele un poco, pero está bien. Mientras no esté roto, no tendré problemas.

—Tal vez debería ayudarte a llegar al dormitorio, de todas formas —Grant se irguió.

—Puedo hacerlo sola —Kelly desvió la mirada.

—No voy a saltar sobre ti, Kelly.

—Ya lo sé —dijo ella con tono seco. No sabía por qué la había irritado. Tal vez estuviera decepcionada porque no había saltado sobre ella. ¡Sí, así era!

–Sólo quería aclararlo, por si tenías alguna duda.

–Será mejor que te marches –empezó a temblarle la barbilla y giró la cabeza. No podía ponerse sensiblera, porque en realidad no quería que se marchara.

–Tienes razón, debería –aceptó él.

–Espero que no te importe que no te acompañe a la puerta –se obligó a decir ella, sin mirarlo.

Lo oyó moverse pero, de repente, el sofá se hundió a su lado. Giró la cabeza al mismo tiempo que Grant gemía, la apretaba contra sí y, con ojos oscuros de deseo, clavaba los labios duros y húmedos en los suyos.

Perdida en el momento de éxtasis, Kelly se abrazó a él, devolviéndole el beso; sabía que la situación podía descontrolarse rápidamente, pero le daba igual.

–No pretendía que ocurriera esto –susurró él entre besos frenéticos, inclinándose sobre ella de modo que sus senos se apretaran contra su musculoso pecho.

–Yo tampoco –admitió ella sin aliento, abrazándose a él como si nunca fuera a dejarlo marchar.

–¿Quieres que pare? –su voz sonó áspera como papel de lija.

–¿Quieres parar?

–Dios, no.

–Entonces no lo hagas –se preguntó cómo podía haber dicho eso a un hombre que no era su marido. Pero la respuesta era fácil; su cuerpo la había traicionado.

Grant volvió a adherirse a su boca y la tumbó sobre los cojines. Entonces los dos se pusieron un poco salvajes, probando y succionando con tanta pasión dura y húmeda que Kelly se sentía como si su cabeza fuera a explotar. Sabía que si se atrevía a tocar sus senos o algún otro lugar íntimo, tendría un orgasmo.

Entonces fue cuando hizo justo eso.

Con un gruñido, se echó hacia atrás y, sin dejar de mirar sus ojos, bajó las hombreras de su camisola. Inmediatamente, sus senos se desparramaron ante él.

–Tan bellos, tan preciosos –murmuró, con los ojos muy abiertos.

Kelly se sintió impotente ante las oleadas de sensaciones que recorrieron sus cuerpo cuando su lengua bañó primero un pezón y luego el otro. Fue suficiente para conseguir justo lo que ella había temido: un orgasmo.

Mientras los espasmos entre sus muslos seguían y seguían, él enterró los labios en su cuello.

–Oh, Kelly, cuánto te deseo –musitó. Agarró su mano la colocó sobre el bulto prominente que ocultaba la cremallera de sus vaqueros.

Ese movimiento fue el catalizador que devolvió a Kelly a la realidad. Sin previo aviso, apartó la boca de la suya y lo empujó para que se alejara. Pero seguía sin aliento. Sólo podía estar inmóvil, sintiendo aún cómo sus labios y lengua la habían acariciado, robándole la mente y el sentido.

–Kelly –murmuró él, rompiendo el silencio–. Yo… –su voz se apagó, como si no tuviera palabras.

Se miraron a los ojos, después él se levantó y fue hacia la chimenea.

–Si esperas una disculpa, olvídalo –dijo con voz tensa.

–No quiero una disculpa.

–Me alegro –Grant soltó el aire lentamente.

–Pero no sería nada inteligente convertir esto en un hábito.

–Yo he disfrutado bastante –sus labios se curvaron con una mueca.

–Precisamente por eso –dijo ella con ironía.

–Te entiendo muy bien, pero eso no significa que tenga que gustarme lo que dices.

–A mí tampoco me gusta, pero ambos sabemos… –se detuvo abruptamente.

–Que esto no puede ir a ningún sitio –Grant acabó la frase por ella.

–Correcto. No tenemos futuro juntos –su voz apenas se oyó. Aún temblaba por cómo le había afectado, aún ardía por dentro. Si él intentase tocarla de nuevo, estaría perdida. Bajó la cabeza para ocultar sus pensamientos.

–Kelly, mírame –pidió él con voz suave.

Sin saber por qué, ella obedeció.

–Te deseo tanto como tú a mí. Probablemente más –afirmó. Hizo una pausa y bajó la mirada.

Ella copió el gesto y su pecho se tensó. El bulto que había tras la cremallera era muy visible.

–¿Qué puedo decir? –él encogió los hombros y sonrió de medio lado–. Tiene voluntad propia.

Kelly sintió que su cara se teñía de rubor y desvió la mirada. No debería sentirse avergonzada por sus palabras, pero lo estaba. Al fin y al cabo, había estado años casada. No había sido tímida ni recatada, y seguía sin serlo. Quizá su incomodidad se debiera a que era una conversación *muy* personal para dos personas que apenas se conocían.

Si me marcho, ¿seguro que estarás bien? –Grant hizo una pausa y tomó aire–. Por el pie, quiero decir.

–Estaré perfectamente –respondió Kelly, con más convicción de la que sentía en realidad.

–Entonces, supongo que me iré.

Ella oyó el titubeo y desgana de su voz, pero optó por no tenerlo en cuenta. Cuando llegó a la puerta, Grant se volvió hacia ella.

–Gracias por acompañarme.

81

—Gracias por llevarme —dijo ella con voz tensa.

—Bien —salió y cerró la puerta a su espalda.

Se preguntaba cómo había vuelto a ocurrir.

La intimidad compartida la noche anterior fue lo primero que se le pasó a Kelly por la cabeza al despertarse. Aunque no había querido involucrarse más con Grant, la vida no siempre iba como uno deseaba. Lo había aprendido, de la peor manera, hacía tiempo.

Y, en el caso que la ocupaba, no se había hecho ningún daño. Grant y ella eran adultos sin compromiso, así que nada impedía que compartieran un beso o dos.

Kelly hizo una mueca. Tenía que admitir que había sido mucho más que eso. Habían emprendido un baile físico sin paliativos. Los besos que había sentido en los senos y labios habían sido calientes, profundos y personales, como si Grant y ella intentaran tocarse el alma.

Estremeciéndose, Kelly miró el reloj, salió de la cama y fue hacia el cuarto de baño. Avanzó lentamente, por el pie y por sus pensamientos sobre Grant.

Se preguntó por qué tenía que saber tan bien y tener un tacto tan fantástico siempre. Nunca había pensado en esas cosas con respecto a Eddie. No entendía en qué consistía la diferencia.

Tener pensamientos eróticos con respecto a Grant en cierto modo suponía traicionar a su marido muerto. Kelly fue hacia el armario, se puso unos pantalones, camisola y chaqueta, porque el aire de febrero seguía siendo bastante fresco para Texas.

Se miró en el espejo, convencida de que debía de haber evidencia tangible de que algo le había ocurrido: mejillas sonrosadas, brillo en los ojos, algún indicativo de que Grant y ella se habían hecho el amor con los labios.

No percibió nada distinto.

Con la confianza de que su secreto estaba a salvo, Kelly fue a la cocina y se preparó un té, con la esperanza de que tranquilizase sus nervios y le devolviera la compostura habitual.

Después telefoneó para concertar una cita con Taylor Mangunm, el abogado de Larry Ross. No le había contado a Grant sus planes porque podían no fructificar. Pero si quería salvarlo de la bancarrota, tenía que moverse rápido.

Cuando terminó el té y miró la taza vacía, deseó poder hacer lo mismo con Grant; vaciar su mente de él. Pero no parecía ser capaz. En cualquier caso, darle vueltas a su obsesión con él no solucionaría el problema.

La panacea para eso era estar ocupada.

Agarró el bolso y salió, temiendo su próximo e inevitable encuentro con Grant.

Debería haberse guardado sus manos, *y la boca*, para sí, pero no lo había hecho y no tenía sentido flagelarse por algo que no podía cambiar.

En cuanto Ruth regresara, Kelly Baker se iría de esos bosques como alma que lleva el diablo. Y no podía culparla. Lo entendía bien, porque él sentía lo mismo con respecto a la ciudad. Si él hubiera estado en el caso de tener que hacer un favor a un amigo, por ejemplo en Houston, habría estado contando los días que faltaban para volver al campo.

Sin embargo, la idea de que ella se fuera lo deprimía. Y no era capaz de enfrentarse al porqué. Si pensaba en eso, rememoraría cómo lo había besado; como si le supiera tan bien que deseara comérselo.

Cuando sus labios se abrasaban y ella había succionado su lengua, había deseado arrancarle la ropa, bajarse la bragueta, subírsela al regazo y hacer que lo montara hasta que ambos quedaran exhaustos.

Si no se hubiera apartado cuando lo hizo, Grant habría perdido el control y hecho exactamente eso, estropeándolo todo. ¡Era su abogada! Debía recordarlo.

Sonó su móvil y puso fin a su tortura. Era Pete.

–¿Dónde estás?

–Voy hacia casa de Holland –contestó Grant–. Creía que te lo había dicho.

–No, pero no importa.

–¿Qué ocurre?

–Nada. Ése es el problema. Los trabajadores empiezan a ponerse nerviosos, Grant. Incluso están hablando de marcharse.

Grant no se sorprendió, pero notó que le subía la tensión sanguínea y eso lo irritó.

–Por eso voy a ver a Holland, para presionarlo y poder hablar con el supuesto hermano ilegítimo.

–Buena suerte.

–Entretanto, Kelly sigue trabajando en la parte legal. Pide a los hombres que aguanten unos días más. Todo se arreglará.

–Mantenme informado.

Pete concluyó la conversación justo cuando Grant llegaba al rancho de Holland. Por suerte, Dan estaba trabajando en la carretera de entrada. Se apoyó en la pala y esperó a que Grant fuera hacia él.

–Nada ha cambiado –dijo Dan, con voz tensa.

–Quiero hablar con Ross.

–No me parece buena idea. Como familia,

hemos decidido que lo correcto es arreglar esto en el juzgado.

—Eso está muy bien para ti y tu familia —dijo Grant, rebosando sarcasmo—, dado que aceptasteis mi dinero y lo invertisteis. Yo, por otro lado, no tengo nada.

—Sé que no parece justo que a nosotros nos vaya bien y tú tengas problemas, pero… —Dan palideció.

—Déjate de condescendencias, Holland, y actúa como un hombre. Saca a tu hermano de escena. Lo correcto es que mantengas tu parte del trato. Tú aceptaste mi dinero y te considero a *ti* responsable de todo.

—Lo sé, y me siento responsable.

—Entonces evitemos un juicio. Arreglemos esto entre nosotros.

—Ojalá pudiera.

—Escucha, amigo, estás destrozando mi compañía. Me vas a llevar a la ruina.

—Créeme, lo siento —Holland mantuvo una expresión estoica—, pero no tengo más remedio que seguir con mi plan. Mis hermanos piensan lo mismo.

—Si quieres saber mi opinión, sois una panda de imbéciles por permitir que ese supuesto hermanastro os tome el pelo.

Holland tensó la espalda y lo miró fijamente. Grant sintió la tentación de tumbarlo de un puñetazo, pero apretó los labios y le devolvió la mirada.

—Oh, no —masculló Dan, mirando por encima del hombro de Grant.

Grant giró en redondo y vio a un hombre desconocido rodear la casa e ir hacia ellos. Sintió una descarga de adrenalina al comprender quién era el tipo. Parecía que el día tomaba mejor rumbo.

—Vaya, vaya, el viejo Larry en persona.

–No empieces nada, Wilcox –advirtió Dan.

–¿O qué?

–O te arrepentirás.

–Ya me arrepiento de haber hecho negocios contigo.

Dan abrió la boca, pero la cerró cuando Larry Ross se detuvo a su lado. Como si percibiera la tensión en el aire, el hombre no dijo nada. Miró de Grant a Dan.

Ross era alto, pero delgado y pálido; parecía necesitar vitaminas o un buen trozo de carne roja. O las dos cosas. Grant supuso que si las cosas se ponían feas, podía derribarlo con una mano atada a la espalda. Esperaba no tener que llegar tan lejos, pero haría lo que fuera necesario para que sus trabajadores reiniciaran la tala de los árboles que había comprado.

–Grant Wilcox, Larry Ross –farfulló Dan.

–No tengo nada que hablar contigo –Larry se tensó visiblemente.

–Pues es una lástima, porque yo tengo mucho que decirte a ti –no alzó la voz, pero sonó dura y fría.

–Tampoco tengo por qué escucharte.

–¿Quién lo dice? –Grant lo pinchó a propósito, por puro disfrute.

–Mi abogado.

–Escucha, ¿no podemos ser civilizados? De hombre a hombre. ¿Dejar fuera al juzgado?

–Yo estoy a gusto utilizando el juzgado.

Grant dio un paso hacia delante. Ross retrocedió, con el miedo pintado en la cara.

–Sugiero que arregles esto con tu familia rápido, hoy por ejemplo. Si no lo haces, volveré y te prometo que no te alegrarás de verme –Grant se dio la vuelta, volvió a la camioneta y se marchó.

Sabía que sus palabras no significaban nada. Desgarrar en dos a ese tipo anémico sólo serviría para que Grant se sintiera un poco mejor.

Si Kelly no ganaba el juicio, estaba perdido.

Capítulo Once

Estamos a punto de cerrar, pero si quiere algo se lo serviré.

–He venido a verte a ti, cariño.

Kelly gimió para sí. Lo último que necesitaba era un cliente de última hora, sobre todo uno que fuera a verla a ella. La mayoría de la gente del pueblo ni siquiera la conocía, aunque eso iba cambiando. Aparte de Grant, había empezado a hacer amigos entre la clientela.

Sin embargo, no recordaba haber visto antes a esa viejecita. No la habría olvidado. Era una mujer diminuta e inusual, sobre todo para Lane.

Debía de tener ochenta y muchos años, pero era obvio que hacía todo lo posible para disimularlo; desde rellenarse las arrugas con maquillaje a llevar pendientes de aro casi más grandes que su rostro.

Tampoco se podía ignorar su ropa. Llevaba pantalones, blusa y chaqueta bordadas con lentejuelas. Brillaba tanto que Kelly habría necesitado gafas de sol para apagar el destello. Todo un personaje.

–¿Has acabado de mirarme? –preguntó la mujer sin ningún rencor.

Kelly se avergonzó y supo que se notaba. Pero la mujer sacudió una mano de dedos largos y delgados, y uñas pintadas.

–No te preocupes, cariño –rió–. Todo el mundo se queda boquiabierto al verme; los desconocidos, claro. Por aquí todo el mundo sabe que estoy loca pero que soy inofensiva.

Kelly sabía que probablemente fuera inofensiva, pero no creía ni por un momento que estuviera loca.

–Por cierto, soy Maud Peavy –extendió una mano y apretó la de Kelly–. La gente de por aquí me llama doña Maud. Pero contesto a casi cualquier nombre.

–Bueno, doña Maud –Kelly se rió–, tengo que decirle que es mi tipo de dama. La felicito por seguirse preocupando de la moda a su edad.

–Escucha, cariño, uno nunca es demasiado viejo para cuidar su aspecto. Recuérdalo, ¿quieres?

–Mi abuela solía decirme eso mismo.

–Estás a punto de cerrar, ¿verdad? –preguntó Maud.

–Así es.

–¿Tienes algún plan?

–No –contestó Kelly después de pensar un momento–. Volver a casa de Ruth, supongo.

–Ven a casa conmigo.

Kelly parpadeó asombrada.

–¿No has oído que soy famosa por mis pastas de té caseras?

–La verdad es que no.

–Estoy un poco decepcionada con mis amigos –Maud frunció el ceño un instante, y después sonrió–. Las sorpresas también son buenas. Vas a darte todo un gusto y ni siquiera lo sabías –inclinó una cabeza en la que escaseaba el pelo.

A Kelly la sorprendió que no llevara peluca para ocultar el defecto, dada su preocupación por su imagen.

–El médico me dijo que no podía ponerme la peluca durante un tiempo –Maud se dio un golpecito en la coronilla, como si hubiera leído la mente de

Kelly–. He tenido un problema en el cuero cabelludo –sacudió la cabeza–. Ya sabes cómo son los médicos; si no haces lo que dicen, se niegan a verte de nuevo.

Kelly ocultó una sonrisa; nunca le había ocurrido eso, pero tampoco vivía en un pueblo diminuto, donde la gente era muy distinta a la de la ciudad.

–Entonces, ¿vas a venir? –preguntó Maud.

–Claro. ¿Te importaría que fuera antes a casa de Ruth y me pusiera cómoda? También tengo que hacer una llamada telefónica.

–Tómate tu tiempo, cariño. Así podré preparar una bandeja de pastas frescas y meterla al horno.

–Mmm, suena muy bien.

–Cariño, cuando pruebes una, creerás haber muerto y estar en el cielo.

Kelly soltó una carcajada que le sentó de maravilla. Pensó que tal vez su médico había acertado al obligarla a dejar la empresa un tiempo. En Houston casi nunca reía con espontaneidad.

–Te veré en un rato –Maud le dio instrucciones para llegar a su casa y fue hacia la puerta.

Poco después, Kelly se cambió de zapatos y de ropa. Por puro placer, se quitó la ropa interior; su chándal era grueso y no revelaba su desnudez.

La alegre Maud ya le había hecho un favor, dándole el coraje de ser ella misma y hacer algo atrevido, sin preocuparse de lo que pensaría la gente.

Quince minutos después entró en la modesta casa de Maud, tras oír a la anciana gritar que estaba abierto.

Un delicioso aroma hizo que Kelly se detuviera e inspirase profundamente. No había olido nada tan bueno desde la muerte de su abuela. Su especialidad había sido una tarta hecha con coco, huevos y mantequilla que se derretía en la boca.

90

–El sabor del día será el básico –anunció la excéntrica mujer cuando Kelly entró en la pequeña y abarrotada cocina–. Quiero que pruebes el sabor verdadero antes. Después pondré glaseado en algunas –Maud señaló la mesa con la cabeza–. Pon lo que hay en la silla en el suelo y siéntate.

Kelly sonrió e hizo lo que le indicaba, pero colocó las cosas en el montón que había en la silla de enfrente.

Maud se volvió hacia ella y se apoyó en el armario que estaba junto al fregadero. Llevaba un delantal y un pañuelo atado alrededor de la cabeza. Una mancha de harina casi cubría una de sus mejillas. Kelly pensó que su nueva amiga era todo un espectáculo.

Ninguno de sus colegas de empresa la creería si les hablara de esa excéntrica anciana, así que no se molestaría en hacerlo. Incluso si la creyeran, podrían despreciar a Maud. Kelly se removió en el asiento; posiblemente ella también lo habría hecho en otros tiempos.

–¿Qué quieres beber? –preguntó Maud–. ¿Té, café, leche, mezcla de nata y leche?

–¿Mezcla de nata y leche? –Kelly la miró asombrada–. ¿La gente bebe eso con tus galletas?

–Claro, querida. Pero dejemos algo claro. Lo que vas a probar no son galletas. Son pastas de té auténticas. Sólo yo tengo la receta.

–¿Compartirás la receta alguna vez?

–No lo sé aún –replicó Maud tras pensarlo–. Aún no he decidido quién se la merece, aunque Ruth me ha suplicado que le deje hacerlas y venderlas.

–Pero eso no lo harás –Kelly soltó una risita.

–Diablos no, la gente ya no vendría a mi casa. Irían a Sip'n Snack –Maud se acercó un poco y bajó la voz, como si alguien pudiera escucharla–. En cierto modo es mi competencia.

–Ah, ya entiendo –rió Kelly–. Te gusta la compañía.

–Me encanta la compañía. Llena mis días solitarios.

–Creo que eres todo un personaje, Maud Peavy.

Maud sonrió y miró a Kelly tan fijamente que ella estuvo a punto de retorcerse en el asiento.

–La mayoría de la gente te considera un poco creída, ¿sabes?

«Vaya, fantástico», pensó Kelly.

–Siento que opinen eso –dijo. La inesperada frase la había desconcertado, pero en realidad no la sorprendía. En su defensa, podía decir que se sentía como si la hubieran abandonado en otro planeta y esperasen que encajara a la perfección. La vida no era así.

–Pero se equivocan. Eres muy agradable –Maud interrumpió sus pensamientos–. Y muy guapa, además.

–Gracias –Kelly notó que se sonrojaba, aunque sin saber por qué. Había algo en ese pueblo, en esa gente, que la desconcertaba e intrigaba al mismo tiempo. En especial ese alma bondadosa y excéntrica.

–Sé que Grant también opina que eres bonita.

–¿Conoces a Grant? –se dijo que era una pregunta estúpida. Todo el mundo conocía a todo el mundo en ese pueblo, incluso sus asuntos personales.

–Cuando sale para el bosque, éste es el primer lugar al que viene. Puede tragarse una docena de mis pastas de una sentada.

–No lo dudo.

Maud estrechó los ojos.

–Creo que estás intentando ayudarlo a volver al trabajo; que eres abogada de uno de esos bufetes elegantes.

–No estoy segura de que mi empresa sea elegante, pero sí estoy intentando ayudarlo.

–Me alegro. Es mi persona favorita de este mundo.

La afirmación sorprendió a Kelly. El rudo Grant y la enjoyada Maud eran *amigos*.

–¿Es familia tuya?

–No, pero lo quiero como si lo fuera. Toda mi familia ha muerto. Incluso cuando estaban vivos, la mayoría no merecían la pena.

–Poca gente admitiría algo así –rió Kelly.

–Entiendo que has perdido a tu familia –dijo Maud, con rostro serio. En otro tiempo, a Kelly la habría ofendido que hablaran de sus asuntos por el pueblo. Pero ya no parecía importarle. Por lo visto había cambiado mucho desde su llegada a Lane.

–Perdí a un esposo fantástico y a una hija adorable.

–Lo siento mucho. Te merecías algo mejor.

–Gracias. Pero la vida a veces te da una patada en los dientes –susurró Kelly, mordiendo una pasta–. Oh, cielos, está deliciosa.

–No has dicho qué querías beber, así que he elegido yo –le sirvió una taza de mezcla de nata y leche y guiñó un ojo–. No te arrepentirás.

Kelly se rió y movió la cabeza.

–¿Cómo os lleváis Grant y tú? –preguntó Maud. Kelly se quedó tan sorprendida que dio carta blanca a la anciana para seguir hablando–. Creo que le gustas.

Aunque frustrada e incómoda con el rumbo que tomaba la conversación, Kelly no cambió de expresión. La curiosidad le ganó la partida.

–¿Te lo ha dicho él?

–No hacía falta. Lo conozco mejor que él mismo.

Kelly se dijo que debía ir con calma. La anciana

era más lista que un zorro en un gallinero. Si pretendía sonsacarle información, para ella u otra persona, no sería Kelly quien mordiera el anzuelo.

–¿Qué sientes por él? –preguntó Maud con descaro, colocando un plato de pastas calientes ante ellas.

Durante un momento, Kelly no pudo responder; tenía demasiadas ganas de agarrar una pasta y comérsela.

–Adelante, come –rió Maud–. Podemos hablar de Grant después de que disfrutes de mis pastas.

Kelly estuvo a punto de barbotar que Grant era tema prohibido. Pero sabía que sería una pérdida de tiempo y saliva. Esa mujer seguía su propio ritmo, y diría exactamente lo que quisiera, cuando le diera la gana.

–¿Puedes ayudarlo? –preguntó Maud, cuando ambas hubieron consumido una buena ración de pastas.

–Eso espero, desde luego.

–Ese chico ha trabajado tanto y sacrificado tantas cosas para llegar a donde está, que odiaría ver que todo se echa a perder.

–Tengo la esperanza de impedirlo.

–Buena chica –la mujer asintió con la cabeza.

–No creo haber probado nada tan rico como estas pastas –dijo Kelly, bebiéndose la última gota de leche.

–Ya te lo había dicho.

–No me extraña que Ruth esté deseando venderlas.

–Eso no ocurrirá, aunque me halaga –dijo Maud–. Además, a Ruth le va muy bien, ¿no?

–A mí me parece que sí –Kelly encogió los hombros–. Pero ya sabes que soy como pez fuera del agua. Vender café y sopa no es mi fuerte.

–Entonces, ¿por qué estás aquí?

–Vine para echarle una mano a Ruth.

Por lo visto Grant sólo había mencionado la muerte de Eddie y Amber, no el resto de sus problemas. Subió en su estima, pero decidió no darle importancia. Sólo era un hombre al que iba a ayudar. Ni más, ni menos.

–Estuve al borde de tener una crisis nerviosa –admitió Kelly. Aunque acababa de conocer a Maud, sentía que podía hablarle como a una amiga.

–Hiciste bien al venir aquí, jovencita –Maud puso una mano sobre la suya–. El aire campestre y nosotros, la gente del campo, te ayudaremos a sanar.

Las lágrimas afloraron en los ojos de Kelly. Parpadeó para librarse de ellas.

–No lo había pensado así, pero puede que tengas razón. Un cambio de ambiente tal vez funcione.

–Algún día me gustaría ver una foto de tu familia.

–Algún día te enseñaré una –Kelly metió la mano en el bolso y sacó un pañuelo de papel.

–Me gustas, Kelly Baker –sonrió Maud–. Me gustas mucho.

–Y tú a mí.

–Ven a verme siempre que quieras –ofreció Maud–. Siempre serás bienvenida. Y si no puedes dormir, las tres de la mañana es mi mejor hora del día.

Kelly rió y tomó otra pasta, aunque tenía el estómago a punto de reventar. Le daba igual. No sabía cuándo tendría otra oportunidad de visitar a Maud.

–Tengo una bandeja preparada para que te la lleves a casa –dijo Maud, interrumpiendo sus pensamientos.

–¿Y para mí?

Kelly se quedó helada.

Maud no. Al oír la voz de Grant, giró en redondo, fue hacia él y le dio un gran abrazo. Kelly, boquiabierta, contempló cómo casi desaparecía en su enorme cuerpo.

–Sabes lo que opino de entrar sin avisar –lo regañó Maud, dándole un golpe en el pecho–. No está bien.

–Siempre entro sin llamar.

–Hoy es distinto –Maud se sorbió la nariz–. Tengo una invitada muy distinguida.

–Vamos, Maud, dame un respiro –Kelly, avergonzada, se puso en pie.

–Vuelve a sentarte, jovencita –ordenó–. No vas a irte a ningún sitio.

–Sí que va a hacerlo –apuntó Grant con calma.

–Oh, no, claro que no.

–De hecho, me voy a casa –dijo Kelly, mirando de uno a otro sin saber a cuál de los dos prefería estrangular antes.

–Voy a hacer bistecs –dijo Grant, con los ojos clavados en los suyos–. Pensé que tal vez querrías venir y así discutiríamos el caso.

–Buena idea –dijo Maud con voz alegre. Miró a Kelly–. No te vendría mal algo de carne sobre esos huesos.

Aunque Kelly estaba echando humo por dentro, no heriría los sentimientos de Maud por nada del mundo. Grant, sin embargo, era otro tema.

–Puedo contarte lo que sé por teléfono.

–Entonces, ¿sabes algo? –preguntó Grant con avidez.

–He hablado con el abogado de Larry Ross.

–Parece que tenéis mucho que contaros –Maud fue hacia Kelly y la besó en la mejilla–. Ve con él, cariño. No pasará nada. Tendrá que responder ante mí si no te trata bien.

–Maud, estás entrometiéndote de nuevo –dijo Grant con voz amable pero firme.

Kelly se sintió atrapada. Por alguna razón que no llegaba a entender, quería irse con Grant. No soportaba la idea de pasar otra tarde sola. Sin embargo, la idea de pasarla con él, tampoco era impensable.

–No puedo quedarme mucho tiempo –dijo, con voz cortés y forzada.

–Como quieras –Grant encogió los hombros.

–Fantástico –dijo Maud con una enorme sonrisa–. Marchaos a ocuparos de vuestros negocios. Hablaré con los dos en otro momento.

Kelly miró a Grant, que le guiñó un ojo y le cedió el paso. Ella se recordó que siempre podía marcharse si las cosas no iban a su gusto. Tal vez ése fuera el problema. Con Grant, las cosas casi nunca iban a su gusto.

Temblando por dentro, salió delante de él, consciente de que sus ojos seguían cada uno de sus pasos.

Capítulo Doce

¿Qué te ha parecido el bistec?

Kelly sonrió y se estiró hasta que percibió los ojos encendidos de Grant recorriendo su cuerpo de arriba abajo. Aunque no había bebido nada, se sentía mareada, como si hubiera tomado un vaso de vino fuerte.

Esa sensación era una de las razones por las que no debería haber aceptado la invitación. Pero no había tenido otra opción. Maud y Grant se habían conchabado contra ella. Si la hubiera rechazado rotundamente, Maud habría leído en su negativa más de lo que había.

¡Era un callejón sin salida!

Había querido cenar con Grant. En cuanto había oído su voz, todos los nervios de su cuerpo se habían despertado. Seguían así, aunque él no había intentado tocarla ni una sola vez. Mientras hacía los bistecs y las mazorcas a la parrilla y mezclaba la ensalada, se había comportado como un perfecto caballero y anfitrión.

Pero cada vez que se acercaba, ella reaccionaba instintivamente. Sus nervios se tensaban aún más. Sabía que a él le ocurría lo mismo porque, por el rabillo del ojo, lo había visto mirarla con ardor cuando pensaba que ella no lo observaba.

Después de cenar y recoger la cocina, se habían sentado en la rústica sala. El fuego estaba encendido y un romántico CD de Alan Jackson sonaba en el estéreo.

«El lugar y la noche perfectos para hacer el amor», horrorizada, Kelly puso freno a sus pensamientos. Si no volvía pronto a Houston, iba a meterse en problemas.

–¿No hablas?

Kelly lo miró y vio el humor que rondaba las esquinas de su boca y sus ojos. También lo notó en su voz.

–Opinas que todos los abogados hablan demasiado, ¿verdad?

–Sí. Excepto la que está en el sofá, a mi lado.

–Supongo que mi mente estaba vagabundeando. Pero en respuesta a tu pregunta, el bistec estaba delicioso, igual que todo lo demás.

–Me alegro. Quería que disfrutaras.

–Pues has conseguido tu objetivo.

Charlaban, intentando ignorar la tensión sexual que se cerraba alrededor de ellos.

–Tenemos que hablar –dijo ella finalmente.

–Sí, así es –suspiró Grant, como si lo desilusionara romper el hechizo erótico.

–Hoy hablé con el abogado de Ross, Taylor Mangunm.

–¿Y? –Grant se irguió en el asiento.

–Le dije que era una visita de cortesía para pedirle que convenciera a su cliente de hacerse una prueba de ADN.

–Fantástico –Grant dio una palmada–. Eso sí que resolvería la cuestión de una manera u otra.

–También le dije que si Ross se negaba, requeriría al tribunal que lo obligasen a hacérsela para demostrar si es o no un heredero legal. Mangunm dijo que hablaría con su cliente, pero que dudaba que aceptase.

–¿Por qué no insiste Mangunm en que se la haga? –el rostro de Grant se oscureció.

–No le conviene especialmente –admitió Kelly–. Cuanto más se alargue el proceso, más ganará Mangunm.

–¿Ése es el objetivo de todos los abogados? ¿Ganar dinero? –Grant maldijo. Inmediatamente, como si acabara de darse cuenta de lo dicho, y a quién, volvió a maldecir–. Disculpa, no pretendía decir eso.

–Sí lo pretendías, pero no importa. Tienes razón. Algunos abogados sólo piensan en el dinero. Yo también, pero procuro hacer lo correcto y lo justo.

–Esa empresa tuya tiene suerte de contar contigo –Grant le sonrió–. Espero que lo sepan.

Ella se limitó a asentir, sintiendo que las lágrimas oprimían sus párpados. Por momentos, ese hombre pasaba de ser un maderero rudo y sin clase, a un hombre de palabras suaves y clase a raudales. Quizá eso fuera lo que la atraía de él: era un enigma.

–Si Ross no miente, ¿por qué iba a resistirse?

–Hacerse una prueba de ADN asusta a la gente, gracias a las historias de horror que se publican sobre el mal uso y abuso de ese tipo de datos.

–Si se niega, tal y como sospecha Mangunm, ¿cuánto tardará en celebrarse la vista del caso?

–Depende de cómo vaya la primera audiencia.

–Diablos. Todo el sistema legal se mueve demasiado despacio para mi gusto. El banco podría reclamar mi pagaré antes de que entre a una sala de juicios.

–Puede que no. Recuerda que la primera audiencia es la semana que viene –Kelly imprimió a su voz un tono de ligereza–. Y, quién sabe, tal vez Ross acceda a realizarse la prueba de ADN.

–Lo dudo; se dará el gusto de fastidiarme y disfrutará si consigue cerrar mi negocio.

–¿Has hablado con él?

–Sí.

–Eso no ha sido nada inteligente.

–Ha sido una de esas curiosidades del destino –Grant se frotó la barbilla y le contó cómo se había encontrado con Larry Ross en casa de Dan Holland.

–Siempre que no lo atacaras, no tiene importancia.

–No tienes ni idea de cuánto me costó no darle un puñetazo.

–Oh, creo que sí –los labios de Kelly se curvaron con una sonrisa. Grant hizo una mueca avergonzada y se puso serio–. Como te he dicho, no te machaques –aconsejó Kelly con tono animado–. Quizá tengamos suerte y Winston obligue a Ross a hacerse la prueba.

–¿Eso piensas?

–Es una posibilidad. La mayoría de los jueces se disgustan cuando les hacen perder el tiempo, y si una simple muestra del interior de la boca puede sentenciar un caso, no dudan en ordenar que se realice.

–De nuevo, se trata de llegar a los tribunales –la voz de Grant sonó disgustada–. Entretanto, estoy parado.

–Estoy segura de que tu amigo del banco no permitirá que ejecuten el pagaré.

–Ya veremos –Grant le contó su charla con Les.

Después se quedaron en silencio unos minutos, mirando el fuego como hechizados por las llamas.

Finalmente, Grant se inclinó hacia ella, tomó su mano e hizo que se levantara. Ella lo miró con asombro, dejando de pensar en el caso.

–Vamos a bailar –susurró él, atrayéndola hacia sí.

Sonaba una canción de Alabama, *If I had you,* que Kelly había oído varias veces antes. Le gustaba tanto que había pensado en comprar el CD.

–Supongo que antes debería haber preguntado si tu tobillo está en forma para bailar country.

–El tobillo no es problema.

Grant empezó a moverse y ella siguió cada uno de sus pasos.

–Hum –murmuró él, haciéndola girar por la sala–. Para ser una chica de ciudad, sabes moverte.

–En realidad, bailar música country no es mi fuerte –jadeó Kelly. La encantaba estar entre sus brazos, sintiendo su cuerpo, sobre todo cuando la hacía girar sobre sí misma. No quería que la soltara. Respiraba rápida y entrecortadamente.

–Yo nunca lo diría –comentó él–. Te deslizas con la suavidad del cristal.

–Sólo lo dices para que me sienta bien.

–Oh, nena –dijo él, mirándola–, no lo dudes. Yo te siento tan bien que no querría soltarte nunca.

Esa debería haber sido la señal que indicara que era hora de dejar esa locura y volver a casa de Ruth. Pero Kelly bailó varias canciones más. Fue la última, una balada romántica, la que las obligó a bajar el ritmo. Casi sin darse cuenta, estaban cadera contra cadera, pecho contra pecho, y él empezó a besarla.

Siguieron moviéndose al ritmo de la música, mientras Grant exploraba sus labios con la boca.

–Debería irme –dijo Kelly con voz muy queda.

–¿Por qué?

–Porque

–Porque ¿por qué? –la voz de Grant sonó raspo-sa.

«Porque me da miedo el efecto que tienes en mí, lo que me haces sentir, como si me estuviera perdiendo».

–Yo… –empezó, pero él la interrumpió.

–Quédate conmigo. Por favor. Tú me deseas y yo te deseo a ti.

–Es verdad. Sí.

Lo era, y no se sentía avergonzada por ello. Hacía mucho tiempo que no sentía la boca, la lengua y las manos de un hombre sobre su cuerpo. No tenía duda de que Grant sería un gran amante. Con él era todo o nada.

Eso en sí no era malo. No lo sería si ella mantenía su corazón alejado y disfrutaba haciendo el amor como una liberación para su mente y su cuerpo.

Tal vez no fuera capaz de hacer eso. En ese momento no lo sabía y no le importaba. Al día siguiente podría consumirse de remordimiento, pero no esa noche, cuando ardía de deseo por él.

Como si pretendiera acabar con la argumentación que tenía lugar en su cabeza, Grant tiró de su mano y la colocó sobre su abultada entrepierna. Después puso su mano en los pezones erectos de ella.

–Creo que esto demuestra la atracción que sentimos –dijo Grant, cuando ella no apartó ninguna de las dos.

Era cierto. Kelly ansiaba tanto apagar el ardor hambriento que bullía en su interior que no podía hablar.

–Eres deliciosa –susurró Grant, inclinándose y bajando la cremallera de la chaqueta del chándal. Al ver que no llevaba sujetador, inhaló con fuerza–. Bellísima. Tan perfecta.

Tocó sus senos, primero uno y luego el otro. A Kelly le temblaron las rodillas al sentir su asalto, sobre todo cuando bajó la boca y empezó a lamer y succionar.

Después, se desvistieron con toda rapidez y se arrodillaron en la gruesa alfombra que había delante de la chimenea, con los labios unidos en un beso tan ardiente como las llamas que calentaban sus cuerpos desnudos. Grant la tumbó y empezó a lamer su piel, empezando por los senos y siguiendo hacia abajo. Cuando llegó a los muslos se detuvo y la miró interrogante.

Perdida en la pasión del momento y en su necesidad de él, Kelly no dijo palabra. Él tomó su silencio como asentimiento, agachó la cabeza y utilizó su lengua para llevarla de un orgasmo a otro y a otro.

—«¡No!», gritaba ella en silencio. No quería sentir esa intimidad emocional con ese hombre. Era una cuestión del corazón e incluso si quisiera, ella no podía entregarle el suyo. Se lo había dado a su esposo años antes, y no podía traicionar ese amor.

Sin embargo, no podía detener la lengua de Grant, ni deseaba hacerlo.

—Por favor —susurró, después de gemir y estremecerse una y otra vez. Clavó los dedos en sus hombros y lo incitó a que se colocara sobre ella.

—Oh, cielo, cielo —gimió él, clavándose en su húmeda suavidad y penetrándola. Inició un ritmo frenético que no se detuvo hasta que ambos gritaron.

Después, ambos saciados, la situó sobre él y se quedaron inmóviles hasta que sus corazones se serenaron.

Ella lo había sentido en cada parte de su cuerpo, incluido su corazón.

Tenía la sensación de que la mente y el corazón de él estaban en su interior, fundidos con su propia alma. Había sido más que sexo. Justo lo que ella había deseado evitar. Quería regresar a Houston intacta, con su corazón incluido. Dejarlo atrás *no* era una opción.

—Ha sido increíble. *Tú* eres increíble —Grant suspiró con satisfacción y la dejó sobre la cama, de costado.

–Tú también –consiguió decir Kelly, a pesar del nudo que sentía en la garganta. Se apartó un poco para mirarlo de la cabeza a los pies, admirando el pecho musculoso y salpicado de vello, las piernas duras como el acero...–. Eres perfecto –afirmó.

–Tú eres increíble. Te deseo otra vez. Ahora.

–¿Ahora?

Él asintió.

Sin dudarlo, se puso a horcajadas sobre él, hizo una pausa y miró sus ojos nublados de deseo.

–¿Te gusta así?

–Podría convertirme en adicto a esto, ¿sabes? –dijo él con una voz que sonaba como si le doliera.

Kelly sabía que estaba arriesgando su corazón demasiado por ese hombre. Pero su respuesta fue empezar a moverse lentamente, después más rápido, cabalgando sobre él hasta que ambos alcanzaron el éxtasis.

Después con un último grito, se dejó caer sobre él; sus corazones latían al unísono.

Capítulo Trece

Kelly fue la primera en despertar. Durante un momento se sintió completamente desorientada, pero luego recordó; estaba en casa de Grant. En el suelo, ante un fuego que casi se había apagado. Debía de haber pasado allí toda la noche, como atestiguaba el increíble amanecer rosado que se veía por la ventana. La belleza del cielo le quitó el aliento, era espectacular.

Nunca vería algo así en la ciudad.

Miró a Grant, que dormía, o simulaba dormir. No se movía, pero ya era hora de que lo hiciera. Y ella también. Tenía que abrir la cafetería. Dorys y Albert tenían llaves para entrar, pero no les gustaba trabajar de cara al público excepto en situaciones de emergencia.

Ésa no lo era.

Aun así, Kelly no se movió. Se sentía demasiado cómoda y caliente. *Demasiado amada.* Un nudo de pánico le atenazó el estómago, y después se relajó. Se recordó que hacer el amor no era lo mismo que estar enamorada. No iba a martirizarse por lo ocurrido.

Había disfrutado de cada segundo de pasión. Una experiencia asombrosa. Grant era el amante perfecto; incluso mejor que Eddie, aunque admitirlo le doliera.

Y había amado a Grant sin restricciones. Eran adultos y no tenían que justificar sus acciones ante nadie. No estaban casados ni comprometidos.

Se preguntó por qué, entonces, no eran la pareja perfecta.

–Vaya, parece que llevas el peso del mundo sobre los hombros.

Mientras Kelly estaba absorta en sus pensamientos, Grant se había despertado y la observaba.

–Estoy bien –dijo, con una sonrisa tentativa.

Él la atrajo hacia su cuerpo desnudo.

–Adoré cada segundo que estuve dentro de ti –le susurró, recorriendo el perfil de su oreja con la lengua.

–Yo también –dijo ella, estremeciéndose.

–Tienes un cuerpo fantástico –puso una mano entre sus piernas provocándole otra oleada de escalofríos.

–Cuando tengo tiempo, voy a un gimnasio que hay cerca de la oficina –Kelly apenas podía hablar; se le había cerrado la garganta al sentir esa mano deslizarse por el interior de su muslo, deteniéndose en todos los sitios correctos.

–¿No te arrepientes? –preguntó él poco después.

–No me arrepiento –replicó Kelly, sabiendo exactamente a qué se refería.

–Yo tampoco.

Siguió un breve silencio.

–No te hice daño, ¿verdad?

–No, en realidad no.

–Pero debes de estar algo dolorida.

A pesar suyo, Kelly notó que se sonrojaba, lo que, dadas las circunstancias, era ridículo. Se alegró de que él no pudiera ver su rostro. Grant la apretó contra sí, para no dejar duda de que estaba tan duro como ella húmeda.

–¿No habías estado con nadie desde la muerte de tu marido?

–No –un nudo le atenazó la garganta.

107

–Sigo sin poder imaginar cómo es tener una familia un día y haberla perdido al siguiente –apretó una de sus manos–. Eres una mujer fuerte, Kelly Baker.

Su voz había adquirido un tono tan espeso y ronco que Kelly apenas podía oírla.

–Te admiro muchísimo.

–Por favor, no digas eso. Si tú supieras... –se le cascó la voz.

Percibiendo cuánto la afectaba el tema, Grant la apretó contra él y se situó entre sus muslos. Ella tragó saliva y no se movió.

–Podría acostumbrarme a esto –le susurró él.

–¿A... a qué?

–A despertarme contigo en mis brazos. Pero preferiría que fuese en una cama.

Kelly captó el tinte risueño de su voz y sonrió. Era una pena que fueran tan distintos. Era un amante fantástico, pero ella no buscaba un amante. No buscaba un hombre, punto final.

Había ido a Lane a sanar su mente y su cuerpo, para poder regresar al trabajo que amaba, en la ciudad.

–¿En qué estás pensando? –preguntó Grant.

–En lo cerca que estuve de perder la cordura.

–Como te dije antes, no sé cómo pudiste funcionar –hizo una pausa–. Eres demasiado dura contigo misma.

–Hay algo sobre mí que no sabes.

–No importa.

–A mí sí. En cierto sentido, te mentí.

–Te escucho.

–El tiempo que estuve de baja en el trabajo, lo pasé en una clínica especial –era incapaz de decir la palabra «institución», se le revolvía el estómago al pensarlo.

—¿Y eso te parece algo de lo que debas avergonzarte?

—Sí, supongo que sí.

—Pues yo te admiro por admitir que necesitabas ayuda y buscarla.

—En realidad no tuve elección. Cuando la empresa me mandó a casa esa primera vez, me derrumbé. Aunque estaba yendo a un terapeuta, no era suficiente. Tuve ataques de llanto, de rabia, y me dio por destrozar cosas. Entonces comprendí que estaba completamente descontrolada e ingresé en la clínica.

—Nena, lo siento mucho —susurró Grant contra su cuello—. No te preocupes. Vas a ponerte bien, más que bien. Tienes lo que hace falta, créeme. Acabarás poniendo a tu empresa en el mapa.

Kelly se volvió hacia él, consciente de que las lágrimas surcaban sus mejillas. Con un gemido, él lamió cuidadosamente las gotas según salían de sus ojos.

—Eres una mujer excepcional. No lo olvides nunca —le dio un golpecito en la nariz—. Apuesto a que un día Dios te dará otro hijo.

—No lo hará, porque no pienso casarme de nuevo.

—Nunca digas nunca jamás.

—¿Qué me dices de ti?

—¿Qué de mí?

—¿No deseas a veces un hogar permanente?

—Tengo uno —su voz sonó grave—. Si no me equivoco, estás en él ahora mismo.

—Sabes a qué me refiero —escrutó su rostro, notando su sonrisa agridulce.

—Claro que sí —farfulló él—. Una casa en los suburbios con una esposa, dos o tres niños y un perro.

—Si así es como quieres definirlo, sí, a eso me

109

refiero –hizo una pausa intencionada y dijo–. Supongo que nunca deseas algo así.

–No puedo decir que no lo haya pensado. Pero desearlo, no, supongo que no.

–Lo que significa que nunca has estado loco por una mujer.

–Tuve una relación seria –dijo Grant con dolor.

–¿Qué ocurrió? –presionó Kelly.

–No salió bien.

Ella esperó a que le diera más explicaciones. Grant suspiró, como si supiera que no tenía más remedio que explicarse.

–Quería que me uniera a la empresa de su padre, en Dallas.

–Es decir, ¿no quería vivir en la América rural?

–Acertaste.

Kelly intentó captar cualquier deje de amargura en su voz, pero no lo encontró.

–¿Y las demás?

–O bien nos alejamos o nos convertimos en buenos amigos.

–Da la impresión de que nunca has sentido la necesidad de asumir el compromiso del matrimonio.

–Supongo que no. Al menos, no el tiempo suficiente para que llegara a ocurrir.

Estuvieron en silencio durante un largo momento.

–Sin embargo, en otras circunstancias, tú, Kelly Baker, podrías hacerme cambiar de opinión.

–Pero las circunstancias son las que son, y no podemos cambiarlas –replicó Kelly, aunque la declaración la había sorprendido.

–Correcto –Grant frotó los labios contra los suyos–. Pero esto no es una fantasía, tu cuerpo junto

110

al mío, y eso significa que voy a poner en práctica una parte de mi sueño ahora mismo.

Dejando de lado el futuro que nunca llegaría a ser, Kelly suspiró, colocó la pierna sobre su muslo y suspiró de nuevo cuando la penetró.

Sus gritos rasgaron el aire al unísono.

—Le deseo muy buenos días, señorita Baker.

—Buenos días, señor Mangunm —Kelly hizo una pausa—.Qué formales estamos —dijo con sarcasmo; después se arrepintió de su falta de profesionalidad.

—Supongo que se debe a que lo que tengo que decirle es formal —Mangunm hizo una pausa y se aclaró la garganta—. Más o menos.

—Su cliente se niega a hacerse la prueba de ADN —no lo dijo como una pregunta.

—Correcto, y creo que es una buena decisión.

—Veremos si el juez está de acuerdo con eso.

—Buena suerte, jovencita.

Kelly no se molestó en contestar al condescendiente imbécil. Colgó el teléfono y esa vez se alegró de su falta de profesionalidad.

La llamada de Mangunm la había pillado entre las horas punta del desayuno y el almuerzo, aunque no podía decir que fueran tan *punta*. El negocio había bajado un poco y tenía la esperanza de que no tuviera nada que ver con ella. La gente del pueblo quería a Ruth y echaba de menos su sonrisa y su capacidad de charlar con ellos. Era obvio que no tenían problemas en contarle a Ruth todo lo que ocurría en sus vidas.

Con Kelly era distinto. No conocía a los clientes, aunque había intentado aprenderse el nombre de los habituales y creía haberlo hecho bien. Aun así, le

111

quedaba mucho camino por recorrer para llegar a ser tan sociable como Ruth. Lo cierto era que nunca había querido serlo.

Pronto estaría llenando el coche y de regreso a Houston. *Sin Grant*. De repente una desagradable sensación invadió su estómago. Se levantó de la silla del diminuto despacho de Ruth y fue hacia la ventana.

Hacía sol y era un día perfecto para que Grant estuviera en el bosque. Sabía que debía de estar volviéndolo loco no estar allí. Pero ella había hecho cuanto podía hacer por el momento. El siguiente paso le correspondía al tribunal.

Se preguntó qué estaría haciendo él en ese momento y si pensaría en ella. Kelly apenas había pensado en otra cosa desde que salió de su casa. Estar con él había sido increíble, y a pesar de que había amado su cuerpo de principio a fin, ansiaba más.

Rió al pensar que Grant la había convertido en una obsesa sexual.

Tras la muerte de Eddie, y hasta que conoció a Grant, no había deseado que un hombre volviera a tocarla, y menos hacerle el amor. De repente, era una adicta.

Mala suerte. Tendría que superar esa adicción, porque volvería a Houston *sola*.

Había sobrevivido al peor trauma que podía sufrir una persona. Como Grant había dicho, seguía funcionando, aunque no tan bien como debería. Pero mejoraba poco a poco.

Lo que más deseaba era regresar a Houston y a su empresa. Sintió un escalofrío de excitación. Ocuparse del caso de Grant le había recordado que adoraba ser abogada y estaba deseando volver a trabajo.

Deseó no tener que sentir tristeza al pensar en

marcharse de Lane. No quería sentir nada por ese pequeño pueblo y la gente que vivía en él. Por desgracia, ya no podía evitarlo. Le gustaba mucho doña Maud. Desde que había visitado a la anciana, Kelly se imaginaba haciéndose amiga suya. Y sus pastas eran para morirse. No se imaginaba no volver a comer otra nunca.

Además de Maud, había llegado a conocer a otros clientes.

Y estaba Grant. No podía imaginarse dejándolo. Pero sabía que cuando llegase el momento podría y lo *haría.*

Sin volver la vista atrás.

113

Capítulo Catorce

Ya no falta mucho.

–Así que vas a concluir tus asuntos en Montana y volver a los bosques del este de Texas, ¿eh?

–Correcto, así que aguanta un poco –Ruth se rió–. Sé que estás deseando volver a Houston.

«No necesariamente», estuvo a punto de decir Kelly, pero no lo hizo por temor a las preguntas que seguirían. Sin duda Ruth se escandalizaría.

–Ha sido toda una experiencia, lo admito.

–Dios, estoy deseando que me lo cuentes todo. Sigue asombrándome que accedieras a hacerlo.

–A mí también, pero sabes que no tenía más opción que irme de Houston.

–Sí la tenías –intervino Ruth–. Podrías haber alquilado una casita en la playa o ir a Nueva York al apartamento de algún amigo para descansar y relajarte. No tenías por qué ayudarme.

–En eso te equivocas. Una buena acción merece otra. Haga lo que haga, nunca será suficiente para recompensarte lo que hiciste por mí cuando te necesité, hace cuatro años.

–Deja de insistir en eso. No me debes nada. ¿Cómo van las cosas?

Kelly la puso al día lo mejor que pudo; incluso le contó los problemas de Grant y su relación profesional, pero no mencionó la personal.

–Me alegro de que lo estés ayudando. Si no sale de ese lío, acabará en la ruina.

–Si está en mi mano, no perderá esa madera.

–Adelante, chica. Si alguien puede enderezar a esos palurdos, eres tú.

–Eh, que estás hablando de tus amigos.

–Oye, en el campo también hay idiotas –Ruth volvió a reírse.

–Tengo que dejarte. Llegan clientes. Hay que hacer dinero.

–Eso me parece muy bien. Ya te llamaré. Pero nos veremos muy pronto.

Esa conversación había tenido lugar hacía dos días, y desde entonces Kelly había estado trabajando como una loca en la cafetería. Parecía que una nueva ola de frío había hecho que la gente tuviera más hambre de lo habitual, porque el negocio iba mejor que nunca.

Había sido después de la avalancha de clientes de la mañana cuando Kelly había pensado en que no había visto a Grant desde que hicieron el amor en su casa. Ni siquiera le había dicho que Larry Ross se había negado a hacerse la prueba del ADN.

Sospechaba que él ya se lo temía, pero aun así la inquietaba no haberlo visto o hablado con él.

Se preguntó si se arrepentía de haber estado con ella. Suponía que no, porque sabía que se iría pronto. Habían disfrutado de una noche de pasión, que ambos necesitaban, y eso era todo.

Ni arrepentimiento.

Ni compromisos.

Ni futuro.

El escenario perfecto.

Sabía que eso era pura basura, o no estaría tan ansiosa por su ausencia. Ni enfadada. Se había atrevido a hacerle el amor con pasión y luego la ignoraba; no necesitaba ese tipo de agravios en su vida. Había ido allí a relajarse, no a estresarse más.

–Grr... –gruñó entre dientes, justo cuando empezó a sonar el teléfono. Era Maud.

–Ven, Kelly. ¡Ahora mismo!

Maud estaba tumbada en posición fetal en el sofá, dormida.

Kelly añadió otra manta a la que ya había sobre la anciana y volvió a sentarse en el sillón, cerca de la chimenea. Llevaba con Maud más de una hora, desde que habían regresado de la consulta del doctor Graham.

Maud, por supuesto, había tenido un ataque cuando le dijo que fueran al médico. Pero cuando Kelly llegó a su casa y encontró a la anciana comportándose de manera extraña, como si hubiera sufrido un leve ataque de apoplejía o epilepsia, la preocupación le dio el coraje para enfrentarse a ella.

–¿Voy a morirme?

Kelly se volvió hacia Maud, que se había recostado en la almohada. Sintió una oleada de pena, pero no permitió que se notara en su rostro.

–Desde luego que no. Estarás perfectamente, siempre y cuando hagas lo que mande el doctor Graham.

–Dime otra vez qué me ocurre.

–El azúcar de tu sangre se ha disparado. Si lo vigilas y controlas, no volverás a tener este tipo de episodios.

–¿En serio?

–En serio –Kelly se inclinó hacia ella y la miró a los ojos–. A menos que desobedezcas al médico y comas tus pastas de té.

–¿Quieres decir que nunca podré volver a tomar una pasta? –preguntó Maud con la barbilla temblorosa.

–Nunca es mucho tiempo.

116

–Pero llevo mucho tiempo siendo vieja –contraatacó Maud.

Kelly sonrió y se inclinó para besar su mejilla.

–No te preocupes por eso ahora. Sólo compórtate y verás que dentro de poco podrás al menos mordisquear alguna de tus delicias. Eso es mejor que nada.

–Eres una buena chica, Kelly Baker –Maud agarró su mano y se la llevó a la mejilla–. Ojalá no tuvieras que dejarnos e irte tan lejos. Voy a echarte de menos.

–Yo también te echaré de menos, Maud. Mucho –a Kelly se le llenaron los ojos de lágrimas.

–Entonces no te vayas.

–Tengo que hacerlo –Kelly liberó su mano con suavidad–. Mi trabajo, mi vida, mis amigos… todo está en Houston.

–¿Y Grant, Ruth y yo? ¿No somos tus amigos?

–Claro que sí, y pienso mantenerme en contacto.

–Mentira.

–Calla y descansa –dijo Kelly, algo desconcertada–, o llamaré al doctor Grant y me chivaré.

–Chívate cuanto quieras –dijo Maud con algo de su energía habitual–. Quiero hablar contigo sobre Grant.

–No hay nada que hablar –Kelly deseó que fuera verdad. Había montones de cosas que decir y ése era el problema. Pero hablar de Grant sacaría a la luz la precaria intimidad que existía entre ellos y no quería hacerlo.

–Claro que hay –Maud sacó la lengua–. Sólo que los dos sois demasiado cabezotas para verlo.

–Estás molesta porque quieres jugar a casamentera y no te está funcionando –dijo Kelly, intentando quitar seriedad al momento.

–Puede que sea vieja, jovencita, pero no soy ciega, ni sorda.

–No he dicho que lo fueras.

117

–Claro que sí –protestó Maud–. Pero sí…

–Gracias –Kelly la interrumpió con una sonrisa–. Será mejor que cambiemos de tema.

Maud la miró con dureza pero accedió, sobre todo porque se le cerraban los párpados. Kelly se quedó un rato más y después salió de la casa con un peso en el corazón.

El aire libre era la salvación de Grant. Siempre lo había sido y siempre lo sería. Ir de marcha por el bosque tenía una forma milagrosa de aclarar su cabeza y su alma. Ese día no era una excepción.

Le costaba creer que su maquinaria y sus hombres siguieran parados. Aunque sólo habían pasado unos días desde el cierre, le parecían una eternidad. No estaba deprimido o nervioso. Estaba colérico.

Las cosas habían pasado de buenas a malas en muy poco tiempo. Y no sólo en cuanto al trabajo.

Kelly.

No sabía qué hacer respecto a ella. Había entrado en su corazón por la puerta trasera y se había instalado allí. No la amaba. No había llegado a eso ni por asomo. Pero sin duda le importaba y anhelaba volver a hacer el amor con ella.

Era ardiente y deseosa, una rara combinación en una mujer. Pero pronto se iría. Aunque la idea le resultaba insoportable, no tenía solución para el problema.

Incluso si lo deseara, un romance a larga distancia nunca funcionaba. Sabía que cuando se fuera, las cosas acabarían entre ellos. Regresaría a su trabajo en la gran ciudad y él se quedaría con el suyo en los bosques.

Chica de ciudad y chico de campo no eran factores compatibles. Además, él no estaba interesado en una relación. Llevaba mucho tiempo solo y le gustaba su vida tal y como era. No veía la necesidad de un cambio permanente, aunque era muy agradable tener a una mujer bella en su cama.

Grant frunció el ceño y se recordó que había cosas peores que la abstinencia; por ejemplo, cargar con una esposa que era tan distinta de él como el día y la noche. Cabía la posibilidad de que hubiera llegado al punto de su vida en el que era capaz de enamorarse de una mujer.

Esperaba que no fuese así.

Además, había montones de mujeres dispuestas a calentar su cama. El problema era que no le importaban lo suficiente para invitarlas a ella. Entonces Kelly Baker había aparecido en su vida. Nadie habría podido adivinar que se quedaría embobado con ella.

–Maldición –masculló Grant, continuando su paseo por el bosque. Cerca de la zona de tala, se acercó a un gran árbol que estaba marcado para cortarlo.

De repente, deseó hacer eso mismo. La idea de poner en marcha el equipo era estimulante. Pero igual que había surgido, el deseo se apagó. Si lo pillaban terminaría en la cárcel, algo que *no* podía permitirse.

Siguió apoyado en el árbol, sin moverse. Entonces fue cuando lo oyó. Gritó cuando algo atravesó los matorrales en dirección opuesta. Aguzó los oídos y escrutó los alrededores, sin ver nada. El bosque recobró el silencio. Entonces sintió un terrible dolor en el hombro.

Giró la cabeza y vio, horrorizado, cómo la sangre empapaba su camisa. El estómago le dio un vuelco y cayó de rodillas.

Le habían disparado.

Capítulo Quince

Kelly no podía dejar de pasear por la sala de espera. Sus piernas no cooperaban y le impedían sentarse.

–Vas a desgastarte tú, y también la alfombra –farfulló Pete. Estaba recostado en una silla, con las piernas extendidas ante él.

Había más gente en la sala, pero no mucha, y Kelly podía pasear sin molestar.

–Lo sé –admitió, parándose un momento–. Pero me siento como si me hubieran vuelto del revés.

Pete alzó las cejas, como si fuera a preguntar qué había entre Grant y ella. Era demasiado intuitivo, así que tendría que estar en guardia. Pero resultaba difícil cuando no podía disimular su ansiedad.

Una hora antes un hombre había entrado en la cafetería y anunciando que había habido un accidente en el bosque y que habían disparado a Grant Wilcox; Kelly se había puesto en marcha.

Había dicho a Doris que iba al hospital de Wellington y había llamado a Pete. Había llegado a urgencias justo cuando llevaban a Grant al quirófano. Al verla, Grant había pedido al camillero que esperase.

Kelly, sintiendo que el corazón iba a salírsele del pecho, se había detenido junto a la camilla, sin oxígeno en los pulmones.

–¿Qué… qué ha ocurrido?

–Algún idiota me disparó en el hombro, poca

cosa –dijo él con ligereza, aunque ella sabía que debía dolerle mucho.

–¡Poca cosa! –gimió–. ¿Cómo puedes decir eso cuando te llevan al quirófano?

–Podría haber sido en el corazón.

Aunque ese sobrio comentario ponía las cosas en perspectiva, a Kelly no le parecía poca cosa recibir un disparo. Los hombres tenían una lógica muy extraña.

–Señora, tenemos que irnos.

Grant había estirado el brazo y agarrado su mano, mirándola a los ojos. Ella le dio un apretón.

–Estaré esperando.

–Te veré pronto –le había guiñado un ojo.

Para cuando llegó a la sala de espera, Kelly tenía la garganta demasiado cerrada para hablar. Y allí estaba Pete, que la miró con ojos inquisitivos. Ninguno dijo nada. Si hubiera querido, podría haberse ido a una esquina y dado rienda suelta a las lágrimas, pero no habría servido de nada.

Grant iba a estar perfectamente, se decía con convicción. Saldría del quirófano enseguida, como nuevo. Era ridículo que su estómago fuera un nudo de puro miedo. De pronto, se quedó helada.

Amor.

No por Grant, no podía ser. Imposible. No podía haber sido tan tonta como para enamorarse de ese forestal. Pero sabía que sí. Antes de que se le doblaran las rodillas, se sentó en la silla más cercana, que era la contigua a la de Pete.

–Gracias a Dios –dijo él con media sonrisa–, por fin te has sentado.

Kelly intentó sonreír, pero no pudo. Pete se inclinó hacia ella y le dio una palmadita en la mano.

–Se pondrá bien. Es duro. Hará falta más que una bala en el hombro para librarse de él.

Ella asintió, incapaz de compartir con él su secreto, la verdadera razón por la que estaba tan afectada. Se había enamorado de un hombre con quien no tenía ningún futuro.

—Ahora, si pierde el derecho a talar los árboles en la tierra de Holland... —la voz de Pete se quebró—. Eso sería peor que un tiro en el hombro.

—No perderá la madera —refutó Kelly.

—¿Cómo puedes estar tan segura?

—Creo que el juez Winston hará lo correcto.

—Eso espero —los labios de Pete se curvaron hacia abajo. Sigo sin poderme creer que ese bastardo de Ross... —calló y carraspeó—. Disculpa el lenguaje.

—No hacen falta disculpas —Kelly movió la cabeza—. Recuerda que trabajo con un grupo de abogados, todos hombres. Créeme, he oído cosas mucho peores.

—Créeme, yo también lo habría llamado algo peor.

Ambos sonrieron y volvieron a quedarse callados.

—¿No crees que los médicos ya deberían haber terminado?

—No —Pete cruzó la piernas—. Entre las preparaciones y todo lo demás, se tarda más tiempo del que crees.

Kelly lo sabía, pues había estado antes en una sala de espera de quirófano, por amigos y familiares. Pero era distinto. Se trataba del hombre al que amaba.

Le dio un vuelco el estómago y se sintió fatal. ¿Qué iba a hacer? No podía hacer nada, la respuesta era muy clara. Seguiría adelante con su vida, igual que él seguiría con la suya.

Haciendo cosas distintas en lugares diferentes.

–Él te importa mucho, ¿verdad?

–Sí, así es –no vio razón para negarlo.

–Me alegro. Lleva solo demasiado tiempo.

–Mira, no pienses que… –empezó, alarmada. Pete alzó la mano para interrumpirla.

–No pienso nada, señorita, así que no hagas una montaña de un grano de arena.

–Llámame Kelly.

–De acuerdo, Kelly. Sólo digo que desde que estás aquí he notado un cambio en Grant… a mejor, por cierto. Aunque lo bueno dure poco, es mejor que nada.

–Me cuesta creer que nunca se haya casado.

No debería hablar de la vida de Grant a su espalda, sobre todo en esas circunstancias. Pero, a pesar de su explicación, la desconcertaban tantos años de soltero.

–Es demasiado quisquilloso –sonrió Pete–. En cuanto a mujeres se refiere.

–Eso no me dice mucho –comentó Kelly, con la esperanza de no pensar en lo que ocurría en el quirófano.

–Le gusta vivir en lugares recónditos.

–Entonces, allí debería quedarse.

–Y le encanta su independencia.

–Debería mantenerla –afirmó Kelly, con dolor de corazón. Grant era quien era y no iba a cambiar. *Y menos por ella.*

Alguien se aclaró la garganta detrás de ellos y ambos giraron rápidamente.

–Ah, Amos –dijo Pete, levantándose–. Únete a nosotros.

Inmediatamente, Kelly supo quién era ese hombre alto y delgado. Había estado en la cafetería un par de veces. Se levantó y, por cortesía, le apretó la mano.

123

Kelly no creía que hubiera aparecido allí sin razón. Sabía que tenía algo que decir. Parecía incómodo y jugueteaba con el sombrero que tenía en la mano. Evitaba mirarla a ella, tenía los ojos clavados en Pete.

–Sheriff, ¿dispararon a Grant a propósito? –la rotunda pregunta de Kelly sorprendió a los dos hombres.

Pete estrechó los ojos y Amos pasó el peso de un pie a otro. Después, el rostro del sheriff se despejó e incluso sonrió, lo que pareció tranquilizarlo.

–Eh, no estamos seguros, señora.

–Quieres decir… –a Kelly se le secó la boca y lo miró con horror.

–Imaginé que había sido un cazador de jabalís, o un chaval practicando tiro –comentó Pete con voz grave–. La idea de que alguien disparase a Grant a propósito no se me había pasado por la cabeza.

Kelly soltó el aire y movió la cabeza, demasiado horrorizada para hablar. Ese tipo de cosas no le ocurrían a la gente que conocía, y menos a alguien que le importaba tanto. Se pasó la lengua por los labios resecos.

–Podría haber… –calló, incapaz de decir «muerto».

–Lo sabemos, señora –dijo el sheriff con respeto–. Ha sido cosa de Dios. Así lo veo. Dígale a Grant que la investigación será de máxima prioridad.

–Si alguien le pegó un tiro –dijo Pete con voz áspera–. Compadezco a ese pobre idiota cuando lo encuentres. Grant irá a por él.

–Mira –Amos se frotó la barbilla–, estamos investigando a fondo. Encontraremos al responsable. En cuanto sepamos algo, os informaremos –hizo una pausa y carraspeó–. ¿Cómo está Grant?

–No lo sabemos aún –contestó Pete. Amos se marchó poco después dejando un tenso silencio.

Kelly no dejaba de mirar la puerta del quirófano y por fin tuvo su recompensa. Un hombre alto y calvo, de verde, entró en la sala.

–¿Señorita Baker?

Pete y Kelly se pusieron de pie, ansiosos.

–Soy el doctor Carpenter, Grant está bien. Hemos sacado la bala sin problemas –se limpió la frente–. Pero ha perdido bastante sangre, así que pasará la noche aquí.

–¿Quiere decir que en otro caso podría haberse ido a su casa? –preguntó Kelly, atónita.

–A casa sí, pero no recomendamos que vaya solo –el doctor puso cara de preocupación–. Algo me dice que, cuando se despierte, eso no va a gustarle nada.

–No lo dude –Pete soltó una risita–. Tendrá una pataleta si no lo dejan salir de aquí.

–¿Puedo verlo? –preguntó Kelly.

–Está en recuperación, pero no hay mucha gente, así que permitiré que se siente con él –dijo el doctor.

–Gracias —dijo Kelly con alivio, aunque sabía que eso sería añadir otro clavo a su ataúd emocional.

Dejó a Pete atrás y siguió al médico.

–Ya era hora de que me dejasen salir de aquí.

–Sólo has tenido que quedarte una noche –dijo Kelly, con voz templada, intentando calmar a Grant.

–Una noche ha sido una noche de más.

Kelly quería decirle que dejase de protestar, pero sabía que el efecto del calmante debía de haberse pasado y estaba incómodo. Eso pondría de mal humor a cualquiera, sobre todo a alguien poco acostumbrado al dolor.

125

Cuando estuvieron dentro del coche, Grant la miró.

–Pete me ha dicho que el disparo podría no haber sido accidental.

–Es cierto –Kelly le contó la conversación con el sheriff.

–En mi opinión, eso es una locura.

–Amos no parecía tan seguro.

–Los cazadores, legales e ilegales, siempre han sido un problema para los forestales –dijo Grant.

–¿Entonces crees que fue un cazador?

–O un niño jugando con la escopeta de su padre.

–Eso dijo Pete.

Ambos se quedaron callados un momento.

–¿Estás pensando lo mismo que yo? –preguntó Grant con voz seria.

–¿Qué Larry Ross podría ser el culpable?

–Sí –dijo Grant con expresión adusta–. Si fue algo deliberado, es la única persona que podría beneficiarse con mi muerte.

–Pero si lo piensas con racionalidad, es ridículo –afirmó Kelly–. Primero, ¿qué iba a ganar? Y, segundo, ¿cómo iba a pretender salir bien librado? Estoy segura de que es el sospechoso número uno.

–Si no fue un accidente, se las verá conmigo –un brillo acerado destelló en los ojos de Grant.

–Tendrás que ser paciente. Deja que la ley haga su trabajo.

–Y no meterme por medio –la voz de Grant sonó fría como el hielo–. ¿Es eso lo que dices?

–Por supuesto, pero tú ya lo sabes.

–No estés tan segura –Grant hizo una pausa y cambió de tema–. Me dicen que voy a ir a tu casa, contigo.

Kelly puso la mano en la palanca de cambios al ver el destello de deseo de sus ojos. Tragó saliva.

–Dejemos dos cosas claras: no es *mi* casa y *tú* vas a ir derecho a la habitación de invitados.

–Oh, diantre.

Ella le lanzó una mirada fulminante antes de arrancar.

–Que mi brazo esté fuera de servicio no implica que lo demás no funcione.

–Hablando de tu brazo, ¿cómo está?

–Lo creas o no, bastante bien. De hecho, incluso puedo subirlo y bajarlo sin demasiado dolor.

–Pero aún no puedes controlarlo del todo –afirmó Kelly–. Me da miedo que un mal movimiento haga que salten los puntos. Entonces sí tendrías problemas.

–Creo que exageras, pero vale –Grant hizo un mohín. Sólo te estoy pinchando. Prometo ser buen chico –la miró con ojos como brasas–. Pero no cuánto tiempo.

Decidiendo que era mejor no contestar a eso, Kelly se incorporó a la carretera.

–Tengo que pasar por la cafetería a echar un vistazo.

–Tómate tu tiempo. No me iré a ningún sitio.

–Por cierto, ¿has oído algo del sheriff?

–No. Pero si no lo hago pronto, iré a molestarlo.

Kelly estuvo quince minutos en la cafetería y después fueron a casa de Ruth. Grant y ella iban a entrar, cuando otro coche paró detrás de ellos. Se dio la vuelta y se quedó boquiabierta.

«¿John Billingsly? ¿Qué cuernos hace él aquí?».

–¿Quién es ese? –preguntó Grant con cierta irritación, como si supiera que algo no iba bien.

–Es… mi jefe.

Capítulo Dieciséis

Era increíble ver a John Billingsly en Lane, Texas, y más un lunes, el día más ajetreado en la empresa. El hecho de que Grant estuviera a su lado, mirando a John de arriba abajo, no ayudaba nada.

Kelly se aclaró la garganta e hizo las presentaciones.

–Parece que he venido en mal momento –dijo John, con aspecto incómodo.

–No por lo que a mí respecta –rechazó Grant, moviendo el brazo bueno–. Os dejaré solos –miró a John–. Encantado de conocerte.

–Lo mismo digo.

Cuando Grant entró en la casa, Kelly miró a su jefe, pensando que parecía muy cansado. Aun así, seguía estando guapo. Era alto, de espaldas anchas, con pelo plateado y una sonrisa devastadora. Además, tenía una voz espectacular, que era una de las razones por las que lo respetaban tanto en las salas de juicios.

–¿Qué te trae por aquí? –preguntó. Después, como si creyera que iba a considerarla grosera, añadió–: Por supuesto, me alegro de verte.

–Estoy seguro, pero no te alegras tanto como yo habría deseado –John sonrió débilmente.

–No sé a qué te refieres –Kelly se sonrojó.

–Ah, yo creo que sí –John señaló la puerta con la cabeza–. ¿Qué hay con él?

–Es un amigo que acaba de salir del hospital.

Los ojos de John la escrutaron, como si buscara toda la verdad. Ella ignoró la mirada.

–En realidad es un gusto verte, estoy deseando saber cómo van las cosas en la empresa –esperó que su voz sonara templada, porque temblaba por dentro.

–Entonces vamos a algún sitio a hablar. A comer, por ejemplo. Me apetece saber cómo te va, luego te pondré al día sobre la empresa. Tenemos un par de casos próximos que llevan tu nombre escrito.

–Eso es fantástico.

–¿Es todo lo que tienes que decir? –alzó las espesas cejas.

–Me encantaría comer contigo, pero no es buen momento –dijo Kelly; estaba sudando.

–¿Tienes que volver a la cafetería?

–En realidad, hoy está cerrada.

John alzó las cejas interrogativamente, como preguntando por qué no podía ir a comer.

–Parece que he metido la pata viniendo sin avisar –murmuró, al ver que ella no se explicaba–. Supongo que tiene algo que ver con el tipo que ha entrado –inclinó la cabeza hacia la puerta.

–Eso sólo es parcialmente verdad –afirmó Kelly con seguridad–. ¿Y si nos sentamos en el columpio del porche y charlamos?

Al fin y al cabo, no podía enviarlo de vuelta sin pasar algo de tiempo con él. Que hubiera ido a verla era un acontecimiento, y así debía tratarlo. Su trabajo era su vida; si su jefe quería verla, sería boba impidiéndoselo. Además, Grant podía cuidarse solo un rato.

–Se te ve bien –dijo John cuando se sentaron.

–Lo estoy –contestó ella con sinceridad–. Tenías razón. Necesitaba alejarme. Pero tengo que hacerte una confesión.

–¿Ah?

–He estado trabajando un poco.

–¿En un caso?

Kelly asintió y le explicó el tema.

–No protestaré. Me parece genial que estés dedicándote a las leyes de nuevo y te sientas bien haciéndolo.

–Me alegra mucho tu aprobación –le ofreció una gran sonrisa–, aunque aún no he ganado el caso.

–Lo ganarás –aseveró él.

–Gracias. Tu confianza me hace sentirme aún mejor.

–¿Cuándo podemos esperarte de vuelta?

–En cuanto regrese mi prima.

Una expresión de alivio cruzó el rostro de John, haciendo que pareciese menos cansado.

–¿Y qué me dices de él?

Kelly no simuló malinterpretar el énfasis que había en la pregunta, pero no pensaba contestarla.

–¿Qué *sobre* él?

–Vale, no quieres hablar de él –John encogió los hombros–. Eso puedo aceptarlo.

–Ya que estás en ello, acepta que estoy deseando volver al trabajo.

–Todo el mundo te echa de menos, yo incluido –John estiró el brazo y apretó su mano–. Estamos deseando que regreses.

–Gracias –Kelly notó que las lágrimas afloraban a sus ojos–. No sabes cuánto significa para mí.

–Me marcharé ahora, pero hablaremos más tarde.

–Gracias por venir. Sólo siento que…

–No te disculpes –John alzó la mano–. Debí telefonear antes –le guiñó un ojo–. Nos veremos pronto.

–Puedes contar con ello –sonrió Kelly.

Esperó a que estuviera en su BMW y arrancase antes de entrar en la casa. Cerró la puerta y apoyó la espalda en ella. Entonces se dio cuenta de que Grant no había llegado a la habitación de invitados, se había tumbado en el sofá y parecía profundamente dormido.

Lo observó, pensando lo guapo que estaba, sobre todo cuando las profundas líneas que rodeaban sus ojos y su boca estaban relajadas. Percibía en él una vulnerabilidad que le rompía el corazón. Entre el problema de trabajo y el accidente, estaba estresado mental y físicamente.

Sintió la tentación de acercarse y frotar la mejilla de Grant con el dorso de la mano, por el mero placer de tocarlo. Siempre que lo veía deseaba tocarlo. Pero como ese tipo de contacto no tenía futuro, se aguantaba.

Sus vidas estaban en mundos distintos, y siempre lo estarían.

Kelly se obligó a pensar en John y en lo que acababa de ocurrir entre ellos. Seguía atónita por su inesperada aparición. Había querido pasar tiempo con él, pero no quería dejar solo a Grant, teniendo en cuenta lo que había dicho el médico. Durante un segundo se había sentido dividida en dos sentidos; y no estaba segura de haber tomado la decisión correcta.

Pasó junto al sofá de puntillas, para no despertar a Grant. Se preguntó por qué la vida tenía que ser tan complicada. Había llegado al otro extremo del sofá cuando agarraron su mano. Giró en redondo y vio que Grant estaba sentado, sujetándola.

–Me… me has sobresaltado –tartamudeó–. Creía que estabas dormido.

–Estaba descansando.

Sus miradas se encontraron como imanes.

–Suponía que te habrías ido con tu novio.

–No es mi novio –liberó su mano y la metió en el bolsillo del vaquero–. Es mi jefe. Como ya sabes.

–Le gustas.

–¿Y qué si le gusto?

No sabía por qué había dicho eso. Tal vez para poner celoso a Grant. Pero no tenía sentido, Grant no la amaba. Sólo sentía lujuria, sin compromisos. Y, bueno o malo, ella había disfrutado cada minuto siendo el foco de esa lujuria.

–Ah, así que tienes al pobre bastardo en espera.

–Lo que yo haga no es asunto tuyo –dijo, colérica.

–Tienes toda la razón, no lo es –accedió él con dureza, poniéndose en pie–. Nada de lo que hagas es asunto mío, ni lo que haga yo asunto tuyo –sus ojos volvieron a encontrarse en un forcejeo de voluntades–. ¿Correcto?

–Correcto –dijo ella desafiante.

–Me encuentro fatal. Me voy a la cama.

Cuando oyó cerrarse la puerta del dormitorio de invitados, Kelly se sentó en el sofá, revuelta. Si alguna vez había creído que la amaba, sus palabras acababan de demostrar que se equivocaba.

Agarró un almohadón, hundió el rostro en él y lloró.

–Pareces agotada, nenita.

–Lo estoy, Maud.

–Antes de venir saqué unas pastas de té del horno. ¿Por qué no pasas por casa y tomas algunas?

–Gracias, pero no. Voy a ir a casa a remojar mis huesos cansados en la bañera. Otro día, seguro.

–¿En serio? No me importa ir a casa y traértelas.

–No te atrevas. Estoy demasiado cansada para comer nada ahora.

–Muy bien, te veré más tarde, entonces.

Dio gracias porque Maud no hubiera presionado. Normalmente no aceptaba un «no» como respuesta. Kelly dejó escapar un suspiro de alivio. Por fin había terminado el día. Habían trabajado mucho; todo el mundo había pasado por allí.

Excepto Grant.

Hacía un par de días que no lo veía. La noche que había pasado en casa de Ruth había sido corta. Se había levantado a las cinco de la mañana para ir a echarle un vistazo y ya no estaba. Tenía que hablar con él, porque había conseguido que le dieran audiencia en dos días.

Como resultado de su ausencia, Kelly no sabía qué deseaba más, sacudirlo o besarlo. No dejaba de pensar en la noche de pasión que habían compartido. Pero sabía que era mejor así. Mejor que se alejara. Mejor que no estuviera en condiciones de tocarla.

–Nos vamos, Kelly –dijo Doris, asomando la cabeza por las puertas batientes.

–Yo también. Os veré por la mañana.

Kelly había echado el cierre y estaba a punto de subir al coche cuando la camioneta de Grant aparcó a su lado.

–Sube y vamos a dar una vuelta.

–¿Qué haces al volante? –ni siquiera pensó en que le estuviera dando órdenes. Sólo en que no debía conducir.

–Tengo un brazo bueno.

–Grant Wilcox, estás loco. Podrías tener un accidente y matarte, o matar a alguien.

–¿Vas a venir?

–No.

–Por favor.

Cuando la miraba así parecía perder el sentido

133

común y era incapaz de negarle nada. Les quedaba tan poco tiempo juntos que cada momento era precioso.

—Sólo si me dejas conducir.

—¿Has conducido una camioneta alguna vez?

—No.

—Toda tuya —hizo un gesto con el brazo y se rió.

Kelly se sentó al volante y se quedó quieta, notando cómo la miraba.

—Es fácil de conducir, en realidad. Igual que un coche, así que vamos —dijo él con una sonrisa burlona.

Tras ajustar el asiento y el espejo retrovisor, arrancó.

—Espera un segundo —dijo Grant cuando salió a la carretera—. Vamos hacia Wellington. Tengo una pieza de maquinaria en el taller mecánico.

—Eso me recuerda... —intervino Kelly—. Tenemos audiencia pasado mañana, respecto a la prueba de ADN.

—Eso es fantástico. Sé que ese bastardo de Ross está mintiendo.

—¿Y si no es así?

—Entonces, estoy hundido —afirmó Grant—. Mi único recurso sería demandar a Holland para que me devuelva el dinero.

—A no ser que el juez ordene a Holland que de a Ross la parte que le corresponda de la venta de árboles.

—¿Puede hacer eso?

—Los jueces son como dioses —Kelly sonrió sin chispa de humor—. Pueden hacer todo lo que quieran.

—Entonces, recemos.

El resto del viaje fue en silencio, aunque Kelly era muy consciente de que Grant ocupaba el asiento de al lado. Anhelaba tocarlo. Siempre que sus ojos se encontraban, notaba el mismo anhelo en él. Apretó el volante con más fuerza y se ordenó mantener las distancias.

Cuando llegaron a la demarcación de Wellington, Grant le dio instrucciones para ir al taller. Ella esperó en la camioneta mientras él entraba a hacer sus gestiones.

–Aún no está lista –dijo, subiendo–. Supongo que eso es bueno, porque el arreglo va a costar mucho dinero. Dinero que ahora no tengo.

Estuvo a punto de decirle que ella le prestaría el dinero, pero se lo pensó mejor al ver su expresión hosca. Su instinto le decía que no aceptaría dinero de ella.

–¿Adónde vamos? –le preguntó–. ¿De vuelta a Lane?

–Sí, a no ser que quieras ir a cenar algo.

–Prefiero volver.

–Me parece bien.

Estaban en las afueras de Wellington, en una carretera lateral, cuando ella vio la casa más bonita que podía haber imaginado. De piedra blanca, estaba entre árboles y arbustos, bien cuidada. Tenía un aspecto pacífico y acogedor. Intrigó tanto a Kelly que bajó la velocidad.

–Que lugar más bonito –dijo con admiración.

–Debe de estar de broma.

–¿Por qué dices eso? –Kelly paró el motor y se volvió hacia él.

–Me sorprende que consideres bonita una casa de fuera de la ciudad.

–Bueno, esto es todo lo cerca que me gustaría vivir del campo.

–Incluso así, dudo que fueras feliz. La gente de la ciudad no encaja aquí.

Eso lo dejaba todo muy claro. Los ojos de Kelly chispearon con ira.

–¿Intentas enfadarme a propósito, o es natural en ti?

–Eso no merece respuesta –masculló él.

El resto de camino transcurrió con un silencio hostil. Cuando llegaron a casa de Ruth, Kelly saltó de la camioneta y fue hacia dentro. Grant agarró su brazo y la obligó a girarse hacia él.

–Mira, lo siento. No debí abrir la boca.

–Tienes razón.

–¿Me creerías si te digo que estaba muy estresado?

–No.

–Ya lo suponía –se frotó la mandíbula–. ¿Creerías esto? ¿Y si te digo que quería conseguir que me odiaras, para no desear besarte cada vez que te acercas a mí?

Ella sintió la sangre golpetearle en los oídos.

–Oh, al diablo –farfulló Grant. Puso la mano buena en su hombro y la empujó contra la pared, con la respiración entrecortada. Segundos después, la besaba.

Si ella no hubiera estado apoyada en la pared, se habría derretido hasta hacer un charco en el suelo. Pero le devolvió el beso con ganas, abrazándose a su cuello, disfrutando de las sensaciones que provocaba en ella.

–Dios, te deseo tanto que me estás matando –la voz de Grant sonó desesperada.

–Yo también te deseo –susurró ella, amándolo con todo su corazón.

–Me refiero a aquí –clavó los ojos en los suyos, tan ardientes como sus labios–. Ahora.

–¿Ahora? ¿Y… y tu hombro?

–Deja que yo me preocupe de eso.

Sin una palabra más y sin quitarle los ojos de encima, ella le bajó la cremallera y liberó su erección. Él le levantó la falda vaquera y le bajó el tanga. Kelly se libró de él de una patada justo cuando él colocaba una mano bajo su trasero.

Como si supiera exactamente lo que tenía en mente, ella se abrazó a su cuello. Después, utilizando toda su fuerza, dio un salto y lo rodeó con las piernas.

–Oh, Kelly, Kelly –gimió él, penetrándola con una fuerte embestida.

137

Capítulo Diecisiete

Ella se inclinó sobre él, enredando los dedos en el vello de su pecho. En algún momento habían terminado sobre la cama de Kelly, aunque ella no recordaba los detalles. Después de la tórrida sesión contra la pared, su mente había entrado en parada.

Pero no por mucho tiempo. En cuanto llegaron a la cama, empezaron a hacer el amor de nuevo. Al principio, ella tenía cuidado con su hombro, pero era obvio que la herida no disminuía la pasión de Grant. Era como si no pudieran tener suficiente el uno del otro.

Kelly se preguntó qué le había ocurrido. Era cierto que estaba enamorada de Grant. Pero también lo había estado de su marido. Con Grant todo era distinto. Accedía a una parte de ella cuya existencia desconocía: su lado salvaje.

Excitante: sí.

Alocada: sí.

Peligrosa: sí.

Permanente: *no*.

Aunque le dolía el corazón al pensarlo, Kelly no quería apartarse de su cálido cuerpo, ni dejar de tocarlo. Sus dedos estaban disfrutando recorriendo su pecho y su estómago.

Y más abajo.

Gimiendo, Grant la miró. Estaba apoyada en un codo y sabía que sus ojos ardían de pasión, como los de él. No se molestaron en apagar la luz. Con Eddie no había sido así; siempre hacían el amor en la oscuridad.

—¿En qué estás pensando? —preguntó Grant con su voz grave y brusca.

—En Eddie. Mi marido.

—¿Qué pensabas de él? —preguntó Grant con voz de resignación, tras un corto titubeo.

—Aunque nos queríamos de verdad, no hacíamos el amor de forma salvaje o apasionada. Ahora lo veo claro.

—Gracias por decirme eso. No sabes lo humilde ni lo bien que me hace sentir —hizo una pausa para besarla—. Nunca he hecho el amor a una mujer como te lo he hecho a ti. La chispa, el fuego, lo que quieras llamarlo, no estaba ahí —hizo otra pausa—. Tal vez por eso no me casé nunca.

Las últimas palabras quedaron flotando en el aire, provocando tensión. Kelly, entristecida por una razón que se negaba a admitir, sustituyó los dedos con los labios, lamiendo sus pezones hasta ponerlos duros.

—Hum, eso está muy bien —gruñó él.

—Esto debería estar aún mejor —usando la lengua, bajó lamiendo hasta el ombligo, que besó y succionó.

Él gimió y se retorció cuando siguió bajando. Al llegar a su erección, ella hizo una pausa y lo miró, para ver su reacción. Se había erguido, apoyándose sobre los codos y le devolvía la mirada, con los ojos nublados.

—Es... es tu decisión —dijo con voz ronca.

Ella colocó los labios en la punta y chupó. Y siguió chupando.

—Oh, Kelly —gritó él—, sí, sí.

Se subió sobre él y se hundió en su duro miembro. Poco después los gemidos y gritos de ambos resonaron en la habitación.

Cuando Kelly por fin se tumbó a su lado, exhausta pero satisfecha, y más feliz de lo que había soñado nunca, Kelly se preguntó cómo iba a poder dejarlo.

—Kelly, soy John.

—Me alegra oír tu voz —a ella se le aceleró el pulso.

—Lo mismo digo. Dicho eso, iré directo al grano.

—¿Por qué no? —contestó ella. Ocurría algo. Lo notaba en el tono de su voz.

—¿Recuerdas que te dije que había un par de casos para ti?

—Desde luego.

—Bueno, pues vamos a empezar con ellos y queremos que estés en las sesiones desde el principio; eso significa que te necesitamos aquí cuanto antes.

—Oh, John, nada me gustaría más que decirte que podía salir ahora, pero no puedo. Aunque espero el regreso de mi prima cualquier día de éstos.

—Lo retrasaremos cuanto podamos —soltó un profundo suspiro—. ¿Cómo va tu caso?

—Debería resolverse pronto.

—Bien. Así no impedirá que regreses a Houston cuando vuelva tu prima —hizo una pausa más larga—. ¿Recuerdas que hablamos de hacerte socia?

—Claro —¿cómo iba a olvidar *eso*?

—Bueno, pues si ganas estos casos, estarás dentro.

—No sé qué decir, excepto gracias —el corazón de Kelly estaba desbocado.

—Con eso basta —John rió—. Mantenme informado.

—Lo haré, y gracias otra vez por llamar.

—¡Sí! —gritó Kelly alborozada, después de colgar.

Había hecho de su profesión su vida, y por fin empezaba a ver resultados. De pronto, igual que había brotado, su entusiasmo se apagó. Se dejó caer en una silla, con la piernas como gelatina.

Grant.

Dejaría a Grant, no lo vería más ni intercambiaría insultos con él. *Ya no le haría el amor.* Eso no podía ser, cuando ella lo quería.

Pero tampoco tenía opción. Él nunca había dicho que la quisiera e, incluso si lo hacía, un futuro para ellos dos era un imposible. Grant quería una cosa y ella otra. Y lo que quería uno tenía tan poco que ver con lo que quería el otro como la riqueza de la reina de Inglaterra y la de un artista muerto de hambre.

Pensar en Grant hacía que Kelly lo añorase. No había pasado por la cafetería en todo el día, ni la había llamado. Había estado tan ocupada que no había tenido tiempo de pensarlo, pero se acercaba la hora del cierre y la tarde se avecinaba solitaria para ella.

Quería verlo.

Cada vez que estaban juntos se enamoraba más. La idea de dejarlo la apabullaba; la de quedarse, también.

—¡Yuju, chica!

Atónita, Kelly se dio la vuelta y vio a Ruth ir hacia ella con los ojos abiertos. Kelly no podía creer sus ojos. Destino. Era lo único a lo que podía atribuir ese giro inesperado de la situación.

—¿Cuándo has llegado a casa? —preguntó Kelly, riendo mientras le devolvía a Ruth el abrazo.

—De hecho, aún no he pasado por allí —los ojos de Ruth recorrieron el local, empapándose de todo—. Éste es el primer sitio al que vengo.

—Es fantástico verte.

—Ya me lo imagino —Ruth soltó una risita.

–No lo decía en ese sentido –afirmó Kelly muy seria–. Lo creas o no, ha sido una experiencia divertida.

–Ya, claro.

–Lo digo en serio.

–Créeme, me alegro. Temía que no volvieras a hablarme.

–Sólo espero que no pienses que he destrozado tu negocio con mi ineptitud.

–Eso no ha ocurrido –declaró Ruth–. Si eres capaz de servir café y hacer estofado, puedes dirigir este sitio –se rió y su cuerpo, alto y de huesos grandes, se sacudió. Los ojos verdes chispearon–. Aunque las dos sepamos que no has hecho ninguna de las dos.

–Sí que he hecho las dos –Kelly se colocó las manos en las caderas, como si la hubiera insultado–. De vez en cuando, claro.

–Eh, bromeaba, ya lo sabes. Vamos a casa para que me pongas al corriente de todo.

–No puedo esperar.

–¿Kelly? –llamó Doris. Ella se dio la vuelta y vio a Doris con el teléfono en la mano–. Es el señor Mangunm, para ti.

–¿Quién es? –preguntó Ruth, notando la reacción de su prima.

–Te lo explicaré después. Adelántante tú, yo te seguiré –Kelly cerró la puerta del diminuto despacho y descolgó. Para Grant, ese era el momento de la verdad.

–Hola, señora Mangunm.

–Pensé que tal vez te encontrase aquí.

Grant se quitó el sombrero y fue hacia Kelly, dejando a Pete jugueteando con una pieza de maquinaria.

–Hola, nena –saludó, se inclinó y la besó.

142

Desconcertada por esa familiaridad, sobre todo delante de Pete, Kelly se sonrojó levemente. Grant se rió.

–Me asombra que aún puedas sonrojarte, después de todo lo que hemos compartido.

–Calla –ordenó ella, aunque una sonrisa afloró a sus labios–. Pete podría oírte.

–No, está demasiado ocupado jugando con esa pieza –hizo una pausa–. Yo preferiría jugar contigo.

–Eres imposible –protestó Kelly.

–Y te encanta, sólo que no quieres admitirlo.

–Tienes razón, no lo haré.

–¿Qué te trae por aquí? –preguntó Grant.

–Buenas noticias.

–Dímelas.

–Larry Ross se hizo la prueba del ADN y falló.

–¡Glorioso! –gritó Grant. Tiró el casco al aire y después agarró a Kelly y la hizo girar y girar. Cuando volvió a dejarla en el suelo, estaba tan mareada que tuvo que apoyarse en él.

–Has usado los dos brazos –dijo con asombro.

–Correcto. Eso es lo que consigue la felicidad. Además, el brazo apenas me molesta.

–El doctor Carpenter debe de ser un buen cirujano.

–¿Qué demonios pasa aquí? –Pete se reunió con ellos–. Te he oído gritar como un poseso.

–Todo se ha solucionado –Grant dio una palmada en el hombro de Pete–. Por fin.

–¿Eso significa que podemos poner las máquinas en marcha? –gritó Pete.

–Significa exactamente eso –dijo Kelly, risueña.

–Muchas gracias, señora –dijo Pete, haciéndole una reverencia.

–Fuera de aquí –dijo ella entre risas.

–¿Aviso a los trabajadores? –preguntó Pete a Grant.

–Diles que se presenten mañana a primera hora.

–Eso haré.

Cuando Pete se fue, Grant se puso serio.

–Gracias. Sabes que lo digo en serio.

–Sí que lo sé.

–¿Cómo lo conseguiste?

–Por lo visto, Ross tenía problemas económicos por culpa del juego. Como necesitaba el dinero y estaba seguro de ser un heredero legal, accedió a hacerse la prueba –sonrió a Grant–. Como se suele decir, el resto es historia.

–Que tú pusiste en marcha. Si no hubieras exigido la prueba de ADN, seguiría con la soga al cuello –la agarró, la apretó contra él y la besó con fuerza–. Ésta es mi demostración práctica de agradecimiento.

Sin aliento, Kelly se apartó. Iba a hablar cuando Pete los interrumpió.

–Venga, vosotros dos. Dadme un respiro –sonrió y los dos le devolvieron la sonrisa–. Entonces, tenemos a Ross por lo del ADN, pero ¿qué hay de tu hombro? Aún no estoy seguro de que no sea responsable de eso.

–Mi instinto me dice que no es tan estúpido, pero quién sabe –Grant se puso serio–. Cuando salga de aquí iré a ver a Amos.

En ese momento sonó su móvil. Era el sheriff.

–Hola, Amos, deben de haberte pitado los oídos –Grant escuchó un minuto y añadió–. De acuerdo. Llegaré enseguida.

–¿Y? –preguntaron Kelly y Pete casi al unísono.

–Ross está limpio. Tiene una coartada perfecta para la hora en que se produjo el disparo.

–Maldición –masculló Pete.

–Entonces, ¿quién te disparó? –preguntó Kelly–. ¿Lo sabe Amos?

–Sí, pero quiere hablar conmigo en persona.

–Al menos el misterio está resuelto –dijo Pete–. Ya me contarás los detalles.

–Tenemos que hablar –le dijo Kelly a Grant cuando Pete se marchó.

–Ya lo creo que sí. ¿Qué te parece si hago unos filetes esta noche y vienes a cenar?

–Allí estaré.

Todo estaba tan perfecto como estaba en la mano de Grant. Había limpiado la casa y comprado flores para la rústica mesa del comedor. Aunque parecían un poco fuera de lugar, estaba orgulloso de ellas.

La ensalada estaba hecha, la cerveza fría y el vino fresco. La patatas estaban asándose y los filetes listos para ponerlos en la parrilla.

Y él para ver a Kelly. Entonces y siempre.

Se le encogió el estómago al pensar en *siempre*. Se preguntó si estaba enamorado. Aunque la idea le daba pánico, quería saber la respuesta. Para él, lujuria y amor iban tan unidos que le resultaba difícil distinguir cuál era cuál.

Llamaron a la puerta. Abrió y Kelly fue derecha a sus brazos, aferrándolo como si no quisiera dejarlo escapar nunca, lo que a él le parecía muy bien.

Finalmente la alejó de sí y la besó suavemente.

–Buenas tardes –dijo ella con voz ahogada.

Él percibió que algo iba mal. Pero no iba a presionarla, se lo contaría cuando estuviera preparada.

–Parece que celebramos algo –comentó Kelly, entrando en la habitación.

–Son bastante lamentables, ¿no? –Grant miró las flores y sonrió avergonzado.

–Si te refieres a las flores, me parecen encantadoras.

–Los dos sabemos que eso no es verdad, pero suena bien de todas formas.

–Eres imposible –afirmó Kelly, moviendo la cabeza.

–Siéntate –pidió Grant con un nerviosismo que a él lo molestó y a ella le causó asombro–. ¿Quieres vino o cerveza?

–Ninguna de las dos cosas, de momento.

Él alzó la cejas.

–Me gustaría oír qué dijo Amos. Sobre quién te disparó.

–No creerás lo que voy a contarte –Grant movió la cabeza de lado a lado.

–Claro que sí. Soy abogada, ¿recuerdas?

–Un adolescente de dieciséis años decidió ir con su escopeta a dar unos tiros. Montó en la camioneta de su padre y fue a la tierra de Holland. Cuando vio un jabalí, decidió seguirlo.

Hizo una breve pausa.

–Para resumir, cuando tuvo la oportunidad de disparar lo hizo, pero falló y el jabalí se lanzó contra la maleza. Yo grité, el chico se asustó y se fue. Estaba tan asustado que chocó contra un árbol, de ahí la confesión. Tuvo que contarles a sus padres por qué había un golpe en la camioneta y que había estado en la tierra de Holland. Un par de días después su padre se enteró de que alguien había recibido un disparo allí. Ató cabos y comprendió lo ocurrido. Hoy fueron a hablar con Amos.

–Podría haberte matado –dijo Kelly, solemne.

–Lo sé. Amos me preguntó si quería demandarlo.

–¿Vas a hacerlo?

–No. El pobre chico está aterrorizado por haber herido a alguien. Fue un accidente. Además, ya tiene bastante con sus padres, que no están nada contentos.

–Chicos –Kelly movió la cabeza–. Al menos el misterio está resuelto. Y tú casi recuperado.

–Eso es verdad –sonrió con descaro–. Eso significa que podré seducirte sin piedad.

–Antes tenemos que hablar.

–Creía que eso es lo que acabamos de hacer.

–Sobre otra cosa…

–Bien. Habla.

–Ruth ha vuelto.

–¿Cuándo? –Grant se tensó visiblemente.

–Esta tarde, a la hora de cerrar.

–Eso está bien –forzó una sonrisa–. Estoy seguro de que las dos os alegráis.

Siguió un incómodo silencio.

–Puede que tú no necesites beber nada, pero yo sí –fue a la cocina, agarró una cerveza y se bebió la mitad de un trago. Kelly lo había seguido a la cocina, seria–. ¿Cuándo te marcharás?

–Pronto.

–Lo imaginaba, he aprendido a leerte bastante bien –hizo una pausa–. Antes de que digas nada más, quiero preguntarte algo.

–Adelante.

–¿Crees que hay alguna posibilidad de que tú y yo tengamos un futuro juntos? –alzó la mano al ver que ella abría la boca–. Sé que somos de mundos diferentes, y muy distintos –se frotó la nuca–. Pero esas diferencias hacen que la vida y las relaciones sean estimulantes.

–Grant…

–Si todos fuéramos iguales, sería muy aburrido.

–¿Qué estás diciendo? –preguntó Kelly con voz queda.

–Resumiendo. ¿Te quedarás algo más de tiempo… conmigo? Para ver adónde nos lleva todo esto.

–Grant. John llamó. Desde Houston.

El silencio que siguió fue largo y agobiante.

—¿No vas a decir nada? –inquirió Kelly.

—Ya he hablado. Ahora te toca a ti.

—Mi empresa quiere que vuelva de inmediato.

Aunque Kelly no dijo nada, Grant supo que se debatía. Anhelaba abrazarla, besarla, decirle que la amaba y suplicarle que no se fuera. Pero se quedó inmóvil y callado.

—Siento que se lo debo a ellos, y a mí misma. Así que me marcho mañana.

—Creo que con eso queda dicho todo –farfulló Grant, tras mirarla larga y duramente.

—Eso no significa...

—Sé lo que significa. Has decidido volver a Houston –encogió los hombros–. No intentaré hacerte cambiar de opinión.

—¿Me estás diciendo que esto se ha acabado? –Kelly palideció.

—Tú eres la abogada de algo rango. ¿Es que no está claro?

Se miraron fijamente unos instantes.

—También me estás diciendo que debería irme ahora mismo, ¿verdad? –Kelly apenas fue capaz de hacer la pregunta, tenía la garganta seca.

—Dadas las circunstancias, creo que probablemente sea buena idea.

Conteniendo las lágrimas, Kelly giró sobre los talones y salió, cerrando la puerta a su espalda.

Maldiciendo, Grant lanzó la botella de cerveza contra la chimenea. Ni se inmutó cuando los trozos de cristal salieron disparados por todos sitios.

148

Capítulo Dieciocho

¿Te he dicho últimamente lo orgulloso que estoy de ti?

—Todos los días.

—Sólo quiero asegurarme de que sepas que estás haciendo un gran trabajo y lo mucho que lo aprecia la empresa —John sonrió y se sentó frente a Kelly.

—Lo sé, y agradezco tu apoyo y tus halagos.

—Odié que tuvieras que irte, ya lo sabes —John frunció el ceño—, pero supongo que fue lo mejor. Ahora que estás de vuelta lo veo claro. Estás tan aguda y agresiva como siempre.

—Eres un buen hombre, John Billingsly, soy muy afortunada al tenerte como jefe.

—Yo... podríamos ser algo más —dijo él en voz baja—. Pero no te interesa, ¿verdad?

—No, no en el sentido al que te refieres —sonrió con tristeza—. Pero tu interés por mí es el mejor cumplido.

—Bueno —John suspiró y esbozó una sonrisa—. Estaba preparado para un «no».

—Siempre te he considerado un amigo y el mejor de los jefes.

Él titubeó un momento y la miró intensamente.

—¿Qué? —ladeó la cabeza y le devolvió la mirada.

—No eres la misma.

—Acabas de decirme que...

—No me refiero a tu trabajo —interrumpió John.

—Ah —ella giró la cabeza, temiendo que fuera a

adentrarse en terreno prohibido. Sus siguientes palabras le dieron la razón.

–Cuando crees que nadie te ve, tu rostro se llena de tristeza –hizo una pausa–. ¿A qué se debe?

–Estoy bien –mintió ella–. Te estás dejando llevar por la imaginación.

–Paparruchas. Sé que me estoy entrometiendo, pero eso es lo que hacen los amigos… y los jefes.

–Es algo que debo resolver por mí misma.

–¿Sigue teniendo que ver con tu familia?

–No –ella sonrió–. Alejarme consiguió un milagro. Cuando pienso en ellos, todos los días, es con cariño y dulzura, en vez de con el dolor de la pérdida.

–Me alegra mucho oírte decir eso. Es maravilloso.

–Lo sé.

–Pero –John siguió presionando–, sigues estando demasiado triste para mi gusto. Se inclinó hacia delante–. Es por ese tipo, ¿verdad?

–No sé de qué tipo hablas –Kelly se tensó.

–Claro que lo sabes.

Kelly, intentando controlar el rubor que estaba a punto de teñir sus mejillas, se puso en pie y fue hacia la ventana. El día estaba triste y nublado, igual que ella. John tenía razón. Estaba fastidiada, aunque no podía permitirse admitirlo, ni siquiera ante ella misma.

Echaba de menos a Grant. Su ausencia casi le dolía. En ese momento podía ver su enorme cuerpo en el bosque, con su casco, vaqueros y botas, haciendo funcionar una máquina o caminando por el bosque, absorto. Y adorando cada segundo.

Deseó que la amara tanto como amaba los bosques.

–¿Kelly?

–Perdona –se volvió hacia él–. Mi mente estaba vagando por ahí.

–Visto que no vas a contármelo, será mejor que me vaya –miró su reloj–. Tengo que estar en el juzgado dentro de media hora y, si no me equivoco, tú también.

–Es cierto –Kelly cuadró los hombros, limpió su mente de cualquier tema personal y añadió–: Éste es un caso que no estoy dispuesta a perder.

–No lo perderás. Y, como prometí, eso te permitirá acceder a la sociedad –al no conseguir la respuesta que esperaba de ella, frunció el ceño–. Sigues queriendo ser socia, ¿no?

–Desde luego –afirmó Kelly con entusiasmo forzado. Agarró su maletín–. Vamos a ganar un caso.

Sólo llevaba un mes en casa, pero parecían seis. Sus ojos recorrieron el salón de su piso de Houston y pensó en lo afortunada que era al regresar a un lugar tan bonito todos los días. Pero ya no se lo parecía tanto como antes de haberse marchado a Lane.

Además del lujoso piso, tenía montones de amigos y sitios a los que ir. Houston tenía mucho que ofrecer.

Se preguntó por qué, en ese caso, no estaba por ahí con algún amigo. Sólo eran las seis de la tarde; aún podía replantearse una invitación al teatro que había rechazado esa mañana. Pero no le apetecía salir. Prefería remojarse en la bañera y pasar el resto de la tarde leyendo y relajándose.

Por desgracia, eso no estaba ocurriendo. En cuanto entró en casa se sintió tensa, nerviosa y solitaria; todo lo cual la ponía furiosa consigo misma. Para empeorar las cosas había recibido dos llamadas seguidas: una de Maud y una de Ruth.

Ambas le habían dicho cuánto la echaban de menos y pedido que fuera pronto a Lane a visitarlas.

Después de cada conversación, Kelly había colgado y se había echado a llorar.

En ese momento, acurrucada en el sofá, tenía ganas de llorar de nuevo. Pero no tenía razones para hacerlo. Todo le iba bien. Además de un piso precioso, buen trabajo y buen sueldo, le habían ofrecido convertirse en socia junior del bufete, tal y como John había predicho.

Aunque aún no había aceptado la oferta oficialmente, todos sabían que lo haría. Todos menos ella.

Se sentía desgraciada. Y la causa era Grant. Todas las cosas maravillosas de su vida no eran más que eso, cosas. Desde que se había enamorado de Grant, las cosas ya no tenían importancia. Quería seguir practicando la abogacía, desde luego, pero había dejado de ser su única pasión. Le gustaba su sitio pero no era más que un lugar donde dormir.

Su pasión era Grant.

De pronto, una lucecita se encendió en su cabeza. Lo que más deseaba en el mundo era despertarse cada mañana junto a él. Se puso en pie de un salto. ¡Era imposible! No podía vivir en un pueblo pequeño.

Su conciencia le susurró que era una mentirosa. Había estado en Lane varias semanas y había sobrevivido. Incluso había hecho amigos, trabajado y disfrutado.

La mente de Kelly giraba como un torbellino. Inspiró varias veces para controlar los latidos de su corazón. Había perdido a Eddie por una tragedia sobre la que no tenía ningún control. El caso de Grant era distinto. Si lo perdía, sería culpa de ella.

Agarró el bolso y salió corriendo.

***

152

–¿Qué te ocurre? –preguntó Pete, mirando a Grant con dureza.

–Nada.

–Y un cuerno. Te comportas como si alguien te hubiera puesto un hierro candente en el trasero.

–Si no fueras mi amigo, y no te necesitara en el trabajo, sería yo quien te pusiera un hierro candente a ti.

Se miraron fijamente unos segundos; después se echaron a reír.

–Perdona, jefe. Debería mantener la boca cerrada.

–Así es. Pero tienes razón. Tengo muchas cosas en la cabeza.

–¿Esas muchas cosas responden a las iniciales K.B.?

Grant titubeó, sin saber cuánto desvelarle a su amigo de su vida personal. Pero estaba tan siempre tan irritable que le debía a Pete la verdad. O al menos parte de ella.

–La echo de menos –admitió con un suspiro.

–Yo también.

–Volvamos al trabajo.

Pete asintió.

La conversación había tenido lugar esa mañana. Aunque Grant trabajaba como un poseso todos los días, para agotarse, nada conseguía prepararlo para la noche, por cansado que estuviera.

Añoraba a Kelly. A cada momento olía su aroma, oía su risa, sentía su piel bajo los dedos callosos. Pero lo peor era recordar sus gemidos cuando le hacía el amor. Eso, todo lo que había de especial en ella, lo volvía loco.

La amaba. Debería habérselo dicho. Saltó del sofá y fue a la cocina a por una cerveza. Después de un trago la vació en el fregadero. Emborracharse no era la solución. Cuando saliera del estupor, Kelly seguiría en su mente.

—Al diablo con todo esto —dijo.

Corrió al escritorio, sacó un sobre, se puso la chaqueta y salió de la cabaña.

Kelly lo vio en cuanto salió. Aunque casi se le paró el corazón, se detuvo y, como una zombi, observó a Grant cruzar el aparcamiento de su edificio.

—¿Qué… qué haces aquí?

—¿Adónde vas? —preguntó Grant.

—Yo he preguntado primero —su voz fue un susurro.

—He venido a verte —clavó los ojos en ella.

—¿Por qué?

—Para decirte que te quiero y que soy muy desgraciado sin ti —soltó él de sopetón.

—Yo iba a verte, a decirte exactamente lo mismo.

Después, Kelly no supo quién se había movido antes. Daba igual. En segundos, estuvieron uno en brazos del otro. Después, riendo y besándola, Grant la alzó y la hizo girar por el aire.

—Cásate conmigo, Kelly Baker —susurró al ponerla de nuevo en el suelo.

A las tres de la mañana, Kelly y Grant estaban sentados en medio de la cama de Kelly, bebiendo cerveza con limón y comiendo queso y galletas.

Habían hecho el amor hasta quedar agotados y hambrientos. Desnudos, habían ido a la cocina a saquear el frigorífico y vuelto con todo a la cama.

En ese momento, mirándose a los ojos, Kelly sintió que Grant oprimía su mano con suavidad. Ella le devolvió el apretón y dejó los vasos en la mesilla.

—Te quiero, Grant Wilcox.

–Yo te quiero a ti, Kelly Baker.

–¿Y cuándo será la boda? –parpadeó para evitar unas inesperadas lágrimas.

–¿Qué te parece mañana? –Grant trazó el contorno de sus labios con un dedo.

–Ojalá fuera posible.

–Eso pienso yo. Pero en cuanto hayamos arreglado los papeles, nada podrá detenernos.

–Espero que no.

–Nunca pensé que pudiera regresar a la civilización, pero contigo como esposa, sé que será posible.

Kelly, con el rostro surcado por las lágrimas, lo besó y repitió otra versión de sus palabras.

–Nunca creía que pudiera vivir en el bosque y seguir practicando la abogacía, pero contigo como esposo, será posible. De hecho, es lo que deseo hacer.

–¿Me quieres tanto como para plantearte dejar todo esto? –Grant sonó asombrado.

–Sin dudarlo un segundo.

Grant la estrechó entre sus brazos, quitándole el aire.

–Te quiero tanto que me gustaría acurrucarme en tu interior. Tengo algo para ti –la soltó y se inclinó hacia sus vaqueros, en el suelo. Sacó algo de un bolsillo.

–¿Qué es? –preguntó Kelly.

–Ábrelo y lo verás.

Ella obedeció, después lo miró intrigada.

–Es una escritura, lo sé. Pero ¿de qué?

–La casa de Wellington.

Kelly lo miró con incredulidad.

–Oí decir que estaba en venta, y era cierto.

–Así que la compraste –musitó ella.

–Sí. Para ti. Para nosotros.

Kelly soltó un grito, rodeó su cuello con los brazos y se lo comió a besos.

–Por lo visto, he hecho bien al comprarla.

–Más que bien. Es perfecto.

–Cuando dijiste que te gustaba, llamé a un agente inmobiliario amigo mío y le pedí que comprobara si se vendía –alzó la mano–. No te equivoques, no sabía que me querías, pero algo me dijo que comprase la casa de todas formas.

–Grant, es maravilloso. Wellington es perfecto para los dos; es lo bastante grande para abrir un despacho.

–Sin duda.

–Siempre deseé tener mi propia empresa algún día.

–Ese día ha llegado. Es hoy.

–Y es un lugar perfecto para formar una familia –esperó sin aliento la reacción de Grant. Los ojos de él se llenaron de lágrimas.

–Temía que no quisieras tener más hijos.

–Claro que quiero –afirmó ella–. De hecho…

Él puso las manos sobre sus hombros y la tumbó sobre la cama.

–Entonces será mejor que empecemos, cariño, no hay por qué perder tiempo.

–Creo que el primero ya está en camino –le susurró Kelly, abrazándose a su cuello.

–¿Quieres… quieres decir que…? –tragó saliva y la miró con asombro y adoración. Ella sonrió y lo besó.

–Es exactamente lo que quiero decir.

–Te quiero, te quiero, te quiero –gritó Grant, abrazándola con furia.

–Yo también te quiero.

DESEO

JILL MONROE

CÓMO SEDUCIR
AL JEFE

Capítulo Uno

Volvió a estirarse.

Wagner Achrom se frotó el puente de la nariz mientras miraba cómo su secretaria, Annabelle Scott, rotaba lentamente los hombros. Luego, cerrando los ojos, oscilaba de lado a lado en la silla al tiempo que los pechos sobresalían debajo del jersey azul que llevaba.

Sintió una espiral de tensión por su cuerpo. Nunca antes se había fijado en los pechos de la señorita Scott. Claro está que ella tampoco se había puesto nunca un jersey tan ceñido, que no terminaba de encajar con la imagen profesional que habitualmente proyectaba.

Se metió un dedo en el cuello de la camisa para refrescarse la piel. Sus ojos fueron hacia la piel suave de la señorita Scott, de un bonita rosa por encima del escote del jersey. Nunca antes se había fijado en su piel. Aunque ella tampoco había revelado nunca nada por debajo del botón superior.

Quizá pudieran hablar de la política de vestuario de la oficina. Prohibiría estrictamente los jerseys.

No es que su ropa fuera inapropiada, sólo sorprendente, ya que por lo normal se ponía faldas hasta los tobillos y chaquetas holgadas.

Había demasiado en juego con la negociación

con Anderson como para dejar que un jersey azul, y la mujer que lo llevaba, lo distrajera.

Anderson. Sí. Claro. Con calma y serena determinación, acercó la carpeta que Annabelle había dejado sobre el escritorio. Necesitaba examinar las últimas exigencias antes de firmar y dar luz verde a la fusión propuesta entre su compañía y la de ellos.

Las acciones de Anderson se dispararían en el mercado de valores en cuanto la fusión concluyera. Adquirirían libre acceso a las patentes de su padre. Utilizando la tecnología que había detrás de las ideas de almacenamiento de energía de Mason Achrom, el equipo de Investigación y Desarrollo de Anderson planeaba desarrollar una red de energía solar y eólica a larga escala, que remodelaría y a menudo reemplazaría el viejo sistema de energía eléctrica. Era una visión muy distinta de la suya de llevar energía barata e independiente a las zonas agrícolas y rurales del mundo.

Anderson era la que se beneficiaría más con ese trato. Conocido antaño como un tiburón financiero, Wagner se habría comido una empresa tan pequeña y depreciada como Anderson. En el pasado, había realizado los mejores negocios en el sudoeste. Operaciones en las que él, y el grupo inversor para el que había trabajado, obtenían siempre la ventaja. Pero no estaba en los viejos tiempos y esa fusión le proporcionaba justo lo que necesitaba con desesperación. Liquidez. Un montón de fría liquidez.

Con ese dinero, finalmente podría sacar partido de lo único que le había dejado su padre. Para algunos, las líneas, los gráficos y las ecuaciones químicas no eran más que garabatos. Pero en ellos Wagner veía lo que su padre jamás había logrado ver, que esas patentes representaban un combustible barato y limpio. Algo por lo que otros estarían dispuestos a pagar millones para conseguir.

Odiaba compartir los lucrativos derechos de desarrollo de las patentes de su padre. Sin embargo, sin una inyección de capital, a él tampoco le eran de mucha utilidad. La gente de Anderson podría tener la red de energía a gran escala, la parte de la operación rentable a corto plazo.

Pero no por mucho tiempo.

No era la clase de hombre que lo tirara todo por la borda. Tenía un proyecto nuevo en mente. Uno mejor. Con el dinero de Anderson, llevaría a la práctica algunas de las ideas inconclusas de su padre para crear una batería de energía pequeña y barata, con una potencia tan asombrosa que podría recargarse casi al instante y estar lista para operar cualquier cosa más exigente que una calculadora alimentada por energía solar.

Aparcada la imagen de los pechos de la señorita Scott, se obligó a leer el documento palabra por palabra. Un momento más tarde, tomó el rotulador rojo y subrayó un punto clave.

Un suspiro suave y femenino le llegó desde la oficina exterior. Alzó la vista y vio que su siempre competente secretaria mostraba una sorprendente extensión de pierna mientras recogía una carpeta. La pantorrilla perfectamente torneada, el muslo esbelto, el...

El contrato se le deslizó de las manos y flotó a la alfombra beige. Al inclinarse para alzarlo, se golpeó la frente con el asa metálica de uno de los cajones de su mesa.

–Ay.

–¿Se encuentra bien? –ella giró en su sillón para mirarlo.

Se vio cara a cara con una vista completa de los pezo... la señorita Scott debía tener mucho, mucho frío. Se preguntó si habría bajado el termostato. No lo creyó, ya que él estaba sudando.

Se irguió frotándose la frente.

–Sí, perfectamente.

Ella le dedicó una sonrisa leve y volvió a concentrarse en mecanografiar algo.

Era la secretaria perfecta. Siempre puntual y siempre eficiente. Llevaban cuatro años trabajando juntos. Si en el pasado ella había mostrado alguna preocupación por él, jamás lo había notado.

¿Por qué en ese momento?

«Desarrollar afinidad es natural». La simple preocupación de dos personas que trabajan codo a codo. Nada más. Y nada como los pensamientos que le había inspirado unos momentos antes. *Esos* pensamientos no tenían sitio en su relación laboral.

Le gustaba el sonido de los dedos de ella sobre el teclado. Por lo menos le daba a la oficina una ilusión de productividad. Su capital de inicio hacía tiempo que había desaparecido, lo que lo había obligado a recurrir a sus ahorros personales hasta poder contar lo que quedaba sin necesidad de utilizar una coma. Los acreedores caerían pronto sobre ellos.

Si la fusión no se producía, tendría que volver a trabajar para otra empresa. A no tener éxito nunca con su propia visión. Era más que un tiburón contratado. Aspiraba a construir algo. A dejar huella.

Continuó leyendo. Había negociado duramente para garantizar autonomía a Achrom Enterprises después de que se situaran bajo el nuevo paraguas empresarial. Aunque formaría parte de la junta directiva de Anderson, seguiría dirigiendo su propia empresa, aún podría desarrollar sus propias ideas. Anderson no iba a arrebatarle esas concesiones en el contrato definitivo.

Annabelle volvió a suspirar.

El sonido le desató una espiral de deseo en las entrañas, impulsándolo a mirarla otra vez. Curvó la espalda mientras se estiraba y otra vez ese condenado jersey se tensó sobre los pechos. El cabello largo y castaño se le soltó y le cayó por la espalda. Parecía una mujer en estado de languidez después de haber compartido unos besos.

Y querer más.

Cerró la carpeta sobre su mesa y la sobresaltó. Después de lanzarle una rápida mirada, continuó tecleando.

Se preguntó qué le pasaba. Se reclinó en el sillón. La señorita Scott era una secretaria demasiado competente como para tener que soportar sus frustraciones. Producidas por la fusión o por el sexo.

¿Sexuales? Diablos, sí, pero ¿cuándo había empezado a ver a la señorita Scott como una persona sexual? Por lo que sabía, llevaba una vida tan célibe como él. No recibía llamadas furtivas ni tenía una foto en el escritorio.

No le extrañó no poder concentrarse.

Necesitaba un plan, y deprisa.

Se levantó y cruzó el umbral que separaba las dos oficinas.

—Señorita Scott, ¿tiene la espalda agarrotada?

Ella alzó la vista con expresión desconcertada.

—Eh, no. ¿Por qué?

—Con esos gemidos, pensé que le dolía algo.

Ella parpadeó y movió la cabeza. A pesar del jersey, de la falda que mostraba tantas piernas y del pelo suelto, parecía la misma señorita Scott de siempre. Tenía el escritorio bien ordenado y la taza de café sobre un posavasos.

Wagner asintió y alargó la mano hacia el pomo de metal.

—No me pase ninguna llamada, por favor. Necesito concentrarme en la última contraoferta del representante de Anderson.

Y con un *clic* decisivo, cerró la puerta.

Annabelle se hundió en el sillón y clavó la vista en el pomo plateado de la puerta de Wagner. Por experiencia, sabía que no lo vería en lo que quedaba de día. De hecho, lo más probable era que le enviara un correo electrónico para pedirle un café.

Soltó el aliento contenido cuando él reapareció, grande y agitado, en el umbral, con los hombros anchos que casi tocaban los bordes.

Durante un minuto excitante, creyó ver una expresión de cazador en los ojos azules cuando él la inmovilizó al sillón. Un hormigueo, iniciado en su vientre, se había extendido por todo su cuerpo. Sus pezones se habían endurecido y presionado contra el jersey.

«Eres una mujer fatal», se había repetido mentalmente.

«Eres una idiota», había corregido después de que él cerrara la puerta. Tomó un bolígrafo y sacó el bloc de notas que había escondido debajo de la consola de la centralita telefónica sobre su mesa. Wagner jamás buscaría ahí. No es que hurgar en su mesa fuera una actividad a la que se dedicara, pero a veces trataba de ser útil en la recepción. Tembló al recordar los desastrosos resultados.

Abrió el bloc y, con trazos largos y fuertes, escribió algunas líneas entre sus notas:

1. Llevar jersey: *Desterrado del armario.*
2. Suspirar: *Nunca más.*
3. Arquear la espalda: *No te lesiones.*

Curvó el labio superior al tachar la última nota. La había escrito en mayúscula. ERES UNA MUJER FATAL.

Después de dejar a un lado la lista, se quitó los auriculares. Esa llamada de teléfono requería que sostuviera el auricular. Con dedos veloces, marcó el número de su mejor amiga, Katie Sloan. Ésta respondió a la segunda llamada.

—Me rindo —le anunció.

—¿Ya? Si ni siquiera son las diez y media. ¿Te has puesto el jersey?

Annabelle miró hacia la puerta de Wagner y encorvó los hombros. En ese momento se sentía ridícula con la prenda ceñida.

—Sí, me lo he puesto.

—Mmmm, debería haber logrado alguna reacción.

Se subió el jersey por los hombros... el escote era un poco... demasiado pronunciado.

—¿Has recordado el mantra? —insistió Katie.

Eres una mujer fatal.

—Sí, lo he probado. Apesta —lo eliminó del papel con unas cuantas tachaduras.

—¿Arqueaste la espalda?

—Por el amor del cielo, me preguntó si me dolía.

Del otro lado de la línea recibió silencio. Contuvo un gemido. Katie rara vez permanecía en silencio. Eso significaba problemas. Desde que la conoció en segundo grado de primaria, Katie había estado inventando ideas «brillantes» que por lo general salían al revés de lo planeado y por las cuales ella terminaba recibiendo la culpa. En el instituto era quedarse castigada, el año anterior había sido un sarpullido de una crema bronceadora sin sol que le había durado una semana entera. En la cara.

—Acabo de tener una idea brillante. Es hora de sacar las armas de calibre grueso —expuso Katie al final—. ¿Hay algún modo en que puedas encerrarlo en el armario contigo?

—Dedicaría todo el tiempo a idear un modo de adquirir la empresa fabricante de la puerta y hacerse con el control de su dirección. No, olvídalo. Ya he hecho todo menos tumbarme desnuda sobre mi mesa.

—Vaya, eso *sí* que tiene posibilidades.

—Olvídalo —como no detuviera ese tren de pensamientos, Katie terminaría por convencerla de que recibir a Wagner desnuda, sólo con tacones de aguja y una corbata, al estilo de *Pretty Woman,* era una idea fabulosa. Bajó un poco más sus gafas y se frotó los ojos—. Tiene que haber otro modo para que se fije en mí.

—¿Has oído alguna vez la frase «Bombeas un pozo seco»?

—Claro que la he oído. Estamos en Oklahoma.

—Pues creo que este pozo está seco. Y no estoy segura de que tuviera mucha agua para empezar.

—Quizá tengas razón.

—Hombres —Katie no necesitaba decir otra palabra. Con ésa lo resumía todo—. Muy bien. Ya lo tengo.

Annabelle sintió un aguijonazo de aprensión. Cualquiera sabía qué iba a elucubrar. Sin embargo, la curiosidad la dominó.

–¿Qué?

–Un plan magnífico para esta tarde. Escribe esto... Nada es más seductor que la comida.

–¿Qué?

–De hecho, es brillante. Un picnic. Ya puedo verlo. Los pájaros y las abejas concentrados en lo suyo. La cabeza de él en tu regazo mientras tú le das uvas para comer. A propósito, es una fruta muy sexy.

–¿Puedo recordarte que estamos a mediados de diciembre? Quizá ahora mismo el sol esté brillando –miró en dirección a la ventana–, pero ¿cuánto va a durar?

–Vale, vale. Entonces, celébralo en el suelo de la oficina. De hecho, esa idea me gusta más. Además, ahí tenéis un bonito sofá de piel. ¿Ves lo que logramos cuando juntamos nuestros procesos creativos?

Annabelle miró de los sofás negros de piel que había en la zona de recepción al cromado y acero de su escritorio y archivador. La oficina de Achrom Enterprises estaba ideada para invocar seguridad y profesionalismo. No picnics. Desde luego, no uvas.

–Sería inapropiado en la oficina. Además, no le van los picnics. De hecho, a mí tampoco.

Katie suspiró.

–De verdad, con lo listo que es, no entiendo cómo no se ha dado cuenta de que sois perfectos el uno para el otro. Jamás he conocido a dos personas más convencionales.

–No me gusta ese comentario.

–Pero te describe. La idea del picnic funcionará precisamente porque no es de las personas dadas a hacer picnics. Lo descolocará por completo. Y, per-

11

sonalmente, creo que ya es hora de que lo desconciertes –volvió a suspirar–. Escucha, si quieres, lo podemos olvidar todo.

Annabelle le dio vueltas al bolígrafo entre los dedos.

–Quiero probar este plan. Ya es hora. Voy a seguir adelante con mi vida. Ayer pagué la última cuota del préstamo. Dentro de cuatro semanas tendré el diploma.

Miró alrededor de la oficina que había ayudado a crear Wagner. Habían empezado con tantos sueños y esperanzas. En ese momento, él se enfrentaba a una fusión.

La tristeza y una nueva expectativa se fundió en su corazón. Liquidado el préstamo para pagar los negocios turbios de su padre y su diploma de Económicas casi en la mano, al fin era libre. Libre de ir en pos de sus sueños y objetivos.

–No puedo quedarme aquí... tampoco quiero. Lo único que me retiene es él. Me dio un trabajo cuando todos los demás tiraban mi currículo. Vio más allá de mi apellido. Me dio un sueldo y responsabilidad, y encima está magnífico con un traje.

–No puedo objetar nada a eso.

Clavó la vista en la puerta del despacho de Wagner.

–Si no está destinado a ser, entonces quiero cerrar con firmeza la puerta a mi espalda y no mirar nunca atrás.

–Entonces, adelante con tu plan. Falta poco para la hora del almuerzo. ¿Sigues teniendo la delicatessen en la planta baja de tu edificio?

–Sí.

–Estupendo. Repite conmigo. Es un mantra nuevo. Eres una seductora.

Wagner sonrió y sintió una espiral de satisfacción en su estómago al subrayar en rojo un punto que quería aclarar con los testaferros de Anderson, Smith y Dean.

«Buen intento, amigos. Lastima que no os vaya a funcionar».

¿Es que pensaban que pasaría por alto la cláusula que lo ataría a Anderson durante los próximos diez años? Podía haber estado fuera del juego en los últimos años, pero todavía se conocía todos los trucos. Diablos, él mismo había inventado algunos.

Era evidente que el abogado que había redactado ese contrato no conocía su fama de tiburón. Con treinta años, había hecho que otras personas ganaran millones de dólares. Unos cuatro años más tarde, un idiota novato pensaba que podía sorprenderlo.

Llevaba en el negocio desde que su madre, confiando a ciegas en él, vendiera el hogar de la familia. Con lo obtenido, había comprado su primera empresa, y luego le había dado a su madre el triple del dinero por el que había vendido la casa con los beneficios logrados después de vender esa empresa en tres partes separadas. A partir de ese momento, ya no había necesitado arriesgar su propio dinero, trabajando a cambio para un grupo inversor de primera. Durante un tiempo, había nadado en dinero. Le había dado a su madre las cosas que su padre jamás había podido conseguirle. Había probado la satisfacción de echar a algunas de las mismas personas que nunca le habían dado a su padre una oportunidad.

La muerte de su madre le había mostrado lo vacía que se había vuelto su vida. Había ganado muchísimo dinero, pero no tenía nada de valor. A partir de ese momento, sólo iba a trabajar para sí mismo.

Y como buen cazador que era, sabía cómo reconocer y quitarse de encima a un agresor antes de que éste pudiera parpadear.

Se concentró en la página siguiente del contrato.

Una llamada a la puerta interrumpió su cadena de pensamientos. La señorita Scott entró con una cesta grande y una botella de champán. Al verla acercarse, se puso de pie.

—¿Qué es eso?

—Los dos hemos estado trabajando duramente y quería celebrarlo.

Él desvió la mirada a las páginas del contrato de Anderson. La esperanza de una fusión que dejara intacta algo de su antigua gloria se desvanecía cada vez que le quitaba el capuchón al bolígrafo. No necesitaba a un corredor de apuestas para que le dijera que las probabilidades de eliminar todo lo que no le gustaba eran realmente bajas.

—¿Qué hay que celebrar?

Le dedicó una sonrisa insegura.

—La casi conclusión de la fusión y... mi diploma.

Wagner experimentó un júbilo auténtico por el éxito de ella. Era agradable ver que le sucedían cosas buenas a la gente que se las merecía. Los dos compartían un pasado común de padres aprovechados. Había conocido a Annabelle cuando él se hallaba en la cima y ella en el punto personal más bajo: completamente sola excepto por la deuda que le había dejado el padre. El hombre le había robado a los familiares y ella había jurado pagar hasta el último céntimo. Cuando al fin tenía un balance positivo, lo más probable era que quisiera empezar una vida propia. Su placer se desvaneció, sustituido por... aprensión. Se enderezó la corbata y carraspeó.

—Será una magnífica asesora financiera —dijo, dejando el bolígrafo. Experimentó un poco de tristeza en la felicidad que le inspiraba su éxito al pensar que se marcharía pronto.

—Necesito acabar este semestre. No tardaré en ayudar a la gente a realizar mejores elecciones de inversión —apoyó la cesta contra una cadera.

Él rodeó la mesa con celeridad y extendió la mano.

—Deje que la ayude.

La sonrisa de ella se amplió al entregarle la cesta y que sus manos se rozaran. Tomó la manta que había colocado encima de la cesta y con un movimiento la desplegó y la extendió sobre el suelo.

—¿Qué hace? —preguntó él.

Annabelle se acomodó sobre la manta, colocando las piernas debajo al tiempo que le ofrecía una visión clara del jersey.

Wagner no tuvo otra opción que reconocer que el escote era deslumbrante.

Tenía que sacarla de su despacho. Debía concentrarse en una fusión, no...

—¿Muslo o pechuga? —preguntó ella.

Él tragó saliva. Pollo. Le ofrecía pollo. No su apetitoso cuerpo.

—Ambos.

Se sentó en el suelo junto a Annabelle antes de que se le saltaran los ojos de las órbitas. Era su modo de celebrarlo; había trabajado duramente

15

para ello. Si ella quería sentarse en el suelo, la dejaría. Se lo debía.

–Se me ocurrió que un picnic en un espacio cerrado estaría bien. Los dos debemos almorzar. De este modo, no tenemos que dejar la oficina, preocuparnos por las hormigas y, si es necesario, yo puedo contestar el teléfono.

Una lógica y sensatez perfectas. Como siempre. Echaría de menos su puntualidad, su cabeza juiciosa y su sentido del orden.

Después de sacar dos platos rojos de cerámica de la cesta, comenzó a servir la ensalada de pollo y pasta. El estómago le crujió al oler el pan fresco.

Ella extendió mantequilla sobre su pan, y un poco aterrizó en su dedo. Se lo llevó a los labios para chuparlo.

Sus ojos se encontraron. Lo había sorprendido mirándola fijamente.

–¿Mantequilla? –preguntó ella.

«Oh, sí».

–Wagner, ¿quiere mantequilla en su pan?

Se sacudió mentalmente.

–No. Será mejor que no. Gracias.

–¿Quiere abrir la botella?

Arrancó el envoltorio de aluminio con facilidad.

Estirándose con elegancia, depositó el plato de él delante de su rodilla. Los dedos le rozaron levemente la pierna. Experimentó la sensación a través de la lana del pantalón y se obligó a no reaccionar. Clavó la vista en las manos de ella. Jamás se había fijado en la fina estructura ósea de esos dedos y muñecas delicados.

Unas manos tan esbeltas para ocuparse de tanto trabajo. La universidad, la oficina, y sabía que de vez en cuando hacía transcripciones para reducir la

16

considerable deuda asumida. Alzó la vista. Unos hombros tan estrechos para sostener las cargas de su padre. Los ojos siguieron hasta la boca. Unos labios tan dulces. Rosados y plenos, exigiendo el beso de un hombre.

Su beso.

Algo extraño e inusual le atenazó el interior mientras sus dedos se clavaban en el corcho.

Con un ruido sordo, voló por la habitación y el champán espumoso cayó por el costado de la botella. Riendo, ella le entregó una copa larga.

Él sonrió al sentir el peso.

—¿Plástico?

—No pude encontrar de cristal.

Comer sobre la alfombra y beber en copas de plástico estaba en el otro extremo del espectro de sus días de caviar y cristal. Cinco años atrás, habría podido abrirse paso hacia el bufé con el simple acto de cruzar la estancia.

De algún modo, prefería eso.

Después de llenar con cuidado las dos copas, le entregó una a ella. A pesar del tiempo que llevaban trabajando juntos, no recordaba que alguna vez hubieran compartido una comida o que hubieran estado tan cerca como para poder captar el tentador olor a vainilla de su champú o notar el diminuto hoyuelo en su mejilla derecha.

Salvo en una ocasión.

Lo había olvidado hasta ese momento.

Dos meses atrás, habían trabajado hasta tarde en la propuesta de un proyecto. Ella se había quedado dormida en el sofá en el rincón de su despacho. Él sólo había querido llevarle una taza de café para que estuviera lo bastante despierta para poder conducir a casa.

17

Pero se había quedado mirando cómo el cabello se le curvaba alrededor del mentón. Las formas seductoras de sus caderas y la tensión que creaban sus pechos en los botones de la blusa. Todo una pura tentación.

Se había alejado felicitándose por no cometer el enorme error de despertarla con un beso tal como había sido su primer impulso.

El hoyuelo apareció en su mejilla mientras él aspiraba lentamente una tira de pasta.

Lo recorrió una espiral de deseo. Apartó la vista. La comida de su plato era un punto más seguro para contemplar.

El silencio se asentó entre ambos. No fue incómodo, pero pasados unos minutos, algo lo llevó a quebrarlo.

—¿Cómo tiene la espalda?

Ella frunció el ceño, confundida, luego sonrió.

—Oh, bien. Sólo necesitaba estirarme un poco. Demasiado estudio.

Sintió un sudor frío en la nuca cuando ella cerró los ojos y movió los hombros. Con la vista buscó sus pechos y a punto estuvo de gemir. Alzó la copa de plástico con champán y la vació de un trago.

Luego tosió.

—Esto no es champán.

—No. No pensé que el alcohol fuera una buena elección en mitad de una jornada laboral. Es sidra.

—Un sabor... muy interesante.

—Era lo único que tenían.

Mientras aún tosía, ella le palmeó la espalda. Los pechos oscilaron ante sus ojos y experimentó con más fuerza el impulso de toser. «Sé adulto».

—Estoy bien.

Ella se apartó y volvió a fruncir el ceño.

–Tengo algo perfecto para que le limpie el paladar –centró su atención en la cesta y sacó dos porciones grandes de tarta de chocolate y un racimo de uvas verdes–. Todavía no es la temporada para las uvas, así que cuestan una fortuna, pero me encantan, ¿a usted no?

Estuvo a punto de incorporarse de un salto de la manta cuando su lengua rosada lamió una uva. Imaginó que esa misma lengua le tocaba y probaba el...

«¿Qué diablos me está pasando?». El modo en que ella comía, sólo lo hacía pensar en sexo. Sexo con la señorita Scott. Con la señorita Scott.

Lo absurdo de la idea lo impulsó a ponerse de pie. Por desgracia, se llevó consigo el extremo de la manta. Los cubiertos cayeron del plato de ella y la tarta de chocolate fue a parar sobre la alfombra. Annabelle la persiguió.

–Señorita Scott, gracias por el almuerzo. Tomaré el resto a mi mesa. He de repasar una vez más el contrato de la fusión.

Cuando ella lo miró, sus ojos estaban llenos con algo... ¿Qué era...? ¿Dolor?

La furia, consigo mismo y con esa situación frustrante, hizo que lamentara su conducta incómoda y brusca.

–Eh, gracias, señorita Scott. Y felicidades.

Con un asentimiento contenido, y sin levantarse, ella terminó de recoger las cosas de la manta para colocarlas en la cesta. Él giró la cabeza cuando ese delicioso trasero quedó ante sus ojos.

Se dijo que era un cerdo.

–Señorita Scott –dijo cuando ella terminó la tarea.

Lo miró, con una mezcla de miedo y esperanza evidente en su expresión.

–¿Sí?

19

–Hoy trabajaré hasta tarde. Por favor, cierre al marcharse.

Se puso a sudar cuando ella cerró a su espalda.

Con éxito, Annabelle resistió la tentación de cerrar de un portazo. Fue a su mesa, soltó la cesta junto al archivador y sacó el bloc de debajo del teléfono.

En esa ocasión, tomó un rotulador grueso para tachar la estúpida lista. Iba en serio.

1. Usa la lengua. «Muérdetela la próxima vez que sientas la necesidad de pedirle consejo a Katie».

2. Juega con la comida. «Déjale eso a un crío».

3. Arquea más la espalda. «Hazlo y verás lo que es un buen dolor de espalda».

El olor de la tinta llenó la habitación mientras tachaba hasta el último rastro de su último mantra. «Eres una seductora».

«Sí. Claro. Una seductora que vuelve al trabajo».

Apartó el papel y marcó el número de Katie. Su amiga contestó a la primera; debía de haber estado esperando la llamada.

–El plan se fue al garete. Estoy acabada.

–Mmm.

–Basta de planes nuevos. Tienes razón. El pozo está seco –expuso Annabelle. Tenía un plan propio. Quizá si se mostraba de acuerdo con Katie, su siguiente sugerencia no tuviera nada que ver con zapatos de tacón de aguja y una boa negra de plumas.

–No sé. No puedo evitar pensar que lo único que necesita es un empujoncito –respiró hondo–. ¡Ya lo tengo!

Annabelle se encogió por dentro.

—Quizá no deberías volver a decir esas palabras. Tus dos últimos planes se fueron al traste.

—Esos planes deberían haber funcionado. Empiezo a pensar que es problema de ejecución. Por eso me ocuparé de todo en persona. Pienso supervisar la siguiente operación.

—Katie, no me interesa...

—Empezarás a ver a otro hombre.

Relajó los músculos. Ese plan no iría a ninguna parte.

—Bueno, primero tengo que elegir a uno de los muchos que claman ante mi puerta.

—Iremos poco a poco. Esta noche hay una fiesta. La compañera de habitación de Heather se ha casado y da una fiesta de «Sigo Soltera» en su apartamento.

En esa ocasión, el gemido de Annabelle fue audible.

—No. Odio las fiestas.

—Belle, cariño, quizá es hora de que sigas adelante. En tu oficina no está pasando nada. Necesitas buscar algo nuevo. Puede que no surja en esta fiesta, pero será un comienzo.

Miró otra vez la puerta cerrada del despacho de Wagner. Su corazón, igual que la puerta, siempre estaría cerrado para ella. Era mejor que empezara a acostumbrarse.

—De acuerdo. Iré.

—Estupendo. Te veré allí.

Colgó y volvió a mirar el bloc. Arrancó las notas preparadas con cuidado. Con decisión, fue a la trituradora de documentos, la encendió e introdujo las hojas.

21

Capítulo Dos

–¿Qué hago aquí? –gritó Annabelle por encima del estrépito de la multitud.

–¿Te refieres filosóficamente? –bromeó Katie mientras sacaba dos copas del bar improvisado y le entregaba una a su amiga.

–No, ya sabes a qué me refiero –nunca había encajado en ese tipo de fiestas para ligar. Empezaba a dolerle la cabeza. Se dijo que debería haberse puesto las gafas.

Desde el centro de la habitación, donde había dos parejas, llegaron unas risas. Annabelle no pudo dejar de notar la postura incómoda y la sonrisa forzada de una de las mujeres. No le apetecía una velada igual. Le devolvió la copa a Katie.

–Esto es una locura. Yo odio las fiestas.

–Razón por la que necesitas estar aquí. Necesitas volver a la escena. Hace unos años, eras la vida de una fiesta.

–Las fiestas no son lo mío. Aquí no hay ni un espíritu afín.

Katie enarcó una ceja.

–¿Es que intentas encontrar a un alma gemela? No, sólo tratas de pasar un buen rato, quizá mantener una conversación inteligente con un hombre interesante.

Durante seis meses, su mejor amiga había asu-

22

mido la misión de darle una vida. La sorprendía
que aún lograra mostrar energía en el proyecto, en
especial después del fiasco de esa tarde del picnic.
Desde luego, a Katie le tocaba la mejor parte. Su
amiga se entusiasmaba con las sugerencias.

Pero a pesar de todos los esfuerzos de su amiga,
Annabelle sabía que esa fiesta era un error.

Sí, era momento de marcharse.

—¿Ves algún posavasos? —le preguntó.

Katie se encogió de hombros mientras se alzaba
un poco el top, para resaltar todavía más el piercing
que llevaba en el ombligo.

—Déjala en cualquier parte.

Annabelle movió la cabeza y examinó la habitación. Una sensatez profundamente arraigada le
impedía posar una copa sobre la madera.

Katie se irguió y sonrió.

—Eh, ahí está Jeff. Vamos con él.

Annabelle miró hacia donde apuntaba Katie y
gimió en silencio. Debería haberlo adivinado. El
grupo estaba formado únicamente de hombres.

—Oh, esos chicos no.

—¿Qué tienen de malo?

Muchas cosas. No tenían ojos azules. Ni una
cicatriz encima del ojo derecho ni le sacudían cada
átomo de su cuerpo.

No eran Wagner.

Annabelle movió la cabeza.

—No puedo creer que me marchara antes de la
oficina para venir a esto.

Katie frunció el ceño.

—Tienes que pensar en alguien que no sea tu
jefe, y esta fiesta es el lugar idóneo para empezar.

—Ya hemos pasado por lo mismo.

—Lo sé y me callaré. Sólo quiero que dejes de

perder el tiempo con él y pienses en conocer a alguien nuevo. Cariño, sé que cuesta oírlo y a mí decirlo, pero ese tipo jamás va a fijarse en ti. Está demasiado involucrado en su empresa, demostrando que no es su padre.

Annabelle movió la cabeza.

—A ti *no* te cuesta decir eso, porque lo dices constantemente. Ya no estoy interesada en Wagner Achrom. Me rindo, pero me quedo con él porque paga bien. Muy bien. No olvides que me dio un trabajo cuando tenía más facturas que perspectivas. Le debo mucho. Así que deja de soltarme discursos.

—Eh, claro —Katie volvió a indicar con un gesto de la cabeza al grupo de hombres—. Te diré lo que haremos. Iremos junto a ellos y dirás una sola frase, luego nos iremos. Basta de malos ratos.

Cuando quería, Katie tenía una sonrisa cautivadora, de esas que podía convencerla de que casi todo era una buena idea.

Enarcó una ceja.

—¿Lo prometes?

—Lo prometo. Pero tu frase no puede ser «adiós». Además, hemos venido para pasar un buen rato —le guiñó un ojo, giró la cabellera roja, enlazó el brazo por el de su mejor amiga y se contoneó por la sala tratando de pasárselo bien.

—Hola, Katie. ¿Quién es tu amiga?

Eso era tan sutil como podía serlo un adolescente. Annabelle trató de ocultar su crispación. Era evidente que no la recordaba, pero ya conocía a Jeff. Su ropa era como las páginas web que diseñaba. Pura forma y nada de sustancia. Katie ya debería saber que jamás la atraería esa clase de hombre.

–Hola, Jeff, es Annabelle –le dio un empujón delicado y su amiga estuvo a punto de caer contra el hombro de Jeff.

Éste la sujetó y demoró la mano en su codo.

–Hola, Annie. ¿Cómo estás?

«Irritada cuando la gente me llama Annie». Y encima, le hablaba a sus pechos. No cabía duda de que la estaba examinando, pero de un modo que sugería que calculaba el precio de sus zapatos, ropa y joyas. Annabelle carraspeó.

–Soy secretaria administrativa.

La sonrisa de quinientos vatios se apagó un poco. Una secretaria probablemente no encajara en sus planes de éxito.

–Encantado de conocerte. Mike nos contaba que está tomando clases de hipnosis.

Annabelle no pudo evitarlo... soltó una carcajada.

Mike se irguió y se volvió hacia ella. Ése llevaba la gorra de béisbol puesta hacia atrás, una señal inequívoca de que no había crecido y dejado atrás sus días universitarios.

–¿No crees en la hipnosis?

–No –ya había dicho algo. Podían marcharse.

Katie movió la cabeza.

–Ni sujeto, ni predicado, ni adiós –murmuró.

Por desgracia, las caras expectantes que la rodeaban también esperaban más conversación.

–¿De verdad no crees en la hipnosis? –inquirió Jeff.

–Bueno, acepto el poder de la sugestión, pero eso de quedar en trance y que te cambien la personalidad, no creo que sea algo que pueda suceder.

Su padre había sido un profesional con la estafa de la hipnosis. Siempre prometía una cura mediante la hipnosis. Para fumar, comer en exceso, morderse las uñas, lo que fuera. Así como había muchos profesionales bienintencionados y entrenados en el mundo que podían ayudar a alguien con estratégicas sugestiones hipnóticas, su padre no estaba preparado ni había sido bienintencionado. Con el encanto y el carisma que había exhibido, la gente siempre había abierto con facilidad las chequeras. Contuvo la habitual sensación de culpabilidad que experimentada cada vez que recordaba uno de los timos de su padre.

Jeff rió.

—Estupendo. Entonces, no te molestará ser voluntaria. Mike buscaba una víctima.

—¿Qué? —giró con celeridad la cabeza hacia Jeff.

—No puedo rechazar esa clase de desafío —intervino Mike—. ¿Lista? —le pasó un brazo alrededor de los hombros.

Después de burlarse, no podía decir que no. Además, sería divertido demostrar que se equivocaban. No podía tener nada negativo dejar que lo intentara. No funcionaría y Katie estaría en deuda con ella. Cruzó los brazos y suspiró.

—Adelante.

Había aprendido todos los trucos de un profesional como su padre. La hipnosis casera de Mike no tenía ni una oportunidad.

Mike rió, luego juntó las manos alrededor de la boca.

—Eh, Heather, ¿podemos usar el cuarto de tu antigua compañera de piso?

Annabelle hizo una mueca para sus adentros cuando todos los ojos giraron hacia ellos.

—En el dormitorio de atrás no hay nadie. Ahí

podremos disponer de un poco de intimidad –explicó Mike.

Heather enarcó una ceja.

–¿Qué vais a hacer ahí atrás?

–Nada perverso –le aseguró–. Es un desafío. Annabelle no cree que pueda hipnotizarla.

–Suena divertido... y he de ver a Annabelle hipnotizada. Vamos, Kelli. Mientras estemos allí podré mostrarte el dormitorio para que veas si es lo bastante grande para tu mesa de dibujo.

Jeff condujo al grupo creciente por el pasillo estrecho. Abrió la puerta y todos entraron en el dormitorio vacío. Sólo había un escritorio, una lámpara, una silla y un colchón... todo contra la pared.

Mike cerró la puerta detrás de la última persona, situó la silla del escritorio en el centro de la habitación y le indicó a Annabelle que debería sentarse, lo que ella hizo. Él encendió la lámpara.

–Que alguien apague la luz del techo –pidió.

Una de las mujeres rió entre dientes cuando la oscuridad invadió el dormitorio.

Mike carraspeó.

–Para que funcione, tiene que reinar silencio. De acuerdo, Annabelle, sientes los ojos muy pesados.

Ella rió.

–Vamos, ¿no se te ocurre algo un poco más original?

Mike se subió las mangas de la camisa hasta los codos.

–Tú sigue mis directrices. Cierra los ojos y despeja tu mente. Olvídate de todos los que hay en la habitación.

Suspiró, pero cerró los ojos. Cuanto antes intentara hipnotizarla y fracasara, antes podría irse a casa a darse un baño de espuma.

—Vuelve atrás en la memoria. Busca un momento en el que estuvieras muy relajada.

Ella abrió un ojo.

—Nunca estoy relajada.

—Es cierto. Jamás la he visto relajada —corroboró Katie.

—De acuerdo; entonces, un recuerdo preferido —con la mano le indicó que debía cerrar los dos ojos.

¿Un recuerdo preferido? Eso era fácil. El día en que estuvo trabajando hasta tarde con Wagner y se quedó dormida en el sofá de piel en su despacho. La había despertado con el olor a café fresco bajo la nariz. Al abrir los ojos, a punto había estado de caer en los azules de él, tanto más tentadores sin las gafas.

Durante un momento eterno, había creído que podría besarla.

—¿Tienes uno? —preguntó Mike.

Su voz pausada nadó hasta ella.

Tardó un momento en contestar.

—Sí —su propia voz sonó pesada e imprecisa. Se preguntó por qué tenía tanta dificultad en pronunciar sólo una palabra.

—Bien. Sigue pensando en ese momento. Concéntrate en las buenas sensaciones que te produce ese recuerdo. Que todo lo demás pase a segundo término menos esos sentimientos y mi voz.

—Sí. Segundo término. Café —repitió Annabelle. Osciló un poco en la silla. A través de la bruma del recuerdo, sintió una mano en el hombro que la estabilizaba.

—Quizá deberías parar, Mike.

¿Era la voz de Katie? Qué raro. Sonaba inquieta.

¿Qué hacía en la oficina de Wagner? La voz se desvaneció. Se dijo que debía haber cometido un error. La fragancia de la colonia de Wagner le llenó los sentidos y experimentó la deliciosa sensación de la anticipación cuando los labios de él casi tocaron los suyos. Se arqueó hacia delante, más cerca de...

–¿Qué deberíamos hacer? –susurró Heather.

–Deberíamos darle una sugestión. ¿Qué necesita? ¿Tiene algún mal hábito? –inquirió Mike.

Annabelle luchó a través de una bruma de palabras vaporosas y oscuridad creciente. ¿Quién hablaba? No había nadie en la oficina con ellos.

–Lo que necesita es olvidarse del trabajo de vez en cuando. Tomarse un día libre.

–Estupendo. Serás espontánea.

Las palabras, susurradas junto a su oído, carecían de sentido. Cerró los ojos con más fuerza. No quería hablar, únicamente quería regresar al hermoso recuerdo. Al sofá. Al olor a café.

–Te encantarán los malvaviscos.

–Serás una diablesa sexual –soltó otro.

Katie se quedó boquiabierta.

–Oh, Jeff. Retira eso.

–¿Qué diferencia hay? Si no está funcionando.

–Sí que funciona. Mírala.

¿Era Mike?

–Tú cámbialo –le dijo Katie, cada vez más preocupada.

Qué sueño tan raro.

–Vale, serás sexualmente atrevida.

–Démosle algo que realmente pueda usar.

–Correrás desnuda por el campo de béisbol de Bricktown.

Mike carraspeó, cortando cualquier objeción.

–De acuerdo, Annabelle, cuando encienda la luz, no recordarás nada de esto, pero las sugestiones permanecerán contigo.

–Vamos, Mike. No es justo.

Otra vez la voz de Katie.

–Vale, vale. Sólo bromeaba. Retiraré las sugestiones y la dejaré únicamente con una sensación agradable de descanso.

La luz invadió la habitación. Una oleada de percepción le recorrió el cuerpo mientras se afanaba por abrir los ojos.

Una mujer joven se hallaba junto a la puerta abierta, la mano sobre el interruptor de la luz.

–Oh, lo siento, no sabía que estabais todos aquí. ¿Qué hacéis, de todos modos? ¿Una sesión espiritista?

–Oh, no –dijo alguien.

¿Quién estaba en la habitación con ella? ¿Y Wagner? Un momento, no se encontraba en un sofá. Se hallaba sentada en una silla. El aroma del café de Wagner había desaparecido.

Parpadeó unas veces mientras los ojos se adaptaban a la luz brillante. Seis caras se volvieron hacia ella, expresando diversos grados de alarma. Si antes no había estado aprensiva, en ese momento sí lo estaba.

–¿Por qué me miráis todos así?

Katie carraspeó.

–Belle, ¿te encuentras bien?

Se encogió de hombros.

–Claro.

–¿Qué me dices de...? –la voz de su amiga calló al mirar fijamente a Mike.

Con un extraño intercambio de miradas, el resto del grupo se dispersó rápidamente. Mike había perdido la expresión despreocupada que había mostrado antes. Tenía las cejas alzadas y los hombros tensos. De hecho, parecía ansioso.

–Annabelle, ¿no lo recuerdas? –el rostro de Katie mostró arrugas de preocupación.

Era extraño. Annabelle se sentía de maravilla.

«Sientes los ojos muy pesados». Entonces recordó por qué estaban todos en esa habitación y por qué actuaban de forma tan peculiar. Contuvo una risita.

–Oh, ¿ese rollo de la hipnosis? Lo siento, Mike, no parece hacer nada. Pero estoy un poco cansada y ahora me gustaría irme a casa.

–¿Tienes sueños? Estupendo. Durante un momento, pensé que se te fijarían todas esas demenciales... olvídalo –sonrió y salió con celeridad de la habitación.

Katie suspiró y pareció altamente aliviada.

–Vaya.

–Jamás pensé que os entusiasmaría tanto verme cansada –comentó al ponerse de pie y estirarse.

Su mejor amiga sonrió.

–No es nada. Gracias por venir conmigo esta noche. Sé que estas fiestas no son lo tuyo. Pero, por favor, piensa en lo que te dije antes.

–¿En qué?

–En tu jefe. No podrás avanzar a menos que, bueno, avances. Ve a casa a dormir un poco.

–Oh, no estoy cansada. De hecho, me siento realmente relajada. Dije eso para deshacerme de Mike y de todo ese rollo raro de la hipnosis.

El color detrás del maquillaje de Katie se desvaneció. Abrió y cerró la boca, sin dejar de mover un pie.

–Oh, no.

Annabelle dejó de estirarse al oír la preocupación en la voz de su amiga.

De hecho, casi todo el mundo había huido de la habitación con distintos grados de preocupación y ansiedad reflejados en sus rostros.

Se preguntó por qué actuaban de forma tan extraña, con Katie a la cabeza.

—¿Qué sucede? —preguntó.

Su amiga tiró de la manga de la chaqueta que llevaba puesta.

—Se suponía que debías despertar sintiéndote descansada y dijiste que estabas cansada y...

Annabelle movió la cabeza se lanzó hacia la puerta.

—Katie, ¿de qué estás hablando? No pude haber estado en esa silla más de unos minutos —agitó el hielo en su vaso—. ¿Lo ves? Aún tengo mi copa.

—¿Unos minutos? Annabelle, estuviste sentada unos quince minutos. Quizá deberíamos buscar a Mike otra vez y hacer que...

—Relájate. Estoy bien. Tal vez, con tanta oscuridad, me quedé dormida un rato. De hecho, tuve un bonito minisueño. Quizá es la razón por la que me siento recargada. Además, soy inmune a la hipnosis, créeme —recogió el bolso y dejó la copa en la mesilla lateral de roble.

—¿Qué, no usas posavasos? —preguntó Katie, ceñuda.

Annabelle se encogió de hombros.

—¿Quién los necesita?

Después de abrirse paso con rapidez entre los coches aparcados, abrió su viejo y seguro Volvo, arrancó el motor y se largó. Al menos Katie no trató de seguirla. ¿Cuál era el problema? No había usado posavasos... eso no significaba que la hubieran hipnotizado.

Apagó la radio y dejó que el ruido del camino fuera su música. Lo que le había contado a su amiga era verdad. La excusa del cansancio era eso, una excusa. Estaba mejor que bien, se sentía eufórica y cargada de energía.

Tampoco estaba lista para irse a casa. Le encantaba conducir por Oklahoma City por la noche. Un paseo alrededor del lago le subiría aún más el ánimo. Aunque no se lo reconocería a Katie, esa fiesta había sido exactamente lo que había necesitado, después de todo. Puso rumbo hacia el lago Hefner.

Algunos de sus recuerdos favoritos se desarrollaban en torno a ese lago. Varias veces en sus tiempos de colegio, su padre había ido a sacarla de clase con algún pretexto para darle paseos por esa misma zona. Se habían sentado sobre las rocas que había ante el lago y dado de comer a los patos. Le habían encantado esos momentos especiales. En ese instante, lo reconocía como un signo más de la gran irresponsabilidad mostrada por él.

Bajó la ventanilla para dejar que el aire nocturno se llevara la melancolía. El agua oscura rompía contra las piedras y despertaba sus sentidos. El aire nocturno le acarició la piel. Era una de esas singulares y hermosas noches de diciembre, cálida con un leve toque de brisa.

Un recordatorio de que los prometedores días de la primavera esperaban para darle la bienvenida.

Aunque en ese instante, su vida no albergaba mucha esperanza.

Quizá Katie tenía razón. Quizá era hora de

actualizar el viejo currículo. Wagner conocía su objetivo de trabajar como asesora financiera. Dejar a Wagner era una simple cuestión de tiempo. Lo que le había contado a Katie esa tarde era verdad. Estaba preparada para seguir adelante.

Tal vez había llegado el momento de dejar de fantasear sobre su jefe. Claro. ¿Cuándo, en los últimos cuatro años, se había ido a la cama sin soñar con Wagner Achrom?

En un principio, el plan había sido desempeñar el puesto de secretaria administrativa hasta terminar los estudios y pagar las deudas adquiridas por su padre.

No estaba segura de cuándo habían cambiado sus sentimientos. Wagner no se parecía a ningún otro hombre que hubiera conocido jamás. Había abandonado una carrera de gran éxito como tiburón corporativo para establecer una empresa propia. Inteligente y astuto, no era un hombre que su padre hubiera podido engañar. Y siempre que la miraba con esos oscuros ojos azules, prácticamente lograba que se derritiera en el sillón. Magnético, seguro y maravilloso, era un hombre capaz de apreciar el orden y la precisión. ¿Cómo no enamorarse de él?

Golpeó el volante con la palma de la mano. ¿Por qué tenía que ser tan idiota? Wagner sólo tenía dos cosas en la mente: construir su empresa y mantenerla en la cima. Y ella no entraba en ninguno de esos dos objetivos.

Lo que necesitaba era olvidarse del trabajo de vez en cuando. Tomarse un día libre.

Katie llevaba años diciéndoselo, pero hasta ese momento no le había parecido una buena idea.

Eso arreglaba las cosas. Se regalaría un fin de

semana largo. Iba a tomarse el viernes libre. Se lo merecía y debía a sí misma.

A Wagner Achrom le encantaba iniciar pronto los lunes por la mañana. Despreciaba las restricciones impuestas por la sociedad de trabajar los fines de semana. ¿Cómo demonios se suponía que un hombre podría construir un negocio de esa manera?

Encendió la luz de su oficina, luego el ordenador y después estudió su escritorio.

Y volvió a estudiarlo.

Algo no encajaba. Tenía la mesa... vacía. ¿Dónde estaba la agenda del día? Tampoco lo esperaba una taza de café sobre el posavasos. Annabelle siempre dejaba esos dos artículos básicos en su mesa antes de que él llegara. ¿Cómo podía un hombre comenzar el día sin saber lo que necesitaba hacer y sin el empujón esencial de la cafeína?

Regresó al despacho exterior. Ella no estaba allí. De hecho, no había rastro de que hubiera llegado esa mañana. Las persianas seguían cerradas y los auriculares aún estaba colgados del teléfono. Eso no presagiaba nada bueno para un lunes productivo. En especial después de que no hubiera ido a trabajar el viernes.

Quizá debería llamarla. Sacó el móvil. Pero antes de que pudiera apretar la tecla de llamada rápida, volvió a cerrar el aparato. La señorita Scott se presentaría. Se lo había prometido el viernes. Y su secretaria siempre cumplía las promesas hechas.

Desconcertado, regresó a su despacho y se reclinó en su sillón ejecutivo, que jamás fallaba en aliviarle los músculos de la zona lumbar. Lo había elegido Annabelle, siempre anticipando lo que necesitaba.

No tenía sentido dejar que ese revés le afectara el día. Bien, ella llegaba tarde. Cualquiera podía llegar tarde de vez en cuando.

Tenía que mantener la concentración en sellar la fusión con Anderson. Todavía era crucial para poder llevar a cabo sus propias ideas. Movió los dedos sobre la mesa. Era una locura. Había construido sus negocios desde los cimientos. La operación no podía paralizarse sólo porque no tuviera un papel sobre su mesa.

Pero primero necesitaba café. No disponía de tiempo para ir a la cafetería, como había hecho el viernes. Fue a la sala de estar, aunque era un eufemismo, ya que se parecía más a un pequeño almacén con una mesa, dos sillas, una mininevera y una cafetera. Que no tenía ni idea de cómo hacer funcionar.

Había que ir por pasos. Un filtro de papel. Buscó por todo el espacio reducido, pero fue incapaz de encontrar uno. Desesperado, abrió el cubo para el depósito, con la esperanza de que Annabelle pudiera haber dejado ya puesto un filtro limpio antes de marcharse la semana anterior. Aferró el asa de la cafetera y se preguntó cuándo habían pasado a tener esos conos de plástico en vez de los robustos filtros de papel.

Vertió lo que consideró café molido suficiente, volvió a colocar la cafetera sobre su pedestal y activó el interruptor. Observó mientras el café caía sobre la jarra.

Al percibir el rico aroma, se relajó. Olía como debería oler el café. ¿Por qué se preocupaba? Había preparado café muchas veces.

Al menos, unas cuantas.

Como mínimo, una.

La puerta delantera se abrió y cerró. Se dijo que tenía que tratarse de Annabelle. Bien. Quizá ya pudiera ponerse a trabajar. Sacó dos tazas y sirvió el café. Nunca antes le había preparado café a Annabelle. Pero parecía lo correcto. Había dado dos pasos cuando se detuvo.

¿Qué era ese sonido?

¿Alguien tarareaba desde la oficina delantera? ¿Annabelle estaba tarareando? Nunca lo hacía. Era... ¿qué palabra emplear?... más bien dulce. De hecho, le gustó.

Era obvio que estaba de buen humor, que se sentía mejor. Algo que le había preocupado cuando el viernes pidió el día libre. Después de la fusión, podría contratar más personal para que la aliviara en el trabajo. Con un poco de suerte, nunca más andaría tan escaso de gente.

Observó fascinado mientras se quitaba una chaqueta rosa y la apoyaba en el respaldo de su sillón. Jamás la había considerado un tipo de mujer que la favoreciera ese color. Ni alguien que pusiera una prenda en el respaldo de una silla. Pero el rosa le sentaba de maravilla...

Movió la cabeza para desterrar esos pensamientos extraños. Sin duda quedaría espantada si supiera la dirección que habían tomado.

Al inclinarse para acomodar una planta pequeña que había traído en una bolsa de una tienda, un mechón de su largo cabello castaño le cayó sobre el rostro.

–Tiene el pelo rizado –comentó él.

Annabelle alzó la vista y esbozó una sonrisa cálida. Hasta ese momento, Wagner tampoco había notado lo dulces que eran sus labios.

—¿Qué? —preguntó ella con expresión perdida.

Él señaló con la taza de café.

—Su pelo. No había notado lo ondulado que es.

Annabelle sonrió fugazmente y se lo acomodó detrás de las orejas.

—Es natural. Nunca me ha gustado mucho, pero esta mañana, por algún motivo, me apeteció llevarlo suelto.

Antes de poder emitir otro comentario estúpido, dejó la taza que le había llevado sobre su mesa.

—No la vi en su mesa cuando vine. No recuerdo la última vez que llegó tarde.

Después de unos momentos de acomodar unas cosas en su escritorio, ella se volvió para mirarlo.

—Jamás he llegado tarde.

Él reflexionó unos momentos.

—Ahora que lo pienso, tiene razón.

No dijo nada. De hecho, permaneció sentada mirándole la corbata. Él bajó la vista. La seda negra no mostraba nada.

—Necesito que envíe unos faxes del fichero Marsh y, por favor, páseme la agenda para hoy —pidió antes de marcharse.

—No.

Se detuvo a mitad de camino de la puerta de su oficina y se dio la vuelta.

—¿Perdone?

—No lo creo.

—¿Qué? —inquirió.

—¿Sabe?, no le iría mal un poco de color.

—¿Qué? —repitió, sintiéndose como un idiota.

–En su guardarropa. Un poco de rojo o quizá de azul, a juego con sus ojos.

–Annabelle, ¿se encuentra mal? No puedo permitirme el lujo de tenerla enferma en este momento, no con la gran fusión y las pruebas de las baterías solares.

–No, de hecho, me siento de maravilla. Hacía tiempo que no dormía como anoche. Me siento realmente descansada.

–Bien –señaló el ordenador de ella. Aún no lo había encendido–. ¿Va a abrir el fichero Marsh?

–Ya le he dicho que no. Hoy no me apetece trabajar.

Wagner luchó contra la confusión que lo invadió. Annabelle había dicho que no, pero lo había hecho con una sonrisa que lo impulsó a pensar que sabotear el trabajo del día era algo tan impresionante como el invento del fax. Casi tuvo ganas de darle la razón.

Fusión. Trabajo. Café.

–Annabelle, insisto en que vaya al médico. Váyase. Ahora mismo. De hecho, no vuelva hasta que no disponga de alguna nota médica.

Una expresión rara apareció en los ojos de ella al ponerse de pie. Una mirada que nunca había visto en esas profundidades serias. Lo agarró de la corbata y lo atrajo hacia ella. Desprevenido, apoyó las manos en la superficie de su mesa.

Su aliento le abanicó la mejilla. Plantó con firmeza sus labios en los de él y lo besó.

Durante un momento, la sorpresa le impidió moverse. Pero entonces el cerebro registró la suavidad de sus labios, la manifiesta sensualidad de su perfume, el leve contacto de sus pechos contra el torso. El sabor de algo dulce en su boca. Cuando ella lo soltó, lo recorrió un deseo largo tiempo olvidado.

La sujetó con delicadeza por los hombros y la acercó.

Ella sonrió cuando los labios de Wagner se aproximaron a los suyos.

–Dimito.

Capítulo Tres

—¿Qué?

Wagner mostró una expresión tan adorablemente confusa, que casi quiso volver a besarlo. Casi. Belle estaba divirtiéndose demasiado con su desconcierto.

Belle.

Antes de que arrestaran a su padre, la gente la había llamado de esa manera. Katie aún lo hacía; le gustaba. En ese momento, se sentía como tan... despreocupada y divertida. Como había sido antes.

Nunca había visto a Wagner levemente perplejo. Resumía el control. En ese momento, parecía completamente desconcertado.

Resultaba encantador.

Todavía sentía la impresión de sus labios, fuertes y perfectos, sobre los de ella. Su fuerza controlada. Estaba a la altura de la fantasía. Quería besarlo durante años.

Vio que movía los labios. Que formaba palabras. Carraspeó.

—¿Decías algo?

—¿También te cuesta concentrarte? Esto es grave.

Ella agitó una mano.

—No, no, no. Estoy bien. ¿Quieres que termine el día o recojo mis cosas ahora?

Por la cara de él pasó una expresión peculiar,

como si por un momento contemplara un mundo sin ella y no le gustara. En el corazón de Annabelle se formó una pequeña esperanza, que no tardó en morir. Era Wagner Achrom. Lo más probable era que imaginara una oficina sin ella. Y a juzgar por el comportamiento de la mañana, en esa situación no se arreglaba bien.

Bien. Era hora de que se enterara.

Los músculos de la cara de él se relajaron y recuperó su habitual expresión neutral.

—No hablas en serio acerca de irte. Deliras.

—Bueno, no puede decirse que fuera porque ese beso me arrollara —eso le enseñaría a mirar la hora detrás de ella. Se obligó a mostrar un leve bostezo—. De hecho, podría ir a echarme un rato ahora mismo.

Él entrecerró los ojos.

—¿Estás diciendo que le pasa algo a mi forma de besar? —preguntó casi con un gruñido.

—Bueno, debes reconocer que fue un poco rígida.

Wagner se ajustó un poco más la corbata. Ella nunca había notado ese pequeño tic nervioso. Pero ella se dio cuenta de que cuando se sentía incómodo, tendía a ponerse rígido.

Lo vio tragar saliva.

—¿Rígida? —demandó.

—Oh, sí, mucho. Quizá deberías probar otra vez.

Wagner carraspeó y miró hacia la puerta.

—Nos adentramos en una zona que me resulta muy incómoda. Hay temas de incorrección sexual y la ley...

—Oh, por favor —gesticuló hacia él—. Como si algún juez pudiera mirarte la corbata y pensar que en esta oficina hay algo más que negocios.

–Recoge tu bolso o lo que sea que necesites. Hora de ir al doctor. De hecho, te llevaré al mío. Vamos –la tomó por el codo con gentileza y firmeza.

Annabelle movió la cabeza.

–Oh, Wag, no voy a ir al médico. Me siento muy bien. Como nunca me he sentido desde... no estoy segura desde cuándo.

Se sentía muy bien cuando la pegaba a él. Wagner se sentía bien con ella cerca.

Se desprendió de la mano de él y regresó a su sillón.

–Tengo trabajo. He decidido quedarme, al menos hasta que se complete la fusión con Anderson. ¿No tienes algo que quieres que mande por fax? –le recordó.

Wagner no cedió.

–Recoge el bolso, Annabelle. Ahora, o te echaré al hombro y te llevaré en volandas.

Ella lo descartó con un gesto de la mano.

–Vuelve a tu despacho. Vamos, vamos.

Wagner Achrom no era un hombre al que pudieran despedir de esa manera. Era un adicto al trabajo. Un empresario implacable. Peligroso en la sala de juntas. Un negociador asombroso. Pero era evidente que no sabía cómo enfocar esa nueva situación. Pero ella sabía lo que *haría*. Regresaría a su despacho, analizaría esa nueva tendencia desde todos los ángulos y trazaría un plan de ataque.

Y pasados unos momentos, eso fue lo que hizo.

Annabelle logró contestar el teléfono a la cuarta llamada.

–Achrom Enterprises.

Katie rió.

–Durante un momento, pensé que nadie iba a contestar. Sonó varias veces.

–Bueno, mis días de lanzarme sobre el teléfono se han acabado. En realidad, era algo muy estúpido. ¿Qué diferencia hay en contestar a la primera o a la quinta llamada?

–Lo siento, creía estar hablando con Annabelle Scott. ¿Está?

Annabelle se reclinó en el sillón y apoyó los pies sobre la mesa.

–Ja, ja. De hecho, no vas a hablar mucho conmigo en este número. Esta mañana le he dicho a Wag que dimitía.

–¿Qué? ¿Por qué?

–Después de tomarme libre el viernes...

El gruñido de Katie la interrumpió.

–Esto suena mal.

–No, fue estupendo. Necesito olvidarme del trabajo de vez en cuando. Tomarme un día libre.

–Es justo lo que dije yo el jueves.

–¿De verdad? No lo recuerdo. ¿Cuándo? –otro gemido consternado–. Katie, ¿te encuentras bien?

–Intento decidirlo. Dime cómo se tomó tu jefe la noticia de tu dimisión –preguntó con tono medido–. ¿Qué hizo?

–Insistió en que fuera al médico, pero con un gesto mandé a Wag a su despacho.

–¿Que hiciste qué? La mitad de la gente de esta ciudad teme estar cerca de ese hombre. ¿Y de dónde ha salido eso de Wag?

–Es como lo llamo ahora. ¿No te gusta? Lo ablanda un poco, ¿no te parece?

–No, no me lo parece. No hay nada blando en ese hombre. Belle, quedemos para comer juntas.

Hay algo de lo que quiero hablarte. Es importante.

—Oh, no puedo. Iré a la manicura a la hora de la comida.

Katie respiró hondo.

—¿Has pedido hora con la manicura?

—Claro. Pensé que te encantaría. Siempre me estás criticando por mis «uñas cortas y sensatas». Pensaba en algo tendente al rojo mujer fatal.

Katie farfulló algo en voz inaudible y suspiró.

—Entonces, espérame cuando termines de trabajar. De hecho, quizá deberías irte a casa ahora, antes de que causes más daños. Piensa en evitar a Wag... a Wagner por completo. Mañana quizá te lo pueda explicar...

Algo compacto y no deseado se desplegó en el pecho de Annabelle. De pronto, ya no quiso hablar con Katie, no quiso oír lo que tenía que decirle su mejor amiga.

—He de colgar. Wag me ha dejado encargado un millón de cosas.

—Creía que habías dimitido.

—Bueno, después del beso, medité un poco más en la decisión tomada. Decididamente, merece otra oportunidad.

—¿Beso? ¿Qué beso?

—Adiós, te veré después del trabajo.

—Espera...

Cortó la comunicación y luego guardó los auriculares en el cajón superior de su mesa. El eficiente y pequeño artilugio se había convertido en un fastidio. ¿Por qué diablos había pensado que tenía sentido? La mesa quedaba mejor sin ellos. Mmmm. Casi eran las once. Probablemente, debería trabajar un poco. Enviar algún fax.

Al alargar la mano hacia la carpeta de Marsh, que

Wagner le había dejado en la mesa, un hormigueo en los dedos le hizo recordar algo importante.

En unos segundos, tecleó la petición en el motor de búsqueda de Internet.

Un rato más tarde, Wag salió del despacho y marchó hasta su escritorio.

—Annabelle, tenía una conferencia a las diez y media con Smith & Dean. Dean acaba de enviarme un correo electrónico para preguntarme qué diablos había pasado.

—¿Lo has olvidado? Te imprimí tu agenda del día. Debería estar en tu bandeja de entrada.

—Siempre la dejas sobre mi mesa. Está ahí cuando llego. Esto no es típico de ti.

Mmmm. Era evidente que le había facilitado demasiado las cosas.

—He estado muy ocupada.

—¿Has enviado esos faxes?

—No, pero he tenido una mañana muy productiva.

Una expresión de alivio casi cómico cruzó por la cara de él.

—Bien.

Ella señaló la pantalla.

—Sí, pasé mucho tiempo en Internet explorando diversos sitios sobre malvaviscos. Incluso el jueves por la noche compré algunos. No terminaba de entender la causa, pero ahora ya lo sé. Simplemente, son deliciosos. Y no te imaginarías las cosas fascinantes que hay acerca de ellos. De hecho... —abrió el último cajón de su escritorio y se inclinó. ¿Dónde estaba el paquete?

Wagner carraspeó.

—He decidido intentarlo otra vez esta mañana.

Alzó la vista y lo miró a los ojos. Otra vez exhibía

esa expresión seria. Podía cambiarla con una simple pregunta.

—¿La parte del beso?

Se enderezó la corbata.

—No, no me refiero a eso. ¿Intentas mostrarte difícil adrede?

¿Acaso veía un leve rubor? Bien. Regresó a su búsqueda.

—Annabelle. Deja de hurgar en tu mesa y presta atención. ¿Qué te sucede hoy? ¿Y qué andas buscando, de todos modos?

Ella sacó una bolsa y la plantó en medio de la mesa.

—Esto. No te creerías la diversidad que hay. Malvaviscos recubiertos de azúcar, de chocolate. Hasta que vi éstos. ¿No son preciosos? Tan pequeños y de distintos colores. ¿Quieres uno?

—No, no quiero uno. Quiero mi agenda sobre la mesa, mis faxes enviados y a la antigua Annabelle Scott.

—Lo único que tienes que hacer es pedirlo.

Wag relajó la cara.

—Bien. Te lo estoy pidiendo.

—Me pondré con ello. Nada más regresar de mi cita con la manicura —se metió unos malvaviscos en la boca y recogió el bolso—. Adiós.

Dos horas más tarde salía del salón de belleza sintiéndose una mujer nueva. Encontró a Wag esperándola detrás de su escritorio, con los auriculares puestos en la cabeza y mintiendo.

—No, el señor Achrom no está. Ha tenido que irse por una urgencia familiar —apretó unas teclas del teléfono—. Maldita sea, he vuelto a cortarlos.

Ella sonrió.

—No sabía que tenías familia.

Wag alzó la vista. Se quitó los auriculares y en el proceso se revolvió el pelo.

–¿Dónde has estado? El teléfono no ha dejado de sonar.

–Bueno, iba a hacerme las uñas, pero al final decidí regalarme un tratamiento completo de belleza. Ya sabes, máscara facial, masaje...

La frustración y la irritación centellearon en su rostro.

–No, no lo sé. Sólo sé que llevo dos horas sentado a esta mesa, sin duda perdiendo negocios con cada llamada.

Annabelle rió y le palmeó la mejilla suave; sus uñas nuevas establecieron un marcado contraste.

–Estoy segura de que no has estado tan mal.

Pasando por detrás de él, le rozó los hombros anchos. Él se había quitado la chaqueta del traje, algo que casi nunca hacía. Los músculos claramente definidos de su espalda ondularon bajo la camisa negra cuando se apartó del camino de Annabelle. Ella contuvo el impulso de tocarlo, pero los labios le ardieron al recordar el beso de la mañana. Ese jugar con fuego parecía tener desventajas. Algunas deliciosas.

–¿Llevas puestas zapatillas? –preguntó él.

Ella bajó la vista a su falda, a las piernas desnudas y a las zapatillas nuevas.

–Las compré justo después del masaje. Estaba tan relajada, que no podía imaginar volver a ponerme tacones.

–Pero ¿y el código de vestimenta de la oficina?

–Oh, ¿no te lo conté? Lo cambié esta mañana. He establecido un vestuario informal para el trabajo. Ya que no sólo soy la secretaria administrativa, sino también la directora y la contable de la oficina, tuve una conferencia conmigo misma para establecer esa nueva política. Sé lo mucho que valoras el orden y la eficacia, de modo que he redactado los nuevos procedimientos y los he puesto en la mininevera del cuarto de descanso.

Wag se equilibró en el borde de la mesa, desvanecida su formalidad innata. Hacer algo así se salía fuera de lo normal para él. Admiró el movimiento de los músculos debajo de los pantalones.

–Además, odio los pantys. Qué prenda tan irracional. ¿Qué aspecto se supone que deben tener? Como la piel. ¿No te parece ridículo? Yo ya tengo piel. ¿Por qué necesito comprar algo que se parece a la piel para cubrir la piel?

Wag simplemente asintió.

Jamás había imaginado que ser mala y traviesa iba a resultar tan divertido.

–Sí, ¿y qué?

Ella alzó la pierna sobre la mesa.

–Mira mi pierna. No tiene nada mal. Es muy funcional... me lleva adonde necesito ir.

Desde el instituto no se sentía tan audaz y provocativa... antes de que descubriera dolorosamente lo peligrosa que podía ser la impetuosidad que había heredado de su padre.

Él se inclinó y Annabelle contuvo el aliento. No había estado tan cerca de su cara desde la mañana que despertó en su sofá.

Y esa mañana, cuando lo había besado.

En ese momento, por su rostro cruzó la expresión más maravillosa de confusión. Encarnaba la imagen perfecta del desconcierto masculino, desde el pelo revuelto hasta la corbata torcida.

–Vete a casa. Duerme un poco. No vuelvas a la oficina hasta que regrese tu viejo «yo».

Ella tragó saliva. Cada terminación nerviosa de su cuerpo se puso a bailar. Todo el deseo y la emoción contenidos que había sentido por ese hombre le exigieron que se pusiera de pie, le diera un beso que jamás olvidaría y luego saliera por la puerta en busca de un hombre que supiera apreciarla.

Ladeó la cabeza y sonrió. Wag entrecerró esos bonitos ojos azules.

Se humedeció los labios mientras los ojos de él bajaban a sus pechos. En la mirada de Wag percibió la evaluación del cazador y tuvo ganas de que esas manos la acariciaran.

Volver a besarlo iba en contra de todas las duras lecciones que había aprendido desde el arresto de su padre y de su lucha contra la impetuosidad. Hasta ese mismo instante, jamás había comprendido todo lo que se perdía de la vida. Pero ya no pensaba perderse nada más. En todo caso, no ese día.

La expectación se mezcló con la impaciencia. Sonriendo, pasó sus nuevas uñas rojas de mujer fatal por el centro de la corbata negra.

–¿De verdad quieres recuperar a la antigua Annabelle Scott?

En los ojos de él ardió un destello extraño, casi perverso.

–¿Si la quiero recuperar? –repitió. Durante un instante, el brillo travieso en los ojos castaños de ella se desvaneció, dejándola con un aspecto casi vulnerable. Algo en la pregunta, y en el caudal de significados que percibía detrás de ella, lo conmovió–. La antigua Annabelle me gustaba.

–¿Sí? –sonó sorprendida. Bajó la vista un momento y osciló de un pie a otro. Respiró hondo. Luego alzó la cabeza. El brillo travieso retornó, exigente e intenso–. ¿Te va a gustar esta nueva Annabelle? –preguntó–. A mí, sí. Es mucho más divertida.

Diablos, quizá era él quien necesitaba un médico. O tal vez ése era el modo en que todos los hombres encaraban su perdición. Un deslizar lento y directo hacia la locura. Podía resistir toda clase de tentaciones, pero no el desafío emitido por la señorita Annabelle Scott. Si iba a cometer un error...

La miró a los ojos.

–Eso depende de si vas a volver a agarrarme por la corbata o no.

Capítulo Cuatro

La presa se había convertido en el cazador.

Wagner había decidido jugar.

El deseo le encendió la sangre. Captó la fragancia de la colonia de Wagner y recordó cómo todas las mañanas había esperado que pasara junto a ella para despertarle sus fantasías.

Se situó detrás de ella; el calor de su aliento le causó cosquillas en la piel delicada de la nuca, potenciando el deseo.

Su mismo cuerpo era un arsenal contra las defensas de cualquier mujer. Menos mal que no tenía planeado ofrecer resistencia. Sin embargo, se suponía que era ella la que estaba al mando. Un simple beso le devolvería la ventaja.

—¿Vas a agarrarla? Es de seda, pero si debes hacerlo, lo entenderé —indicó Wagner con tono de falso pesar.

Annabelle ladeó la cabeza, indignada.

—¿Agarrarte la corbata? Por supuesto que no. Eso fue el arrebato de esta mañana. Ahora es por la tarde.

Era evidente que no se comportaba como solía. Bueno, no como solía hacerlo desde que dejara atrás el instituto. Esa Annabelle se había centrado en las facturas, en los créditos universitarios y en pagar la deuda contraída por su padre con sus tíos.

Pero ser la Belle espontánea tenía sus ventajas. Y una iba a ejercitarla en ese momento.

Se ladeó hacia él. Lo agarró con ambas manos por el cinturón, lo atrajo y plantó los labios contra los suyos. Él no necesitó más para deslizar la lengua entre sus labios. A Annabelle le gustó. Quería que sus hombres estuvieran preparados.

El contacto de Wag fue un asalto directo contra sus sentidos. Los labios, firmes pero suaves, le cubrieron la boca. Luego le mordisqueó con delicadeza el labio inferior, succionando la piel sensible. No tardó en tenerla gimiendo.

Las persianas estaban subidas, la puerta posiblemente sin el cerrojo. Cualquiera podía entrar. ¿A quién le importaba? Le gustaba ser traviesa para él.

Ser perversa resultaba tan delicioso.

Se arqueó hacia él y lo acercó al tiempo que le rodeaba el cuello con los brazos. La lengua de él volvió a recorrerle los labios, instándola a abrir la boca para volver a ofrecerle acceso.

En esa ocasión, Wagner fue cualquier cosa menos rígido. Bueno, lo estaba justo donde importaba.

Sentir la dureza de ese cuerpo contra las curvas más suaves del suyo, le creó un caudal de deseo cálido y húmedo entre las piernas. ¿Por qué alguna vez había pensado que Wagner sólo le daría un simple beso?

Por la mañana había desafiado su destreza y en ese instante quería demostrarle algo. Un hombre complejo como él, estaría decidido a recurrir a todos sus trucos para demostrarle lo hábil que era.

Ni siquiera le había dado un beso completo y ya la tenía loca de anhelo. Estar en sus brazos producía una sensación tan buena. Tan idónea.

Una oleada deliciosa de sensaciones siguió el sendero que tomó la mano de Wag desde su trasero y por su cadera hasta subir lentamente por su caja torácica.

No podía respirar.

Los pezones se le contrajeron, anticipando su contacto.

Anhelando las manos de Wag sobre su cuerpo, le irritó la lentitud que exhibía. Se preguntó si sería deliberada, una técnica para incrementar su excitación.

No le importaba. Era la hora de la acción. Tomó la mano de Wag y la llevó a su pecho.

—Tócame aquí —dijo sobre sus labios, con voz entrecortada y hambrienta.

La otra mano la imitó y él se tragó su jadeo de placer mientras le coronaba los senos. Desde luego, no cabía duda de que era un hombre diestro. La besó plenamente, moviendo la lengua contra la suya.

Annabelle metió la rodilla entre sus piernas, acercándolo aún más. Las manos de él le acariciaron los pechos y potenciaron más la frustración que la embargaba.

—Sabes tan bien —gimió él sobre su boca.

Sus palabras la encendieron. Quiso estar más cerca. Lo necesitaba. Piel contra piel.

Durante un momento, su cuerpo sintonizó con las caricias expertas que Wag le daba con las manos, los labios y la lengua. Igual que los planes de negocios que trazaba, no dejaba nada al azar, supervisaba cada detalle. Le daba suficiente suministro para que pidiera más. Cada parte de su cuerpo se convirtió en un objetivo potencial de placer para el único ataque sensual a que la sometía.

El sonido de una llamada seca en la puerta de entrada fue seguido por el movimiento brusco del picaporte. Annabelle quebró el beso y le pasó los labios por la oreja, trazando el contorno de la curva con la lengua. Pensaba soslayar a quienquiera que estuviera llamando. Pensaba soslayar muchas cosas. De hecho, iba a soslayar todo menos su deseo.

Al parecer, Wag iba a hacer lo mismo. La apretó contra él y aplastó de forma placentera sus pechos contra el torso firme, duro y musculoso.

Las primeras notas de la Quinta Sinfonía de Beethoven indicaron que alguien trataba de alcanzarla a través del móvil. Pero eso apenas logró distraer su concentración. Pensaba morderle el lóbulo de la oreja cuando saltó el buzón de voz.

—¡Belle, soy Katie! —el grito de su mejor amiga quedó amortiguado por la puerta—. Abre. Sé que sigues en el trabajo. He visto tu coche en el aparcamiento.

«No. No quiero hablar con Katie».

—Es importante... llevo todo el día tratando de decirte algo. Si no contestas al teléfono o abres esta puerta, voy a dar por hecho que estás inconsciente y llamaré a la policía.

El teléfono móvil volvió a sonar. Con un suspiro cansado, lo retiró del estuche de la cintura. De todos modos, ya había empezado a clavársele.

—Katie, estoy viva pero ocupada. No puedo hablar ahora mismo —su voz fue más un suspiro.

—Sólo dame un segundo. El jueves por la noche, algo sucedió en la fies...

Volvió a agarrar a Wag por el cinturón y apartó el teléfono del oído.

—No puedo dedicarte el tiempo ahora. Te llamaré más tarde –cortó y arrojó el aparato sobre el suelo enmoquetado.

No quería oír lo que Katie tenía que decir, pero eso no significaba que tuviera que soltarle el cinturón. Una chica tenía prioridades.

Lo miró a los ojos. Él se adelantó para darle otro beso, pero Annabelle lo esquivó.

–Mucho mejor que esta mañana –le informó. Era hora de cambiar las ventajas a su favor.

La recorrió con la mirada y se demoró en la excitación que vio en sus pechos.

–Basado en tu reacción, yo diría que ha sido mucho mejor.

Apartando una grapadora con el codo, ella se reclinó sobre el escritorio y se equilibró sobre los brazos. Lo deseaba, pero no se lo podía poner muy fácil.

–¿Qué haces? –preguntó él.

–Esperar que lances el siguiente ataque. Empezaba a acostumbrarme a eso que hacías con las manos.

Él enarcó una ceja.

–¿Se supone que he de perseguirte alrededor de la mesa?

Le dedicó una sonrisa lenta y sexy.

–Vaya, ésa sí que es una fantasía atractiva. Que he tenido varias veces.

El deseo encendido, marcado en la cara de él, de pronto se enfrió mientras retrocedía un paso y se arreglaba la corbata.

–¿Sí? Eso hace que las cosas sean mucho más interesantes.

Sonaba a invitación, pero ¿por qué retrocedía?

–¿Por qué?

–¿Todavía eres mi empleada?

Ella asintió y una oleada de incomodidad mitigó su pasión.

—Hasta la fusión con Anderson.

—Entonces, nuestras fantasías mutuas seguirán siendo eso. Fantasías —se alisó una arruga de la camisa—. Buenas noches, señorita Scott.

Despacio, Annabelle se irguió y se bajó la falda por las piernas desnudas. La puerta se cerró en silencio detrás de Wagner al salir.

El calor del deseo menguante y quizá algo de bochorno le encendieron las mejillas. Su plan de seducción no tendría que haber salido de esa manera. Estar tumbada en su escritorio, ardiente, mojada, irritada y sola jamás había entrado en su mente.

Hablando de mentes, Wagner pensaba demasiado. Ahí radicaba su problema. La próxima vez, no repetiría ese error. La próxima vez, e iba a encargarse de que hubiera una próxima vez, no lo dejaría pensar. Ni parar. Sin importar lo que hiciera falta.

Un momento... ¿él había dicho «mutuas»?

La excitación hizo que le hormiguearan los dedos. Sí. Había dicho mutuas. Durante un momento, disfrutó con ese conocimiento. De modo que el letal señor Wagner Achrom no había sido inmune. De hecho, su erección casi le había producido una mella en el muslo.

Necesitaba algo dulce. Tomó unos malvaviscos recubiertos.

Su determinación no iba a vacilar.

—Mañana, Wag, esas fantasías se harán realidad.

¿Qué diablos había pasado?

Y lo que era más importante, ¿por qué diablos

había besado a Annabelle? Volvió a arreglarse la corbata. Señorita Scott. Pensar en ella como en Annabelle era lo último que necesitaba. La hacía parecer menos secretaria y más mujer. Una mujer hermosa que le hacía agua la boca.

Se puso de pie. Tenía que concretar una fusión. Todo dependía del éxito que tuviera. Su negocio. Su reputación. Las promesas que le había hecho a su madre junto a la cama del hospital y luego las promesas que se había hecho a sí mismo de estar orgulloso del hombre en que se había convertido.

Pero eso seguía sin contestar la pregunta de por qué había besado a Annabelle.

Era obvio. Esos ojos que eran como una invitación abierta. Aunque, como un idiota, la respuesta no le había resultado tan obvia unas horas antes.

Subió al máximo el aire acondicionado. Luego bajó la ventana. Necesitaba la temperatura inclemente que sólo una ráfaga de diciembre podía aportar. O una noche en los brazos dispuestos de una mujer.

Los brazos de Annabelle.

Maldición. «No vayas por ahí».

Había calculado mal con la señorita Scott. Algo que no podía permitirse. Despreciaba no poder concentrarse en el objetivo, desear a alguien más que lo que dictaba el sentido común.

Quería una persecución.

Perseguir a la señorita Scott alrededor de la mesa, tirar los ficheros y el teléfono al suelo, luego volverla loca...

«Maldición».

Annabelle.

Ese beso. La reacción de ella. Valdría la pena repetirlos. Al recordar lo bien que habían encajado esos pechos en sus manos, lo acogedora que había sido la boca de ella, el cuerpo...

Iba a necesitar una ducha fría.

Las fantasías de Annabelle sobre la mesa iban a tener que esperar. Primero estaba la fusión con Anderson. ¿Por qué tenía que recibir ese nombre? Volvió a maldecir. Le encantaría fusionar algo, pero nada que ver con valores y empresas.

Los intereses personales jamás podían anteponerse a los intereses profesionales. Jamás. Lo único que importaba eran sus objetivos. Fue a la caja fuerte, introdujo los códigos y extrajo la caja que contenía el prototipo de su batería.

Después de apenas unos segundos a la luz tenue de su despacho, la nueva batería solar convirtió y almacenó suficiente energía para alimentar un ordenador portátil durante días. Anderson quería su tecnología de baterías solares de silicona para iluminar y alimentar todas las granjas y hogares remotos. Anderson podía quedarse con su cañón, pero no les permitiría ganar control de su batería de energía.

Esa joya sería suya.

Abrió la caja protectora e inspeccionó ese filón. Estaba tan cerca de cerrar el acuerdo. No sólo iba a recuperar su antigua vida de lujo, sino que la superaría. Le demostraría a todas las voces críticas que se habían reído de sus intentos de tener éxito en términos nuevos, que se habían mofado diciendo que él no era más que un destructor, jamás un creador, que era mucho más.

Tanto más.

Pero como no consiguiera una inyección de efectivo pronto, todo se acabaría. Fracasaría... como su padre.

Primero tenía que lograr que todas las piezas

encajaran en su sitio. Y la primera pieza era firmar sin ceder los derechos de la batería pequeña.

Al marcharse del hospital, una vez que su madre había muerto, juró que nunca haría pasar a alguien por el infierno en que su padre había situado a la familia. Su madre había perdido todo por lo que había trabajado para apoyar a un hombre cuyos sueños nunca habían dejado de ser eso.

Ese día había aprendido algo. Annabelle era el tipo de mujer que exigiría que se fijara en ella. Dentro y fuera del dormitorio. Pero él no lo haría. Su promesa le machacaba el cerebro, recordándole que no buscaría una relación hasta poseer seguridad financiera y recobrar lo que había perdido al dejar el juego corporativo cinco años atrás.

Quería jugar de acuerdo con sus propias reglas, pero en ese momento, sus objetivos y su futuro seguían fuera de su alcance. Cualquier mujer, en especial Annabelle, merecía más. Mucho más.

Maldición. Sus ojos habían vuelto a desviarse. Como un idiota, se había felicitado por dejar que se desviaran sólo una vez hacia los pechos de la señorita Scott. Estaba sentada a pocos metros de distancia, en el despacho exterior, pero con el atractivo de ese cuerpo exuberante tan reciente en su mente, bien podía estar sentada en su regazo.

Ajustar el termostato para que ella no se enfriara había sido un golpe de genio. Pero esos pies descalzos, y el modo loco en que se había pintado las uñas, hacían que se preguntara qué otras cosas atrevidas había justo debajo de la superficie. ¿Llevaría sujetador? Un simple vistazo a esos pechos apetecibles queriendo asomarse por encima de la blusa de escote bajo le provocaba sudores.

Volvió a maldecir. Era la tercera vez que sus ojos se desviaban hacia esos pechos.

Y pensar que había esperado completar un poco de trabajo ese día. El anterior se había perdido por completo, salvo por el beso.

Y la reacción de Annabelle.

Jamás había besado a una mujer y sentido semejante vínculo, semejante encaje de deseos.

«Trabaja».

Pero en cuanto concluyera la fusión, le encontraría a Anna... a la señorita Scott un trabajo nuevo, y entonces el mercado de la seducción quedaría abierto. Y se permitiría todas las fantasías...

Otra vez volvió a preguntarse qué diablos le había pasado. Mentalmente repasó encuentros pasados, las partes en las que no se besaban, en busca de pistas. El picnic. El día en que la notó por primera vez con aquel jersey ceñido. Había querido celebrar su graduación.

El codo le resbaló y la punta se quebró en el extremo de metal de su bolígrafo mecánico.

«Trabajo. Escritorio. Contrato. Bolígrafo. Concentración».

Annabelle estaba sembrando el caos con sus planes de negocios al tiempo que le daba una lección sobre oferta y demanda. Había plantado esa imagen de él persiguiéndola alrededor de la mesa. Y siendo atrapada.

Desde luego, parecía preparada para correr. Junto a sus pies, había un par de zapatos muy poco prácticos. Si es que se podía llamar zapatos a una suela con tacón y dos tiras finas de cuero.

Por otro lado, invocaba imágenes de Annabelle vestida de cuero, quitándoselo... despacio.

Se le encendió la sangre.

Volvía a fastidiarla.

Ella giró para mirarlo. Esbozaba una sonrisa secreta que le transmitía que lo había sorprendido mirándola fijamente. Los dedos finos se acariciaron la pantorrilla tal como lo haría un amante. Siguió cada uno de sus movimientos mientras se acariciaba el pie.

–¿Te gusta? –preguntó.

«Oh, sí».

–Se llama Persuasión –añadió ella.

–¿Qué?

Movió los tentadores y pequeños dedos de los pies en su dirección.

–Mi laca para las uñas. Se llama Persuasión.

–¿Qué me dices de las rayas?

–Es una técnica que me enseñó una de mis amigas. Dice que nunca falla en captar la atención de un hombre.

Esa amiga era peligrosa.

–Me dio algunas pistas más sobre como poner de rodillas a un hombre –indicó Annabelle.

Bajó los pies a la moqueta y caminó descalza hacia él. En silencio. Lenta y sensualmente, como una tigresa al acecho.

–Ann... señorita Scott, no dispongo de tiempo para charlar... tengo trabajo que terminar.

Ella se apoyó contra el marco de la puerta, con un pie de uñas rojas con rayas rosadas cruzando el umbral y jugando sobre la moqueta. La falda que llevaba tenía volantes en el bajo y hacía cosas peculiares con la piel de sus muslos.

Que fácil sería ponerse de pie, ir hacia ella y

tomarla en brazos. Descubrir con los dedos y la boca si llevaba o no sujetador. Eliminar la necesidad ardiente de hacerla suya.

–Todo trabajo y nada de juego hace que Wag sea un chico aburrido.

¿Aburrido? Tenía una erección que podría atravesar acero.

–Yo, eh, necesito más tiempo a solas.

–Te cerraré la puerta, pero primero pretendo introducir un poco de juego en tu vida.

Tenía que sacarla de ahí. Pero la necesidad de conocer cuáles eran sus planes lo paralizó.

–¿Y cómo piensas hacerlo?

Los dedos de Annabelle jugaron con la tela recogida de su falda, alzándola unos centímetros. Justo para tentar.

–Haciéndote saber que no llevo braguitas. No te olvides de que he reprogramado tu reunión con Smith y Dean para dentro de una hora –soltó los volantes y le guiñó un ojo antes de cerrar la puerta a su espalda.

Estuvo a punto de correr tras ella, pero lo único que hizo fue moverse incómodo en el sillón.

Maldición. Smith y Dean en una hora. ¿Cómo iba a poder ir de duro cuando estaba tan...?

Se inclinó, recogió los papeles y los metió en el maletín. Iría andando hasta la oficina de Dean y Smith. Un paso vivo podría agotar su libido.

Se enderezó la corbata y fue al despacho exterior, donde de inmediato vio a su secretaria con las piernas extendidas y cruzadas a la altura de los tobillos.

La señorita Scott tenía unas piernas magníficas. Su vista siguió la línea del cuerpo. Todo magnífico.

«Negocios. Impersonal».

–Por favor, llama a Smith y Dean y comunícales que voy para allá.

–Encantada de complacerte –afirmó, descruzando las piernas.

«No llevo braguitas».

Eso le nubló el cerebro.

Maldijo otra vez. Iba a tener que ir corriendo a la oficina de Smith y Dean para sudar un poco y enfriarse.

Asintió, salió al ascensor y lo llamó. Ojalá fuera tan fácil. Cuando regresara de la reunión, iban a mantener un cara a cara en el que, sencillamente, le perfilaría los términos para una conducta apropiada en la oficina.

Decidido eso, se obligó a no pensar en Annabelle por el momento. Debía prepararse para el torbellino que se avecinaba. Argus Smith y Raymond Dean eran el presidente y el jefe de operaciones del Grupo Anderson, dos de los hombres de negocios más despreciables con los que alguna vez había tratado.

Al que más detestaba era a Smith. Éste había tenido el placer de rechazar una y otra vez a su padre para invertir capital. Aunque tenía que reconocerle al viejo mucha astucia. Había sabido esperar. Y en ese momento, con poco más que calderilla, obtendría acceso a las patentes Achrom que había tratado de arrebatarle a su padre.

Le había reportado una inmensa satisfacción haber superado a Smith años atrás. El primer holding que le había arrebatado a un confiado consejo de administración había pertenecido a Smith. Aunque había resultado una satisfacción pequeña a cambio de que Smith rompiera una y otra vez el corazón y los sueños de su padre. Y de su madre.

Wagner no tenía todos los ases en esa partida, pero aún podía jugar el que tenía. Y saber echar faroles era una parte esencial del juego.

Después de presentarse ante el escritorio de la secretaria administrativa, ésta lo condujo a la sala de conferencias vacía. Un truco de negociación que él mismo había empleado para poner nerviosos a los competidores, a medida que aumentaba la ansiedad cuanto más los hacía esperar.

Salas de conferencias, de reuniones... ahí sí que se sentía cómodo. En control. No como en su propio despacho en el otro extremo de la ciudad.

Diez minutos más tarde llegaron Smith y Dean. Se estrecharon las manos y se sentaron a la mesa de madera de cerezo. Después de declinar el café que le ofrecieron, la secretaria se marchó y cerró las puertas.

Delante de ellos había unas carpetas blancas. Frente a Wagner, había una carpeta adicional ante un sillón vacío.

Con un gesto de la ceja indicó la carpeta.

—Alguien se va a reunir con nosotros más tarde —explicó Smith con tono evasivo.

Se sintió irritado. Tramaba algo. Wagner se preparó para lo que pudiera ser, cerciorándose de ofrecer una imagen ecuánime. Fue el último en abrir el folleto informativo.

Quince minutos más tarde, Dean le entregó un cigarro.

—Es agradable tenerte a bordo de Anderson, Wagner. Casi.

¿Casi? Iban a dar marcha atrás. ¿De dónde diablos había salido eso? Se guardó el cigarro en el bolsillo exterior de la chaqueta.

—Achrom Enterprises será un activo para la familia Anderson.

–Con la excepción de que has estado financiando tu nuevo negocio principalmente con un incremento de su deuda –intervino Smith.

Contuvo el deseo de responderles como se merecían y, a cambio, les dedicó una sonrisa cortés. Aún faltaba algo. Conocía los signos. Alzó la copa.

–Y ahora tu dinero, Smith. De un modo similar a como financié mi primera adquisición de... una de tus empresas, ¿no?

Smith entrecerró los ojos, pero rió de todos modos antes de beber de su propia copa. Los dos podían lanzarle sus mejores golpes, pero no habría resentimiento. No era nada personal... sólo negocios.

Dean juntó las manos y centró su atención en Wagner.

–¿Cómo piensas gastarte el dinero?

–Oh, tengo algunas ideas. ¿Y vosotros?

La puerta de la sala de conferencias al abrirse interrumpió las siguientes palabras de Smith. Éste sonrió cuando la secretaria condujo al hombre al interior.

Con un giro pausado de la cabeza, Wagner le prestó atención al recién llegado. Parecía vagamente familiar, pero la comunidad financiera de Oklahoma era pequeña. Rica y poderosa por sus ingresos de petróleo y gas, pero lo bastante pequeña como para reconocer a casi todos sus integrantes.

Smith se aclaró la garganta.

–Te presentamos a Kenny Rhoads.

Rhoads. Ah, era un cabildero con fuertes lazos tanto en la política como en los negocios de Oklahoma. Rhoads no extendió la mano para estrechársela. Tampoco Wagner. De modo que así iba a ser. Se preguntó qué diablos hacía ahí.

Smith se reclinó en el sillón, y su peso hizo que crujiera. Wagner captó las miradas frías que intercambiaron Rhoads y él. Percibió un entusiasmo mayor en Smith. Eso no pintaba bien. El encono que había entre ambos probablemente hacía que ese acuerdo fuera duro de aceptar. Nadie había firmado. Aún podían salir mal un montón de cosas.

–El señor Rhoads se ha unido a nosotros como otra parte interesada –expuso finalmente Dean.

Rhoads miró la carpeta que tenía ante él, pero no la abrió.

–Ha conseguido mucho aquí, Achrom. Su reputación está bien ganada.

Wagner guardó silencio. No le gustaba el tipo ni el tono que empleaba, pero mantuvo la expresión neutral. «No reveles nada». Una lección que su padre jamás había aprendido.

Rhoads exhibió una sonrisa sarcástica.

–Pero el acuerdo se cancela si la Cámara de Representantes no aprueba el proyecto de ley agrícola pendiente –entrecerró los ojos–. Todo su futuro depende de esa ley.

Wagner se encogió de hombros.

–Esa ley proporcionará millones de dólares a los agricultores del país para invertir en proyectos de energía solar. Esas patentes contienen el poder de hacerlo todo, desde calentar las granjas hasta bombear agua de los pozos.

Wagner sabía que podía ser algo revolucionario no sólo para las zonas rurales de los Estados Unidos, sino para todo el mundo.

Finalmente, Rhoads abrió la carpeta que tenía delante, pero en ningún momento la miró.

–Según buenas fuentes, esa ley no irá a ninguna parte.

No tuvo tiempo de disciplinar sus facciones. Miró a Smith y a Dean.

–¿Daréis marcha atrás en nuestro acuerdo si la ley no se aprueba?

Rhoads adelantó el torso.

–Sin la financiación que proporcionaría esa ley, Anderson asumiría demasiados riesgos desarrollando el producto sin beneficios garantizados.

–Diablos, prácticamente toda empresa nueva comienza sin beneficios garantizados –él había planeado recortar sus beneficios para pagar sus propias ideas. Era un riesgo, pero los negocios funcionaban de esa manera.

Dean simplemente se encogió de hombros.

–Está perfilado en la enmienda que te enviamos hace veinte minutos.

–Yo ya había salido de la oficina –para eliminar su frustración sexual con el fin de concentrarse en esa fusión.

–Sí, tu secretaria lo mencionó.

Y no se habían molestado en ponerlo al corriente de ello a su llegada. Muy astutos.

Miró a Smith y a Dean a los ojos sin mostrar ninguna vacilación.

–Teníamos un acuerdo. Uno bien negociado –dejó que la advertencia que había en sus palabras flotara en el aire.

–Conozco a alguno de sus acreedores... –Rhoads no concluyó la amenaza implícita.

Wagner se levantó de un salto.

–Hijo de... –contuvo el resto de sus palabras. Ya conocía el juego de ellos. Habían usado el poder que había detrás de Rhoads para demorar la ley de la que dependía para obtener ingresos. La frustración le tensó los músculos. La ley agrícola era esencial. Había contado con esa legislación. Al retrasarla, Rhoads destruiría la única opción que tenía para salirse con la suya. Sin los enormes beneficios potenciales que propiciaría la ley, se hundiría.

Kenny Rhoads era su sicario.

Smith y Dean debían de haber tenido la oportunidad de estudiar su situación financiera. Se habían dado cuenta de que se hallaba al borde de la bancarrota y habían supuesto que si lo ataban a la ley agrícola, no le quedaría más opción que ceder. Si la ley no se aprobaba de inmediato, no dispondría de dinero para mantener la empresa a flote. Sus acreedores sacrificarían todos sus bienes y valores, las patentes de su padre, las mismas que quería Anderson, por una insignificancia. Entonces, podrían recoger las piezas sin el desembolso de dinero y la necesidad de tratar con Wagner a diario. Y todo sin tener que ensuciarse las manos.

Un buen plan.

—Esa ley condiciona todo. Tus ideas no nos servirán de nada sin la financiación disponible con esa legislación. Si tienes suerte, irá a la Cámara a finales de semana. Aunque lo más probable es que sea a comienzos de la próxima. Hasta entonces, estamos en el limbo.

Había esperado una promesa y un apretón de manos, no amenazas veladas. Al cuerno el limbo. Él haría que esa ley se aprobara.

Rhoads encendió su cigarro.

—Hasta entonces, lo vigilaré.

Wagner se relajó. Ése era su elemento. Anderson quería lo que él tenía, lo que significaba que hasta que no estuviera en bancarrota, era él quien poseía el control. Y ése era el nombre del juego. Querían jugar duro... buenos, pues les demostraría que sabía jugar duro.

Annabelle metió las pruebas de su festín de malvaviscos en el último cajón cuando Wagner cruzó la puerta. Tenía la cara tensa por el sueño y la fatiga. Casi habría sentido pena por él de no haber planeado arrebatarle la última energía que le quedaba en el sofá del despacho.

–Señorita Scott.

Fue el tono. Algo había pasado en su reunión con Smith y Dean en Anderson. Algo en absoluto positivo.

–¿Qué ha sucedido?

–Nada que no se pueda contener, pero necesito toda la información que puedas conseguir sobre una ley conjunta entre el Departamento para Pymes y el Ministerio de Agricultura.

–¿Qué está pasando?

–Juego duro. Se está estudiando una ley que destinará dinero a las comunidades agrícolas que implementen fuentes alternativas de energía y a las empresas que desarrollen dichas fuentes.

–¿No son las cosas que Anderson quiere desarrollar con tus patentes?

–Exacto.

–Entonces, ¿dónde está el problema?

–Por lo que he podido deducir de mi reunión de hoy, a instancias de otra... parte interesada, algunos representantes del comité han plantado algunas reformas que otros miembros del comité no encuentran de su agrado. La ley se ha visto demorada por la negativa a votar de algunos miembros del congreso. Necesito entender quiénes son esos representantes y qué puedo emplear para conseguir apoyo para el proyecto de ley.

–De inmediato. Doy por hecho que requiere premura –comentó, inclinándose. Wagner asintió, distrayéndose con el escote–. ¿De vuelta al modelo profesional? –inquirió. Se apartó de su sillón y apoyó la cadera contra la mesa. La cautela apareció en los ojos de él, pero no se retiró. Bien–. ¿Puedo sugerir que consideres el temido enfoque de los dos pinchos? –él enarcó una ceja–. Adquisición.

–¿Por qué me da la impresión de que no te tomas en serio mis preocupaciones empresariales?

Alargó la mano para enderezar la corbata de Wagner. Eso debería hacer que se sintiera más cómodo.

–Oh, me tomo esto muy en serio. Tú me enseñaste todo lo que hay que saber acerca de la oferta y la demanda. Quizá es hora de que crees un poco de demanda.

–Gracias, señorita Scott, tomaré, mmm, eso en consideración.

Se fue disparado a su despacho. Se preguntó si la conversación que acababan de mantener había tenido algo que ver con el negocio.

Demanda.

La señorita Scott creaba mucha demanda. Seguro que conocía el plan a la perfección, aunque no creía que se lo hubiera enseñado él. Ella misma había creado su demanda. Y también mantenía la oferta.

Pero también tenía razón.

Muy bien, quizá su plan profesional necesitaba una revisión. Quizá pudiera conseguir la fusión y también a Annabelle. El enfoque de los dos pinchos. Negocios y diversión. No le habría producido ningún resquemor cinco años atrás. Pero en ese momento le causaba cierto hormigueo de culpabilidad.

Annabelle y la frustración que ella provocaba le tenían las entrañas atenazadas. No era capaz de pensar con claridad. No era capaz de dirigir su negocio. Había llegado preocupado por la ley, los acreedores y la fusión, y en ese instante sólo pensaba en fusiones de otro tipo.

Se le endureció el cuerpo.

Si no hacía pronto algo sobre ella, perdería la cabeza y la empresa. Y ya no sabía qué era más importante.

¿Qué diablos había pasado con el juramento de que era un hijo de perra de primera y jamás se involucraba con mujeres que no supieran las reglas del juego?

Al parecer, Annabelle había aprendido algunas cosas.

«Concéntrate».

«Identifica al enemigo».

Smith y Dean únicamente buscaban el máximo beneficio al precio más barato posible. No era nada personal. Pero Kenny Rhoads... ese hombre era un tiburón. El nombre zumbaba en su cabeza. El zumbido se intensificó al entrar en la oficina y ser recibido por una sonrisa y una invitación de Annabelle. Y no había querido que ella supiera el nombre. ¿Por qué?

Giró en el sillón y abrió el cajón de los ficheros de su mesa. Dentro encontró la carpeta personal de Annabelle. Estudió las páginas hasta que encontró la información que buscaba. Satisfecho de que su instinto no se había equivocado, volvió a guardar la carpeta.

Aprovecharía la oportunidad de confrontar el

pasado mientras preparaba ese acuerdo. Tenía demonios, y no todos propios, que exorcizar. Agradecía la oportunidad. Antes de que hubiera terminado la operación, Annabelle quizá tuviera que enfrentarse al pasado que le había dejado su padre.

Lo recorrió algo extraño, fortaleciendo su determinación. ¿Cuál era la palabra precisa para eso... protección?

No. Debía haber otra. Encima, empezaba a perder la habilidad de formar pensamientos coherentes.

Los rotuladores rojos, los contratos y la protección de las patentes no parecían tan importantes como perseguirla a ella alrededor de la mesa. Oferta y demanda.

La deseaba. ¿Más que a esa condenada fusión?

Quizá había llegado la hora de averiguarlo. Se enderezó la corbata, una nueva de color azul, y apretó la tecla del teléfono interior. Sí, oferta y demanda.

—¿Sí?

—Señorita Scott. Annabelle... te necesito.

Capítulo Cinco

Un escalofrío de deseo le recorrió todo el cuerpo, delicioso, perverso, embriagador. ¿Cuánto tiempo había estado esperando que Wag dijera esas palabras?

Bueno, cuatro años, pero ese día había estado esperando al menos cinco minutos. Ya sabía que el truco de no llevar braguitas funcionaba. Un hombre era incapaz de mantener la mente en cualquier otra cosa... sabiendo pero sin ver. Pero debía reconocer que Wag había durado más de lo previsto... verdadera prueba de su increíble fuerza de voluntad.

Recogió el cuaderno de notas; bien podía fingir que creía que la había llamado para trabajar.

Llamó a la puerta y, sin aguardar una respuesta, giró el pomo.

Los ojos azules de él la quemaron al observar cada paso que daba.

Wagner supo que ésa era su perdición.

Los pezones de Annabelle se contrajeron contra la suavidad de la blusa de algodón y adquirieron una pesadez que antes no tenían.

Se pasó el pie por la pantorrilla, fuerte y osada por la satisfacción de ver la mirada que se detenía en sus pies antes de subir por sus piernas. Y continuaba por el camino que ella había iniciado, incluso más allá de donde se había detenido.

–¿Para qué me necesitabas? –inquirió con voz ronca y seductora. Se pasó un malvavisco por el labio inferior–. Estaba comiendo un malvavisco –acarició el sabroso bocado con la punta de la lengua y lo vio contener el aliento–. ¿Te apetece uno?

Wagner movió la cabeza.

–¿Quizá querías un poco de café? –se inclinó hacia él–. Recuérdamelo... ¿te gusta caliente y dulce?

–¿Estás hablando del café?

–Si lo quieres rápido, es así cómo te lo daría. Sólo disponemos de instantáneo –le informó. Pobre Wag. Katie tenía razón, los dobles sentidos eran un arte delicioso.

–No quiero café –gruñó él.

Entre ellos se asentó un silencio tenso, pero no incómodo, preludio de lo que ambos tenían que saber que era inevitable. Wag sería suyo. Pero primero tenía que compensarla por tantos años de soslayar su sensualidad.

Fue contoneándose hacia el escritorio.

–Tengo que hacerte una confesión –se paró junto a él–. Mi laca de uñas en realidad no se llama Persuasión. Lo dije sólo para que olvidaras tus modales.

Él tragó saliva y bajó la vista por sus piernas desnudas hasta llegar a los pies.

–¿Cómo se llama?

Annabelle se encogió de hombros al tiempo que se sentaba en el borde de la mesa; la falda se le subió mucho.

–Oh, algo aburrido. Rojo bombero.

Colocando los pies en los reposabrazos de su sillón de ejecutivo, lo empujó hacia atrás. Los músculos poderosos debajo de la chaqueta se conges-

75

tionaron. Qué ganas tenía de darse un atracón visual con ese cuerpo.

–No parece muy tentador.

–Cierto. Pero ¿y si hiciera algo así? –primero, movió los dedos de los pies en su dirección, luego trazó la extensión de la pierna de Wag con el pie, acercándose a su cremallera–. Quizá debería sugerirles a los fabricantes el nuevo nombre que yo le he puesto. Podría aumentar sus ventas. Tú me enseñaste todo sobre la oferta y la demanda.

Él cerró las manos; después, las aflojó.

–Diría que es hora de apagar las llamas.

Con un arrebato de frustración sexual y fuerza masculinas, la sentó en su regazo. Aterrizó contra el muro de su pecho.

Annabelle notó que sus ojos estaban llenos de fuego y determinación. Se había acostumbrado tanto a que Wag mantuviera el control, que había olvidado su fama de tiburón intimidador y calculador. Un hombre de poder y fuerza.

Era inevitable que perdiera el control.

Se acurrucó contra él. Sintió la firmeza de ese cuerpo poderoso pegado contra sus puntos más sensibles. Arqueó las caderas, enmarcándolo con su cuerpo. El gemido que recibió era un sonido que anhelaba provocarle una y otra vez.

Ya no quería verlo de ninguna otra manera. Quería al verdadero Wag, con el cuerpo tenso con un poder natural.

Los dedos de él le acariciaron la piel por encima de la rodilla. Desde luego, sabía lo que pensaba. Tenía que averiguar por sí mismo si llevaba puestas braguitas. Los dedos curiosos se encontraron con el bajo de la falda y le frotó el material delicado contra los muslos.

–Te quiero desnuda, Annabelle.

A ella le costó respirar. De verdad iba a suceder. Después de tantos años de deseo y frustración contenidos, finalmente iba a hacer el amor con Wagner Achrom.

Estaba cerca, pero quería estar más cerca.

Le encantaba estar más cerca, tal como lo atestiguaba el ritmo de sus palpitaciones.

Un momento. Él volvía a tomar el control cuando ése era su espectáculo. Quería que durara. Tenía que compensar cuatro años. Los dos tenían que satisfacer la fantasía del escritorio.

Se levantó de su regazo y lo miró a los ojos.

–Mmm, tendente a la espontaneidad, señor Achrom. Sé que le gusta cazar. ¿Por qué no dejo que me persiga alrededor de su mesa y, cuando me alcance, le quito una de sus prendas?

Se puso de pie junto a ella y la miró desde arriba. Le sonrió.

–¿No debería ser yo quien te quitara la ropa?

Ella rió con ganas.

–No permitas que te lo impida.

Con un ligero empujón a sus hombros, se alejó. Riendo, fue hacia el otro extremo de la mesa.

Como los peligrosos tornados que asolaban las praderas de Oklahoma, los ojos de él se oscurecieron como las nubes tormentosas. Pareció el hombre implacable que había afirmado ser hacía una hora. Tembló por el deseo, le encantó ese elemento peligroso que al fin se asomaba a través de esa fachada tan civilizada que se había impuesto y saber que era ella quien ayudaba a derribar esa barrera.

Avanzó hacia ella con pasos lentos y deliberados, como un tigre al acecho, todo él fluidez. En ningún momento dejó de mirarla. No le permitió apartar la vista. Aunque tampoco quería hacerlo. Dio un paso atrás, pero él la siguió, hasta que sólo los separaron milímetros.

Su mano, gentil y firme, le rodeó el brazo.

—Te pillé.

Annabelle se humedeció los labios y posó las manos sobre sus hombros.

—Sí, pero yo también te pillé —le bajó la fina lana de la chaqueta del traje. El material suave cayó al suelo, provocando una agradable ráfaga de aire fresco por sus piernas. Enarcó una ceja—. ¿Vas a recogerla y a colocarla con pulcritud en el respaldo de tu sillón?

Wag no dijo una palabra. Con levedad, subió las yemas de los dedos por sus brazos hasta los hombros, poniéndole la piel de gallina.

No dijo nada mientras la mano se deslizaba por debajo del material sedoso de la blusa.

Su piel anheló el contacto.

Y tampoco dijo nada cuando unos momentos más tarde las bajó.

—¿Vas a perseguirme otra vez? —preguntó ella.

Wag movió la cabeza. Le tomó las manos y llevó los dedos finos hacia los botones de su camisa. Luego, con las manos de ella bajo las suyas, tiró de la camisa e hizo que los botones salieran volando.

—Los juegos se han acabado —gruñó sobre sus labios.

Sí, los juegos se habían terminado. Era hora de encarar asuntos serios. Wagner Achrom debía entender plenamente ese concepto.

Sacó la camisa de la cintura de los pantalones y luego pasó las manos por el algodón suave de la camiseta hasta que sintió su piel. Le acarició los abdominales tensos y despacio subió hasta el torso.

Era tan agradable. No quería dejar de tocarlo. Pero tenía que acercarse más. Tenía que eliminar esa barrera. Ya.

Le agarró el bajo de la camiseta y se la sacó por la cabeza. Tenía que ver al mismo tiempo que sentir la piel ardiente que acababa de exponer. Su visión le llenó el cuerpo de sensaciones salvajes. La frustración creada por la barrera que representaba la ropa de ambos le encendió la sangre.

Con alivio, sintió los dedos largos de él en la parte superior de su falda. Despacio, le soltó el botón perlado. El aire fresco de la oficina no hizo nada para mitigar el calor de su piel. ¿Por qué tardaba tanto? Gimió cuando los labios de él encontraron ese punto sensible en la base de su cuello.

Se arqueó hacia él, instándolo a continuar. Finalmente, acabó con el último botón. Con un movimiento rápido de los hombros, Annabelle tiró la blusa al rincón de la mesa.

La mano y la boca descendieron hacia la piel que acababa de desnudar. El contacto no fue gentil, pero en absoluto brusco. Era el abrazo de un hombre que deseaba con la misma desesperación que ella.

La boca caliente y húmeda de Wag en su pecho le causó un escalofrío. Era demasiado e insuficiente al mismo tiempo. Se arqueó para ir al encuentro de sus manos y labios, elevando el cuerpo de la superficie fresca del escritorio.

—Larguémonos de aquí —musitó él encima del pecho.

—¿Adónde? —el calor de su aliento la excitó más.

—No me importa. Espera. No en mi casa.

Con la blusa en el suelo, la falda subida hasta la cintura, el cuerpo palpitándole con un deseo descarnado, lo buscó. El bulto debajo de los pantalones envió una oleada de calor entre sus piernas.

Wagner Achrom la deseaba intensamente.

Quería marcharse. ¿Estaba loco? Moviendo la cabeza, le agarró una mano.

–Aquí. Nos quedamos aquí –su voz le sonó ronca, lujuriosa a sus propios oídos. Le encantó la sensación y se preguntó por qué no se había atrevido a seducirlo hacía mucho tiempo.

–¿Aquí? –preguntó él.

Aferrándolo por los hombros, bajó de la mesa y aterrizó en el regazo de Wag. Los ojos de él estaban clavados en la oscilación de sus pechos.

–Tienes unos pechos asombrosos. No he sido capaz de pensar en nada más.

–Muéstrame lo que querías hacer –instó. Los pezones se le endurecieron por la expectación. Quería sentir sus manos en el cuerpo.

Le coronó los pechos con ambas manos, sin poder contenerlos del todo. Ella cerró los ojos y se arqueó hacia el contacto. Los dedos le aguijoneaban el cuerpo con lanzas de deseo. Por una vez, no le importaron las curvas y la generosidad de su cuerpo. A los ojos y a los labios de Wag tampoco parecían importarle que la talla por encima de la media le impidiera usar algunas de las últimas creaciones dictadas por la moda.

No lo creía posible, pero el bulto acunado entre sus piernas se volvió más grande. Y duro. Tocaba todos los puntos sensibles entre sus muslos. Se meció contra él.

–Annabelle, me estás matando.

Era un hombre al que se había empujado más allá de su punto de fractura. Perfecto.

Le sonrió.

–Aún ni siquiera he empezado –meciéndose otra vez contra él, se echó para atrás y con rapidez le desabrochó el cinturón. Un botón y una cremallera eran lo único que le impedían tocarlo. Aferrarlo. Acariciarlo. Probarlo.

Pero sólo frotó la mano sobre la cremallera cerrada. Wag emitió un gemido profundo.

–¿Te gusta esto? –repitió el movimiento.

Wagner tragó saliva.

–Sí.

Annabelle se puso de rodillas y agarró la cremallera con los dientes. Él gimió con cada milímetro que bajaba y los músculos del estómago se le tensaron. Una tortura lenta. Perfecto.

Llevaba unos calzoncillos de seda negra. Un toque de travesura carnal. La erección tensaba el material. Empujaba hacia ella.

Le bajó más los pantalones, besando la piel sensible del interior del muslo.

–Dime lo que quieres –preguntó con una mezcla de juego y lujuria.

–A ti –gimió.

–¿Dónde... aquí? ¿O en el sofá? –con suavidad posó una mano sobre la tela abultada y sonrió al verlo sobresaltarse.

–En el sofá, no. Aquí –suspiró–. Aquí mismo.

–Dímelo. Dime que quieres mi boca en tu cuerpo.

El silencio se extendió entre ellos.

Con un súbito estallido de movimiento, Wagner la colocó a su lado en la mesa y luego la cubrió con su cuerpo grande.

–No hasta que lo hagas tú.

Sus manos la tocaron por doquier. Estaba... frenético. Le acarició el brazo, trazó un sendero por su pierna.

Como continuara de esa manera, quizá fuera ella quien se pusiera a suplicar.

Los dedos se cerraron sobre su centro.

—He estado pensando todo el día en ti. En si me contaste la verdad.

—¿Sobre qué? —logró preguntar después de desterrar parte de la bruma que le nublaba el cerebro.

—En si te dejaste las braguitas en casa —le susurró al oído.

Le provocó un escalofrío que terminó por asentarse entre sus piernas.

—¿Querías que lo hiciera?

Le lamió el lóbulo de la oreja.

—Hay algo muy satisfactorio en bajarle a una mujer las braguitas por las piernas —continuó con el contorno de la oreja—. Como no puedo deslizar mis manos por tu cuerpo, sentir tu piel contra la seda, creo que tendremos que improvisar.

Ella asintió... pensando que la improvisación era estupenda.

—Dímelo, Belle. Dime, ¿qué puedo usar que sea más sensible y delicado que las yemas de mis dedos? —preguntó mientras le mordisqueaba la oreja.

—¿Tus labios? —aventuró. Las palabras de Wagner y las imágenes que evocaban eran casi tan eróticas como su contacto.

Como por propia voluntad, sus caderas se arquearon un poco.

—Ah. Excelente idea —se incorporó y la deslizó por la superficie suave de la mesa.

El aliento húmedo de Wag sobre su rodilla hizo que cerrara los ojos.

Le dio un beso casi etéreo sobre el muslo. Annabelle sintió la humedad cálida de la lengua en un contacto demasiado breve.

Se le contrajo cada músculo, cada átomo de su cuerpo aguardó el siguiente contacto.

Él subió los labios por la parte interior de su muslo.

—Tu piel es perfecta.

La frustración creció dentro de ella. Estaba tardando demasiado en descubrir si llevaba braguitas.

Cuando casi llegó a la parte superior de su muslo, pasó a la otra pierna. Annabelle gimió decepcionada y arqueó el cuerpo.

Experimentó un alivio bendito por todo el cuerpo ante el contacto delicado del aliento de Wagner, que le encendió la piel que escondía su lugar más secreto. Estaba cerca. Tan cerca. La sujetó por las caderas.

—Ah, no llevas braguitas. Eso me ha estado volviendo loco todo el día.

—Eso se suponía.

—Ahora seré yo quien te vuelva loca a ti.

Entonces, el alivio no existió, sólo una sensación poderosa y embriagadora. La lengua se deslizó por la humedad de su cuerpo, haciéndola arder.

—Annabelle... —pidió—. Abre las piernas... te deseo. Necesito estar dentro de ti.

Movió las piernas para él y lo agarró de los hombros grandes y anchos.

—Ahora. Por favor —finalmente, había logrado que también ella suplicara un poco.

—Un detalle más —dijo él, volviendo a sentarse. Con manos firmes, abrió el cajón central de su escritorio y sacó un preservativo.

Annabelle abrió mucho los ojos al tiempo que se reclinaba sobre la mesa.

—Vaya, señor Achrom, nunca antes había visto eso.

—Puedo ser espontáneo.

–Bah, espontáneo. Ya te mostraré yo –y le quitó el preservativo de las manos.

Con un toque ligero, pasó el envoltorio por la piel encendida del torso de él.

–No puedo dejar que te lo pongas –con un movimiento veloz, rompió el celofán y lo tiró al suelo–. Mmmm –musitó mientras desenrollaba un poco la protección–. Sé lo mucho que admiras la precisión. Con un poco de esfuerzo, creo que podremos ponerlo de un modo interesante.

Volvió a reclinarse en la mesa, luego soltó el preservativo en la unión de sus pechos.

–Señorita Scott, nunca imaginé cuántas ideas creativas tiene usted.

–Soy un activo sólido dentro y fuera de la oficina. Y ahora, ven aquí.

Poniéndose a horcajadas de su estómago, apuntó hacia el preservativo. El contacto de la piel caliente entre sus pechos la atormentó. La anticipación la quemó y la hizo pensar en el placer que los esperaba.

Despacio, se deslizó sobre ella, hasta que el extremo de su pene tocó el látex del preservativo. Gimió cuando ella se lo desenrolló lentamente por toda su extensión.

–Nunca más volveré a considerar los preservativos como un incordio –con un movimiento veloz, la penetró con fuerza.

Annabelle gimió y alzó aún más las caderas a su encuentro.

Las manos de Wag abandonaron sus caderas y la aferraron por los hombros, acercándola a su pecho. Ella volvió a responderle con igual fuerza.

–Anna... Annabelle, no te muevas contra mí de esa manera. Yo...

Un anhelo creciente y palpitante remolineó dentro de ella, acercándole el cuerpo al de él. Otra vez se movió contra Wagner, pero en esa ocasión con más frenesí.

Él gimió y la embistió una y otra vez con movimientos veloces y desiguales.

A ella le encantó.

Su clímax se aproximó. Con salvajismo, se frotó contra Wagner, hasta que una descarga de sensación erótica le contrajo los músculos y ya no pudo moverse más... tampoco sentir.

Encima de ella, la respiración de Wagner se tornó entrecortada. Bajo las caricias de ella, los poderosos músculos de su espalda se congestionaron. Deslizó las manos y las clavó en su bonito y duro trasero.

Con dos embestidas más, la llenó.

Mejor que los malvaviscos.

Mucho mejor.

Capítulo Seis

Ninguna fineza. Wagner apretó los dientes. Había perdido toda sutileza embistiendo a Annabelle como un adolescente ante su primera oportunidad para batear.

Diablos.

Ceñudo, se separó de ella y luego la pegó a su costado. No era tan egoísta. La quería cerca. Annabelle suspiró, un sonido ronco y complacido que flotó sobre su piel como una caricia mientras se pegaba más contra su pecho.

Con ese suspiro, podía volver a ponerse duro.

Momentos antes, había hecho bastante más que suspirar. La manera en que había gemido su nombre mientras temblaba y se retorcía debajo de él...

Se animó. Quizá no lo había estropeado del todo. Tal vez dispusiera de otra oportunidad de demostrarle que era algo más que un revolcón veloz encima del escritorio.

Annabelle frotó la pierna arriba y abajo de su pantorrilla. Algo suave y delicado le hizo cosquillas en la cadera.

La falda. Ni siquiera había terminado de quitarle toda la ropa. La irritación le atravesó el ego. Maldijo para sus adentros. Nada de sutileza.

Aspiró la fragancia de su pelo. Le encantaba el

cabello femenino. El cuerpo se le endureció más. Justo lo que querría cualquier mujer, otro revolcón en la mesa con un hombre que acababa de demostrar que era un amante horrible. Tenía que hacer algo. Arreglarlo.

–¿Qué te parece que cenemos juntos esta noche?

Annabelle se apoyó en un codo y lo estudió, con una ligera sonrisa en sus labios plenos. Rojos de tantos besos.

Aún la deseaba. Tenía que estar con ella más y más tiempo.

–Ah. Jamás imaginé que un caballero a la antigua usanza coexistía con la frenética máquina sexual.

–Yo tampoco. Nada en las últimas veinticuatro horas ha salido según lo planeado.

–¿Es una queja? –preguntó al tiempo que bajaba la mano para acariciarle el estómago.

–Diablos, no.

–Quizá los dos somos un poco más atrevidos que lo que había pensado.

–Nunca pensé que fueras tan espontánea, señorita Scott. ¿Qué te impulsó a ese cambio tan súbito?

Su cara reflejó una expresión extraña y la sonrisa menguó un poco. Luego, moviendo la cabeza, la sonrisa retornó.

–Simplemente, desperté y las cosas tuvieron mucho más sentido –la mano reanudó su trayectoria descendente.

Él tensó los músculos abdominales y le aferró la mano antes de que prosiguiera.

–Iremos a ese nuevo restaurante italiano que hay en Bricktown.

–Aún no he dicho que sí.

–Lo harás.

Un destello excitado bailó en sus ojos y la sonrisa sexy se mostró más ansiosa.

–Oh, me encanta Bricktown. Hay algo en su campo de béisbol...

Se sentó y los pechos le oscilaron de un lado a otro. Fue incapaz de apartar la vista y tardó un momento en respirar. ¿Había sugerido una cena? ¡Qué idiota! Debería haber encargado algo y...

–Te recogeré a las siete y media.

Contoneándose, Annabelle se acomodó la falda.

–No, nos reuniremos allí en una hora –sugirió ella.

No pudo entender la sensación de decepción al perder la oportunidad de pasar a recogerla como si fuera una cita verdadera. Pero Annabelle había dejado bien claro que no se trataba de una relación. Sólo de sexo.

Un sexo estupendo y alucinante.

Pero sexo, al fin y al cabo. Tenía razón ella en definir los términos. Recogerla y escoltarla a casa, creaba una nueva serie de complicaciones. No era una cita. Era una... no sabía lo que era, pero no estaba bien.

–Dejaré que te preguntes lo que llevo... o no llevo puesto, durante la cena.

La decepción se desvaneció y se puso los pantalones.

–Jamás pensé que podrías bajar una cremallera con los dientes.

–Es complicado, pero con la motivación adecuada... –calló al tiempo que palmeaba la cremallera que cubría su pene duro.

–Me alegra poder ayudar –contuvo un gemido.

–Ah, Wag –dijo con una sonrisa y voz llena de seducción–, ponte una corbata.

Annabelle aparcó el coche en el aparcamiento de Bricktown. Un rápido vistazo al reloj del salpicadero le confirmó que llegaba temprano. Una mujer jamás debía llegar antes que el hombre. Quizá debería llamar a Katie para contarle que iba a ver a Wag. Le había dejado un mensaje en el buzón de voz. Se hundió contra el asiento. Otra vez experimentó esa sensación extraña y apremiante. Desde el jueves por la noche, siempre que pensaba en Katie, algo en su interior le advertía de no contestar al teléfono. El jueves por la noche...

De pronto anheló algo dulce. Tenía tiempo para disfrutar de unos malvaviscos. Era extraño. Nunca antes le habían gustado tanto, pero en ese momento le gustaban más que el chocolate. Y eso le preocupaba. Quizá debería retocarse el carmín.

Cinco malvaviscos diminutos después, estaba preparada para irse. El aparcamiento se encontraba cerca del campo de béisbol, conocido como The Brick. Dio unos pasos hacia la entrada de la tercera base. Las puertas verdes estaban cerradas, pero el verde claro del campo la atrajo, unido a una compulsión aún más poderosa de correr desnuda por ese campo. ¡Algo muy extraño!

Con un movimiento brusco, apartó las manos de las rejas. Ordenándose no mirar atrás, recorrió la breve distancia que la separaba del restaurante junto a los paseos que había a ambos lados del canal.

Su estómago jamás dejaba de despertar ante los aromas deliciosos que salían de los muchos restaurantes que había en esa zona... mexicanos, chinos, italianos, asadores.

Ese día el sol brillaba con fuerza y estaba lo bastante templado como para ir sin abrigo. Muchos conciudadanos aprovechaban el clima tan agradable para disfrutar de la belleza del canal.

El invierno jamás había sido su estación predilecta, pero en ese momento lo veía con algo más que espanto. ¿Cómo lo había considerado la noche de la fiesta? Una promesa. Una promesa de comienzos nuevos.

Como el día anterior.

Y esa misma noche.

El cuerpo le hormigueó y no todo se debía al intenso acto sexual del escritorio. Parte podía achacarlo a las braguitas sin entrepierna que había comprado al salir del trabajo. Cada paso que daba le recordaba que Wag no tardaría en descubrir su última adquisición.

La conexión física que tenían era poderosa. Pero ¿y la emocional? Aminoró el paso. ¿De dónde había salido esa pregunta? No quería ser pragmática en ese momento. Eso era de la vieja Annabelle. Pero esos pensamientos jamás le habían conseguido los labios de Wagner, sus manos febriles, los brazos fuertes que la sostenían contra él.

No, no pensaba examinar lo que sentía hasta la extenuación. Era algo que habría hecho la antigua Annabelle, estudiándolo desde todos los ángulos hasta quitarle la magia.

Ya no. Esa noche sería libre. De la culpa y de la vergüenza de su padre, de las preocupaciones y de la responsabilidad. Sería la persona que habría podido llegar a ser si su padre no la hubiera dejado con un montón de facturas y un escándalo familiar que limpiar.

Con diecisiete años, el futuro se había extendido ante ella, prometedor, brillante. Cerró los ojos y alzó las mejillas hacia el sol, dejando que el calor le sanara el alma maltrecha. No podía localizar qué la había cambiado, qué había despertado otra vez el espíritu que había tenido, pero tampoco iba a cuestionarlo. Esa noche, y mientras experimentara esos maravillosos sentimientos, viviría y disfrutaría.

Era hora de buscar a su hombre.

Lo descubrió entre la gente que comenzaba a congregarse junto al atril de la encargada de distribuir las mesas. Verlo la dejó sin aliento. Esos hombros anchos enfundados en el traje gris marengo, la camisa gris y la corbata gris...

Corbata. Al día siguiente irían a comprar una corbata colorida.

Respiró hondo. Un poco de encaje de sus nuevas braguitas tocó una zona que las habituales solían dejar en paz. Se humedeció los labios. Rezó para que Wag comiera deprisa. Su cuerpo lo anhelaba.

Al verla, él se dirigió a su lado. No la saludó con una sonrisa. De hecho, parecía rodeado por una extraña tensión.

—Pasarán unos diez minutos hasta que haya una mesa lista.

Supo a qué se debía la tensión. El antiguo tiburón financiero podría haber tenido la mesa que le apeteciera. Ese Wagner... no.

Ese Wagner le gustaba más.

Enlazó el brazo con el suyo y notó el movimiento de los músculos del antebrazo bajo las yemas de los dedos.

—Perfecto. Podemos dar un paseo y disfrutar del canal.

Tras un momento de vacilación, la tensión se

evaporó de las facciones marcadas y relajó los hombros.

Con Wagner a su lado, siguieron el paseo sinuoso en silencio. La inusual brisa cálida besó el rostro de Annabelle. Junto a ellos, una familia de patos avanzaba en el agua.

—Ojalá tuviéramos un poco de pan —comentó ella.

—¿Por qué? ¿Tan hambrienta estás?

Lo miró de reojo y supo que se burlaba de ella. Eso la entusiasmó. Dudaba de que alguna vez hubiera sido tan bromista como en esos últimos días.

—Es sólo para alimentar a los patos, tonto.

Un día, muy parecido a ése, pasó por su memoria. Alimentaba a los patos, pero en esa ocasión con su padre. Éste había sido una encantadora mezcla de irresponsabilidad y persuasión. Un hombre de ideas y hambriento de dinero.

Un hombre muy parecido a Wagner.

Él se detuvo y la tomó de la mano, acercándola con gentileza a él.

—Eres tremenda. Siempre pensando en los demás, incluso en los patos, ¿verdad?

—Pronto volarán al sur. Los hemos engañado con este comienzo tardío del invierno —la camaradería entre ellos menguó. No le gustaba el camino que habían seguido sus pensamientos. Odiaba el pasado. Odiaba cómo su padre le había quitado dinero a la gente confiada con una sonrisa. Ahí era donde acababan las similitudes con Wagner. Éste quería hacer algo con sus ideas. Algo más que ganar dinero y engordar los bolsillos de los accionistas.

A partir de ese día, ya no iba a dedicarle ni un

pensamiento a su padre. Todo estaba saldado. Ya había enviado su último pago para cubrir las deudas de éste.

Bajó la voz hasta un ronroneo seductor.

—Ahora mismo, únicamente pienso en una cosa.

Los ojos de él fueron como los de un hombre hambriento que hubiera descubierto un bufé.

—¿Oh, sí?

—Oh, sí —musitó con un ronroneo más profundo—. Por ejemplo, «¿cuánto va a tardar en descubrir lo que llevo bajo la falda?»

Wag sonrió y movió la cabeza.

—¿Annabelle? ¿Qué te ha pasado?

—Tú. Y puedes repetirlo si juegas bien tus cartas. Y ahora, aliméntame. Nuestros diez minutos han pasado y he decidido que tengo hambre, después de todo.

La detuvo y la tomó en brazos, con los ojos clavados en los de ella. Bajó la cabeza y los parpados de Annabelle se cerraron. El beso fue puro calor y pasión. Ella gimió y Wagner la pegó aún más a su cuerpo de forma posesiva.

Pero Annabelle no se quedó pasiva. Le devolvió el beso con la misma intensidad que mostraba él.

Le rodeó el cuello con los brazos y lo pegó a su cuerpo. La lengua de Wagner jugó sobre sus labios y ella abrió la boca para ofrecerle acceso. Las lenguas se encontraron y enlazaron.

—Piensa en esto durante la cena —comentó al final. Luego le limpió el carmín de los labios.

—No hay problema —convino, con las mejillas encendidas.

Deseaba tanto el cuerpo de Wagner, que no sabía si lograría aguantar toda la cena sin saltar sobre él. Para su encantada sorpresa, después de que los condujeran a la mesa, establecieron una conversación relajada hasta que llegó la comida.

Mirándolo, pensó que unos años atrás él lo había tenido todo, y en ese momento debía esperar que le dieran una mesa como cualquier mortal. Pero la elección había sido suya y lo admiraba por haberle dado la espalda a la riqueza y el poder.

Pero de pronto era importante para ella conocer la causa.

—Wagner, siempre me he preguntado una cosa.

En los ojos de él brilló algo travieso.

—Tuviste la respuesta esta tarde.

Ella sonrió y sintió calor en el vientre. ¿Quién lo iba a imaginar? Wag tenía sentido del humor.

—Sí, conozco todos tus secretos menos uno. ¿Por qué dejaste todo para iniciar tu propia empresa?

La luz en los ojos de él se mitigó un poco y se reclinó en la silla, cruzando los brazos.

Belle contuvo una sonrisa. «Buen intento, Wag. Se podría escribir un manual con ese lenguaje corporal». Pero no iba a dejar que escapara con tanta facilidad.

Le tomó la mano y la apretó.

—De verdad quiero saberlo. Ganaste millones, tuviste un gran éxito. La mayoría de la gente no abandonaría eso. No podría.

Por el rostro de él se desbocaron las emociones. Luego, al recobrar el control, la expresión se volvió inescrutable.

No iba a contárselo. La conversación relajada se había terminado. Lo había obligado a aislarse de una noche de pura diversión y estropeado la velada. Le soltó la mano y buscó un colín de pan.

Él apretó los labios.

—Fui implacable.

La voz delataba un tono que ella jamás le había oído.

–Recuerdo que en una ocasión el periódico te llamó el Rey de las Opas Hostiles.

–No sabía que supieras mucho sobre mi pasado.

–Difícil de evitar tal como aparecías en las noticias –Wagner rió, un sonido carente de humor–. ¿Te gustaba? –hasta ese momento, no había sabido lo importante que iba a ser su respuesta.

–Como acabas de decir, gané millones.

Ella enarcó una ceja

–No fue eso lo que te pregunté.

–Parte del tiempo, lo pasé bien. Era como un juego, estimulante y arriesgado. Pero la satisfacción era fugaz y por todos los motivos erróneos. Además, casi todo el dinero era para otra gente.

–¿Cómo te metiste en el negocio? No se parecía en nada a las ideas de tu padre de crear nuevas fuentes de energía.

–La misma historia triste de siempre... Fui un niño pobre. Estoy seguro de que puedes adivinar el resto.

–Conquistaste el mundo para demostrar algo –le gustaba su postura de no pedir disculpas. No vivía en el pasado. Wagner Achrom no era ninguna víctima de las circunstancias. Hacía su propia vida y sus propias reglas–. Pero acabas de decir que fue por todos los motivos erróneos.

–Me convertí en otra rata en la carrera de ratas. Feliz de fastidiar a cualquiera siempre que mis acciones se mantuvieran arriba y mis accionistas contentos.

–Y tú no eres realmente así.

–Quizá es como soy realmente –ella abrió la boca para protestar–. No proyectes ilusiones conmigo, Annabelle. Yo no lo hago. Esta fusión, cuando se produzca, cuando yo la lleve a cabo, me devolverá de nuevo a la cima. Pero en esta ocasión según mis términos.

Sí, hablaba con implacabilidad, pero ella sabía que había algo más bajo la superficie que sólo la necesidad de regresar a la cumbre.

—Vaya, qué sorpresa.

La voz desagradable y desdeñosa no podía pertenecer más que a una persona. Giró en la silla y dejó que sus ojos le confirmaran lo que le habían dicho los oídos.

—No agradable, Rhoads. Me pareció ver que te escondías —repuso Wagner con desprecio.

Kenny Rhoads. El hombre irradiaba untuosidad. Nacido atractivo, rico y educado en la creencia de que el dinero de su familia solucionaba cualquier problema, había crecido sin conciencia.

La última vez que Annabelle lo había visto, había sido en el juicio conjunto contra él y su padre. El mismo en el que a su padre lo habían condenado a ocho años y medio de cárcel y en el que Rhoads había salido libre.

Arthur Scott al principio había sido poco más que un estafador, pero al unirse a Kenny Rhoads, se había vuelto despiadado.

Bebió un sorbo de agua. Costaba reconocer que la cárcel era el lugar que le correspondía a su padre. Pero era la verdad. Con Kenny en la misma celda. Pero Kenny era una comadreja y se había escabullido con una multa y un pequeño servicio a la comunidad.

Lo observó mientras depositaba el vaso en la mesa.

—¿Sigues robándole a las viudas y a los niños,

Kenny? ¿Le has pegado hoy a algún animal pequeño e indefenso? –preguntó. Nunca lo había visto hacer eso, pero no lo descartaría; lo que sí sabía por experiencia propia era que no tenía ningún reparo en robarle a los niños.

De pronto el entusiasmo la animó. Se sentía más fuerte. Unos años atrás... no, unas simples semanas... habría dejado que ese hombre la intimidara. Ya no.

No con Wagner a su lado.

La sonrisa de él se amplió.

–Dejo el robo a la gente como tu padre.

Un golpe bajo de un hombre aún más bajo.

–No olvides que yo conozco la verdad.

Kenny giró la vista para incluir a Wagner.

–Casi parece una reunión familiar. Acabo de tener una conversación muy interesante con una congresista llamada Taggert.

Annabelle se puso tensa. Era el nombre del principal político que frenaba la ley crucial que Wagner necesitaba para que Anderson siguiera adelante con la fusión.

Observó la interacción de los dos hombres. Wagner era la clase de hombre que Kenny Rhoads despreciaba. Y temía. Hecho a sí mismo y con éxito. Su hombre jamás bajó la vista.

Como no intimidaba a Wagner, Kenny volvió a centrarse en Annabelle.

–¿Cómo está...?

–Ni una palabra más –Wagner se puso de pie al hablar. Despacio.

Kenny retrocedió un paso.

–¿Qué?

–No le dirás ni una palabra más a ella.

–¿Me estás amenazando? –tragó saliva, capaz de

97

repartir la angustia que le producía eso y las amenazas que le gustaba proferir, pero incapaz de manejar en persona la adversidad.

Wagner debió percibirlo también, porque volvió a sentarse.

–¿Quién te crees que eres? Eres un peligro para la sociedad tanto como su padre.

La mirada fría de Wagner atravesó a Kenny.

–Soy peligroso porque no tengo nada que perder. Si te interpones en mi camino, te detendré. Y jamás he de volver a verte hablar con la señorita Scott. Jamás.

En la cara roja de Kenny aparecieron unos puntos blancos. Casi tropezó en su prisa por alejarse de ellos. Habría sido risible si Annabelle no supiera que utilizaría esa incomodidad para frenar tanto como pudiera a Achrom Enterprises.

–¿Por qué no me contaste que Kenny Rhoads estaba involucrado? –no sabía si sentirse ofendida o agradecida.

Wagner se bebió su copa de un trago.

–No lo supe hasta la reunión.

–Pero luego te diste cuenta.

Wagner asintió. Jamás mentiría. Otro motivo por el que podía confiar en él.

–Y lo que significaba para ti, para tu familia.

Annabelle tragó saliva. En cierto sentido, había sabido que Wagner debía de ser consciente de la historia de su padre. Lo sabían en todo Oklahoma. El escándalo... Pero jamás había dicho nada, jamás la había juzgado. Era importante que conociera la verdad sobre su padre.

–Acerca de mi padre... tardé un tiempo en comprenderlo, pero no era un soñador al que nadie entendía. Era un delincuente. Le robaba a la gente, y la cárcel... –luchó contra el nudo en la garganta–. La cárcel era el mejor sitio para él.

Wag no dijo nada. Por su rostro no se asomó la sorpresa. Ningún disgusto cambiaba el modo en que la contemplaba... tal como había cambiado en el pasado.

Cuando más necesitaba su pericia para investigar, no le había pedido que investigara a Kenny Rhoads. Había sabido lo que Kenny significaba para ella y no se lo había dicho. ¿Por qué?

¿Acaso quería algo más que una tarde divertida?

Lo miró a los ojos en busca de alguna señal. ¿Se atrevía a esperar que Wagner se hubiera enamorado de ella un poco en el transcurso de los años?

Él le devolvió la mirada con expresión reservada.

–El poder y el control son las únicas cosas que me importan.

Una advertencia clara. Qué típico y otro indicio claro de que era cualquier cosa menos una rata en busca de dos cosas: riqueza e influencia. Bueno, tres. Sexo ardiente. Pero eso se lo había dejado tener. Porque también ella lo quería.

Ya no quería estar ahí. No quería pensar en Kenny Rhoads o en su padre o en los problemas de los últimos años. No quería pensar... sólo sentir.

La dominó una lujuria primaria. Se quitó un zapato y metió los dedos de los pies por debajo de su pantalón. Subió por el calcetín hasta que le tocó la piel. Wagner se sentó erguido. Delicioso.

–Poder y control. Oh, cómo dices eso. Es tan excitante. Tan imperativo –bajó la voz–. Te deseo. Ahora mismo.

Apartó el pie, volvió a calzárselo y se puso de pie.

–¿Adónde vas? –preguntó él.

—Paga la cuenta. Te veré en la oficina. Si tienes suerte, averiguarás qué llevo bajo de la falda.

Capítulo Siete

Después de dejar unos billetes sobre la mesa, la tomó por el brazo.

—Te acompañaré al coche.

No era una sugerencia, sino una afirmación. El Wagner depredador era tan sexy.

Caminaron a lo largo del canal. El sol que se ponía creaba una imagen digna de una postal, en la que el rojo, el verde, el amarillo y las luces rebotaban sobre las ondas del agua.

—¿En qué nivel? —preguntó él.

—En el segundo —musitó casi sin aliento. Una anticipación urgente hizo que deseara acelerar la subida por las escaleras. Muchos de los coches ya se habían ido, dejando su seguro Volvo casi en relieve.

Pero ella no quería ser segura, anhelaba ser peligrosa y atrevida. La clase de mujer que Wagner había notado después de tantos años.

Se detuvieron y él le acarició el labio inferior con gesto provocativo. Annabelle respiró entrecortadamente.

Le besó la punta del dedo pulgar y él gimió. Con tierna fuerza, la pegó contra su pecho y le cubrió la boca con la suya.

Compartió su apetito. Le rodeó el cuello con los brazos y metió los dedos en su pelo. Wagner la

101

aplastó contra él. Su cuerpo estalló como unos fuegos artificiales.

El corazón se le aceleró, las rodillas se le aflojaron y la fuerza del deseo casi la mareó.

Las manos de él subieron por su cuerpo y se detuvieron en sus pechos. Annabelle gimió, un sonido bajo y profundo mientras los dedos pulgares le frotaban los pezones.

Wagner apartó los labios y posó la frente contra la suya. La sujetó por los antebrazos y la apartó con suavidad. Pasados unos momentos, dejó caer las manos.

Maldijo para sus adentros.

Era evidente que él había estado pensando otra vez. Y eso nunca era bueno.

Le pondría fin de inmediato. La nueva Annabelle al rescate.

Se apoyó en el coche y le dedicó una sonrisa. Un recordatorio de lo que había sido y una promesa de lo que vendría. No intentó ocultar su excitación. Los ojos de Wagner siguieron la línea de su pierna y se detuvo en el bajo de la falda.

«Sí, amiguito. No te olvides de lo que tengo debajo».

Wagner jamás había retrocedido ante una pelea. Jamás. Era obvio que la deseaba, pero se contenía. El gemido que emitió le advirtió de que no todo funcionaba según lo planeado.

—Belle, tenemos que hablar.

—¿Has oído cómo me has llamado? —se irguió y el corazón le latió deprisa—. Creo que nunca me has llamado Belle. Muy poco profesional, Wagner. Alargó la mano y tiró del nudo de la corbata—. Ya que nos estamos mostrando poco profesionales, quizá deberíamos prescindir de esto. Veo fuego en tus ojos.

Los dedos largos de él le aquietaron los suyos.

–Ha sido una cena. Yo no esperaba nada de... –calló y respiró hondo–. Ha sido una noche emocionante. Ver a Rhoads otra vez. No eres tú.

Esas palabras enfriaron la pasión que podía quedar.

Le alzó el mentón y le dio un beso leve en los labios. Se apartó un poco y le besó la punta de la nariz. Luego la frente.

–Buenas noches –susurró.

Durante un instante, sus ojos se encontraron. Ella leyó promesa en los suyos. La decepción que había sentido se desvaneció.

–Buenas noches –repitió.

Abrió la puerta del coche y Wagner la cerró después de que se hubiera abrochado el cinturón de seguridad. Los dedos le temblaron un poco al meter la llave en el arranque.

Tenía que largarse antes de que abriera la puerta y le exigiera que le hiciera el amor ahí mismo.

La mirada de él no vaciló en ningún momento mientras la observaba alejarse. Con una última despedida de la mano, abandonó el aparcamiento.

Necesitaba un plan nuevo. Al llegar a casa, trazaría el mejor hasta el momento.

–Ve con cuidado, Wagner Achrom. Todavía no has visto nada.

La luz roja del contestador automático brillaba a una velocidad vertiginosa. La diminuta bombilla iba a estallar como no lo activara. Se preguntó quién podía llamarla tantas veces. Apretó la tecla con una impecable uña roja.

—Annabelle, soy Katie. Es extremadamente importante...

Salto.

—Si estás ahí, contesta. Soy Katie, llámame, tengo
que decirte una...

Salto.

—¿Dónde estás? Te llamé al tra...

Salto.

—Llámame a...

Katie Sloan. Su mejor amiga, la más querida y la
persona en la que más confiaba en el mundo. La
mujer con la que compartía todo y con la que más
contaba.

Pero todo en su interior le gritaba que se mantuviera alejada de Katie. No sabía por qué. No estaba segura de querer saberlo. Sin embargo, confiaba
en su instinto.

Borró todos los mensajes y se dirigió al cuarto de
baño. Un prolongado baño de espuma era justo lo
que necesitaba. Hacer el amor en la mesa de trabajo de Wagner podía ser magnífico para el cuerpo,
pero era un infierno para la espalda.

Cuando la bañera quedó llena, con un suspiro se
hundió entre las espumosas burbujas y pensó que si
Katie supiera lo que había hecho con Wagner, se
desmayaría.

El solo hecho de recordarlo bastó para desbo-
carle el corazón.

Realmente quería telefonear a su amiga, contárselo todo, pero algo la contenía. ¿Por qué?

«Porque Katie tiene algo que decirte que tú no
quieres oír».

Se preguntó de dónde había salido ese pensamiento indignante e irritante. Sonaba como algo
que hubiera podido decir unos días atrás. Algo

anterior a la fiesta y a su epifanía de no tomarse el trabajo tan en serio...

Se hundió más en el agua. No iba a pensar en ello. En nada. Tenía que encontrar un trabajo nuevo y seducir a un hombre. Experimentó un hormigueo delicioso entre las piernas. Aunque tampoco había sido tan difícil seducirlo.

Excepto al día siguiente.

Wagner realmente necesitaba trabajar, y la ley estaba programada para votarse al día siguiente. Tenía que hacer que el seguimiento por la televisión fuera algo sexy.

Annabelle Scott quería su cuerpo. Y sólo eso. Lo cual no le gustaba nada.

Muy bien, le gustaba un poco.

Diablos, ni sabía cómo se sentía. Debería estar extasiado. ¿Qué hombre no lo estaría? Una mujer, una mujer hermosa y sexy, que al parecer había estado deseando durante los últimos años, finalmente tomaba el asunto en sus propias manos. Y también a él.

Se puso duro sólo con imaginar las manos de Annabelle en su cuerpo. Y ya la había tenido una vez ese día. El fantasma del adolescente volvió a alzar la cabeza.

Aunque, en ese caso, su predisposición podría tener algunas ventajas. Múltiples ventajas. Maravillosas y placenteras ventajas.

«Mantén la cabeza en los negocios».

Abrió la puerta de su apartamento y la cerró con el pie, equilibrando el maletín y un montón de carpetas. Encendió la luz del techo y no se molestó en mirar hacia el espacio vacío en la pared izquierda.

Su último buen cuadro. Vendido la semana anterior por una necesidad imperiosa de efectivo rápido.

Ese cuadro había sido su primera compra. El primer artículo de valor real que había comprado después de su primer negocio. El que puso su nombre en el mapa.

Un mapa que hacía tiempo se había convertido en cenizas.

Pero que no tardaría en rehacerse.

Fue hacia la mesa de dibujo y estudió el diagrama de la batería solar. Una vez más buscó errores. No los encontró. Sabía que era la definitiva. El diseño era bueno. Energía barata de una fuente gratuita. Eso era lo que estaba destinado a hacer. No a comprar empresas para despiezarlas y vender por separado sus partes.

Recordaba ver a su padre inclinado sobre la mesa de dibujo de la misma manera que él, completando un diseño u otro.

Se preguntó si sería como él.

Odiaba el modo en que su padre había acelerado las cenas para bajar al sótano a trabajar en su «siguiente gran negocio». El tiempo que tendría que haber dedicado a jugar al béisbol, a pescar o a hacer lo que fuera que hicieran los hijos con los padres, jamás se había planteado.

Los únicos recuerdos buenos que tenía de su padre eran las pocas, y atesoradas, invitaciones a su sótano de inventor. Después de encender esa misma lámpara, desplegaría los planos y le señalaría algo que iba a hacer rica a su familia.

¿Cuántos años había tenido en la primera invitación? ¿Seis? ¿Siete?

Aquella noche, habían compartido juntos el entusiasmo. El modo en que había imaginado que otros padres se comportaban con sus hijos. Había anhelado esa proximidad.

Su padre había sido un hombre de increíbles subidas y deprimentes bajadas. Cuando las cosas iban bien, su madre había sonreído y él la había hecho bailar en la cocina al son de una música invisible.

Su madre reiría y él soñaría con una bicicleta. Como la que montaba Jacob Croger.

Y entonces el suelo se abriría. La patente fracasaría y los vacilantes inversores darían marcha atrás. No habría bailes en la cocina. Su madre tendría que conseguir un trabajo nocturno. Después de arroparlo en la cama, se iría para poner artículos en las estanterías de algún supermercado o repartir periódicos para una temprana distribución.

La casa estaría a oscuras y su madre hablaría en voz baja, silenciándolo cuando llegaba de la escuela.

Entonces su padre daría con una idea nueva. El patrón se repetía una y otra vez. Con la salvedad de que las subidas serían cada vez menos y las bajadas siempre más profundas que la anterior.

Ella siempre había sonreído y apoyado a su marido. Hasta que un día la bajada casi había aniquilado su espíritu.

La frustración en aumento de su padre había incrementado la creciente tensión que imperaba en la casa. Poco dinero, un marido y un padre que, en uno de los escasos buenos días, se podía describir como distante y taciturno.

Su padre había muerto persiguiendo el sueño elusivo de la riqueza y el poder. Wagner en una ocasión lo había tenido en la mano. Días de champán y langostas.

Y casi volvía a tenerlo.

La vida para su madre había sido dura. Incluido su

padre, había tenido que ocuparse de dos niños, comportándose como madre, padre y sostén económico.

Jamás cargaría a una mujer con esa clase de problemas. Sí, cada vez se parecía más a su padre. Ya había arrastrado a Annabelle a ese tipo de ciclo. En los últimos dos días se podía decir que únicamente había sentido culpa.

Era posible ganar fortunas. Pero se podían perder con igual facilidad.

Y había involucrado a Annabelle, del mismo modo en que su padre había involucrado a toda la familia.

Se sintió disgustado. Se apartó de la mesa de dibujo, fue al fregadero de la cocina y se echó agua fría en la cara.

No quería ni mirarse en el espejo.

Lo último que deseaba era que Annabelle supiera con cuánta desesperación necesitaba esa fusión. La imposibilidad de ofrecerle algo a una mujer en ese instante.

«Eh, un momento». ¿Cuándo había empezado a pensar en ofrecerle algo más? Ella daba la impresión de querer sólo su cuerpo.

Era el hombre más afortunado de la tierra. ¿Por qué se sentía tan vacío?

«Control».

Hacía tiempo que había aprendido a controlar el vacío. A controlar cada debilidad y centrarse en el objetivo. Así era como había mantenido a su madre, acabado la universidad y llegado a la cima.

Pero ese control férreo lo había eludido desde el lunes.

Apagó la lámpara de la mesa de dibujo y dejó la habitación a oscuras.

«Control».

Capítulo Ocho

Alguien llamaba a la puerta.

No, alguien aporreaba la puerta. Justo cuando había llegado a la parte interesante del libro. Claro que esa escena no podía compararse con la parte buena en el despacho de Wagner.

Los golpes se intensificaron. Gruñó en voz alta, señaló la hoja por la que iba y cerró el libro. Se levantó y se envolvió con una toalla grande.

Tenía que ser Katie. Una mezcla de irritación y culpabilidad hizo que cerrara con más fuerza la toalla sobre sus pechos. Sí, sabía que había estado evitando a su mejor amiga, pero era medianoche pasada...

Fue hasta la puerta.

Se puso de puntillas y se asomó por la mirilla. Un Wagner muy cansado estaba apoyado contra el marco. Sin corbata.

Mmmm.

Con el corazón desbocado, corrió el cerrojo y abrió la puerta. ¿A quién le importaba un baño de espuma cuando un hombre era incapaz de mantenerse lejos?

–¿Has cambiado de idea?

La miró de arriba abajo con la toalla. El aire fresco le endurecía los pezones contra el algodón.

Se ruborizó. Pero él también parecía decidido.

–No he venido por eso.

–¿No? –dejó que la toalla bajara un poco.

Él siguió el camino de la toalla, pero de inmediato alzó la vista otra vez. Quiso enderezar una corbata que no estaba ahí.

–Maldita sea, concédeme algo más de mérito.

–Entonces, ¿para qué has venido?

–Invítame a pasar, Annabelle. No quiero decirte esto en el porche de entrada.

Ella abrió más la puerta y con la mano le indicó el sofá.

–Disculpa mis modales. ¿Puedo ofrecerte... algo?

Apretó la mandíbula.

–Esto se termina.

Las palabras sonaron duras. Y falsas.

–¿Por qué?

La miró a los ojos.

–No es justo para ti. Yo no voy... –miró alrededor de la habitación. El reloj sobre la repisa. El ordenador portátil sobre el sofá. La bolsa de malvaviscos en la mesilla. Miró a cualquier parte.

Pero no a ella.

Finalmente, no le quedó más remedio. Su expresión era sombría.

–Hubo un tiempo en mi vida en que entregarme al sexo por el sexo era corriente. No es algo de lo que ahora me sienta orgulloso. La cuestión es que se trataba de una época diferente en mi vida, cuando...

–¿El dinero, el sexo y el poder estaban al alcance de tu mano?

–Exacto. Y aunque mis circunstancias han cambiado, una cosa no lo ha hecho. No busco ninguna clase de compromiso. Estoy bien solo.

Ya quedaba claro. Wagner le advertía de que no

se acercara. Otra vez. Un ejemplo más de su honor. Una razón más por la que resultaba tan fácil amarlo.

–Escucha, Wagner, me parece que has sacado un concepto equivocado. Yo no busco una relación.

–¿No?

Movió la cabeza con énfasis.

–No –mintió.

–¿Por qué no?

Ella quiso reír; Wagner casi parecía ofendido, pero Annabelle ya había concluido con las palabras.

–Creía que lo había dejado claro. No me interesaba nada más que un poco de sexo. ¿No confías en mí? –diablos. ¿De dónde había salido ese tono dolido?

Las cosas habían cambiado desde el enfrentamiento en el restaurante. No lo había comprendido hasta ese momento, al oír el pesar en su propia voz. Aquel beso tierno en el coche. Los actos de él demostraban lo profundas y descarnadas que eran sus emociones.

Wagner la sujetó por los hombros y la acercó a él.

–No. Maldita sea, porque no confío en mí.

Permaneció en los brazos de él y, simplemente, lo respiró. Dejó que el calor que emanaba penetrara en su cuerpo frío. Durante un momento, se sintió como su antiguo yo. Vulnerable y enamorada de su jefe.

Wagner no confiaba en sí mismo estando con ella. Eso era bueno. Era una confirmación de que para él significaba algo más que un buen rato. Se aferró a esas palabras un rato más.

Pero Wagner quería ponerle fin. Experimentó una duda. Quizá ése no era el momento adecuado para un interludio sexual. Quizá simplemente debería aceptar sus palabras. Dejarlo libre para que regresara cuando...

«Sexualmente atrevida».

¿En qué diablos pensaba? No. Hasta hace unos días, Wagner no se había fijado en ella. No volvería atrás. No podía. Ganaría esa batalla.

Pero lo haría llevándole la guerra a él.

Dio un paso atrás y lo miró a los ojos.

—Oh, bien, tu decisión simplifica mucho las cosas. No tienes que confiar en ti mismo. Sólo debes confiar en mí. No pienses. Actúa.

Dejó caer la toalla.

Wagner tragó saliva. Cerró la puerta con el pie sin dejar de mirarla en ningún momento.

Annabelle permaneció un momento quieta antes de darse la vuelta.

—El dormitorio está por aquí. —avanzó unos pasos y se detuvo para mirar por encima del hombro—. Te desafío.

Con un gruñido, la tomó en brazos y se la echó al hombro al estilo bombero. Riendo, ella clavó las manos en su trasero sexy. Una vez en el dormitorio, la echó sobre la colcha nueva de color púrpura y verde.

—¿Qué voy a hacer contigo? —le preguntó con voz ronca, la boca sobre su cuello.

—Podría ofrecerte algunas sugerencias —lo provocó.

Se puso boca arriba y se apoyó sobre la almohada. Wagner se quitó los zapatos y la camisa. Annabelle pensó que era lo más sexy que había visto jamás: un hombre empujado al límite de su control, cediendo al final. Un momento más tarde, los pantalones cayeron al suelo y se acercó a la cama.

La pegó a su pecho y luego le dio la vuelta hasta dejarla de espaldas a él. El calor de su erección le presionaba la zona lumbar.

–Acepto el desafío –le susurró él al oído.

Le provocó un escalofrío por todo el cuerpo. Al fin había desatado al animal controlado que había en él.

Se pegó a Wagner, pero él marcó el ritmo. Sus manos no se demoraron, no la provocaron. Fueron al objetivo.

Una encontró el extremo tenso de un pezón, mientras la otra se posaba entre sus piernas. Annabelle gritó cuando deslizó un dedo por el calor húmedo de su cuerpo.

–Ahora eres mía, Belle. Mía. Dilo.

–Soy tuya –el cuerpo le tembló, ya casi a punto del clímax.

–¿Dónde está la protección?

Tragó saliva y casi no pudo hablar.

–En el cajón superior de la mesilla.

Con un mordisco leve en su cuello, retrocedió.

–¿Qué diablos es esto?

Annabelle se volvió un poco cohibida. Había encontrado la Boa Azul.

–Fue un regalo divertido de Katie.

Abrió la tapa de la caja y sacó el enorme vibrador azul. Con un movimiento del dedo, lo activó a una palpitante vida.

–Nunca lo usé –le dijo por encima del zumbido –un destello iluminó los ojos de Wagner–. Estaba demasiado abochornada para tirarlo. Con la suerte que tengo, ese día seguro que se abría mi bolsa de la basura.

–Mmm.

Era evidente que no le creía.

–¿Es que los hombres no hacéis regalos divertidos?

–No de este tipo –apretó otro interruptor y Azul comenzó a palpitar y a embestir entre ellos. Apagó el artilugio y lo dejó en la cama, junto a su pierna. Después de retirar un preservativo, la tomó por los hombros–. ¿Por dónde íbamos?

Con un movimiento rápido, la hizo girar hasta quedar de costado y una vez más se pegó a su espalda.

–Pasa tu pierna superior por detrás de la mía –le ordenó.

Las palabras quedas le provocaron otra oleada de deseo entre las piernas. Mientras obedecía, Wagner le lamió la oreja.

Le acarició el clítoris, sumergiéndose en su humedad. Unas sensaciones embriagadoras se agolparon allí donde establecía contacto y pegó las caderas contra él. El gemido de él fue como una caricia, igual de excitante.

–Estás lista para mí –afirmó.

Entonces se deslizó a su interior, llenándola por completo con una única embestida. Con los dedos continuó estimulándole el clítoris.

En el interior de Annabelle se libró una guerra. Una batalla entre la increíble necesidad de empujar contra la mano de Wagner o contra la erección palpitante. La frustración la enloqueció.

Gritó cuando los dedos de él abandonaron su piel. Pero de inmediato su mente le envió descargas de placer anticipado al oír el zumbido de Azul.

Sin preámbulos, Wagner le acarició la parte más sensible de su cuerpo con el vibrador. Se echó para atrás ante el contacto, introduciendo aún más el pene en su interior.

–Es tan agradable –las palabras salieron como un gemido al acercarse al orgasmo.

Wagner le mordisqueó la oreja.

–Todavía no –susurró mientras apartaba a Azul.

Jadeante, Annabelle se hundió contra el torso de él, con la espalda sudorosa. El sonido de su respiración entrecortada reverberó por el dormitorio. Wagner se movió dentro de ella con embestidas lentas y prolongadas, en total control. A diferencia de ella, sumida en un absoluto salvajismo.

Le lamió el lóbulo de la oreja.

–¿Más? –gruñó.

Ella asintió. Un misil de sensaciones le atravesó el cuerpo cuando él reanudó las caricias con Azul al tiempo que la penetraba hondamente. Ya no fue capaz de replicar a sus embates; simplemente, se sacudió en su abrazo mientras la volvía loca.

La provocó una vez más retirando el vibrador, para devolverlo a su cuerpo hambriento.

–Ahora –gimió él en su oído, la voz teñida con un gran poder.

Entonces...

Nada.

Blue vibró un poco con debilidad y luego nada.

Una decepción profunda le tensó los nervios y el cuerpo le tembló ansioso de culminación.

–Maldita sea –musitó Wagner, tirando el artilugio a un lado. Sus dedos, duros y tiernos, encontraron el punto que Azul había atormentado de manera tan deliciosa.

La sacudió una cresta de emociones y sensaciones. Wagner la embistió, incrementando su placer.

–Belle.

Su nombre fue un rugido agónico rociado con satisfacción.

Se quedó dormida en sus brazos.

Pero despertó sola.

Repasó la dirección que tenía en la ficha de Wagner. Era extraño, nunca antes lo había visitado en su casa. Y el apartamento situado encima de un garaje que tenía delante no encajaba con la imagen de él. Desvencijadas escaleras de madera, pintura amarilla descascarillada en la puerta y en las ventanas.

Ceñuda, volvió a leer la dirección.

Recogió el bolso nuevo y abrió la puerta del coche. Los escalones no estaban tan desvencijados como había supuesto y, si Wagner estuviera en lo alto, podría subirlos de dos en dos.

Aguardó varios minutos eternos para que abriera, mientras movía el pie con impaciencia en el rellano. Finalmente, la puerta se abrió y apareció un Wagner muy mojado y apetecible.

Se lo tenía merecido por haberla sacado de su bañera.

Contuvo el impulso de respirar hondo al verlo con una toalla alrededor de la cintura y el pelo chorreando agua.

—Imagino que te pillé en la ducha.

Los labios de él esbozaron el comienzo de una sonrisa erótica. Annabelle ansió lamerle las gotas y agarrar ambos extremos de la toalla para acercar sus caderas.

—Te di el día libre —dijo él, secándose el pelo con otra toalla que sostenía en las manos.

—Lo sé, pero no podía dejar que tú hicieras novillos. Tienes que compartir toda la diversión de mirar estimulantes debates y votos gubernamentales. Yo también formo parte de esto. Hasta que dimita, somos un equipo.

«Y en más sentidos que uno, amiguito», pensó.

Le guiñó un ojo, y pasó a su lado para entrar en el apartamento.

Y se detuvo.

En cualquier caso, el interior de la casa parecía peor que el exterior destartalado. La habitación sólo tenía un futón viejo, en peor estado que lo que un universitario pobre tiraría, un televisor sobre una caja de plástico y una mesa de dibujo. En ese momento entendió por qué había dicho que no fueran a su casa.

Y por su postura incómoda y el lenguaje corporal defensivo que irradiaba en ese momento, no le gustaba que viera dónde vivía.

–¿Sabes?, para una persona que no tiene muebles, eres terriblemente quisquilloso acerca de dónde te sientas. No en el escritorio. No en el sofá –comentó con fingida exasperación.

–No me has oído quejarme.

Ella sonrió.

–Tienes razón. No te oí.

La tensión se extendió entre ellos. A diferencia del tira y afloja sexual de los dos últimos días, ahí había un matiz emocional. Ella misma había soslayado el tema después de la invitación a cenar dejando caer la toalla la noche que él se presentó para poner fin a la situación. Pero en ese instante había invadido su hogar. Y las circunstancias eran distintas.

–He venido a ver contigo la votación de la ley. Y a celebrarlo.

Él enarcó una ceja con expresión dubitativa.

–¿Dónde está el champán? –preguntó.

117

Ella alzó un vaso grande de plástico.

—Lo celebro con refrescos *light* —de repente llamaron a la puerta—. Y con pizza.

Diez minutos más tarde, estaban sentados lado a lado en el futón, pasando los canales hasta que encontraron el que emitía el debate y la votación en el Congreso.

El portavoz anunció que la sesión comenzaría en unos momentos.

—Podría llevar horas.

Mmm. Horas.

—Creo que podremos ocupar el tiempo —comentó ella mientras daba un mordisco a una porción de pizza. Una tablilla del futón se clavó en su espalda y se movió.

—Por lo general, no me siento de ese lado —indicó él.

A pesar de la quiebra en la que Annabelle quedó después de la estafa de su padre cuatro años atrás, había logrado seguir sentada en algo cómodo.

Algo no encajaba. Algo que evidentemente no había querido encarar hasta ese momento. Wagner le pagaba un sueldo extraordinario. Que la había ayudado a pagar casi todas las deudas que le había dejado su padre. Pero tenía que conocer la verdad.

—Wagner, ¿estás completamente en la bancarrota?

Él titubeó, luego se llevó la mano al cuello. ¿Como si quisiera ajustarse la corbata?

—La cena en el canal fue lo último que me quedaba en efectivo. Oficialmente, vivo al filo de la navaja.

Annabelle se puso de pie. La furia, el miedo y el asombro casi la dejaron sin habla. Casi.

–Pero no tenías dinero. Podrías haberte deshecho de mí hace mucho tiempo. Deberías haberlo hecho.

Wagner enarcó una ceja.

–Conocía tu situación. Las facturas que debías pagar, la universidad. Tenías un sueño. Me arriesgué. Y gané. Más de lo que nunca imaginé.

Ella experimentó una oleada de emoción, contradictoria y abrumadora. Esas deudas eran una carga vergonzosa. ¿Cómo podía mostrarse tan displicente con algo que ella creía haber escondido tan bien?

Debería haberse sentido abochornada, pero, a cambio, lo deseó más que nunca.

Aunque en esa ocasión, por un motivo diferente. Antes había pensado que lo amaba. Pero esos sentimientos apenas se parecían a la emoción, el anhelo, que experimentaba por él en ese momento. Entonces había sido admiración y química. En ese momento era su honor, su risa, su alma.

–Yo... no sé qué decir.

–Es gracioso. En las últimas dos semanas, has dado la impresión de tener todas las respuestas.

–No, no tengo ninguna. Sólo preguntas.

La sonrisa en el rostro de Wagner se había desvanecido.

–No me mires a mí en busca de respuestas –le tomó un mechón de pelo y lo olió–. Me das hambre. Tu aroma. He intentado luchar contra este deseo.

–¿Y ahora?

La miró como si fuera única y especial.

–Ahora quiero besarte –la tomó por la barbilla y acercó los labios a los suyos.

Annabelle ardió en la estela que dejó su lengua, el fuego en los labios. Con un gemido, lo instó a continuar.

Finalmente, la suavidad aterciopelada de sus labios le devoró la boca en un beso increíble.

No cabía duda de que sabía cómo utilizar los labios.

Le rodeó el cuello con los brazos y lo miró a los ojos. Tenía los párpados pesados y las pupilas dilatadas. La respiración entrecortada. El beso lo había afectado tanto como a ella.

—Mantén los ojos abiertos —le ordenó—. Quiero ver la pasión encenderse en tus ojos mientras te hago el amor.

Sí, también ella lo quería. Asintió con un escalofrío.

Transcurrió una eternidad antes de que él la tocara. Ansiosa, comenzó a jugar con su pelo. Estaba impaciente, pero también quería que esos momentos duraran. Deseaba a Wagner con todo lo que tenía para dar.

Pero era una entrega peligrosa.

Durante un momento, experimentó un titubeo protector. Todo sería diferente después de que hicieran el amor esa vez. No habría juegos. Sería real. Emociones reales. Dolores reales.

No pudo apartar los ojos de su cara. Wagner era realmente hermoso con esa mandíbula fuerte y los pómulos altos.

Y la vacilación se evaporó. Eso era lo verdadero. Lo supo en ese instante.

Y al mismo tiempo comprendió otra cosa.

Él se estaba conteniendo para permitirle tomar la decisión final. Porque esa vez sería distinto. Los dos lo sabían, lo percibían. Hacer el amor iba a cambiarlo todo. Porque sería más que un sexo encendido; realmente estarían *haciendo el amor*.

Y no le importaba. Sólo él importaba. Sólo ese momento.

–Hazme el amor, Wagner.

No necesitó otra sílaba de ánimo. Con un gruñido, la alzó con sus brazos fuertes y la llevó por el pasillo hasta el dormitorio.

La habitación no tenía ningún adorno, únicamente un colchón y un somier en el centro del espacio desnudo. Pero el cobertor tejido era una fantasía hecha realidad. Las rayas rojas la invitaron a pasar la mano por la tela. Estaba impaciente por rodar sobre ella. Con Wagner.

Debía ser un vestigio de sus días opulentos. Una de las pocas cosas que en apariencia le quedaban. La culpa renació. Se había sacrificado por ella.

Él le soltó las piernas y Annabelle se deslizó lentamente al suelo. Se quitó los zapatos y se subió a la cama.

Él la pegó a su cuerpo y la abrazó. En el gesto no había duda ni espera. La besó con una intensidad familiar y una urgencia que Annabelle ya empezaba a atesorar.

–Tienes un sabor celestial –le dijo él, deslizando los labios por el cuello sensible–. Te voy a desnudar. Lentamente – sujetó el bajo del jersey de lana.

Sí, también ella quería eso.

Los dedos de Wagner le rozaron la piel sensible de debajo de los pechos. Alzándole los brazos, le quitó el jersey por encima de la cabeza y lo tiró al suelo. El súbito cambio del aire fresco sobre su piel, seguido del calor de las manos de Wagner, hizo que los pezones se irguieran tensos.

Los vaqueros no tardaron en seguir el camino del jersey.

Quedó ante él sólo con el sujetador y las braguitas, abierta y expuesta de un modo en que jamás lo había estado en sus juegos amorosos.

Quería que se metieran bajo el cobertor y sentir la mano de él en su cuerpo. Ya.

Apartó la tela pesada y dejó que cayera al suelo. Seda. Unas sábanas de seda de color champán.

Frescas y suaves contra su piel, se apoyó sobre la almohada mullida.

Wagner se incorporó y finalmente se desabrochó los vaqueros. Luego se estiró en toda su extensión junto a ella. Quiso tocarlo. Alzó la mano y trazó el patrón del vello pectoral.

Pero él le detuvo la exploración.

—Más tarde.

Su voz contenía una promesa deliciosa.

Deslizó los dedos debajo de la banda elástica de sus braguitas en busca de esa zona tan sensible. Un toque ligero, un toque casi inexistente. Pero bastó para encenderle el cuerpo. Se sintió salvaje y primitiva.

—Wagner —jadeó cuando el contacto se hizo más íntimo—. Ahora, Wagner. Ahora —pidió.

—Despacio —le contuvo los dedos que lo buscaban. Bajó la boca para darle un beso que la marcó como un hierro candente—. Voy a enloquecerte con mi boca. Y mis labios.

Luego inició el descenso y con los dedos le empujó las braguitas al suelo. La besó, incrementando sus jadeos. Con un lametón lento, una oleada tras otra rompió sobre su cuerpo.

Luego lo repitió.

Cuando la marea poderosa de su orgasmo menguó, él le susurró al oído.

—Mírame —ordenó con ternura. Annabelle abrió

los ojos–. Quiero verte los ojos cuando penetre en tu cuerpo.

En ningún momento dejó de mirarla. Los dedos le acariciaron el calor increíble que crecía entre sus piernas. Annabelle contuvo el aire cuando sintió la erección tanteando la entrada.

La sensación de que la penetrara casi la abrumó. Calor y poder. Arqueó la espalda para ir al encuentro de la embestida que los uniría plenamente. Cobijado dentro de Annabelle, la tomó por el mentón para hacer que lo mirara.

Wagner entró despacio en ella.

Lo tomó en las manos deseando más, deseando velocidad, fuerza. Alzó las caderas y aceleró la penetración.

Gimió sobre ella.

–Anna... Annabelle, no hagas eso. Si haces eso, no duraré.

Era estimulante hacer que ese hombre grande y fuerte viviera para su cuerpo. Para la necesidad que su cuerpo tenía de él.

Otra vez salió a su encuentro, con el cuerpo tan próximo al clímax que cada átomo estaba sintonizado con él y con las sensaciones que rodeaban su pene ardiente y duro. Alzó las piernas y enganchó los tobillos detrás de su espalda.

Él emitió un sonido ronco y la embistió con fuerza y rapidez.

–Wagner, sí.

Luego cayó por el precipicio, experimentando únicamente una sensación de torbellino. La embistió una última vez y su calor la anegó.

Nada sería jamás tan excelente como eso. Nada.

Después ya no pudo mantener más tiempo los ojos abiertos.

Wagner miró a la mujer que dormía en sus brazos, con la erección todavía dura dentro de ella. Jamás había esperado eso. Annabelle era un manojo de contradicciones. Cuando la había considerado tímida, abochornada por la vergüenza provocada por su padre, le demostraba que irradiaba seguridad.

Habían hecho el amor. Realmente el amor. Algo nuevo y valioso los había unido cuando sus ojos se encontraron en el momento de fundirse. Pensamientos de esa naturaleza le eran completamente nuevos. Unos años atrás, algo semejante habría bastado para expulsar a una mujer de su vida.

Pero eso era diferente. Especial.

La amaba. Su admiración y confianza se habían convertido en amor. Lo dejaba atónito, pero lo que compartían trascendía la lujuria.

Ella emitió un sonido leve y se pegó contra su pecho. ¿Quién habría imaginado alguna vez que eso habría podido pasar? Extenuado como jamás lo había estado, su mente se hallaba en una bruma y necesitada de dormir, pero no podía. La sorpresa había encendido un fuego en su interior. Era como si al fin hubiera descubierto que ese algo indefinible que siempre había buscado, pero que nunca había sabido que anhelaba, estaba al alcance de su mano. Pero no del todo. Podía ver que iban a tener que repetir eso. Una y otra vez.

Capítulo Nueve

El olor delicioso a malvaviscos le provocó un hormigueo en la nariz y la sacó del sueño más satisfecho de su vida. Se estiró y abrió los ojos, viendo a Wagner con su dulce favorito. Un árbol de malvaviscos, verde y recubierto de azúcar.

—Mmm. Dame eso —inclinó las delicias hacia ella, pasándoselas por los labios. Annabelle mordió el tronco con deleite.

Wagner se agachó y le dio un beso rápido, y le pasó la lengua por los labios para degustarlos.

—Una chica podría acostumbrarse a esto —le dijo al tiempo que juntaba dos almohadas y se deslizaba por la funda de seda—. Malvaviscos y besos por la mañana.

Él enarcó una ceja.

—¿Cuál es mejor?

Annabelle dio otro mordisco.

—Ya te lo haré saber —le guiñó un ojo.

Wagner rió.

—Desperté hambriento —le dijo mientras alzaba una taza de plástico de la caja que usaba como mesilla—. No había nada para comer. Fui al supermercado a comprar café, vi los malvaviscos y pensé en ti.

—¿Eso es bueno?

Le dio otro beso apasionado.

—Todos los pensamientos sobre ti son buenos —la

125

sábana suave se deslizó por el costado de ella. Wagner frotó una marca pequeña en el pecho izquierdo–. Hasta ahora no había notado este tatuaje.

El calor le invadió la piel.

–Estabas ocupado.

–Vaya, vaya, Annabelle. Tienes tus pequeños secretos. Esa pequeña luna es muy sexy.

–Pero hay cosas ocultas que me gustan aún más –ella bajó la mano, pero él se la apartó.

–Tienes que darme al menos una hora para recuperarme.

Ella chasqueó la lengua.

–Entonces, sólo nos queda otra cosa que hacer.

–¿Qué?

–Ver el debate.

Si era posible describir que alguien había saltado de la cama, Wagner sería el ejemplo perfecto.

–¿Cómo he podido olvidarlo?

Quince minutos más tarde, volvían a estar sentados hombro contra hombro en el futón. Pero en esa ocasión, cubiertos por una manta. Desnudos.

Y el voto no marchaba bien. Los músculos de la espalda de Wagner se tensaban con cada momento que pasaba. Los miembros del Congreso debatían interminablemente acerca de los méritos o problemas de lo que Annabelle y él habían empezado a considerar *su* ley.

En el último minuto, un legislador introdujo una corrección que atrajo la ira de los miembros del congreso de costa a costa.

–No puedo creerlo –dijo Annabelle cuando otro miembro se puso de pie para realizar un comentario.

–Una idea y mi reputación. Sólo empecé con eso. Las dos parecen ir desvaneciéndose a toda velocidad.

–Mira... –Annabelle señaló la pantalla–... van a parar durante el fin de semana.

–Fantástico. A prolongar la agonía.

Ella gimió. Después de envolverse con la manta, extendió una mano.

–Tenemos cuarenta y ocho horas. Es hora de trazar un plan. Primero, hemos de pensar como los políticos. Identificamos a los líderes clave, convencemos a uno...

–Y todos votan a favor.

–Exacto. Cuarenta y ocho horas para llamar, mandar correos electrónicos y hostigar.

–¿Hostigar a nuestros políticos?

–Desde luego. ¿Quién mejor?

Presionaron lado a lado durante treinta y siete horas seguidas. Mientras Wagner se ocupaba de los teléfonos, ella peinaba internet averiguando más cosas sobre los miembros cruciales del Congreso. Respuestas de las docenas de correos electrónicos que había enviado con anterioridad comenzaban a llenar el buzón de su programa de correos. Wagner pasó por su escritorio después de recoger la tercera taza de café. Hacía más de una semana que ella no le llevaba café y esa mañana incluso él lo había preparado.

Con una descarga de energía que no creía poseer después de dormir tan poco, se puso de pie, lo agarró por el cuello de la camisa y lo pegó a ella.

La sensación de las manos de él sobre sus pechos le aflojó las rodillas.

–Oh, Wag –gimió.

–Tú me has llamado Wag. Me gusta –dijo antes de que sus labios volvieran a juntarse.

En ese momento sonó el teléfono de la mesa de ella. Con tanto en juego con las llamadas, se dijo que no podía soslayarla. A pesar de lo mucho que quería gozar del beso de Wagner.

Con unos golpecitos juguetones sobre las manos de él, alzó el auricular.

—Achrom Enterprises.

—¿Cómo va el pozo seco?

Katie. El corazón le dio un vuelco y el pánico se asentó en su columna vertebral. Había llegado el momento de la confrontación.

Muy bien, se dijo que le quedaban dos opciones. Podía hacerse la tonta con su amiga o podía mentir. No, no, no. La verdad siempre era lo mejor.

—Digamos que todo el equipo funciona muy bien —dijo, admirando el trasero compacto de Wagner. Agradable de mirar y de tocar.

—Lo sabía. Sabía que te estabas acostando con el jefe —sonó triunfal y horrorizada al mismo tiempo.

Se *estaba* acostando con el jefe.

Algo no funcionaba bien. Un momento, todo iba bien. Algo no funcionaba con normalidad. En ella. Y el instinto le decía que Katie sabía qué era.

Un extraño nerviosismo hizo que se pusiera a mover compulsivamente el pie. Wagner se volvió hacia ella y enarcó una ceja, pero con un movimiento negativo de cabeza, ella le hizo saber que no se trataba de la llamada que estaban esperando.

—Me has estado esquivando, ¿verdad? —prosiguió Katie con tono de acusación y leve dolor.

—No, claro que no te he estado evitando —«Annabelle, ¿es que no eres capaz de mentir de forma más convincente?».

—Escucha, tenemos que hablar. Es importante.

—Wag y yo estamos en medio de algo...

–Tengo que comprar unos malvaviscos. Necesito tu consejo para, eh, mi sobrino. ¿Cuáles son los que le gustan a un niño de cuatro años?

Annabelle se sentó en el borde de la mesa.

–Ésa es una buena pregunta. No mucha gente conoce toda la variedad de malvaviscos que hay...

–¿Por qué no me lo muestras? Vamos, Belle, necesitas salir un rato de la oficina. Ir de compras. Ayudarme a comprar. Comer unos... malvaviscos. ¿A quién le importan nuestras cinturas?

–O nuestros muslos –se preguntó cuándo no le habían importado los muslos.

–Podemos quedar en el campo de béisbol de Bricktown.

Ding, ding, ding. No había sido capaz de eliminar la urgencia de ver el campo. Tenía que verlo de cerca. Ya. Y empezaba a tener calor. Se quitó el jersey ligero y lo dejó sobre el respaldo del sillón.

Un rápido vistazo al reloj le recordó que tenía tiempo para irse un rato de la oficina. No esperaban que sucediera nada en otra hora y media. Necesitaba un descanso. Un momento para charlar con su mejor amiga de su nuevo hombre. Necesitaba hablar con Katie.

–De acuerdo. Te veré junto a la fuente en diez minutos. Podemos pasear juntas hasta el campo de béisbol. Espero que esté abierto... me gustaría ver el césped.

–Eso me temía –musitó Katie,

–¿Qué?

–Nada. Te lo explicaré cuando nos veamos.

El agua de la fuente se elevaba y danzaba en la desembocadura del canal. Con el frío invernal aumentando cada día, cada vez se veía a menos personas sentadas en los bancos allí alineados. La ciudad iba a drenarlo pronto. Seco, siempre se veía muy extraño... un simple lecho de cemento. Pero a pesar de la temperatura, a Annabelle le parecía que esos bancos de madera siempre las invitaban a Katie y a ella a sentarse, a mirar el paisaje y a charlar.

Annabelle llegó antes a su asiento habitual, pero no tardó en ver a su amiga con dos sándwiches en la mano.

Katie se dejó caer junto a ella y no se anduvo con rodeos.

—Dime, ¿en qué mundo has estado viviendo últimamente?

—¿De qué estás hablando?

Su amiga asintió.

—De acuerdo, si es así como quieres jugar. Pero no te va a funcionar. No voy a dejar que te hagas la tonta y evites contarme la verdad.

—Nunca me hago la tonta.

—¿Sabes? Tienes razón, y eso es lo que asusta. Estás haciendo un montón de cosas que no solías hacer... incluido acostarte con tu jefe.

—Eh, hace una semana estabas a favor.

—Escúchame, Annabelle. Escúchame con atención. En aquella fiesta, te sucedió algo extraño. Al principio pensé que los intentos de Mike por hipnotizarte no funcionaron, pero ahora... Santo cielo, hermana. Sé que todo es verdad.

Annabelle luchó contra la bruma de la amenazadora verdad.

—En aquella fiesta no me pasó nada. Apenas la recuerdo de lo aburrida que fue. Casi nada más entrar, nos fuimos. Si las cosas son distintas, atribuye los cambios a lo que hablamos antes. Mi vida está cambiando. Quiero a Wagner en ella. Como el enfoque no tan sutil no funcionaba, tuve que poner el asunto en mis propias manos. Y es estupendo. No puedo creer que haya esperado tanto. Piensa en el tiempo que perdí y en el que podría haber estado disfrutando de un sexo estupendo. ¿Quién se niega algo así? ¿Quién ve como un desafio comprobar el tiempo que es capaz de resistir la tentación? Es una locura.

—Es madurez emocional.

Annabelle sacó la lengua.

—Paso de la madurez.

Katie le tomó las manos.

—Escúchame. Te hipnotizaron. Te van a despedir. ¿Me entiendes?

Asintió y contempló los sándwiches en la mano de su amiga.

—Sí. Lo entiendo.

—Eso es un alivio.

—No olvides que yo descubrí el timo de la hipnosis. Lo que hizo Mike, no funcionó.

—Vale, ¿sabes qué haremos? Por el momento, dejaremos el tema. Tengo hambre. El que no tiene tomate es para ti.

—Cuando terminemos, vayamos a esa pequeña tienda de lencería. Quiero algo que vuelva loco a Wagner.

Katie la miró unos momentos, y le preguntó:

—Dime, ¿tienes un extraño deseo de ver el campo de béisbol?

—Con eso no vas a demostrar nada... te dije que quería verlo.

—Pero es más que eso, Belle. Sientes un impulso, casi un anhelo que no puedes combatir, de estar allí.

131

–Mira alrededor. No hay ni una sola brizna de hierba, pero si das unos pasos y miras entre las vallas, verás algo maravilloso. Hay todo un campo de hermosa hierba verde en pleno diciembre. Piensa en lo maravilloso que sería correr por él descalza, con... –los dedos le temblaron al taparse la boca. Cerró los ojos y tragó saliva. Miró a su amiga–. ¿Has oído lo que acabo de decir? Quería... quería correr...

–¿Querías correr desnuda por el campo de béisbol?

–¿Cómo lo sabías?

–Estaba en la habitación. Lo oí todo. Te hipnotizaron de verdad.

Y de esa manera... se acabó.

Todas las indirectas y preguntas... ya no lucharon por emerger a la superficie. En ese momento, la verdad estalló, imposible de ser negada.

La expresión triunfal se desvaneció de la cara de Katie.

–Lo sé, cariño, y lo siento. Annabelle, te hipnotizaron de verdad. Piensa en cómo te has estado comportando, en cómo me has estado esquivando.

–Yo, eh, no te he estado esquivando –otro fracaso con la verdad.

Katie agitó la mano.

–Pregúntatelo, Annabelle. Adelante. Pregúntate por qué me has estado esquivando. Es porque lo sabes.

Las palabras de Katie sonaban a verdad. La había estado evitando. Hundió los hombros.

–Es posible que la hipnosis haya empezado a disiparse. ¿Has estado preguntándote por qué anhelabas algo en particular o sospechabas que tu conducta era un poco rara? He investigado un poco en internet. Junta las manos, como si te las fueras a estrechar.

Annabelle dejó el sándwich en el regazo y obedeció.

–¿Para qué hago esto?

–Dependiendo del pulgar que quede arriba, indica lo susceptible que puedes ser a la hipnosis. Mira, arriba ha quedado el pulgar izquierdo.

–¿Y eso significa que soy más susceptible?

–Sí. Mmm, espera. Quizá es el derecho. A mí me quedó el derecho y recuerdo haber pensado «mmmm». ¿Por qué no lo escribí? Izquierdo. Decididamente, el izquierdo. Olvida lo del pulgar. Encaremos los hechos. Te gustan los malvaviscos.

–Me encantan.

–¿Cómo va tu vida sexual? ¿Se decanta más por el... mmm... lado aventurero?

Escritorio. Televisor. Malvaviscos. Boa Azul. Diablos, hasta podría vender historias por internet.

–Un poco más que de costumbre –vaciló. Jamás compartiría lo que habían hecho con un poco de azúcar.

–¿Y cómo te sientes ahora?

Hipnotizada. Había creído que sería inmune, pero le habían gastado una buena broma. La había hipnotizado un tipo que había aprendido las técnicas de un libro sacado de la biblioteca.

Recordó lo que había estado pensando en la oficina.

–Soy yo. He vuelto a ser la «yo» normal.

Recordando su comportamiento de los últimos días, se le encendió el rostro con una vergüenza intensa. Le había hecho *eso* a Wagner en el armario que servía como almacén. Los dedos se clavaron en el papel de plata del sándwich cuando un remordimiento instantáneo le estrujó el corazón.

Katie le apretó el hombro.

—He hecho lo correcto al contártelo, ¿verdad?

—Sí, por supuesto. Es como dijiste antes, la hipnosis ya empezaba a desaparecer. Comenzaba a cuestionar las... cosas. Conocer cuál es la fuente de mi comportamiento me ahorrará mucho, ya que me evitará recurrir a la ayuda de una terapia.

Katie miró el reloj.

—He de irme. Tengo una entrevista de trabajo en el periódico dentro de media hora. Puedo cancelarla si necesitas que me quede contigo.

—No, me encuentro bien.

—¿De verdad?

Se obligó a esbozar una amplia sonrisa.

—Sí, en serio.

—¿Qué piensas hacer?

—Dejar mi trabajo.

—Bueno, al menos era algo que ibas a hacer de todos modos.

Sí, pero hacía una semana sólo deseaba a su jefe. En ese momento, lo amaba.

¿O también eso era una ilusión?

Capítulo Diez

Tacones altos y un corazón roto no casaban. Arrastró esos tacones con lentitud de vuelta a la oficina. A partir de ese momento, la regla sería suaves y prácticos.

Mirando por el cristal del despacho, vio a Wagner ir de un lado a otro de la alfombra delante de su escritorio. Irradiaba energía.

Los hombros se le hundieron con un cansancio que nunca antes había sentido.

Ése era el Wagner real. El hombre dominante y poderoso que ansiaba alcanzar un acuerdo y convencer a la gente, lleno de ideas e ideales, pero según sus términos.

Y ella volvía a ser la verdadera Annabelle. La antigua Annabelle. Ésa a la que no había mirado una segunda vez. Al verlo, le dolió el corazón.

¿Volvería a descansar alguna vez contra esos hombros anchos? ¿Se encendería bajo la caricia de sus dedos? ¿Lo oiría gemir mientras le daba placer?

No.

Porque Wagner no quería ni deseaba a la verdadera Annabelle Scott.

La fusión. Se quedaría a su lado hasta que saliera el voto del congreso y él ocupara su nuevo puesto de co–presidente en Anderson.

Luego recuperaría el plan de asesorar financieramente a la gente. Respiró hondo. Probablemente, Wagner se sentiría aliviado cuando se marchara, después de que comprendiera que no se trataba de la misma mujer que lo había seducido en el escritorio. Pero por el momento, debería comportarse como si nada hubiera sucedido. Él no tenía que notar que se le estaba partiendo el corazón ante la idea de no volver a verlo jamás.

Pero era lo correcto. Por la fusión. Por él.

Abrió la puerta. Cuando alzó la vista y la vio, sonrió, y la tensión que le marcaba la frente se mitigó.

¿Era ella quien conseguía surtir ese efecto?

En dos zancadas, Wagner se plantó a su lado. La tomó por la cintura, la levantó y la hizo girar en los brazos. Con un grito encantado, se permitió ese momento de placer puramente egoísta. Se daba cuenta de que sus emociones se rebelaban...

—Está funcionando. Encontré a la congresista que frena todo. Taggert. He recibido una llamada de ella ahora mismo. Es del estado de Texas. ¿Cómo puede estar en contra de la ley?

—Es estupendo.

Primero se alegró, pero luego el corazón se le hundió. No habría manera de alargarlo. Ningún disfrute de último minuto con Wagner. La ley se aprobaría y la fusión iría viento en popa y entonces sería el momento de marcharse. Los pocos días con los que había contado podían haberse convertido en simples horas.

Wagner indicó la mesa con la cabeza.

—Te he comprado algo para celebrarlo.

En el centro del escritorio había una caja pequeña envuelta con un lazo púrpura de satén. La etiqueta de la confitería indicaba que procedía del local caro que había en el vestíbulo de su edificio.

Con dedos trémulos deshizo el lazo y alargó el momento todo lo que pudo.

Wagner le había comprado un regalo. Al levantar la tapa, el aroma a chocolate y azúcar atrajo su atención. Sintió un nudo en la garganta y pasaron varios momentos antes de que pudiera decir algo.

—Me has comprado unas galletitas.

—Y no tienen frutos secos.

Le dio la espalda. Los hombres ya le habían hecho regalos antes, más caros que una caja de galletitas. Pero ninguno se había tomado la molestia de recordar y elegir exactamente lo que a ella le gustaba.

Iba a ponerse a llorar.

Él le ofreció el consuelo de sus brazos fuertes y de sus hombros anchos.

Amaba tanto a ese hombre.

Le alzó el mentón.

—¿Qué sucede, Annabelle? ¿Ha pasado algo entre Katie y tú?

La preocupación en su voz, la ternura de su contacto, la pasión y las promesas de algo más que veía en sus ojos, él hecho de que a él le importara... Tenía que poner fin a esa farsa. Acabar con esa aventura falsa antes de que él se enamorara de algo, de alguien que no era, y antes de que ella misma olvidara que realmente era otra persona.

Ya deseaba ser, más que nada en el mundo, la Annabelle de hacía veinte minutos. Pero esos pensamientos y anhelos sólo podían aportarle más dolor.

Movió la cabeza.

—He de irme.

«Sí, guarda tus cosas y lárgate».

Sonaba como un buen mantra. Fue a su mesa y

abrió el último cajón. En su bolso cayó un paquete de malvaviscos, derramando diminutos globos verdes, amarillos y rosados en el interior nuevo.

Con el pie cerró el cajón. Abrió el del medio y buscó sus llaves. En la bandeja de los lápices, el frasco de laca que había usado para crear «Persuasión» rodó adelante y atrás.

—Esto no soy yo. Estas cosas no son mías.

Wagner apoyó las manos en sus hombros y estudió su rostro.

—¿De qué estás hablando? Claro que esas cosas son tuyas.

—Quiero decir, no de la verdadera Annabelle Scott. Escucha, me voy. No te molestes en enviarme nada de esto. Además, jamás guardé nada personal en mi mesa y estas cosas nuevas... No las quiero. Tíralo todo.

—Eh, aguarda —le aferró con más fuerza los hombros.

El calor de sus dedos atravesó con facilidad la tela fina del vestido sexy que llevaba. Un vestido sexy para ir al trabajo. ¿En qué diablos había estado pensando?

Con gentileza, Wagner la hizo dar la vuelta para mirarlo.

—No puedes irte ahora. Estamos a punto de conseguir un importante triunfo legislativo. Y lo mejor es que en el proceso derribaremos a Kenny Rhoads del pedestal en el que él mismo se puso.

Era maravilloso. Y la miraba con tanta preocupación; era todo lo que alguna vez podía soñar en un hombre. Su hombre. Que fácil sería rodearle el cuello con los brazos y besarlo.

Quebró el abrazo y fue hacia la puerta. Giró la cabeza para echar un último vistazo.

Una semana atrás se había sentado en su mesa, con la vista clavada en esa misma puerta, tratando de convencerse de ser más atrevida para despertar el interés de Wagner. Un jersey y un picnic en la alfombra.

Sintió un nudo en el corazón.

Era mucho más fácil tratar con el deseo y la lujuria que con los sentimientos.

Pero en ese momento se enfrentaba a un problema infranqueable. Una vida sin Wagner.

Estamos. Había dicho *Estamos*.

Movió la cabeza para despejar la mente.

–Se acabó, Wagner. *Nosotros* no hicimos nada. Tú lo lograste. Yo simplemente me topé con ello y fui afortunada. Muy afortunada.

Él rodeó la mesa y le tomó la mano, apartándola con suavidad de la puerta.

–Annabelle, de verdad, no sé qué está pasando. Diablos, no sé qué ha estado pasando en esta última semana –la abrazó–. Pero sí sé que somos afortunados en más cosas que esta fusión. También nos hemos encontrado el uno al otro.

No se molestó en ocultar el dolor y la confusión en su voz. Annabelle reconoció su desesperación porque también ella la sentía.

Parpadeó con rapidez, tratando de contener las lágrimas.

–Oh, Wagner, durante el regreso desde la fuente he tratado de convencerme de que podría continuar como si no supiera la verdad. ¿No sabes que daría cualquier cosa porque fuera así? Pero ahora sé que no puedo. No soy yo. Esto, los tacones altos, el vestido atrevido... no soy yo.

Le rodeó la cintura con fuerza.

–No me importa nada de eso.

–Es sólo parte del envoltorio que al fin logró captar tu atención –suspiró y hundió los hombros–. Estoy cansada. Ya no puedo fingir. No puedo continuar con el juego.

–¿Fingías acerca de nosotros? –preguntó con voz apagada.

Annabelle sintió un nudo en el estómago. No podía dejar que pensara eso.

–No, claro que no.

–Te amo, Annabelle.

Toda su vida había querido oír esas palabras y ahí las tenía. El corazón se le desbocó y una felicidad y esperanza increíbles lanzaron una energía nueva por todo su cuerpo. Un momento nuevo y real para atesorar toda la vida e iba a tener que descartarlo.

Lo miró a la cara y la realidad la vació de ese entusiasmo para dejarla más triste que nunca.

Tal vez debería haber dejado que creyera que su deseo era fingido. Entonces, superaría el dolor con facilidad. Siempre era mejor estar enfadado que con el corazón roto.

–Yo también te amo –corroboró. Las palabras egoístas escaparon antes de poder contenerlas.

Los labios sexys se curvaron en una sonrisa.

–Entonces, ¿cuál es el problema? Con esta fusión, tenemos la oportunidad de una vida. Tú me amas, yo te amo, se supone que es así como debe ser un final feliz. Nunca en la vida he dicho algo así. Ni siquiera imaginé que querría decirlo. Hagamos un final feliz.

La tentación la sacudió. Qué fácil sería decir que sí.; pero ¿cuánto duraría?

¿Cuánto pasaría hasta que él empezara a hacer preguntas? ¿Por qué era diferente? ¿Qué había sido de su lado atrevido?

No. Debía ser fuerte y romper en ese momento. No los esperaba ningún final feliz basado en lo que ella no era. Un día Wagner despertaría, vería a la verdadera Annabelle y quedaría decepcionado. No podría soportarlo.

—No, Wagner. Tú no me amas. Amas a otra persona. Alguien que no era realmente yo.

—No paras de decir eso. ¿De qué diablos estás hablando? —cada palabra reflejó la frustración que sentía.

—Por favor, créeme cuando te digo que te amo, pero que no es a *mí* a quien amas. Me hipnotizaron. Por eso me comporté de forma tan extraña. Fue algo que creó la hipnosis. Te hago un favor, de verdad. No querrías a la verdadera Annabelle. No la quisiste antes.

Sonó el teléfono.

Wagner no se movió ni dejó de mirarla.

Segundo timbre.

Nada.

—Wagner, debes contestar. Todo tu futuro depende de esa llamada.

—No todo mi futuro.

Tercer timbre.

—Contesta el maldito teléfono —una desesperación amarga hizo que gritara. Si iba a renunciar a él, más valía que lo mereciera—. Por favor.

Apartó la vista de ella y contestó con voz cansada y áspera.

—Aquí Achrom.

El silencio se extendió mientras escuchaba. Las emociones jugaron en su rostro. Pasado un minuto, colgó.

Ella se acercó a él y le dio un beso suave en la mejilla.

–Adiós, Wagner. Lamento haberte equivocado.

–De todos modos, no importa. Acaba de llamar un contento Kenny Rhoads. El hijo de perra logró convencer a la congresista Taggert de posponer la ley. Se acabó. La fusión se ha roto.

–He dejado que estuvieras hosca y de malhumor durante dos días. Es hora de parar –le dijo a su amiga, que seguía sentada ante el ordenador portátil.

–Mmm, quizá podrías hipnotizarme para ser alguien que no llore. ¿Sabes?, no es una mala idea.

–Ya no funcionará. Tu subconsciente conoce el juego. Tu mente no aceptaría la sugestión.

–Qué pena. La nueva Annabelle me gustaba mucho más que la antigua. Esa Annabelle se divertía mucho más. Y tenía un hombre. Lo único que tenía la antigua era un posavasos a juego con cada taza y unas perchas acolchadas a juego con cada prenda de ropa.

Katie apretó las manos y gritó:

–De verdad, Belle, me estás volviendo loca. ¿Sabes a quién le gustaba la antigua Annabelle? A mí. De hecho, era mi mejor amiga.

–Tienes que decir eso. Te sientes culpable.

–¿Sabes a quién más le gustaba? A Wagner Achrom. De hecho, te respetaba lo suficiente para pagarte todo ese dinero, con el que pudiste pagar las deudas de tu padre y tu universidad. Dinero que podría haber mantenido su empresa a flote unos meses más. Quizá aguantar hasta que se aprobara la ley.

Annabelle resistió el impulso de taparse los oídos. Esas palabras dolían demasiado, despertaban falsas esperanzas.

–A cambio, se ha hundido. Y un hombre de negocios como él conoce las apuestas. Sabía que tenía el potencial de perderlo todo cuando debería haber estado recortando gastos. Jamás pensé que diría esto de ese hombre, pero es un tipo decente.

Supo que quedaba descartado que la volvieran a hipnotizar. Pero eso no significaba que no pudiera armarse con todo lo que podía averiguarse sobre el tema. Desde que dejara la oficina de Wagner, había esquivado hasta pensar en la hipnosis.

Con dedos nerviosos, estuvo a punto de escribir mal «hipnotismo» en el motor de búsqueda de Google.

Lo que le faltaba. Aparecían más de setenta mil sitios. Abrió el primero y se puso a leer. No supo el tiempo que estuvo haciéndolo.

Al final, señaló la pantalla con creciente entusiasmo.

–Lee esto.

–«La hipnosis no puede cambiar la personalidad básica de una persona; más bien, libera el yo reprimido».

Su mejor amiga lo leyó otra vez, en esa ocasión más despacio.

Annabelle le agarró la mano.

–Katie, ¿te das cuenta de lo que significa? hasta ella misma tenía miedo de creer en lo que leía.

–Tu comportamiento no se debió a la hipnosis.

–Bien, quería cerciorarme de que leía bien.

–Alcanzaste tu potencial. Eso es lo magnífico de todo el asunto. No tenías que saber lo que querías, sólo lo sabía tu subconsciente. Tú misma hiciste que eso sucediera. Hiciste que se fijaran en ti, hiciste que el señor Monocromo se enamorara de ti. Tú y sólo tú.

Annabelle movió la cabeza, asombrada.

–Sigo sin creerlo. Es gracioso. Me siento aliviada y traicionada al mismo tiempo.

–Esto explica tantas cosas. ¿Recuerdas el tatuaje?

¿Cómo iba a poder olvidarlo? En cuanto Wagner descubrió la luna, había adoptado la costumbre de pasar la lengua por cada fino trazo. Tembló. Su cuerpo anhelaba el contacto de ese hombre. Asintió.

–Esto explica por qué tú pudiste hacértelo y yo no.

–El dolor y la aguja explican por qué yo pude hacérmelo y tú no.

–No te desvíes del tema. Has estado reprimiendo tu verdadero yo. Desde que asumiste la carga de las deudas de tu padre, has aislado tu verdadero yo. Ese yo aventurero y loco. La hipnosis, simplemente, dejó que se liberaran unas partes de ti.

Y a Wagner le habían gustado de verdad esas partes. Se preguntó cómo estaría. Deseó poder consolarlo. Las baterías de energía que había creado, junto con sus sueños, podrían quedarse encerrados en la caja fuerte de su oficina.

Cerró los ojos. Se sentía cansada, pero, por alguna extraña razón, se sentía más viva que nunca.

Abrió los ojos y le sonrió a su amiga.

–¿Estás bien? –quiso saber Katie, en apariencia preocupada.

En su memoria centellearon imágenes de la Boa Azul.

–¿Sabes una cosa, Katie? Me merezco un sexo estupendo y atrevido.

–Ya empiezas a hablar con sensatez.

–Me merezco a Wagner.

Katie la abrazó.

–La pregunta es... ¿qué vas a hacer al respecto?

Después de la traición de su padre, jamás había sentido que mereciera algo. Desterró esos pensamientos. Wagner era suyo. Sólo necesitaba ir a buscarlo.

Pero ¿cómo hacerlo?

Una abrumadora sensación de urgencia la golpeó en el centro del tatuaje. No perdería el tiempo en pensar un modo de conseguirlo. Simplemente, lo haría.

–Voy a llamarlo.

–Es un buen comienzo.

Aliviada de disponer al fin de una especie de plan, fue al teléfono de la cocina y marcó su número. De hecho, tuvo que marcarlo dos veces, porque la mano le temblaba tanto que la primera se confundió. Mientras esperaba que contestara, la sangre le martilleó los oídos.

Un timbre.

Quizá llamar no había sido una buena idea.

Dos.

Quizá debería haber ido directamente a su apartamento.

Tres.

¿Dónde estaba?

Cuatro.

Se equivocaba. Cortó y corrió hacia el ordenador.

–¿Qué haces? –preguntó Katie.

–Esto requiere algo más atrevido que una llamada de teléfono, ¿no crees?

Capítulo Once

Annabelle miró la hoja de papel arrugada en la que estaba impresa la cara de la presidenta de Pleasures, Inc. La había sacado de la página web de la empresa. En cada parada, estudiaba la foto que reposaba sobre el asiento del pasajero de su coche desde las tres horas que llevaba conduciendo de Oklahoma City al aeropuerto de Dallas–Fort Worth. Apenas disponía de unos momentos. El vuelo del presidente iba a despegar pronto.

No tenía ningún plan.

«Espontáneamente» ya había abierto la caja fuerte de Wagner y sacado unas pocas baterías. Quizá, técnicamente, fuera un allanamiento con robo, porque había dejado de ser su empleada, pero ¿a quién le importaban esos detalles nimios?

Si conseguía captar la atención de la mujer antes de que pasara por el control de seguridad para embarcar, entonces podría cautivarla con las ideas de la batería solar de Wagner.

Diablos, incluso compraría un billete a Hong Kong si era necesario y no pararía de hablar durante el viaje de doce horas.

Aunque tendría que recurrir a la tarjeta de crédito, ya que en la cuenta no tenía ese dinero.

Pero no iba a dejar que algo tan insignificante

146

como el dinero minara su determinación. Era una mujer con una misión.

Un pequeño torrente de personas entró en el vestíbulo desde el otro extremo. Avistó a su presa. La presidenta de Pleasures, Inc. caminaba con paso vivo, una mujer de poder. Lanzándose hacia la pequeña multitud, Annabelle sacó del bolsillo la hoja de apuntes rápidamente garabateados. Luego volvió a guardársela. No era el momento para ser metódica; era el momento de ser persuasiva.

Espontánea y natural.

Alzó la mano y bloqueó el paso de la mujer.

–Señora Ulrich. Un momento de su tiempo.

Un destello de interés apareció en las profundidades grises de los ojos de la ejecutiva. Un comienzo excelente. Tocándose el cabello negro que ya empezaba a encanecer, le dedicó una sonrisa de bienvenida.

La sonrisa de una vendedora.

Annabelle se situó al lado de la mujer.

–Tengo unas preguntas que formularle.

–¿Es periodista?

–No.

El destello de interés en los ojos de la mujer menguó.

–Estoy muy ocupada.

–Sí. En realidad, sí, soy periodista.

La mujer mayor le dedicó una sonrisa de «buen intento».

–De verdad, no tengo tiempo para esto.

–Escuche, señora, y con el debido respeto, no voy a dejar que se suba a ese avión a menos que acepte escucharme –indicó con una sonrisa. Una sonrisa que quería transmitirle que era una persona normal y no una loca.

La presidenta no pareció asustada, sólo muy, muy irritada.

—Joven, voy a llamar a seguridad.

—Hágalo. Estoy más que dispuesta a montar una escena en esta terminal ajetreada —la presidenta no dijo nada, pero no huyó tampoco. Annabelle sacó del bolso el vibrador Boa Azul que había comprado al salir de la ciudad.

—Guarde eso. Alguien podría pensar que es un arma —el brillo de interés regresó a sus ojos—. Es uno de nuestros éxitos de venta.

—Tengo una idea que disparará sus ventas.

Ulrich soltó el jersey que llevaba en una silla acolchada y se sentó.

A Annabelle la dominó el entusiasmo. Había captado su interés.

—De acuerdo, respeto un poco de valor. Le concedo tres minutos.

Annabelle se sentó junto a ella y le sonrió.

—Señora Ulrich, ¿alguna vez le ha pasado que uno de estos juguetes se quedara sin batería en un momento crucial?

Perseguir a una poderosa mujer de negocios por el vestíbulo de un aeropuerto era fácil comparado con la idea de volver a estar con Wagner Achrom.

Probablemente, la considerara una loca.

Demonios, estaba loca. Amaba a Wagner. Sólo una idiota de proporciones épicas lo dejaría sin siquiera probar una última vez.

Pero también estaba animada. O quizá su euforia se debiera a la falta de sueño y al mareo de seguir la línea amarilla desde Oklahoma City a Dallas ida y vuelta.

Se quedaba con animada.

Y se hallaba ante las puertas dobles que conducían a Achrom Enterprises, nerviosa y preguntándose si podría hacerlo.

«Has hecho que sucediera».

Si aún creía en los mantras, sería el que emplearía en ese momento. Pero era verdad. Ella había hecho que sucediera.

Había hecho que Wagner la deseara.

Había hecho que Wagner la amara.

Había hecho que la presidenta de Pleasures, Inc. la escuchara.

Y sería Annabelle, la antigua, la nueva, la real, la hipnotizada o la que fuera, la que haría que sucediera en ese momento. El cuerpo casi le vibró con la necesidad de encarar a Wagner.

Giró el pomo. Cerrada. Por suerte, había llevado las llaves y no le importaba entrar una segunda vez sin autorización.

Abrió el cerrojo y empujó la puerta. Encontró a Wagner guardando con meticulosidad el contenido del que había sido su escritorio en una caja grande de cartón, el rostro una combinación agónica de tristeza y furia.

El corazón le dio un vuelco. Con vaqueros y camiseta, se lo veía tan demoledor como con su traje gris marengo.

Se volvió y la miró; sus ojos estaban fríos e indignados. Ella tragó saliva.

—Esa puerta estaba cerrada.

—Hola —siempre le encantaba el comienzo impresionante que era capaz de establecer.

Él volvió a centrarse en la caja.

—Puedes llevarte esto contigo.

«Has hecho que sucediera».

No iba a dejar que le diera la espalda.

—Concédeme una llamada de teléfono. Es lo único que te pido. Luego me iré y no volveré a aparecer en tu umbral. Hay alguien en Hong Kong que quiere hablar contigo —al recibir un gesto seco de asentimiento, le soltó la camisa que con fuerza aferraba. Se apoyó en su mesa y marcó el número completo del hotel en el que se hospedaba Cynthia Ulrich. Luego activó el dispositivo de manos libres.

—Señor Achrom, al principio no creí a Annabelle cuando dijo que esta batería prácticamente no se agotaría nunca, pero he tenido la Boa Azul activada desde que lo guardé en mi bolso de mano en Dallas y sigue funcionando. En todo caso, casi me atrevería a decir que... mmm... va más fuerte.

Wagner la miró fijamente.

—Yo, eh, le presté a la señora Ulrich una de las baterías.

—¿Para quién trabaja?

—Es la presidenta de Ple...

—Señor Achrom, le digo que este vibrador no quiere parar.

—¿Vibrador?

—La Boa Azul. Debería haber visto la expresión del hombre de la aduana. Las cosas que hay que hacer por el trabajo, ¿verdad?

—Verdad.

Wagner aún mostraba esa deliciosa expresión de confusión.

—Señor Achrom, quiero los derechos exclusivos de su batería.

—¿Oh?

Toda la confusión se desvaneció. Wagner el ejecutivo se puso en acción. Annabelle se marchó de la oficina cuando él acercó un bloc de notas y un bolígrafo.

La llamada a su puerta horas más tarde no fue inesperada. De hecho, llegaba justo a tiempo. El abrigo que llevaba puesto empezaba a darle calor en su apartamento. Se ciñó el cinturón y abrió. Lo que no había previsto era la expresión dura de Wagner.

El entró hasta el centro del salón y se volvió para mirarla. En las profundidades de sus ojos, acechaba algo eléctrico pero sutil. Algo iba mal.

—¿Es que Ulrich no te ofreció un trato?

Él relajó los hombros y el ceño.

—Sí, y es mejor que lo que jamás imaginé. Incluso he asegurado un adelanto en efectivo. Antes de venir para aquí, llamé a Smith y a Dean para decirles que, mmm... —calló.

—¿Se fueran a dar una vuelta? —aventuró ella.

Wagner asintió.

—Exacto —convino con tono frío e implacable.

—¿De modo que vuelves a los negocios?

—Mejor que nunca. He venido a darte las gracias.

—De nada.

—Adiós, Annabelle.

Sus palabras, su tono, su actitud, todo indicaba que era definitivo.

Con una última mirada dirigida a ella, fue hacia la puerta.

Y a punto estuvo de dejar que sucediera.

—Espera. ¿Eso es todo lo que recibo? —se encontró con unos ojos cautelosos—. Escucha, agito un vibrador en el aeropuerto de Fort Worth por ti. Hay algunas cosas que necesitas oír. Ahora tengo las cosas claras.

–No importa.

–Sí que importa. Antes me hallaba confundida. Sé que suena increíble, pero de verdad me hipnotizaron. Cuando hicimos el amor y cuando dijiste que me amabas, pensé, bueno, pensé que no era realmente yo. Que dijiste todas esas cosas a alguien que no era yo, y no pude soportarlo, porque... –sintió un nudo en la garganta–. No pude soportarlo porque llevo amándote desde hace mucho, mucho tiempo.

La expresión de él no cambió.

–Pero ahora entiendo que *era* yo en todo momento –añadió.

Los ojos de él adquirieron el color del hielo.

–Sigue sin importar.

Annabelle volvió a agarrarlo de la camisa.

–Deja de decir eso. Sí que importa. Te amo. Tú me amas. Podemos estar juntos. Nada nos detiene.

–Yo lo detengo.

Las palabras salieron de algún lugar lleno de oscuridad y dolor.

Ella le apretó la tela de la camisa.

–Cuando te marchaste hace unos días, nos hiciste un favor a los dos. Esto entre tú y yo sería como mi madre y mi padre repitiéndose otra vez. Tarde o temprano, vería enfriarse el amor que sientes por mí. Tus sueños aplastados. He hecho algunas cosas realmente bajas en mi vida laboral y no voy a empezar otra vez a arrastrarte conmigo, como un canalla egoísta, sólo porque te deseo.

La ira de ella creció.

–Ah, ahora todo tiene sentido. Ya veo lo que pasa. No soy yo a quien quieres redimir... eres tú.

No puedes apartarme para demostrar lo noble que eres. Apartarme no te vuelve altruista. Te vuelve estúpido. Tú no eres tu padre. Yo no soy tu madre. Ésta no es la historia que se repite.

—Esa nube de vergüenza acerca de tu padre te sigue a todas partes.

Las palabras amargas le llegaron al corazón. Tenía que conseguirlo, sólo disponía de esa oportunidad. Si no, perderían los dos.

—Tienes razón —Wagner enarcó una ceja—. Katie lleva años diciéndome que llevo sus actos y fechorías alrededor del cuello como la mayoría de las mujeres llevaría un collar de perlas. Lo comprendí durante las largas horas del viaje de ida y vuelta a Dallas. Yo no robé ni mentí. Lo hizo mi padre. Yo hice lo que pude para reparar el daño y ahora quiero seguir adelante con mi vida. Me gustaría que estuvieras a mi lado.

—No funcionará. Sé lo que puede pasar... lo vi con mi madre.

—Wagner, somos personas diferentes de tus padres. Primero, no pienso dejar que me aísles de tu vida. Segundo, y entiéndolo bien, ya que voy a decirlo alto y claro, seremos un equipo. Yo estaré a tu lado y tú al mío.

Él le tomó las manos con fuerza.

—¿Y si fracasa y lo perdemos todo?

—Entonces, lo perdemos todo y empezamos de nuevo. Juntos. Lado a lado —se apartó el pelo de los hombros y, soltándose de él, aflojó el cinturón del abrigo. Wagner necesitaba ejemplos prácticos. Nada abstracto. Era hora de mostrarle algo sólido—. No tengo nada —dejó que el abrigo le cayera por los hombros y se amontonara en sus caderas, mostrando su desnudez.

Wagner contuvo el aliento al ver que los pezones se oscurecían y endurecían. Le recorrió el cuerpo con la mirada, posándola brevemente sobre los pechos antes de detenerse en sus ojos.

—Lo tienes todo —musitó con voz ronca por una necesidad descarnada.

—No, quiero decir que no hay trucos. Sólo estoy yo —con el corazón desbocado, dejó que el abrigo cayera por sus muslos y pantorrillas para quedar sobre la alfombra.

—¿Qué me estás haciendo?

—Demostrar lo estúpido que sería que nos rechazaras.

—Annabelle, trato de hacer lo correcto. Te amo demasiado para arrastrarte conmigo.

—¿Quién arrastra? Gracias a los dos, ahora estás sentado sobre un acuerdo magnífico que nos dará malvaviscos y galletitas para el resto de nuestras vidas. Pero la clave para haberlo alcanzado es... *nosotros*. Somos un gran equipo. Dentro y fuera de la cama.

Al oír la palabra cama, Wagner gimió. Tiró de la mano de ella y la envolvió en sus brazos. Le acarició la espalda.

Ella sabía del dolor que estaba liberando y de la incertidumbre que en ese momento abrazaba. Había usado a sus padres como muletas durante demasiado tiempo. Y acababa de dejarlas caer.

—Voy a poner parte del dinero que reciba de Pleasures en una renta anual a *tu* nombre. Jamás te quedarás en bancarrota por mí.

Ella asintió contra la suavidad de su camiseta. Había ganado. Los dos habían ganado.

—¿Estás decepcionado porque las cosas no salieran como habías querido? —le preguntó ella.

–No. Aunque pensé que le iba a hacer un favor al mundo creando una fuente de energía barata y limpia.

–Eh, no descartes a la Boa Azul y a sus hermanos. Sigues haciéndole un favor al mundo.

–Tienes razón. Quizá te pida que hagas lo mismo con Taggert. Esa técnica del aeropuerto desde luego convenció a Ulrich. ¿Qué fue lo que hiciste exactamente?

Se puso de puntillas y lo besó en el cuello.

–Te lo contaré mañana.

–Ah, pero mañana tengo grandes planes para ti. Tienes que llamar a Kenny Rhoads y...

–¿Decirle que salte al lago? –rió ella–. De hecho, al volver a la ciudad oí en la radio que lo han arrestado acusado de diversos cargos de fraude y blanqueo de dinero. Ninguno de sus partidarios ha dado la cara por él y su familia ni siquiera ha pagado la fianza para sacarlo de la cárcel.

Wagner esbozó una sonrisa fugaz. Luego bajó las manos a los costados de ella y dio un paso atrás.

–Te amo, Annabelle. Más de lo que jamás creí posible. Pero te daré la oportunidad de cambiar de parecer. Si hacemos el amor esta noche, ya no te soltaré.

–Eres muy generoso.

–Me siento seguro. Das la impresión de no tener suficiente de mi cuerpo.

–¿Y si digo que no? –preguntó ella. Había aprendido que no era bueno tener a un hombre demasiado confiado.

–No lo harás.

–No, no lo haré.

155

Antes de aplastarle los labios con un beso ardiente, susurró:

—Eso pensé.

DESEO

ROCHELLE ALERS
HERIDAS DE AMOR

Capítulo Uno

–Por favor, diga su nombre –pidió una voz a través del altavoz.

Unas puertas automáticas de hierro coronadas por una historiada letra B y rodeadas de cámaras de seguridad componían la entrada a la legendaria cuadra Blackstone.

Renee sacó la cabeza por la ventanilla del coche y miró a la cámara.

–Renee Wilson –dijo, y al momento se abrieron las puertas para dejar pasar su coche.

Estaba en un lugar nuevo, con un empleo nuevo y tenía por delante un comienzo nuevo, pensó mientras conducía entre vallas blancas y muros de piedra que delimitaban los verdes campos.

Renee devolvió el saludo a un hombre que estaba en un tractor y volvió a concentrarse en el camino. Movió la cabeza; le dolía el cuello, los hombros y la espalda del largo viaje. Había salido de Louisville, Kentucky, hacía poco más de ocho horas y sólo se había detenido dos veces: una para echar gasolina y otra para comer. Y por fin había llegado a su destino en Staunton, Virginia.

«Sí», se dijo. Había acertado al aceptar el puesto de administrativa para la cuadra Blacks-

3

tone. Vivir y trabajar en una granja de caballos iba a ser una nueva experiencia para alguien como ella, acostumbrada a la energía frenética de Miami. A ella le encantaba esa ciudad, pero sabía que no podría haber seguido viviendo allí. No quería arriesgarse a encontrarse con su exnovio, el hombre que la había dejado embarazada y que había *olvidado* convenientemente decirle que estaba casado.

Renee siguió las indicaciones hacia la casa principal. Era finales del mes de octubre. Los árboles desplegaban sus colores más bellos y olía a tierra mojada tras una semana de tormentas.

Renee aparcó el coche junto a una camioneta, delante de la casa de Sheldon Blackstone. Su hijo Jeremy era quien le había hecho la entrevista y quien la había contratado. Él sería quien se convirtiera en su jefe cuando Sheldon Blackstone se jubilara al final del año.

Ella apagó el motor, agarró su bolso de mano y abrió la puerta del coche. Apenas puso los pies en el suelo, una figura alta se colocó delante de ella. Sorprendida, Renee ahogó un pequeño grito y miró hacia arriba.

Dos ojos grises que brillaban en un rostro color café la dejaron clavada. El sol de la tarde sacaba destellos rojos y grises de aquel pelo negro y abundante. Renee se quedó sin respiración mientras el corazón le latía como loco y sintió que se mareaba. Sin duda aquel hombre era Sheldon; su hijo Jeremy se parecía mucho a él. Pero había algo en la mirada del padre que la ponía nerviosa.

Renee se recompuso y extendió la mano.

4

–Buenas tardes, soy Renee Wilson.

Sheldon Blackstone observó aquella mano menuda y la vio perderse en la suya al estrecharla. Se preguntó cómo reaccionaría aquella mujer de rasgos delicados y piel chocolate, perfectamente arreglada, cuando supiera que iba a tener que vivir con él en lugar de en el bungalow que le había sido asignado. Forzó una sonrisa.

–Y yo, Sheldon Blackstone.

–Es un placer conocerlo, señor Blackstone –respondió ella, soltándose de él.

–Por favor, llámame Sheldon. Aquí usamos el trato informal.

Renee sonrió, destacando más los hoyuelos de sus mejillas y su boca carnosa y suave.

–Así lo haré, Sheldon, pero sólo si tú me llamas Renee.

Él esbozó una amplia sonrisa. Esa mujer era encantadora.

–Así lo haré, Renee.

La condujo del codo hacia el enorme edificio de dos pisos que era la vivienda principal.

–Tengo que comentarte algo antes de que te instales –añadió él, y al ver la mirada de desconcierto de ella, puntualizó–: Algo sobre tu alojamiento.

Renee cerró los ojos unos instantes y rezó porque los Blackstone no retiraran su oferta de alojarla en la granja y cuidar de su hijo.

–¿Qué sucede? –preguntó por fin con cautela.

Sheldon se cruzó de brazos.

–El bungalow que te habíamos asignado no puede usarse de momento. Hace unos días ardió el tejado a causa de una rayo y, cuando logramos apagar el fuego, se puso a llover y se inundó todo. Ayer estuvo un perito evaluando los daños y dijo que hay que tirar todo el interior y reconstruirlo.

Renee abrió los ojos abrumada y sin dar crédito.

—¿Estás diciendo que no puedo vivir en la granja?

—Hablaremos mejor dentro de la casa —le aseguró Sheldon, tomándola del codo de nuevo.

Renee se quedó inmóvil. Si no podía vivir en la cuadra Blackstone, sólo le quedaba una opción: volver a su coche y regresar a Kentucky. ¿Cómo iba a decirle a Sheldon Blackstone que ella era una mujer soltera de treinta y cinco años, sin residencia fija, y embarazada de un hombre que la había mentido mientras se casaba a sus espaldas?

—Por favor, Renee, me gustaría que escucharas mi propuesta. Entremos en la casa —le pidió Sheldon con tranquilidad.

Ella lo observó en silencio unos segundos y al final asintió.

—De acuerdo.

Se sentía incómoda. ¿Por qué no encontraba ningún hombre en quien poder confiar? Todos decían una cosa y hacían justo lo contrario. Para empezar, su padre: Errol Wilson había sido un alcohólico mentiroso, jugador y mujeriego.

Ella salía con hombres de cuando en cuando y, aunque había ofrecido su pasión a alguno que otro, a ninguno había entregado su amor. Pero todo cambió el día en que conoció a Donald Rush: ella le ofreció todo lo que tenía y que nunca había compartido con ningún hombre. Y al final él también la había engañado. Con los otros, ella había sido capaz de salir ilesa, con su orgullo y su dignidad intactos, pero con Donald se le había terminado la suerte: a los dos meses de dejarlo, ella había descubierto que esperaba un hijo suyo.

Renee siguió a Sheldon al interior de la casa. El amplio vestíbulo estaba decorado con vitrinas llenas de trofeos, recuerdos y fotografías de jockeys negros desde mediados del siglo XIX hasta el presente. Sheldon la condujo a un salón con sillones de cuero y grandes ventanales.

—Por favor, siéntate —dijo él, indicándole uno de los sillones.

Esperó a que ella se hubiera sentado para sentarse él en otro sillón. No sabía por qué, pero tenía la impresión de que aquella mujer que había contratado Jeremy para digitalizar la contabilidad de la cuadra no superaría el período de prueba de tres meses. Por lo que él había leído en su currículum, ella había sido la directora de administración de uno de los bufetes más importantes de Miami; pero eso no podía compararse con vivir y trabajar para una cuadra. Sheldon se preguntó cuánto tiempo aguantaría ella hasta que se cansara de oler a heno y a caballos. Él seguramente no habría contratado a Renee, por muy buenas referencias y experiencia que tuviera, pero la decisión la había tomado su hijo Jeremy, que era quien iba a asumir el control de la cuadra en enero, cuando él se jubilara oficialmente tras treinta años dirigiéndola.

La mirada de Sheldon recorrió el pelo perfectamente peinado de ella, su casaca amarilla de seda, sus pantalones negros de *crêpe* y sus zapatos de diseño. Todo en Renee Wilson destilaba sofisticación de gran ciudad.

–Como ya te he comentado, hasta dentro de unos meses no vas a poder alojarte en el bungalow que tenías asignado –comenzó Sheldon pausadamente–. Pero estoy dispuesto a que te alojes en mi casa hasta entonces.

–¿Estás diciéndome que voy a vivir contigo? –preguntó Renee, perpleja.

Ella se había jurado a sí misma que no volvería a vivir con ningún hombre ni siquiera por un período temporal. Por otra parte, Sheldon Blackstone iba a ser su jefe durante los dos próximos meses, no su amante.

Los ojos de él brillaron de diversión. Era evidente que su sugerencia había descolocado a Renee.

–Esta casa es muy grande, apenas nos veremos. Una mujer viene varias veces a la semana a limpiar la casa y lavar la ropa. Tú tendrás tu propio dormitorio con baño independiente, y he preparado un despacho provisional en el porche trasero. Si no quieres comer en el comedor o prefieres pedir comida de fuera, puedes comer en la cocina. Y si quieres cocinar tú, avísame de lo que necesites y yo le encargaré al chef que lo compre.

A pesar de lo preocupada que estaba, Renee sonrió tímidamente.

–Parece que has pensado en todo –dijo, y vio que Sheldon sonreía abiertamente y asentía–. Te aseguro que el hecho de que yo viva aquí no supondrá ningún problema para tu...

Renee no terminó la frase.

–¿Te refieres a si hay alguna mujer en mi vida? –preguntó él, y supo que había acertado en los ojos de Renee–. Existen dos señoras Blackstone y son las esposas de mis hijos, Kelly y Tricia. Mi mujer falleció hace veinte años y yo nunca he tenido nada con ninguna mujer que viviera o trabajara en esta granja.

Renee respiró aliviada.

–Muy bien, entonces acepto tu oferta.

Sheldon no había mentido. Hacía meses que no había ninguna mujer en su vida. Él se había casado con diecisiete años, se había convertido en padre con dieciocho, había enviudado con treinta y dos y, en aquel momento, a los cincuenta y tres años, iba a jubilarse a finales de año. Estaba deseando poder ir de pesca, viajar y malcriar a sus nietos. No tenía planes de buscar una pareja, pero si aparecía alguna mujer que compartiera sus intereses, se plantearía una relación más seria pero sin llegar a casarse; él ya había fallado una vez como esposo y no quería que eso volviera a suceder.

Tampoco había vivido en celibato desde la muerte de su esposa, pero había llevado sus relaciones muy discretamente. Todas sus citas sucedían siempre fuera de la granja. Nadie, ni siquiera sus hijos, había conocido a ninguna de las mujeres que habían compartido su cama desde que él era viudo.

–Hay un pequeño problema –comenzó Renee–. He encargado unos muebles y está previsto que los traigan hoy.

–Llegaron esta mañana temprano –le informó él, poniéndose en pie–. Me he tomado la libertad de almacenarlos en un guardamuebles en Richmond.

Renee respiró aliviada de nuevo y se puso en pie.

–Gracias.

Ella había vendido todo lo que había en su piso de Miami antes de mudarse al lujoso chalet de Donald; luego, el día que había roto con él, se había llevado sólo su ropa y sus objetos personales.

Sheldon sonrió a aquella mujer menuda cuya cabeza le llegaba a él por el hombro.

–Te enseñaré tu habitación.

–Tengo que sacar el equipaje del coche –señaló ella.

–Dame las llaves, yo lo traeré –le dijo él, extendiendo la mano.

Renee sacó las llaves de su bolso y, al dárselas a Sheldon, sintió una descarga eléctrica por todo el cuerpo. Lo miró a los ojos para saber si a él le había sucedido lo mismo, pero la expresión de él era impenetrable.

Sheldon se guardó las llaves y condujo a Renee por la escalera hasta el primer piso y al final del pasillo.

–Ésta será tu habitación. Tiene su propia sala de estar y su cuarto de baño completo.

Renee entró en aquella habitación llena de luz y le pareció que había retrocedido en el tiempo. Era amplia, estaba pintada en blanco y tenía un armario y una cama antiguos de madera. El cuarto de baño y la sala de estar compartían la misma atmósfera nostálgica y de solidez al mismo tiempo.

Renee miró a Sheldon, que se había apoyado en el quicio de la puerta con los brazos cruzados sobre el pecho; le recordaba a un felino descansando.

—La habitación es perfecta —afirmó ella, sonriendo.

Él también sonrió. Había creído que a Renee le resultaría una habitación demasiado anticuada. Después de todo, ella estaba acostumbrada a vivir en una ciudad moderna y cosmopolita.

—Voy a subir tu equipaje —comentó él, girándose para bajar, pero se detuvo—. ¿Quieres algo de comer o beber? Sólo por esta noche, la cena se servirá una hora más tarde de lo habitual.

Renee consultó su reloj. Eran algo más de las cuatro de la tarde y ella solía cenar a las seis. Su tocólogo le había recomendado que hiciera cinco comidas al día más ligeras en lugar de tres abundantes. Ella acababa de empezar su segundo trimestre y había ganado casi un kilo cada mes.

—¿A qué hora será la cena, entonces?

—A las siete.

Renee supo que no sería capaz de aguantar tres horas sin comer.

—Entonces me gustaría una macedonia de frutas y un vaso de leche.

Sheldon la miró muy serio.

—¿Eres una fanática de la comida sana?

11

Renee sonrió abiertamente.

–Hace un par de meses decidí comer sano. Nada de comida basura, ni con aditivos ni conservantes.

Él la estudió atentamente.

–Quizás el que vivas aquí me ayude a cambiar algunos de mis hábitos alimenticios –dijo él.

Su única debilidad eran los helados, le encantaban.

–A mí me parece que estás muy bien –se le escapó a ella antes de ser consciente de lo que decía.

Sheldon se la quedó mirando. Su última revisión médica indicaba que tenía una salud de hierro para un hombre de su edad. Medía un metro ochenta y pesaba ochenta y seis kilos. Y estaba en perfecta forma porque cada día caminaba un buen rato.

Renee y Sheldon se observaron unos minutos en silencio. Renee se sintió incómoda de nuevo, como si estuviera bajo un microscopio. Ella no conocía al dueño de la cuadra Blackstone y no quería conocerlo, al menos no más allá de la mera relación jefe-empleada.

Viviría en la casa principal hasta que pudiera trasladarse al bungalow, ordenaría y digitalizaría los libros de contabilidad que hasta entonces se habían llevado a mano, y en primavera daría a luz a su bebé. Renee no quería plantearse más allá del momento en que su hijo o hija cambiaría de la guardería a la escuela infantil.

Sheldon parpadeó y pareció que salía de un trance.

–Será mejor que vaya a por tu equipaje.

Su voz grave y suave rompió el silencio entre ellos. Renee asintió. Pensaba esperarlo, pero tuvo que ir al baño, y cuando regresó vio que él había subido sus tres maletas de un solo viaje. Era evidente que estaba en buena forma física. Era alto, de hombros anchos y caderas estrechas. Ella tuvo que admitir que era la primera vez que conocía a un hombre cuyo hermoso cuerpo iba acorde con su bello rostro. Sheldon Blackstone era un hombre imponente en todos los sentidos.

Renee decidió darse una ducha antes de cenar. Desde que estaba embarazada, solía echarse una siesta por la tarde, pero esa vez tendría que renunciar a ella. Afortunadamente, el cansancio era la única molestia de su embarazo.

El hecho de convertirse en madre había cambiado su forma de ver las cosas. Todo lo que hacía desde entonces, se supeditaba a la pequeña vida que estaba creciendo en su interior.

Hubo un tiempo en que se vio obligada a renunciar a su sueño de estudiar Derecho. Después de que su padre falleciera a causa de su alcoholismo, Renee había tenido que ponerse a trabajar para ayudar a su madre. Pero una década más tarde había visto cumplido su sueño: después de seis años estudiando en su tiempo libre, aparte del trabajo, había obtenido un diploma de estudios legales.

Renee cerró los ojos y sonrió. «Vive el presente y deja que el futuro se ocupe de sí mismo», se dijo. Había sido la filosofía de vida de su madre y ella la había hecho suya.

Capítulo Dos

Sheldon se acercó en camioneta hasta la enorme carpa blanca que se había erigido para la fiesta de la noche anterior a la carrera. Había docenas de mesas y sillas engalanadas para la cena. Hacía años que la cuadra Blackstone no ofrecía una fiesta antes de una carrera, pero aquel año era diferente porque Ryan y Jeremy habían decidido que su purasangre Shah Jahan participara en la Gold Cup.

El caballo y su jinete eran el secreto de la cuadra. Cada vez que Sheldon veía a la diminuta Cheryl Carney a lomos del imponente Shah Jahan cruzar la línea de meta, se le detenía el corazón. El tío de Cheryl y entrenador jefe de la cuadra, Kevin Manning, había logrado que el caballo superara la marca del campeón del Derby de Kentucky hasta el momento.

Sheldon condujo la camioneta hacia los establos y la aparcó entre los coches de sus hijos. Entró en la consulta veterinaria y los encontró brindando.

—¿No os parece un poco temprano para celebraciones? —les preguntó.

Ryan sonrió a su padre y elevó su vaso.

—Nada temprano. Jeremy tiene buenas noticias.

Jeremy se removió en su asiento y sonrió a su padre.

—Tricia y yo acabamos de regresar del médico: está embarazada.

Sheldon sonrió ampliamente, elevó un puño al cielo y gritó de alegría.

—¡Enhorabuena! Dadme un poco de eso que vais a beber. Cuando vengas a mi casa te daré un trago de mi brebaje especial.

Jeremy y Ryan protestaron al unísono.

—Sé de alguien del departamento de Sanidad a quien le gustaría hacerle unas pruebas a ese brebaje tuyo —bromeó Jeremy.

Sheldon frunció el ceño y negó con la cabeza.

—No puedo creer que mis hijos sean tan blandos...

Ryan le sirvió un poco de coñac a Sheldon y se lo ofreció con un brillo de diversión en la mirada.

—Tú quédate con esa mezcla tuya. Yo prefiero beber algo que no sirva como disolvente de pintura o limpiador de desagües.

Sheldon sonrió. Estaba orgulloso de Ryan y Jeremy. No le había resultado fácil criar él solo a dos adolescentes tras la muerte de Julia y al mismo tiempo sacar adelante la cuadra.

Ryan se había convertido en veterinario y había regresado a la cuadra para desarrollar allí su carrera. Jeremy había necesitado catorce años, un período de cuatro años como marine y una breve carrera como agente especial de la brigada antidroga, antes de regresar a la cuadra. En una de las misiones de la brigada antidroga había resultado seriamente herido y ha-

bía vuelto a casa. Entonces se había vuelto a enamorar del amor de su infancia, Tricia Parker. Y
de pronto Tricia y Jeremy iban a darle a Sheldon su tercer nieto.

Los tres hombres alzaron sus vasos y los hijos
bebieron a sorbos mientras Sheldon apuraba el
suyo de un trago.

–Renee Wilson ha llegado hace una hora
–dijo Sheldon, dejando su vaso en la mesa.

Jeremy se incorporó en su asiento.

–¿Qué tal se ha tomado lo de que tiene que
vivir en tu casa hasta que el bungalow esté reconstruido?

Sheldon se encogió de hombros.

–Sospecho que no le ha hecho muy feliz, pero no se le ha notado.

Ryan se recostó en su silla y clavó la mirada
en su padre.

–Jeremy me ha dicho que te pusiste furioso
cuando él sugirió que ella se alojara en tu casa.

Sheldon fulminó a Jeremy con la mirada.

–Hablas demasiado –le reprochó.

Jeremy le sostuvo la mirada.

–Bueno, lo hiciste, papá. No te había oído hablar así desde que Ryan y yo éramos pequeños.

Sheldon había aprendido a ser mal hablado
de su padre, pero eso terminó el día que Julia
Blackstone falleció. De hecho, tuvo que trans-
currir un cierto tiempo hasta que Sheldon volvió a pronunciar palabra.

–¿Y te gustaría oírme hablar así ahora? –le
desafió Sheldon, bromeando.

–No, gracias –dijo Jeremy, negando con la
mano–. ¿Qué opinas de Renee?

–Si te refieres a si está cualificada para el puesto, se verá con el tiempo.

Los ojos grises de Jeremy brillaron de picardía.

–A mí me parece muy guapa.

Sheldon lo miró sin dar crédito a lo que acababa de oír.

–¿La has contratado por eso, porque es guapa?

Jeremy se puso serio rápidamente.

–No. La he contratado porque está muy cualificada para el puesto. De hecho, tiene un currículum excepcional. Tanto, que me pregunto por qué ha decidido dejar un empleo en el que ganaba el doble de lo que va a percibir aquí y además venirse a vivir a una granja de caballos.

«A lo mejor se está escondiendo de algo», pensó Sheldon.

–Sólo lo sabremos con el tiempo –afirmó, y decidió cambiar de tema–. ¿Está Jahan listo para mañana?

No quería pensar en Renee Wilson porque, al igual que a Jeremy, a él también le había parecido muy guapa... y muy sexy. Y la última mujer a la que había encontrado tan guapa y tan sexy se había convertido en su esposa.

–Está todo lo preparado que puede estar –respondió Ryan, haciendo regresar a Sheldon al presente–. Cheryl ha estado corriendo con él en la pista hace un rato junto con otros tres caballos, y por primera vez Jahan no se ha asustado tanto como otras veces.

Sheldon se puso de pie.

–Asegúrate de que Kevin sabe que no debe correr sin máscara.

17

Kevin llevaba quince años como entrenador jefe de los caballos de la cuadra.

—Tenemos todo controlado, papá —dijo Ryan secamente.

Sheldon reconoció la irritación en la voz de su hijo. Seguro que estaba pensando que él quería controlarlo todo.

—Me voy a casa a prepararme para esta noche. Os veo luego —se despidió Sheldon, y le dio unas palmaditas a Jeremy en el hombro—. Enhorabuena, hijo.

—Gracias, papá —respondió Jeremy, elevando una vez más su vaso al cielo.

Sheldon consultó su reloj mientras entraba en su casa. Tenía una hora para arreglarse antes de que los habitantes de las granjas vecinas llegaran para la fiesta que iba a preceder a la importante carrera.

Nada más traspasar la puerta, sintió la presencia de ella. Desde que sus hijos se habían independizado, hacía tiempo, él no había vuelto a compartir su casa con nadie. Iba a subir las escaleras cuando oyó voces en la parte trasera de la casa. Se acercó allí y no pudo evitar sonreír: Renee estaba dormida sobre una tumbona. Un pantalón de chándal y una camiseta ancha sustituían a su impecable atuendo anterior. La radio estaba encendida y emitía una canción de amor. Una lámpara de luz tenue resaltaba sus delicados rasgos. Sheldon se acercó a Renee, que parecía un ángel dormido. «¿Quién eres y por qué estás aquí?», se preguntó él.

Alargó la mano y tocó a Renee en el hombro. Ella se despertó inmediatamente y, al ser consciente de dónde estaba y de la situación, abrió los ojos sorprendida. Sheldon advirtió que tenía los ojos color miel. ¿Cómo era posible que no se hubiera dado cuenta antes?

Él se irguió, sonriendo.

—Siento despertarte, pero tienes que prepararte para la fiesta de esta noche.

Renee se incorporó en la tumbona y se peinó el pelo con los dedos.

—¿Qué fiesta? —preguntó adormilada, como en un ronroneo.

Sheldon se preguntó de nuevo cómo era posible que hasta aquel momento no hubiera advertido lo bonita que era la voz de ella. Pero sabía la respuesta: no quería recordarse que echaba de menos tener compañía femenina. Se había acostumbrado a vivir solo.

—La cuadra Blackstone ofrece una fiesta esta noche antes de la carrera de mañana. Uno de nuestros purasangres va a participar mañana por primera vez en una carrera.

Renee se puso en pie.

—¿Ofrecéis fiestas como ésta muy a menudo?

—Hace dos años que no damos ninguna. Pero si Jahan gana, haremos otra fiesta el domingo por la tarde.

—¿Y esperáis que gane?

—Lo hará sin duda, aunque las apuestas están doce a una en su contra.

—No sé nada de cómo funcionan las apuestas de las carreras de caballos.

—No te preocupes, yo te enseñaré.

Renee negó con la cabeza.

–No hace falta, prefiero no saberlo.

–¿Estás en contra del juego?

Ella lo miró largamente y él percibió su incomodidad.

–Sí –respondió ella–. Mi padre era alcohólico y jugador, una combinación letal. Tenía una mujer y una hija que lo necesitaban... pero él nos ignoró.

Al hablar de su padre, Renee dejó al descubierto su vulnerabilidad y a Sheldon se le activó el instinto protector sin que pudiera evitarlo. Quiso abrazarla hasta que ella hubiera calmado su dolor, pero se contuvo porque dudaba de que ella aceptara el gesto.

–El juego y la bebida no tienen nada de malo si se tiene moderación –comentó él suavemente.

–Mi padre no sabía lo que era la moderación.

–Tú ni bebes alcohol ni juegas –dijo él, más como afirmación que como pregunta.

–De vez en cuando sí me tomo alguna copa.

Sheldon sonrió.

–Si Shah Jahan gana mañana, ¿brindarás con champán conmigo?

Renee negó con la cabeza.

–No puedo.

Él se puso serio.

–¿No puedes o no quieres?

–No puedo –repitió ella.

–¿Tiene eso algo que ver con que trabajes para mí?

«Ojalá fuera tan sencillo», pensó Renee. En

la entrevista con Jeremy no había dicho nada de su embarazo, aunque sabía que era cuestión de tiempo que fuera evidente.

—No tiene nada que ver con nuestra relación de jefe-empleada —aseguró ella, y lo vio enarcar una ceja, inquisitivo—. Voy a tener un bebé.

Sheldon recibió la noticia como una bofetada.

—¿Estás embarazada?

Ella asintió.

—Acabo de comenzar el cuarto mes.

Él posó su mirada en la tripa de ella.

—¿Y tu marido?

La ficha de solicitud de empleo no contemplaba ni la edad ni el estado civil.

Renee tuvo que esforzarse para no reír ante la expresión atónita de Sheldon.

—No estoy casada. El padre de mi bebé sí estaba casado, pero con otra.

—¿Te fuiste a la cama con un hombre casado? —preguntó él con desaprobación.

Renee se irguió y se encaró con él.

—Yo no sabía que estaba casado. Lo descubrí un día que llegué de un viaje de negocios antes de lo previsto y lo encontré en *mi* cama con *otra* mujer. Antes de eso, yo quería casarme con él.

Por el rostro de Sheldon cruzaron multitud de sensaciones.

—¿Sabe él que esperas un hijo suyo?

—No.

—¿Y vas a decírselo?

—No.

—Él tiene derecho a saberlo.

Renee se acercó a Sheldon tanto que percibía el aroma de su colonia.

–Él perdió ese derecho al ocultarme que se había casado con una *showgirl* de Las Vegas a la que conoció durante un congreso al que él acudió allí. Yo me marché de Florida antes de saber que estaba embarazada y no tengo ninguna intención de regresar allí ni de hablar con él. No le necesito para mantener a mi bebé, así que él no tiene ninguna obligación hacia nosotros.

Sheldon estaba descubriendo a una mujer distinta de la que se había bajado del coche unas horas antes. Bajo su delicado exterior latía una fuerza interior que no se percibía al primer vistazo.

Ella había acudido a la cuadra Blackstone buscando un nuevo empleo y una nueva vida, y no había ido sola. Sheldon comprendió por qué había elegido aquel puesto que ofrecía guardería y colegio para los hijos de los empleados. Sonrió al recordar a los hijos que se habían criado en la granja y que se habían convertido en parte de aquella gran familia. Su nuera Tricia había sido una de esas niñas.

–El lunes avisaré al constructor para que añada otro dormitorio al bungalow.

Renee miró boquiabierta a Sheldon.

–¿Por qué? –preguntó, anonadada.

A él le pareció graciosa la reacción de ella.

–Todo niño necesita su propio espacio.

La sensual boca de ella esbozó una sonrisa.

–Tienes razón. Gracias, Sheldon.

Él la contempló fijamente.

–No me des las gracias tan pronto, Renee, porque soy un jefe duro. Sólo tienes tres meses para modernizar la cuadra Blackstone para el siglo XXI. Todo se ha hecho a mano durante treinta años, desde el control de las nóminas hasta los registros de las compraventas y eso se traduce en miles de papeles. Jeremy quiere que la contabilidad esté digitalizada cuando él se haga cargo de la gestión de la cuadra en enero –le recordó Sheldon–. Si necesitas un ayudante en algún momento, pídelo. Y lo que es más importante, si hay algo que no entiendas, pregunta. Yo puedo ladrar mucho, pero nunca muerdo.

Renee advirtió cierta arrogancia en el jefe del clan Blackstone, pero algo en su actitud la tranquilizó en lugar de ponerla nerviosa. En ese momento supo que iban a ser capaces de convivir y trabajar juntos.

–No lo olvidaré –le aseguró ella.

Él sonrió de nuevo.

–Bien. Y ahora, si me disculpas, voy a prepararme para la fiesta.

Ella le devolvió la sonrisa.

–Estaré lista a las siete.

Renee lo observó marcharse y apagó la radio. Contempló unos instantes su entorno. El porche estaba cerrado con unos ventanales que iban del suelo al techo y dejaban pasar la luz a raudales. Había un sofá y una mesa con un par de sillas y, al lado, un aseo. Podría trabajar, comer y relajarse sin necesidad de abandonar el porche.

Decidió que dedicaría el fin de semana a asentarse en la granja y a conocer a sus habitantes, y el lunes comenzaría la tarea para la que la habían contratado.

***

La noche había descendido sobre la cuadra Blackstone cuando Sheldon salió al porche y encontró a Renee en el balancín esperándolo. Él la miró apreciativo al ver que se había recogido el pelo en un elegante moño, se había puesto zapatos de tacón y un vestido negro con una chaqueta corta a juego que realzaba su belleza natural. Unos hermosos pendientes de brillantes demostraban que ella era perfectamente capaz de sacar a su bebé adelante ella sola.

Sheldon se obligó a mirarla a la cara en lugar de a las piernas. Una suave brisa le llevó el aroma de su perfume y él se quedó conmocionado: era el mismo perfume que usaba Julia, su esposa.

—¿Hay algún problema? —preguntó Renee ante la reacción de él.

—No —se apresuró a contestar él—. Estás muy guapa.

Renee sintió que las mejillas le ardían.

—Gracias. Tú también.

El traje de Sheldon se adaptaba como un guante a su imponente figura.

Él se acercó y le ofreció el brazo. Le gustó la sensación cuando Renee se apoyó en él.

—Muchas gracias —dijo ella, segura de que él se había dado cuenta de que estaba temblando.

Algo en aquel hombre la ponía nerviosa, en todos los sentidos, y ella sabía que sentirse atraída hacia él sería peligroso para su equilibrio emocional. Ella había advertido el brillo en los ojos grises de él cuando había salido de la casa y la había visto arreglada para la fiesta. El fuego había encendido su mirada antes de que él pudiera disimularlo.

Sheldon era guapo, olía a gloria y estar a su lado era de lo más agradable. Ella estaba suavemente agarrada al brazo de él, pero podía percibir su brazo fuerte.

–¿No cierras la puerta con llave? –preguntó ella al ver que se dirigían hacia la escalera del porche.

Sheldon colocó su mano sobre la de ella y le dio un suave apretón.

–Mi puerta siempre está abierta hasta que me acuesto por las noches. Y lo mismo sucede con todos los que viven en la granja. Es una de las pocas órdenes que todo el mundo tiene que cumplir.

Ella lo miró y contempló luego el lujoso sedán al que él le conducía.

–¿Y cuáles son las otras órdenes?

–Una es que siempre se deja la llave del coche puesta, por si hay que mover el vehículo en algún momento. Y la más importante es que todos los residentes de la granja deben estar en contacto cuando hace mal tiempo.

Sheldon le abrió la puerta del copiloto y ella se sentó en el asiento de cuero anotando las órdenes en su mente. Cada vez estaba más convencida de que su vida allí iba a ser completamente diferente de la de Miami.

Sheldon se quitó la chaqueta y entonces Renee se quedó sin aliento. De pronto, le parecía más grande y más fuerte. Él encendió el motor y automáticamente los cinturones de seguridad descendieron sobre ellos.

–¿El cinturón está bien para ti, no te aprieta? –le preguntó él, girándose hacia ella.

–Está bien, gracias –respondió ella, sosteniéndole la mirada un instante.

Renee estaba contenta por haberle confesado su embarazo, pero no quería que Sheldon le hiciera concesiones al respecto.

En pocos minutos llegaron junto a la gran carpa blanca. Alrededor había multitud de lámparas y velas y los altavoces llenaban todo de música animando la celebración.

Sheldon se bajó del coche, se puso la chaqueta y abrió la puerta del copiloto. Conforme Renee salía del coche, él le puso la mano en la espalda. Ella se quedó rígida un instante y luego se relajó.

–Quiero que conozcas a mis nueras antes de que esto se llene de gente –le comentó él casi al oído.

La agarró de la mano, con suavidad y firmeza al mismo tiempo, y la condujo hacia una mesa donde dos mujeres charlaban animadamente. Él carraspeó y las dos mujeres se giraron hacia él al mismo tiempo. Las dos eran guapas, pero una de ellas era una auténtica belleza con su piel color café, los ojos almendrados y el pelo corto que destacaba sus exquisitos rasgos.

Sheldon soltó la mano de Renee y besó a Tricia Parker-Blackstone en la mejilla.

–Muchas felicidades. Me alegro mucho por ti y por Jeremy.

Tricia sonrió ampliamente y abrazó a Sheldon.

–Gracias, papá.

–¿Cómo te encuentras?

–No demasiado mal. Las náuseas van y vienen –respondió ella.

Él se dio cuenta de las miradas curiosas hacia Renee y tendió una mano hacia ella. Le gustó sentirla sobre la suya.

–Kelly, Tricia, ésta es Renee Wilson, nuestra nueva administrativa. Renee, éstas son mis nueras, casi como mis hijas, Kelly y Tricia. Kelly es la directora del centro infantil de la granja y Tricia es la enfermera del mismo.

Las tres mujeres se saludaron.

–Has venido en el mejor momento –comentó Kelly–. La cuadra Blackstone es famosa por ofrecer la mejor fiesta de toda Virginia de antes de una carrera de caballos.

Las palabras de Kelly aún resonaban en el aire cuando una voz retumbó en la noche.

–¡Blackstone! He oído que tienes un caballo fabuloso, mejor que el legendario Affirmed –exclamó un hombre alto de rostro rubicundo y pelo rubio y largo–. Buenas noches, señoras.

Renee advirtió el cambio en la expresión de Sheldon, que se volvió sombría. Era evidente que aquel hombre no le agradaba.

–Alguien te ha mentido, Taylor –respondió él pausadamente–. Estoy seguro de que has visto cómo están las apuestas.

Kent Taylor, propietario de la cuadra Taylor, observó descaradamente a Renee.

–Eso sucede porque nadie que no sea de la cuadra Blackstone lo ha visto correr.

–Verás todo lo que quieras mañana por la tarde en la carrera –le aseguró Sheldon.

Como era obvio que Sheldon no iba a presentarle a Renee, Kent Taylor dejó de forzar la sonrisa.

–¿Estás diciéndome que debería apostar por Shah Jahan?

–Yo no he dicho eso –contestó Sheldon en voz baja, con un tono veladamente amenazador–. Te sugiero que apuestes por algo seguro.

Kent se puso serio.

–Eso me sueña a desafío.

Sheldon lo miró burlón.

–Por eso tenemos carreras de caballos, Taylor.

Kent asintió.

–Esta noche voy a disfrutar de la comida y la bebida. Y el domingo por la tarde te devolveré el favor cuando ofrezca la fiesta para celebrar la victoria de mi caballo.

Sheldon observó con despreció cómo se marchaba el hombre con aire arrogante. No comprendía por qué Kent Taylor siempre convertía el deporte de las carreras de caballos en un enfrentamiento personal.

Kelly gruñó en voz baja.

–Ahora comprendo por qué ese hombre se ha casado tantas veces. Ninguna mujer en su sano juicio sería capaz de soportar ese ego durante más de una semana.

–Huele como si hubiera arramplado con su propio mueble-bar antes de venir.

Ryan y Jeremy llegaron cargados con platos repletos de comida para sus esposas.

–Taylor acaba de pasar a nuestro lado diciendo tonterías, como siempre –comentó Ryan.

–Es un fanfarrón –espetó Sheldon.

Jeremy alargó su mano hacia Renee.

–Hola de nuevo y bienvenida a la cuadra Blackstone.

Ella le estrechó la mano a Jeremy y después a Ryan. Los dos habían heredado de su padre su imponente físico y su aire de autoridad.

Sheldon le pasó el brazo por los hombros a Renee.

–¿Quieres comer algo? –le preguntó casi al oído.

Ella se giró hacia él y sus bocas quedaron a pocos centímetros.

–Sí, estoy hambrienta.

Él sonrió y le guiñó un ojo.

–Muy bien, pues ven conmigo.

Renee se removió en su cama y sonrió. Estaba cansada, pero demasiado emocionada para poder dormir. Su primer día en la cuadra Blackstone había sido memorable. Cerró los ojos y dejó escapar un suspiro. Recordó el brazo fuerte de Sheldon Blackstone rodeándole la cintura. Él no lo había hecho con intención sexual, su gesto estaba lleno de apoyo y protección, dos cosas que ella iba a necesitar en los meses venideros.

Capítulo Tres

Cuando se despertó a la mañana siguiente, Renee no sabía que, más que a una carrera de caballos, iba a asistir a un desfile de moda.

Telefoneó a su hermano para hacerle saber que había llegado bien y luego esperó otra hora antes de llamar a su madre. Su madre se había vuelto a casar hacía dos años y se había trasladado a Seattle con su nuevo marido y sus hijastros.

Era un día perfecto para una carrera de caballos: cielo azul, sol brillante, temperatura cálida, nada de viento y una pista en las mejores condiciones iba a ser el escenario de la carrera anual International Gold Cup de Virginia.

Renee ocupó uno de los palcos privados junto con Sheldon, Ryan, Kelly, Jeremy, Tricia y Kevin Manning, el preparador de los caballos. Los espectadores que pertenecían a la cuadra Blackstone se habían puesto broches rojos y negros en las solapas.

Renee se inclinó hacia Sheldon y sintió su hombro musculoso contra ella.

–¿Por qué no me has avisado de que la gente se vestía tan elegante?

La mayoría de las mujeres sentadas en los palcos privados llevaban vestidos de alta costura y lujosas joyas.

Sheldon miró a Renee de soslayo. Ella se había dejado el pelo suelto y le enmarcaba el rostro sensualmente. Un rostro que a él se le había grabado en lo más hondo nada más verlo.

–No había razón para avisarte –le contestó al oído–. Tienes un gusto exquisito para vestir y tu belleza natural es un cambio de lo más refrescante frente a estas mujeres de plástico con sus vestidos de diseño, sus adornos y sus cuerpos alterados por la cirugía estética. Algunas de ellas casi han llevado a sus esposos a la quiebra porque consideran la edad como una enfermedad terminal.

Renee no tuvo tiempo de reaccionar al piropo de Sheldon porque los altavoces llamaron la atención de todo el mundo. Los caballos que competían en la International Gold Cup iban a ocupar sus puestos en los cajones de salida. Ella miró hacia los caballos con sus prismáticos. Se estremeció de emoción al ver la pequeña figura de Cheryl vestida de negro y rojo sobre el magnífico purasangre negro.

Un murmullo lleno de expectación recorrió a los espectadores cuando los jinetes colocaron a sus caballos en los cajones de salida. Después de varios segundos de nervios, los cajones se abrieron y caballos y jinetes se lanzaron a la pista a toda velocidad.

Renee se puso de pie como el resto de compañeros de palco, con la boca abierta, el corazón acelerado y las piernas temblando. Shah Jahan se movía rápido como una centella, parecía que no tocaba el suelo. Jeremy y Ryan lo animaban a voz en grito mientras Sheldon golpeaba la barandilla del palco con ambos puños. Kevin estaba inmóvil, con los ojos cerrados y los puños apretados, rezando en silencio.

A mitad de la carrera se hizo evidente que los otros caballos no iban a alcanzar a Shah Jahan. Recuperando la voz, Renee se unió a los gritos de ánimo de los demás. Cheryl y Jahan atravesaron la línea de meta ocho cuerpos por delante del segundo·competidor. Renee sintió de pronto que la levantaban del suelo y la besaban explosivamente, dejándola sin aliento.

Sus brazos tomaron vida propia y rodearon el cuello de Sheldon. Renee se entregó al hombre y al momento. Sin previo aviso, el beso pasó de ser una forma de compartir la alegría a una caricia suave y luego a una exploración llena de deseo. Cuando logró recomponerse, Renee rompió el beso y apoyó la cabeza en el hombro de él, mientras tranquilizaba a su corazón desbocado y recuperaba el sentido común.

—Sheldon... —susurró ella—. Por favor, suéltame.

Lentamente, él la soltó. Captó la mirada de Ryan, que sonrió abiertamente y le guiñó un ojo.

—Lo hemos conseguido, papá.

Sheldon asintió.

—Sí, lo *habéis* conseguido.

Jeremy se acercó a ellos y le dio unos golpecitos a Sheldon en la espalda.

—¡Acabamos de marcar un nuevo récord!

Apenas había hablado cuando los empleados de la cuadra Blackstone elevaron sus puños al cielo, gritando «¡Boo-yaw!» entre vítores y aplausos.

Sheldon le tendió dos cupones de apuesta a Ryan.

—Ocúpate de esto después de que Jeremy y tú bajéis a recibir el premio.

Kevin ya había abandonado el palco y se dirigía al círculo de ganadores.

Ryan negó con la cabeza.

—No podemos hacerlo, papá, no somos los propietarios.

—Hoy lo sois —replicó Sheldon—. Será mejor que Jeremy y tú os unáis a Kevin y Cheryl.

Jeremy miró incrédulo a su padre.

—Estás bromeando, ¿verdad?

Él esperaba que Sheldon fuera quien posara para los fotógrafos y hablara con la prensa.

—No, no es ninguna broma.

—¡No puedes hacer eso, papá!

Sheldon lo fulminó con la mirada.

—Por favor, no me digas lo que puedo o no puedo hacer —dijo con fiereza, y su expresión cambió al girarse hacia Renee y tomarla de la mano—. Renee y yo os veremos en la cuadra.

Todos los que estaban en el palco de la cuadra Blackstone observaron atónitos cómo Renee y Sheldon se marchaban. Jeremy miró a Ryan.

—¿Qué hay entre ellos?

Ryan sacudió la cabeza y se encogió de hombros.

—No entiendo nada, pero esto me molesta muchísimo, hermanito.

Kelly se colgó del brazo de Ryan.

—No te metas en eso, Ryan.

33

Él la miró, inquisitivo.

–¿Sabes tú algo que yo no sé?

–Me niego a responder a esa pregunta –contestó Kelly, y lo besó en la mejilla.

Ella había advertido la forma en que Sheldon miraba a Renee: igual que Ryan la miraba a ella. Ryan abrió la boca para responder, pero ella le colocó un dedo sobre los labios.

–Están esperando que los Blackstone se reúnan con su caballo y su jinete en el círculo de ganadores –le recordó.

Ryan la tomó de la mano y salieron del palco detrás de Jeremy y Tricia. Él sonrió ampliamente mientras sacudía la cabeza.

–Papá con una mujer –le susurró a Kelly–. Supongo que, después de todo, se lo merece.

Sheldon ayudó a Renee a entrar en el coche y luego se subió él. Su decisión de no hablar con la prensa se basaba en que él se había opuesto inicialmente a que Shah Jahan participara en la carrera. Le había parecido que el purasangre no estaba preparado para competir, pero Ryan y Jeremy no le habían hecho caso y por consiguiente la victoria era de ellos.

Sheldon puso el coche en marcha y, una vez en la autopista, se atrevió a mirar de reojo a Renee. Ella estaba inmóvil en su asiento, con los ojos cerrados y la respiración suave y rítmica. Le sentaba bien estar embarazada, la piel le brillaba como satén oscuro.

Sheldon recordó los exabruptos que había pronunciado cuando Jeremy había sugerido que Renee viviera con él hasta que el bungalow estuviera reconstruido. Él protegía su intimidad celosamente, no le gustaba que nadie conociera sus movimientos. Ryan ya se había acostumbrado cuando él desaparecía dos o tres días por semana a su refugio en la montaña, sin dar más explicaciones que el que iba a ausentarse unos días. Y todo eso iba a cambiar a causa de la mujer menuda que estaba a su lado.

Una sonrisa acudió a su rostro cuando recordó el sabor y la suavidad de su boca y la redondez de sus senos. La acción había sido algo impulsivo, pero luego se había transformado en una necesidad deliberada de poseer su boca y de algo más. Y ese «algo más» no era acostarse con ella, ya que eso podía hacerlo con otras mujeres, sino cuidar de ella.

Él no sabía por qué le sucedía eso con Renee precisamente, pero estaba seguro de que en los siguientes meses lo averiguaría.

Renee esbozó una leve sonrisa cuando giró la cabeza en el asiento y miró con los ojos entrecerrados al hombre tras el volante. Él era tan masculino que ella se obligó a mirar hacia el otro lado.

El beso que habían compartido aún la hacía estremecerse. La reacción inicial al sentir la boca de él sobre la suya había sido de sorpresa. Luego, todo había cambiado cuando ella le había devuelto el beso con un deseo que había roto su calma exterior. La sensación de los suaves labios de él y su cuerpo fuerte habían encendido un deseo en ella que no quería reconocer porque Sheldon era su jefe.

—¿Adónde vamos? —preguntó ella.

—A celebrar la victoria —respondió Sheldon, guiñándole un ojo—. ¿Te gusta el helado?

—¿Los caballos tienen cuatro patas? —respondió ella.

Hubo un momento de silencio antes de que una fabulosa carcajada de Sheldon inundara el coche. Los que conocían a Sheldon Blackstone se hubieran quedado perplejos al oírle reírse porque, desde la muerte de su esposa, él no había vuelto a reír.

La risa de Sheldon era contagiosa y a los pocos segundos los dos estaban riendo con tantas ganas que él tuvo que detener el coche en el arcén.

Sheldon aún sonreía cuando colocó su brazo sobre el respaldo del asiento del copiloto. Entonces se puso serio y miró largamente a Renee. Le maravillaba que ella riera en sus circunstancias: había abandonado un buen empleo muy bien pagado para trabajar en una cuadra porque el hombre con el que ella vivía la había traicionado.

La vida le había jugado a ella dos malas pasadas en lo relativo a hombres: primero, con su padre, luego con su novio. ¿Acaso Renee no tenía suerte en el amor, o inconscientemente se enamoraba de hombres con los mismos defectos que su padre?

Dentro de cinco meses daría a luz. ¿Cambiaría entonces ella de parecer y se pondría en contacto con su exnovio para anunciarle que había sido padre?

36

Las preguntas acudían sin descanso a la mente de Sheldon, que fue poniéndose rígido al darse cuenta de que no quería pensar en ellas. Había algo en Renee Wilson que le recordaba a su esposa, algo que evocaba emociones en él que no sentía desde los diecisiete años.

A la hora de que le presentaran a Julia, él había sabido que iba a casarse con ella. Pero ya no quería volver a casarse. La verdad era que no quería volver a arriesgarse a quedarse con el corazón destrozado, como le había sucedido con la muerte de Julia. Él le había fallado a Julia como esposo y se había prometido a sí mismo que no volvería a cometer ese error. No le propondría matrimonio a Renee, pero sí tenía intención de ofrecerles a ella y a su bebé toda su protección mientras vivieran en la granja. Era lo que hacía con todos sus empleados, no podía hacer menos con ellas.

Sheldon retiró el brazo del asiento de Renee, volvió a meter el coche en la carretera y lo dirigió hacia Staunton.

Minutos más tarde, escoltaba a Renee al interior de Shorty's Diner, un restaurante muy famoso entre los turistas y la gente local. Por dentro era una réplica de una máquina de discos hecha de acero inoxidable, luces de neón y vidrios de colores.

El lugar estaba abarrotado. Les sentaron en la última mesa vacía y les llevaron los menús. Sheldon vio que Renee observaba todo detenidamente.

37

–No es un sitio elegante, pero la comida está buena –comentó él.

–Que sea elegante no siempre significa que sea bueno –replicó ella–. En Miami Beach hay un restaurante carísimo y muy aparente, pero la comida es horrible. La gente acude porque el dueño sobornó a los críticos culinarios y ahora es el sitio de moda. Siempre hay paparazzi esperando sorprender a alguno de los famosos que se congregan allí.

Sheldon colocó su mano sobre la de Renee.

–¿Echas de menos Miami?

Renee cerró los ojos y negó con la cabeza. Los abrió y clavó su mirada en Sheldon.

–No. Cuando tomé la decisión de marcharme, supe que nunca regresaría.

–¿Qué quieres? –preguntó él.

Ella frunció el ceño ligeramente.

–¿A qué te refieres?

–¿Qué quieres para ti, para tu futuro?

Renee tuvo la sensación de que Sheldon llegaba a verle hasta el alma. Su mirada era penetrante y a la vez seductora. Ella sólo había necesitado veinticuatro horas para sentir el encanto seductor de él, se confesó. Y si no necesitara el empleo y un lugar donde vivir, se habría marchado de la cuadra Blackstone, lejos de su propietario, nada más verlo. Pero había algo en aquellos ojos grises que le decían que podía confiar en que él les protegería a ella y al bebé.

–Quiero superar mi período de prueba satisfactoriamente, mudarme a mi propio bungalow, sacarme el título de abogada y dar a luz a un bebé sano, aunque no tiene por qué suceder en ese orden –dijo ella con una encantadora sonrisa.

Sheldon sonrió.

–Puedo ayudarte con lo del período de prueba. Le diré a Jeremy que lo cancele.

–¿Puedes hacer eso?

Sheldon apartó su mano y apretó la mandíbula.

–Sí puedo. Además, no necesitas añadir más nervios a tu vida en este momento.

Ella tuvo que contenerse para no besarlo.

–Gracias, Sheldon.

Él le dirigió una sonrisa sensual.

–De nada, Renee –respondió, y transcurrieron unos segundos en silencio–. ¿Tienes hambre?

–No, puedo esperar a la cena –contestó ella.

–Entonces tomaremos algo de helado –comentó él, cerrando el menú.

Cuando regresaron a la cuadra, Renee y Sheldon encontraron a Ryan en el porche esperándolos. Al verlos, se puso en pie con expresión sombría y le tendió un sobre grande a Sheldon.

–He pensado que querrías ver esto antes de que lo saquen esta noche por televisión. Y seguro que también aparece en el periódico.

Renee se disponía a entrar en la casa cuando Ryan la sujetó del brazo.

–Tú también deberías ver esto, Renee.

Ella no fue consciente de que el corazón le latía desbocado hasta que vio la fotografía de

Sheldon y ella abrazados apasionadamente en el palco del hipódromo. La foto estaba tomada en el momento exacto en el que ella había rodeado el cuello de él con sus brazos. El beso sólo había durado unos segundos, pero la imagen de ella besando al dueño de la cuadra Blackstone duraría para siempre.

–¿Quién te la ha dado? –le preguntó Sheldon a su hijo, pero sin apartar la mirada de Renee, que estaba aturdida.

–Eddie Ray –respondió Ryan.

Sheldon se giró hacia su hijo.

–¿Estás seguro de que van a echarlo por televisión?

Ryan asintió.

–Eddie trabaja para varios periódicos y le encanta destapar escándalos.

–Aquí no hay ningún escándalo –replicó Sheldon con el ceño fruncido, y su expresión se suavizó al girarse hacia Renee–. Siento haberte puesto en una posición tan comprometida.

Renee sonrió intentando ocultar su incomodidad.

–No te maltrates. Ni tú ni yo podemos deshacer lo que ya está hecho.

Renee observó atentamente la fotografía. Ella estaba de perfil y no se la reconocía, pero lo que sí se veía perfectamente eran los pendientes de diamantes que Donald le había regalado tras obtener el diploma de estudios legales. Renee rezó para que nadie la identificara en brazos del hombre afroamericano dueño de una cuadra de caballos de carreras más famosa de Virginia. Y sobre todo para que Donald Rush no la reconociera.

Ella se había marchado de Florida convencida de que Donald nunca iría tras ella. Pero ¿y si creía que ella era pareja de Sheldon Blackstone y destapaba que el bebé era suyo, de Donald? A pesar de su decepción, ¿sería tan vengativo como para comenzar una batalla legal por su custodia? Ella nunca podría ganar frente a un hombre que había amasado millones de dólares como fabricante de juguetes. A Renee se le llenaron los ojos de lágrimas.

–Tengo que entrar –se disculpó antes de ponerse en evidencia.

Sheldon la vio meterse en la casa. Esperó un minuto y luego comenzó a soltar maldiciones y exabruptos hacia Eddie Ray.

Ryan escuchó con las manos guardadas en los bolsillos y la vista clavada en el suelo.

–La gente va a querer saber quién es esa misteriosa mujer –le advirtió a su padre.

–¡Eso no es asunto suyo!

–La gente murmura, papá.

–¿Sobre qué? –preguntó Sheldon secamente.

–Sobre Renee y tú. Anoche estuviste todo el rato encima de ella y hoy en la carrera parecíais... –dijo, y enmudeció.

–¿Parecíamos el qué?

Ryan ignoró la mirada enfadada de su padre.

–Una pareja.

–¿Eso es lo que te parecemos a ti, Ryan, una pareja?

El veterinario lo miró tímidamente.

–Por lo que os he visto... sí.

Sheldon metió la fotografía en el sobre y se lo dio.

–Vete a casa con tu esposa y tu hijo –le dijo, y se metió en la casa.

Tenía que hablar con Renee y asegurarle que haría todo lo que estuviera en su poder para protegerla de los chismorreos. Las granjas eran como pueblos: cualquier rumor se convertía en un escándalo.

Subió a la planta de arriba. La puerta del dormitorio de ella estaba abierta. Sheldon llamó suavemente. Como no obtuvo respuesta, volvió a llamar y entró. Renee estaba en una silla en la sala de estar, con los pies descalzos sobre un reposapiés. Aunque tenía los ojos cerrados, él supo que no estaba dormida.

–Renee...

Ella abrió los ojos y lo miró como si fuera un extraño. Sonrió, pero tenía los ojos llorosos.

–Estoy bien –mintió.

Sheldon no la creyó y se emocionó al verla tan delicada y vulnerable. Se acercó a ella y la hizo levantarse suavemente. La acercó a su pecho y apoyó su barbilla sobre la cabeza de ella.

–¿Qué te asusta, Renee?

Ella intentó tranquilizar su corazón acelerado.

–¿Qué te hace pensar que me asusta algo?

–Estás temblando.

–No quiero que él me encuentre –confesó ella entre lágrimas contra el pecho de Sheldon.

Él tomó el rostro de ella entre sus manos y la besó en los párpados.

–No llores, pequeña –le dijo él mientras le acariciaba la espalda–. ¿Quién es él, princesa?

Ella suspiró.

–Se llama Donald Rush. Es un fabricante de juguetes de mucho éxito.

Sheldon se separó un poco y le hizo elevar el rostro lleno de lágrimas.

–Aquí estás a salvo. Nadie puede entrar en mis tierras sin ser detectado. Y si viene a por ti, tendremos una sorpresa para él: le dispararemos por invadir una propiedad privada.

Renee sonrió a pesar de los nervios.

–Espero que no tengamos que llegar a eso.

–Será él quien lo decida. Y se acabó el tema, ya hemos hablado suficiente de Donald Rush –dijo él, y frunció el ceño–. Ahora tenemos que hablar de ti y de mí.

Ella lo miró sorprendida.

–¿Qué sucede con nosotros?

–Ryan me ha dicho que la gente rumorea que somos una pareja.

Renee se quedó boquiabierta.

–Pero no lo somos –replicó cuando logró articular palabra.

–Nosotros lo sabemos. Pero ¿qué sucederá cuando tu embarazo sea evidente?

Renee se apartó de Sheldon y se acercó a la ventana. Luego se giró y lo miró a los ojos.

–¿Crees que pensarán que el bebé es tuyo?

Sheldon se acercó a ella.

–Estoy seguro de que algunas personas sí lo creerán.

–¿Qué vamos a hacer, Sheldon?

–Dejemos que crean lo que quieran –respondió él, cruzándose de brazos.

–¿No te importa? –preguntó ella, sorprendida.

–No. Hace mucho tiempo que los chismorreos dejaron de importarme.

–¿Y qué propones? –insistió ella.

–Déjame que cuide de ti –contestó él sin dudar.

Renee estaba confusa. ¿Por qué Sheldon le mandaba mensajes contradictorios? Le había dicho que no eran una pareja, y no lo eran; pero al momento siguiente se había ofrecido a cuidar de ella.

–Vive conmigo hasta la primavera y acompáñame a todos los acontecimientos sociales de la cuadra y fuera de ella –le propuso él.

Renee intentó controlar sus emociones mientras digería la proposición. No sólo trabajaría para Sheldon, además viviría con él aunque el bungalow estuviera reconstruido. Y tendría que actuar como su cita cada vez que lo acompañara a un acontecimiento en sociedad.

–¿Ese acuerdo sería a un nivel puramente profesional? ¿Un asunto estrictamente de negocios? –inquirió ella.

Sheldon la contempló atentamente durante un momento.

–Eso sería así si yo fuera tu jefe –respondió con voz grave y envolvente.

–Pero eres mi jefe –replicó ella sin comprender.

–La medianoche del treinta y uno de octubre me jubilaré oficialmente como director de la cuadra –le anunció él.

–Pero eso es la semana que viene –replicó ella, conmocionada.

Sheldon asintió.

–No puedo pedirte que acudas a una fiesta conmigo si soy tu jefe. Sería poco ético.

«Déjame cuidar de ti», había dicho él. Renee recordó sus palabras y contempló al hombre que, a las veinticuatro horas de conocerla, le había ofrecido lo que ni su padre ni Donald le habían dado: protección.

Renee levantó la barbilla y lo miró desafiante.

–No ha contestado a mi pregunta, señor Sheldon Blackstone: ¿sería un asunto profesional o personal?

Él se acercó hasta que rozó las mejillas de ella con su aliento.

–Esa decisión tendrá que tomarla usted, señorita Renee Wilson.

Renee sintió que recobraba el control de sí misma por primera vez desde que había visto la fotografía. Sheldon era tan persuasivo, que ella sintió el corazón acelerado de la emoción. Tener tan cerca a ese hombre de presencia tan imponente era abrumador.

Ella sonrió.

–Estrictamente profesional –dijo ella suavemente.

Sheldon asintió y la besó en los labios dulcemente.

–Pues profesional será.

Renee se puso en pie y observó a Sheldon salir de la habitación. Cuando ella por fin se dio cuenta del acuerdo al que acababa de llegar, se sentó de nuevo.

Vivir en la cuadra Blackstone iba a darle la

oportunidad de curar sus heridas mientras se preparaba para una nueva vida para ella y su bebé. Pero tenía que tener mucho cuidado porque no tenía intención de sucumbir al tremendo poder de seducción de Sheldon Blackstone.

Capítulo Cuatro

Las imágenes de la carrera y de Renee besando a Sheldon salieron por televisión, aumentando el temor de Renee de que Donald la reconociera y se presentara en la granja exigiendo verla. Pero transcurrió una semana sin que ocurriera nada y ella se relajó. Disfrutaba con las temperaturas frescas por la mañana y por la noche, un respiro respecto al calor y la humedad de Miami.

La tarea de introducir la cuadra Blackstone en la era digital era un desafío para ella. Había necesitado un día completo para crear un sistema para el control de las nóminas y dos más para programar una base de datos para las órdenes de compraventa. Su respeto hacia Sheldon creció considerablemente al darse cuenta de la cantidad de dinero que hacía falta para que la cuadra funcionara. A pesar del glamour de las fiestas de antes y después de las carreras, detrás había un trabajo diario muy poco lucido: alimentar, cepillar y entrenar a treinta y cuatro purasangres, limpiar sus boxes, hacer revisiones veterinarias diarias por si había alguna cojera u otro problema y reparar los cercados.

Llamaron a su puerta. Renee levantó la vista y vio la imponente figura de Sheldon ocupando

la puerta. Vestido con vaqueros, botas y un suéter que realzaba su piel chocolate, estaba arrebatador. Renee le dirigió una fulgurante sonrisa.

–Buenas tardes.

Sheldon le guiñó un ojo.

–Buenas tardes. He venido a decirte que
Kelly quiere que le ayudemos a hacer lámparas
con calabazas para Halloween.

Era viernes y Halloween, día de fiesta oficial
en el colegio de la granja. Los profesores habían
organizado un maratón de lectura para los
alumnos de diez a doce años con obras de Mary
Shelley, Bram Stoker, Edgar Allan Poe y J. K.
Rowling.

–Nunca he hecho una lámpara con una ca-
labaza –comentó Renee, sorprendida.

Sheldon la miró detenidamente. Ella llevaba
la cara lavada y el pelo recogido al azar en un
moño, y a él le parecía increíblemente atractiva. Se la imaginó en la cama de él con el cabello suelto sobre la almohada, pero la imagen
desapareció rápidamente. Él no quería colocar
a Renee en la misma categoría que las otras mujeres que habían compartido su lecho pero nunca habían compartido su vida.

Él había evitado deliberadamente a Renee
porque necesitaba saber si se sentía atraído hacia ella porque hacía mucho tiempo que no estaba con una mujer o porque realmente le gustaba Renee Wilson.

Pero, aunque se había mantenido a distancia, no había logrado dejar de pensar en ella. Ya
era el treinta y uno de octubre, el día que había
previsto anunciar que se jubilaba. En cuanto lo

hiciera, cortejaría abiertamente a Renee y, con un poco de suerte, satisfaría su curiosidad.

–Después de mutilar una docena de calabazas, uno aprende a hacer las lámparas –comentó él.

La sonrisa de ella se amplió aún más.

–¿Y qué sucede con las calabazas que no llegan a ser lámparas?

–Se convierten en tartas.

–Qué práctico. Espera un momento que guarde estos archivos.

Sheldon observó a Renee apagar su ordenador y poner orden en su escritorio. Si él había tenido dudas en algún momento sobre si ella estaba cualificada para el puesto, se habían desvanecido después de que ella convenciera a Jeremy de cambiar la cuenta para pagar las nóminas a un banco local que ofrecía cuentas libres de comisiones a los nuevos clientes. Los cheques que hasta entonces se usaban para el pago de las nóminas iban a ser reemplazados por transferencias electrónicas que disminuían considerablemente la cantidad de papeles.

Renee apagó la lámpara del escritorio y se puso en pie.

–¿Dónde vamos a crear esas obras de arte?

–En el comedor del colegio –respondió Sheldon, y advirtió que ella llevaba unas botas de tacón bajo–. ¿Te apetece ir caminando hasta allí?

La escuela estaba a unos cuatrocientos metros de la casa.

–Me parece bien, pero necesitaré una chaqueta.

Sheldon se acercó a ella.

—Si bajan mucho las temperaturas, le diré a alguien que te traiga en coche después —dijo él, tendiéndole la mano.

Renee sonrió y colocó su mano sobre la de Sheldon. Él tenía callos en las palmas, señal de que el trabajo físico no le era ajeno.

Una vez fuera de la casa, bajo el brillante sol de la tarde, Renee preguntó:

—¿Cómo te metiste en el mundo de las carreras de caballos?

Él contempló el horizonte mientras pensaba la respuesta y se planteaba cuánto quería contarle a Renee de su pasado. Decidió ser sincero.

—Yo no tenía pensado dedicarme a esto. Mi padre tenía una plantación de tabaco, igual que su padre. Cultivaban uno de los tabacos de mayor calidad del estado, pero eso terminó cuando mi madre murió de cáncer de pulmón. Solía fumarse dos cajetillas diarias, un hábito que la consumió literalmente. En su lecho de muerte le hizo prometer dos cosas a mi padre: que se casaría con ella y que dejaría de cultivar tabaco.

—¿Y se casó con ella?

—Sí, pero no fue lo que se considera una unión legal.

—¿Por qué no?

Sheldon apretó la mandíbula.

—Mi madre trabajaba para él.

Un silencio tenso los envolvió mientras seguían caminando.

—Tu padre era blanco y tu madre negra —dijo Renee al cabo de un rato.

El color de ojos de Sheldon, la textura de su pelo y sus rasgos eran de mulato.

Sheldon relajó la expresión de su rostro y asintió de nuevo.

–La ley antimestizaje de Virginia no les permitía casarse.

–Pero tú has dicho que se casaron.

–No hubo ningún papel oficial ni ningún certificado de matrimonio del juzgado. Un reverendo negro que juró guardar el secreto ofició la ceremonia a escondidas –respondió Sheldon–. James Blackstone enterró a su esposa y tres meses después recolectó su última cosecha de tabaco. Luego, con los ahorros de toda su vida, compró veintidós caballos. No sabía nada de cómo se criaban, pero le dijo a todo el mundo que aprendería rápido. Y tuvo razón. Hizo una fortuna vendiendo caballos a granjeros y jinetes. Quería que yo fuera a la universidad y luego me hiciera cargo del negocio. Pero le dije que yo no quería ser criador de caballos. Discutíamos constantemente. Después de una discusión particularmente fuerte, me fui a Richmond y me alisté en el ejército.

–¿Qué edad tenías?

–Diecisiete años. Sé que le rompí el corazón a mi padre porque él sabía que seguramente me enviarían a Vietnam. Me destinaron a Carolina del Sur para la instrucción básica y ahí conocí a una mujer; me enamoré de ella y me casé antes de que me destinaran al extranjero. Me destinaron a los Comandos Especiales y me entrenaron como francotirador.

Renee recordó su comentario sobre disparar a quien invadiera la propiedad.

–¿Tú y tu padre os reconciliasteis en algún momento?

–Sí. Cuando Julia me escribió y me dijo que estaba embarazada, se fue a vivir con mi padre.

–¿Y por qué ella no se quedó con su familia?

–Sus padres le dijeron que los había deshonrado por haberse casado con alguien de menor clase social que ellos.

Renee lo miró boquiabierta.

–¿Lo dices en serio?

–Desgraciadamente, sí –respondió Sheldon–. La familia de Julia, los Grant, se consideraban la élite negra, los aristócratas de color.

Sheldon sujetó a Renee por la cintura, la subió en brazos y la sacó de la carretera rápidamente. A los pocos segundos, una camioneta pasó junto a ellos a toda velocidad. Renee se apoyó en Sheldon. Creía que el corazón iba a salírsele del pecho cuando él la dejó en el suelo. Ella no había oído acercarse la camioneta.

–Tienes un oído excepcional –comentó ella.

Él sonrió.

–Si vives aquí el suficiente tiempo, serás capaz de escuchar el croar de una rana a un kilómetro de distancia –comentó él con un brillo de diversión en los ojos.

Renee buscó su mirada.

–Me gusta vivir aquí. Creí que iba a ser aburrido y demasiado tranquilo comparado con Miami.

–Me alegro de que te guste vivir aquí, Renee, porque a mí me gustas tú.

–Gracias. Es mucho más fácil trabajar juntos si nos gustamos mutuamente.

–Creo que no comprendes la forma en que me gustas –le advirtió él con una mirada seductora, conduciéndola hacia un bosquecillo–. Quizás debería demostrártelo.

Se inclinó sobre ella y la besó en la boca. Renee se agarró a él apasionadamente y respondió al beso cálido, húmedo y lleno de deseo de él. Ese beso no era como el que habían compartido en el palco del hipódromo, era mucho más persuasivo. Renee sintió encenderse en su interior un fuego que no se avivaba desde hacía mucho tiempo. Se puso de puntillas, se abrazó a él y le comunicó sin palabras que él también le gustaba a ella, y mucho.

Llevaba toda la semana diciéndose a sí misma que el beso de Sheldon no le había afectado, que no lo encontraba atractivo y que su acuerdo de fingir que eran una pareja era ridículo. También se había dicho que muchas mujeres sacaban adelante a sus bebés sin tener un hombre a su lado. Pero ella sabía que no era el tipo de vida que ella quería. Ella quería poder contar con alguien que la acompañara a las revisiones, que le diera masajes en la espalda y las piernas cansadas por el peso extra; alguien que compartiera con ella la alegría en la sala de parto.

Ella quería eso y mucho más, aunque se negaba a pensar en ese «mucho más».

Sheldon no se saciaba nunca de Renee. Le besó la boca, la nariz, los ojos y el cuello. Para él no importaba nada más que la mujer que tenía entre sus brazos. Sonrió al oírla reír suavemente.

—¿De qué te ríes? —le preguntó al oído.

—De ti —respondió ella en un susurro—. Creo que has dejado muy clara tu postura.

Él se separó de ella, pero le sostuvo la mirada.

—Yo no creo que lo haya hecho.

La sonrisa de ella se desvaneció y se le encogió la garganta.

—¿A qué te refieres?

Sheldon le besó la oreja.

—Estoy un poco oxidado en el tema de la seducción, así que vas a tener que ayudarme antes de que nos presentemos ante todos como una pareja.

Renee apoyó las manos sobre el pecho de él y se separó.

—¿Y eso cuándo será?

—El mes que viene. Me he comprometido a asistir a la boda de la hija de un amigo.

Renee se llevó las manos a las caderas.

—Pero mañana será «el mes que viene».

—La boda será dentro de tres semanas.

—Tres semanas es tiempo suficiente para comprarme un vestido. Mi cuerpo está cambiando con mucha rapidez —dijo ella, y se apartó cuando él intentó tomarla de la mano—. Si quieres que sea tu acompañante en sociedad, tienes que avisarme de los eventos con tiempo, porque estoy muy ocupada. Después de todo, tengo un empleo de nueve a cinco y además necesito tiempo para acudir a las revisiones del embarazo.

La mención de las revisiones fue como un jarro de agua fría para Sheldon, que se puso serio al instante. Aunque a Renee aún no se le notaba el embarazo, él era siempre consciente de que llevaba en su vientre al hijo de otro hombre, un hombre del que ella estaba escondiéndose.

–De acuerdo, te informaré de las fechas de mis compromisos sociales. Y te llevaré a Staunton mañana para que compres lo que necesites. ¿Cumple eso con tus exigencias, princesa? –bromeó él.

Renee hizo un mohín y una reverencia.

–Sí, alteza.

Sheldon se echó a reír, la tomó de la mano y la condujo de nuevo a la carretera. Siguieron caminando por las tierras que él había dejado en testamento a sus nietos.

Cuando llegaron al comedor del colegio Blackstone se encontraron a varias mujeres haciendo lámparas con calabazas mientras Kelly y Tricia guardaban las que ya estaban terminadas.

El colegio, que había comenzado como guardería, ofrecía ya hasta sexto curso de primaria, hasta los doce años.

Kelly sonrió abiertamente cuando vio a su suegro y a Renee.

–Gracias a los dos por venir –les dijo.

–¿Cuántas lámparas quedan por hacer? –preguntó Sheldon.

–Unas sesenta.

–¿Y cuántas habéis hecho ya? –inquirió Renee.

Kelly se secó el sudor de la frente con el brazo.

–He perdido la cuenta después de la ciento treinta.

Renee se sentó en una banqueta y agarró un pequeño cuchillo con el filo curvado. Luego miró a la esposa de Ryan. Era la primera vez que advertía que ella no tenía acento de la zona al hablar.

–¿Cómo les ponéis la luz? –preguntó Renee–. ¿Con velas?

–Sí, con velas de té –respondió Kelly.

Sheldon se sentó junto a Renee y agarró un rotulador.

–¿Te consideras una artista? –le preguntó a ella.

Renee arrugó la nariz.

–Pues no mucho, la verdad –admitió ella.

–Dibuja la cara primero y luego te enseñaré cómo se usa ese cuchillo.

–Muchas gracias –dijo ella.

Las dos siguientes horas las pasaron haciendo lámparas. Y ese año fue distinto a los demás: sólo diez calabazas tuvieron que destinarse a hacer pasteles.

Renee se sentó a la mesa en el comedor de la casa principal junto a Sheldon, Jeremy y Tricia. Estaba maravillada con la cantidad de niños disfrazados de hombres-lobo, piratas, princesas, esqueletos... Era la primera vez que los niños de otras granjas y sus padres acudían a la cena de Halloween de la cuadra Blackstone.

Sheldon se puso en pie y esperó hasta que se hizo el silencio en la sala. Paseó su mirada por las personas que se habían convertido en una extensión de su familia. Eran gente trabajadora y fiel, directamente responsable del éxito de la cuadra. La melancolía cruzó su rostro.

–Quiero dar la bienvenida a nuestros vecinos a la fiesta anual de Halloween de la cuadra Blackstone. Espero que os divirtáis y que regreséis el año que viene. Y lo digo porque yo no estaré aquí el año que viene para daros la bienvenida, porque voy a jubilarme... esta noche.

En la sala se oyeron varios gritos ahogados. Ryan se recostó en su silla y miró a Jeremy, ambos estaban confundidos. Sheldon los miró uno a uno y asintió.

Él sabía que acababa de dejar conmocionados a sus hijos al anunciar que se jubilaba dos meses antes de lo previsto. Había decidido no decírselo porque estaba seguro de que ellos se opondrían. Él llevaba todo el año soltando indirectas de que quería jubilarse porque estaba agotado del esfuerzo de sacar adelante la cuadra día a día mientras ellos negaban lo inevitable.

–Llevo treinta años esperando este día y tengo la enorme suerte de haber sido bendecido con dos hijos que lograrán lo que yo sólo he podido soñar. Jeremy, Ryan: os quiero y confío en que vosotros continuaréis la batalla de la cuadra Blackstone por conseguir la Triple Corona.

Kevin, el entrenador, elevó su puño al cielo y gritó:

–¡Boo-yaw!

Todo el auditorio se unió al grito de victoria de la cuadra. Sheldon levantó una mano y esperó a que reinara el silencio de nuevo.

–Ryan y Jeremy compartirán a partes iguales el control de la cuadra. Jeremy será el responsable de las finanzas y el personal y Ryan se encargará de supervisar el trabajo diario con los animales.

Sheldon había elegido a Jeremy como gerente porque tenía una licenciatura en Económicas y Empresariales por la Universidad de Stanford. Sheldon se giró hacia Jeremy:

–Y ahora, por favor, ponte en pie y di algo profundo.

Jeremy besó a su esposa y se levantó de su asiento. Se apartó el pelo largo de la cara, dejando ver sus pendientes de diamantes. Sin duda la nueva generación de los Blackstone iba a llevar su propio ritmo.

Jeremy sonrió tímidamente mientras recibía el aplauso de los asistentes. Lanzó una mirada a Sheldon.

–Mi padre me ha pedido que diga algo profundo. Para ser sincero, no se me ocurre nada, salvo deciros que espero que dentro de veinte años pueda estar aquí y pasarle el relevo a mi sobrino Sean.

El niño, de cinco años, levantó el puño al cielo como había visto hacer a todos los hombres de su familia.

–¡Boo-yaw, tío Jeremy! –exclamó, y la sala entera prorrumpió en risas.

–Boo-yaw a tí también, colega –le dijo Jeremy y se dirigió al resto de asistentes–. Sé que todo el mundo quiere cenar y festejar este día, así que me callo ya para que lo hagáis. Shah Jahan y Cheryl van a conseguir lo que ningún otro caballo ha logrado en décadas: van a ganar la Triple Corona.

Los vítores se repitieron mientras la gente se acercaba a Jeremy a desearle lo mejor.

Renee enrolló su brazo alrededor del de Sheldon.

–¿Por qué dicen «Boo-yaw»?

Sheldon cubrió la mano de ella con la suya.

–Boo-yaw fue nuestro primer caballo campeón.

La carrera que ganó había sido la última que Julia había visto. Una semana después, ella había fallecido en sus brazos, recordó Sheldon. Sonrió a Renee.

–Después de la cena daremos un paseo por la cuadra.

–¿Intentas seducirme?

Sheldon echó la cabeza hacia atrás y dejó escapar una carcajada. La sala se quedó súbitamente en silencio y todo el mundo se quedó mirando a Sheldon. Él se puso serio rápidamente y les devolvió la mirada hasta que todos encontraron alguna otra cosa que llamara su atención. Renee intentó contener la risa, pero no lo logró. Hundió su cara en el hombro de Sheldon y rió hasta que le dolían los costados.

Sheldon la sujetó por la nuca y le susurró al oído:

–Ésta me la pagarás, Renee.

–No veas lo asustada que estoy, Sheldon –dijo ella entre risas.

–Pues deberías –le advirtió él, y deslizó su mano hasta la cadera de ella–. A ver qué dices ahora.

Renee se quedó inmóvil. El calor de la mano de él traspasaba el tejido de sus pantalones y ella tuvo que esforzarse por no removerse en la silla. Sus miradas se encontraron. Él había despertado un fuego en Renee que ella no podía controlar.

Ella había dejado Florida escapando de un hombre, pensó Renee, y se había trasladado a Virginia para comenzar una nueva vida. Sólo llevaba una semana allí y ya estaba enamorándose de otro hombre, muy a su pesar.

El aire a su alrededor pareció vibrar de expectación ante el siguiente movimiento. Tener a Sheldon tan cerca le revolucionaba los sentidos; la potente energía de él la envolvía y le hacía desear quitarse la ropa y yacer junto a él.

Renee esbozó una leve sonrisa.

–Por favor, tráeme algo de comer antes de que me desmaye sobre ti –le rogó a Sheldon.

Él se puso en pie y tres minutos después regresó a la mesa con un plato lleno de deliciosa comida.

–¿Qué quieres beber, princesa?

–Leche. Por favor, que sea desnatada, y que esté muy fría.

Sheldon esbozó una amplia sonrisa y se dispuso a cumplir su petición. No sabía si él era bueno para Renee, pero estaba seguro de que ella le hacía bien a él. Ella le hacía reír, algo que llevaba muchos años sin hacer. Y también le hacía contemplar su jubilación con la ilusión de un niño antes de abrir los regalos el día de Navidad.

«Sí», pensó Sheldon, «me va a gustar lo de que seamos una pareja».

Capítulo Cinco

Cientos de lámparas hechas con calabazas se habían colocado a ambos lados de los caminos de la granja, que parecían pistas de aterrizaje. Había luna llena, la segunda ese mes, que sumía todo en un brillo plateado que se añadía a la magia de la noche.

Renee se arrebujó contra Sheldon para entrar en calor. Había sido la primera vez que ella se había subido a un carro tirado por caballos. El conductor detenía el vehículo a lo largo de una ruta y de él se bajaban algunas personas y subían otras; los niños jugaban en el patio del colegio y se arremolinaban alrededor de un cubo que albergaba una hoguera mientras escuchaban historias de miedo y comían algodón de azúcar, palomitas de maíz y manzanas asadas.

Renee estaba sentada en el césped junto a Sheldon. Elevó la vista al cielo y contempló las estrellas.

–La luna parece estar tan cerca que puede tocarse –dijo ella en un susurro junto al cuello de Sheldon.

Él la besó en el pelo.

–La segunda luna llena de un mismo mes se llama luna azul. Aunque los indios nativos norteamericanos tenían un nombre para cada luna llena del calendario: la de enero era la luna del lobo; la de febrero, la de la nieve; la de marzo, la del gusano...

—¿Y la de octubre?

—La luna del cazador.

—¿Cómo sabes tanto del folclore de los indios norteamericanos?

—Cuando era pequeño, mi mejor amigo era un indio Nanticoke de Delaware. Su familia se mudó a Virginia cuando él tenía cuatro años.

—¿Y dónde está él ahora?

Hubo un momento de silencio.

—Murió en Vietnam —dijo Sheldon al fin.

Renee le rodeó el cuello con un brazo y apoyó la cabeza en su hombro. Lamentaba haberle preguntado; cada vez que le preguntaba acerca de alguien importante para él, esa persona había fallecido: su madre, su esposa, su amigo de la infancia... La vida de Sheldon era una continua pérdida de los seres queridos, mientas que la suya era una decepción continua, pensó Renee.

—Lo lamento —susurró, y en el silencio de la noche sus palabras sonaron potentes..

—Yo no lamento que estés aquí —murmuró Sheldon con la cabeza apoyada en el pelo de ella.

—¿Por qué? —preguntó ella, sonriendo.

—Porque me haces reír, Renee.

—¿Estás diciéndome que soy divertida o que te ríes de mí?

Sheldon soltó una risita.

—Tan sólo digo que me haces bien. Me recuerdas que la vida no hay que tomársela tan en serio.

–Me alegro de ser capaz de hacerte reír.

Sheldon la abrazó más fuerte de la cintura.

–¿Qué quieres de mí? –le preguntó él.

Renee no quiso reconocer el alcance de aquella pregunta. ¿De veras él quería oír lo que ella le pedía como hombre? Ella quería poder confiar en que la protegería a ella y a su bebé, ¿cómo iba a decirle que cuanto más tiempo pasaba junto a él más confusa se sentía, que sus sentimientos hacia él se acrecentaban cada vez que él la acariciaba o la besaba?

–Quiero un amigo –respondió ella–. Alguien en quien pueda confiar, alguien que ría y llore conmigo en los buenos momentos y en los no tan buenos...

De pronto se detuvo al darse cuenta de lo vulnerable que debía de estarle pareciendo a Sheldon. Él se inclinó sobre ella y la besó dulcemente.

–¿Y tú qué quieres de mí, Sheldon? –preguntó ella en un susurro.

Sheldon la atrajo hacia sí.

–Quiero ser tu mejor amigo, quiero protegerte a ti y a tu bebé y me gustaría que vivieras conmigo.

–Pero si ya vivo contigo –replicó ella.

–No, Renee, lo que hacemos es compartir una casa.

Un torbellino de emociones inundó a Renee.

–¿Quieres sexo?

Sheldon soltó una carcajada.

–¿Por qué haces que parezca tan sórdido?

–¿Porque lo digo como es?

Sheldon se puso serio.

—Me has malinterpretado, Renee. Llevo mucho tiempo viudo y, hasta que te he conocido, no me he dado cuenta de lo solo que estaba —dijo él, y la besó de nuevo—. Lo que quiero es compañía, princesa.

Renee le devolvió el beso, recreándose en las sensaciones y saboreando su boca y su lengua. No cabía duda de que él la deseaba, ella podía notar su sexo duro. Renee gimió en voz baja. El deseo de acercar su cadera a la de él era tan fuerte que la asustaba.

Tomó el rostro de él entre sus manos y lo recorrió con los dedos. Él estaba ofreciéndole todo lo que ella siempre había deseado y necesitado; todo, menos matrimonio. ¿Podría confiar en él?

—No lo sé, Sheldon.

«No sé si puedo confiar en ti», añadió en silencio.

Él colocó un dedo sobre la boca de ella.

—No tienes que responderme ahora. Ven a mí cuando te sientas preparada.

—¿Y si nunca lo estoy?

—Entonces seremos buenos amigos.

Renee se abrazó a él y se quedaron allí sentados, sin moverse, hasta que el carro pasó de nuevo cerca de ellos y los llevó de regreso a la casa principal.

El sonido de un coche acercándose a la casa se impuso por un instante al resto de sonidos de la noche. Sheldon sonrió. Renee se había ido a dormir hacía tiempo, pero él no lograba conciliar el sueño. Su mente estaba demasiado acelerada, se sentía expuesto después de haber desnudado su alma ante Renee. Salió de la cama, se puso un suéter y unos vaqueros y bajó al porche.

La vulnerabilidad, algo que llevaba años sin experimentar, se había colado por debajo de la barrera que él había erigido para mantener a las mujeres a distancia. Las mujeres con las que él salía sabían que él les ofrecía su pasión, pero nunca su corazón. Y sin embargo, en una sola semana, Renee se había colado en su vida y en su corazón sin ella darse cuenta.

Sheldon se incorporó en el balancín conforme vio acercarse a sus hijos.

—¿Cómo volvéis tan tarde?

—¿Estabas esperándonos? —le preguntó Ryan. Sheldon lo miró fijamente.

—Por supuesto.

—¿Estás bien, papá? —preguntó Jeremy.

—Pues claro que estoy bien —respondió Sheldon secamente—. ¿Por qué me lo preguntas?

—Has anunciado que te jubilas sin habernos avisado antes a Ryan y a mí —contestó Jeremy, ignorando el tono enfadado de su padre.

—Os dije que me jubilaría a finales de año. Pero con la victoria de Jahan he decidido adelantarlo.

Ryan unió sus manos y se inclinó hacia delante.

—¿Ésa es la verdadera razón, papá?

Sheldon apretó la mandíbula y miró a sus hijos.

—¿Qué os traéis entre manos?

—Jeremy y yo... hemos pensado que quizás haya algún problema y estés intentando ocultárnoslo.

Sheldon se dio cuenta poco a poco de a qué se referían ellos. Cerró los ojos y negó con la cabeza. Esa escena era igual a una que había sucedido hacía veintiún años: él se había sentado con sus hijos y les había anunciado que su madre estaba gravemente enferma. Julia había descubierto un bulto en uno de sus senos, pero se había negado a ir al médico hasta que había sido demasiado tarde. Ella había esperado hasta que Boo—yaw había ganado el Derby para decirle a su marido que estaba muriéndose. Se había excusado en que no se lo había dicho antes para no molestarlo.

Aquélla había sido la única vez que él le había gritado a su mujer. La discusión terminó con él llorando abrazado a ella, lamentándose de no haber estado a su lado cuando ella lo había necesitado. Ésa había sido la única vez que él había permitido que alguien lo viera llorar.

Sheldon abrió los ojos.

—Estoy perfectamente. Si queréis, os enseño los resultados de mi última revisión médica...

Jeremy le palmeó la espalda.

—Me alegro de que estés bien.

—Yo también —dijo Ryan—. A veces es complicado saber cómo estás porque el humor te varía de un extremo a otro.

Jeremy le guiñó un ojo a su padre.

—Me he dado cuenta de que últimamente estás más ilusionado. ¿Tiene la señorita Wilson algo que ver en eso?

Hubo una larga pausa y Sheldon contestó al fin.

—Sí.

Ryan se acercó a su padre y le dio un cariñoso golpecito en la espalda.

—Me alegro por ti.

—¡Boo-yaw! —dijo Jeremy en voz baja para no despertar a nadie.

Sheldon sonrió un instante y luego su expresión se volvió sombría.

—Gracias por preocuparos por este viejo.

—Tú no eres viejo, papá —se apresuró a replicar Jeremy—. Pero no queremos que te pase nada. A Tricia y a mí nos gustaría darte al menos tres nietos antes de que cumplamos los cuarenta.

Sheldon asintió en señal de aprobación.

—Kelly y yo hemos hablado de tener uno más —señaló Ryan.

—Seis nietos... me gusta cómo suena eso —comentó Sheldon.

—Buenas noches, papá —se despidieron al unísono Ryan y Jeremy.

—Buenas noches —les respondió Sheldon en voz baja.

Se sentía como si se hubiera quitado un peso de encima. Se había sorprendido incluso a sí mismo al admitir delante de sus hijos que se sentía atraído hacia Renee. Hasta entonces, ellos nunca habían conocido a ninguna de las mujeres con las que él había estado. Mucha gente creía que llevaba veintiún años de celibato y eso significaba que había logrado mantener su vida privada en secreto. Pero todo eso iba a cambiar en un mes, cuando asistiera a la boda con Renee, pensó con una sonrisa irónica.

El sábado por la mañana, Sheldon llevó a Renee a Staunton. Él la dejó una hora en una boutique y luego pasó otra más mientras ella se probaba vestidos, túnicas, pantalones y camisas que disimularan con arte sus pechos cada vez más llenos y su cintura en expansión.

Cuando salió del probador ya lista para marcharse, encontró a Sheldon sentado en una silla y leyendo un periódico. Al verla llegar, él sonrió y se puso en pie.

–¿Ya has terminado?

–Tengo que pagar mis compras –le respondió ella.

Él la tomó del brazo.

–Ya he pagado yo. Las llevarán a la granja el lunes.

Renee intentó soltarse de él, pero Sheldon no la dejó.

No necesito que pagues mi ropa –protestó ella.

–Por favor, no discutamos aquí –le advirtió él en voz baja y tono veladamente amenazador.

–No, será mejor que no –dijo ella entre dientes, y esperó a llegar al aparcamiento–. De verdad, no necesito ni quiero que me compres nada.

Sheldon abrió la puerta del copiloto, agarró

a Renee por la cintura y la subió al coche. Se la quedó mirando unos momentos y luego cerró la puerta de un portazo.

Como era evidente que él no iba a responder a sus protestas, Renee se cruzó de brazos y se dedicó a mirar por la ventanilla. Sheldon se subió al coche y lo puso en marcha. El silencio dentro del vehículo podía cortarse con un cuchillo.

Ella no quería que Sheldon creyera que ella estaba en la miseria. Aunque en los últimos tiempos había vivido en casa de Donald, había mantenido su independencia económica: ella pagaba sus propias facturas y, cuando Donald le había ofrecido darle alguno de sus múltiples coches, ella se había negado. De este modo, al final, ella había podido marcharse con lo que era suyo y con su dignidad intacta.

—Tengo que hacer una parada —comentó Sheldon, rompiendo el silencio al cabo de un rato.

Aparcó el coche frente a un supermercado.

—Yo te espero aquí —murmuró Renee.

—Como quieras —dijo él, y se bajó el coche.

Renee seguía mohína cuando él regresó al coche y le tendió una bolsa de papel.

—Si quieres, puedes darme el dinero de esto.

Renee miró dentro de la bolsa. Contenía dos botellas de leche desnatada.

—Muy gracioso, Sheldon —dijo ella reprimiendo una sonrisa.

—Tómatelo como un signo de reconciliación.

—Pero si no nos hemos peleado... —replicó ella.

De pronto él se puso muy serio.

—Y no lo haremos nunca. Quizás no estemos

de acuerdo en todo, pero una cosa que no pienso hacer es pelear contigo.

Él nunca discutía con una mujer; no era su estilo.

—¿Por qué has pagado mi ropa? —preguntó ella.

—Porque he sido yo quien te ha pedido que me acompañaras a la boda y no al revés. ¿Responde eso a tu pregunta?

—Sí —respondió ella después de unos instantes en silencio.

—Me alegro —dijo él, suavizando su expresión, y comenzó a acariciarla en el cuello—. ¿Te apetece pasar el resto del día conmigo?

Renee se estremeció tanto de las caricias como de aquellos ojos grises llenos de expectación. Estudió el rostro de él detenidamente y tuvo que contenerse para no recorrerlo con los dedos. El deseo se apoderó de ella con tanta intensidad que tuvo que desviar la mirada antes de que Sheldon se diera cuenta de lo que le provocaba. Sheldon Blackstone era el primer hombre en toda su vida que, sólo con mirarlo, ya encendía su deseo.

—De acuerdo, Sheldon. Pasaré el día contigo —dijo ella, y oyó el apenas audible suspiro de él.

Todo indicaba que él había estado conteniendo el aliento. Sheldon se inclinó hacia ella y la besó en la frente.

—Gracias —dijo, y sacó el coche del aparcamiento.

***

Renee se despertó hora y media después y se encontró rodeada de altísimos pinos. El coche estaba detenido.

–¿Dónde estamos? –preguntó ella, entreabriendo los ojos, aún adormilada.

Sheldon salió del coche y la ayudó a bajar a ella.

–En Minnehaha Springs, a quince minutos de West Virginia –respondió, pasándole el brazo sobre los hombros y conduciéndola a una casa en medio de un claro–. Será mejor que entremos, porque una vez que el sol se pone, las temperaturas descienden bruscamente.

Renee observó el edificio, que parecía más un chalet que una cabaña. Sheldon abrió la puerta y encendió las luces. Renee entró y le llamó la atención una chimenea que ocupaba casi una pared completa.

Sheldon la tomó de la mano.

–Aquí vengo cuando quiero alejarme unos días de la cuadra.

Ella contempló maravillada la estancia, que se parecía al spa al que ella acudía en Miami: había ventiladores en el techo, focos halógenos sobre rieles, tragaluces, suelo de madera y muebles blancos, enormes ventanales y una escalera de hierro forjado que llevaba a un primer piso diáfano. Era un lugar que invitaba a entrar y a quedarse un tiempo.

–Es precioso.

–Es muy tranquilo –replicó Sheldon.

La casa tenía tres dormitorios: el principal, con su propio cuarto de baño, ocupaba todo el piso superior; los otros dos estaban en la planta baja. Además había una cocina completa y funcional, un salón-comedor y una sala de estar. Era un lugar construido para disfrutar de la vida y para relajarse cómodamente.

Sheldon condujo a Renee a la cocina y le indicó que se sentara en un taburete alto. Ella pidió un vaso de leche y zanahorias crudas para ir comiendo mientras le observaba descongelar unos filetes y condimentarlos para hacerlos a la plancha. Él se movía con soltura en la cocina, y entonces ella recordó que su madre había sido cocinera y le había debido de enseñar.

–¿No quieres que te ayude? –preguntó ella.

–¿Es que no sabes sentarte y disfrutar por un rato?

–Me paso el día sentada –replicó ella.

Sheldon se limpió las manos en un trapo, se acercó a Renee y la abrazó.

–Una vez que tengas el bebé, recordarás este momento y desearás haberlo disfrutado al máximo.

Renee se puso rígida. Era la primera vez, desde el día de la carrera, que Sheldon hacía referencia a que ella iba a tener un bebé. A ella le resultaba extraño que él estuviera deseoso de que lo vieran con ella en público, cuando sin duda surgirían muchos rumores cuando su embarazo fuera obvio.

–Seguramente tienes razón –dijo ella, mirándolo con la cabeza ladeada.

–Sé que tengo razón. No es fácil para ninguna mujer conciliar el trabajo y la maternidad. Por eso creé la guardería de la cuadra. Algunas de las empleadas que eran madres querían volver a estudiar, pero no tenían a nadie que cuidara de sus hijos. Y como Tricia es la enfermera de pediatría de la escuela, los padres no tienen que perder días de trabajo si sus hijos se ponen enfermos. Y a ti te será más fácil aún porque trabajas en la cuadra.

–El hecho de que hubiera una guardería en la propia granja fue la razón por la que acepté el puesto.

Sheldon quiso decirle que se alegraba mucho de que la hubieran contratado. Una vez que había admitido que ella le atraía, se preguntó si quería tener una relación con una mujer que iba a tener un bebé, cuando Ryan, de treinta y dos años, iba a hacerle abuelo por tercera vez. Él se había jubilado a los cincuenta y tres años para poder vivir la vida relajado, no para hacer de padre sustituto.

Pero la respuesta la sabía de sobra: sí. Sí quería una relación con Renee, porque ella le hacía reír, algo que él llevaba mucho tiempo sin hacer, y también porque había avivado en él el deseo de pertenecer de nuevo a una mujer. Y lo que le maravillaba era que ella no había flirteado con él, simplemente había sido ella misma. Era una mujer fuerte e independiente, pero cuando hablaba de su ex, mostraba una vulnerabilidad que despertaba en él el deseo de hacer todo lo posible por protegerla.

–¿Cuándo tienes que ir a la próxima revisión del tocólogo? –le preguntó.

–El próximo viernes, ¿por qué? –preguntó ella, frunciendo levemente el ceño.

–Te acompañaré.

Renee lo miró anonadada mientras una inesperada calidez se apoderaba de ella. Quiso preguntarle a Sheldon por qué quería acompañarla, pero no logró pronunciar palabra de la sorpresa y asintió. Él estaba ofreciéndole justamente lo que ella deseaba, acompañarla a las revisiones. Hasta entonces había ido con su cuñada y había envidiado a las mujeres que acudían con los padres de sus bebés y que les masajeaban la espalda o el cuello.

Renee abrazó a Sheldon por la cintura, se apoyó sobre su corazón y escuchó los latidos fuertes y regulares. Los ojos se le llenaron de lágrimas y lloró en silencio. Sheldon se dio cuenta de que ella estaba llorando y le acarició la espalda.

—Tranquila, princesa. Todo va a salir bien.

El que él la apoyara la hizo llorar aún más de emoción y se agarró a Sheldon como si fuera su tabla de salvación. Ella había intentando convencerse a sí misma de que podía superar los nueve meses de embarazo y dar a luz ella sola, pero cuando menos lo esperaba se le había roto la armadura, dejando al descubierto lo vulnerable e indefensa que se sentía.

Besó a Sheldon en el cuello ansiosamente. «Vive el presente y deja que el futuro se ocupe de sí mismo», recordó Renee. En aquel momento, Sheldon estaba ofreciéndole todo lo que ella necesitaba para tener estabilidad emocional. Renee se dijo que tenía que concentrarse en el presente en lugar de agobiarse pensando en si su relación tendría algún futuro.

—Estoy preparada, Sheldon —le susurró al oído.

Sheldon se quedó sin aliento.

–¿Estás segura?

–Muy segura.

Él contempló su rostro inundado de lágrimas y le dio un vuelco el corazón al ver el ruego en su mirada.

–No quiero que me busques porque te sientas vulnerable –le dijo él–. No pienso aprovecharme de ti.

–Estoy preparada –repitió Renee mientras se mordía el labio inferior para que no le temblara.

Luego se inclinó hacia delante y lo besó, deleitándose en su calidez y su saber hacer. Él le respondió con besos dulces que la encendieron intensamente. Lo que había comenzado como una tierna unión se transformó en una pasión abrasadora. Renee sintió los pezones erectos y todo su cuerpo listo para recibir a Sheldon.

–Por favor... –gimió.

Él se separó ligeramente de ella y la observó unos instantes detenidamente.

–Sabes lo que esto significa, ¿verdad? –le preguntó, y vio que ella asentía–. Si hacemos el amor, no habrá vuelta atrás. Quiero que me digas ahora qué quieres de mí.

Renee cerró los ojos.

–Te quiero a ti, Sheldon, quiero que me protejas a mí y a mi bebé.

Él asintió.

–Puedo hacerlo. ¿Qué más, cariño?

–Quiero que seas mi mejor amigo.

Él le acarició el cuello con la nariz y la boca, aspirando el perfume embriagador de ella.

—Eso también puedo hacerlo. ¿Qué más, princesa?

Renee abrió los ojos y algo en su mirada indicó a Sheldon lo que quería saber.

—Quiero que seas el último hombre con quien haga el amor.

Él la subió en brazos, apagó la cocina y subió con ella hasta el dormitorio de la primera planta. Nunca lo había compartido con una mujer. Cuando acudía a la cabaña con alguna, se quedaban en alguna de las habitaciones de la planta baja; el piso de arriba siempre había sido su santuario personal... hasta ese momento.

Dejó a Renee sobre la cama, fue a lavarse y al regresar se tumbó a su lado. Tomó su mano y contempló las sombras en el techo. La luna llena teñía todo de un brillo plateado.

—Puedo hacerte el amor sin penetrarte —le aseguró a Renee.

Ella tuvo que esforzarse por contener las lágrimas. ¿Por qué últimamente lloraba con tanta facilidad, cuando siempre le había costado muchísimo? Sheldon había derribado el muro que ella había levantado para mantener a los hombres a distancia y se había colado en su corazón con una dulzura que ella no había conocido en ningún hombre hasta entonces. Él le estaba preguntando qué quería hacer ella, que era quien estaba embarazada.

—Lo que tuve con Donald forma parte del pasado —afirmó ella—. El amor que pudiera sentir por él murió en el momento en que salí de su vida. Nunca habrá terceras personas en nuestra relación, y ésta es la última vez que menciono este nombre delante de ti.

Sheldon le pasó la mano por el pelo y la besó con una pasión que ella creyó que iba a abrasarla. Él se colocó sobre ella, soportando su peso sobre sus brazos mientras apretaba su erección contra ella haciéndole saber lo mucho que la deseaba.

Luego, lenta y metódicamente, fue desvistiéndola y cubriendo de besos cada centímetro de piel que quedaba al descubierto. La urgencia en su entrepierna era cada vez más acuciante, pero Sheldon se obligó a ir despacio para darle a Renee tanto placer como estaba seguro que iba a recibir de ella.

Le abrió la camisa y contempló en silencio sus pechos modelados por el sujetador. Luego se lo quitó y tuvo que reprimir un gemido. Ella tenía unos senos redondos y firmes como fruta madura.

Renee se encendió aún más con la mirada de Sheldon mientras él le quitaba los pantalones y las bragas. La desnudó completamente y la contempló en un silencio reverencial.

—Dios mío, princesa, eres bellísima —le susurró.

Sheldon le recorrió el cuerpo con las manos y luego con la boca. Ella se incorporó, quería acariciarlo y saborearlo a él de la misma forma que él estaba haciendo con ella. Las lágrimas inundaron de nuevo sus ojos cuando él se detuvo delicadamente sobre su vientre.

Por fin, ella se sentó en la cama y comenzó a desabrocharle la camisa, pero él la ayudó arrancándose los botones de un tirón. Luego, él se quitó los pantalones y los calzoncillos y se quedó completamente desnudo. Se colocó el preservativo sobre su miembro duro y le indicó a Renee que lo abrazara.

Al tenerla junto a sí y aspirar su aroma, Sheldon se sintió completo. Era como si hubiera esperado veinte años a que aquella mujer menuda entrara en su vida, una mujer que iba a cambiarlo para siempre. ¿Por qué Renee y no cualquier otra de las mujeres con las que se había acostado? ¿Qué tenía ella que le hacía querer entregarle su futuro? Rogó en silencio poder descubrirlo antes de enamorarse profundamente.

Él apoyó la espalda contra el cabecero y levantó a Renee por encima de él.

—Rodéame la cintura con tus piernas.

Ella hizo lo que él le pedía y apoyó la frente en el hombro de él. Respiraba aceleradamente.

—¿Estás cómoda? —le preguntó él.

—Sí —respondió ella entre jadeos.

Toda ella estaba al rojo vivo: sentía el pecho de él contra sus senos, la respiración excitada de él en su oído y su erección entre sus piernas. Renee gimió y frunció la boca para no gritar de placer al acoger en su interior el sexo de Sheldon. Entonces ella comenzó a mover las caderas marcando un ritmo ancestral que los envolvió en un placer infinito.

Renee alcanzó cotas de pasión a las que no había llegado nunca, todo su cuerpo vibraba de placer. Sheldon no podía controlar sus gemidos conforme el fuego de la pasión lo consumía.

Para él no existía en aquel momento nada más que aquella mujer. Le sujetó las caderas y le hizo moverse más deprisa, hasta que un torbellino los barrió al mundo privado del máximo placer.

Renee se dejó caer exhausta sobre el pecho brillante de sudor de Sheldon. Sintiéndose completa como nunca en su vida, cerró los ojos mientras recuperaba el ritmo normal de respiración.

Sheldon sabía que tenía que salir del interior de Renee, pero no quería hacerlo. Su acto sexual había sido un acto salvaje de posesión. Ahora él le pertenecía a ella y ella a él.

Sheldon se soltó del abrazo de ella y la cubrió con la sábana. La observó en silencio unos momentos y luego fue al baño.

Bajo la ducha, recordó lo que Renee esperaba de él. Él sabía que podía cuidar de ella y del bebé, lo había hecho con sus dos hijos. Pero lo que nunca podría ofrecerle era matrimonio. A pesar de su éxito como padre y como hombre de negocios, como marido había sido un desastre. Y no tenía ninguna intención de repetir su fracaso.

Capítulo Seis

Renee se recreó en la calidez de la enorme cama mientras revivía el placer que había compartido con Sheldon. El calor del cuerpo de él contra el suyo, su abrazo protector y sus fabulosos besos la habían dejado deseando más.

Encendió una lamparita que había junto a la cama y buscó su ropa, pero no estaba ni en la cama ni en el suelo. Se levantó y fue al cuarto de baño. Contempló la estancia abrumada: el cuarto de baño era casi el doble de lo que había sido su primer apartamento. Tenía un vestidor incluido. Renee abrió un armario y sacó una camiseta con el logo de la Universidad Tuskegee. Sheldon le había dicho que él no había ido a la universidad, así que debía de ser alguno de sus hijos el que hubiera estudiado allí. Renee abrió más cajones y encontró todos los útiles de aseo que necesitaba. Veinte minutos más tarde se había lavado los dientes, duchado e hidratado el cuerpo. Se puso la camiseta y se encaminó a la planta baja.

Estaba llegando al final de la escalera cuando vio a Sheldon, de espaldas a ella, poniendo la mesa en el comedor. Iba vestido con unos vaqueros y un suéter de algodón blanco. Renee sonrió. Igual que ella, él iba descalzo.

–¿Seguro que no quieres mi ayuda? –le preguntó.

Él se giró lentamente y se la quedó mirando. Ella llevaba puesta la camiseta que Ryan le había regalado de su universidad. Las mangas le llegaban por el codo y la camiseta le alcanzaba de largo hasta las rodillas. Sheldon se deleitó con sus piernas torneadas y sus pies descalzos. Sonrió y se acercó a ella. Tomó su rostro entre sus manos y la besó dulcemente en los labios.

–Seguro. Quería tener todo preparado antes de subir a despertarte. ¿Tienes hambre?

–Muchísima. Siento no haberme arreglado para cenar, pero no he encontrado mi ropa.

–La he metido en la lavadora –le explicó él, y la besó de nuevo–. Ahora está en la secadora.

Él le rodeó la cintura con un brazo y la condujo a la mesa.

Cenar con Sheldon fue una experiencia nueva y diferente para Renee. Él encendió un fuego en la chimenea, apagó todas las luces salvo las del comedor y encendió la radio en una cadena que ofrecía canciones de amor.

Él había preparado una cena de cuatro platos: para empezar, sopa de langosta y una ensalada de tomate y *mozzarella;* después, carne asada con patatas y guisantes. Renee no pudo con el postre porque estaba llena. Sonrió, cerró los ojos y suspiró.

–Puedes cocinar para mí siempre que quieras.

–¿Eso es lo que quieres de mí, que cocine para ti?

Ella abrió los ojos y se irguió en la silla.

–No, Sheldon, no es eso lo que quiero de ti. No me importaría que cocinaras para mí de vez en cuando, pero yo también cocinaré para ti.

–¿Sabes cocinar?

Ella fingió que se molestaba.

–Por supuesto.

Su madre le había enseñado a cocinar y, con quince años, ella ya era capaz de preparar una comida completa ella sola.

–No, princesa –dijo él, envolviéndola con su voz–. Me encanta la idea de cocinar para ti.

De pronto las voces de Kenny Rogers y Sheena Easton cantando *We've Got Tonight* les llegaron desde la cadena de música. Sheldon se puso en pie y tendió la mano a Renee.

–Ven a bailar conmigo, es una de mis canciones preferidas.

Ella dudó.

–No puedo.

–¿Por qué?

–No llevo puesta ropa interior –dijo ella sin poder mirarlo a los ojos.

Él reprimió una sonrisa.

–Para cuando regreses de haberte puesto ropa interior, la canción habrá terminado. Pero, si te ayuda a estar más cómoda, yo también me quitaré la ropa interior.

Ella se puso en pie rápidamente y agarró su mano.

–No, no lo hagas. Por favor.

Sheldon la condujo al centro del comedor con una risita.

—Sólo quiero que estés cómoda.

Renee se abrazó a él.

—Si ya estoy cómoda... —dijo más rápido de lo habitual.

Él la apretó contra él y giró con ella mientras cantaba la canción.

—Sólo tenemos esta noche. ¿Quién necesita un mañana? Hagamos que esto dure...

Renee cerró los ojos y escuchó cantar a Sheldon. ¿Estaba diciendo él que sólo le importaba aquel momento, sólo esa noche, y no lo que sucediera al día siguiente?

Ella quiso decirle a Sheldon que esa noche era lo único que tenían, porque al día siguiente podría suceder cualquier cosa. Se hundió en el reconfortante abrazo de él y apoyó su cabeza sobre su enorme corazón. La canción terminó, pero ellos no se separaron. Siguieron moviéndose suavemente en silencio. Sus cuerpos se comunicaban sin palabras y lo que estaban compartiendo no tenía nada de asunto profesional.

Renee y Sheldon llegaron a la casa principal de la cuadra Blackstone a la una y media de la madrugada. Él había querido quedarse en la cabaña hasta la noche del domingo, pero ella se había quejado de que le dolía la garganta.

—Preferiría dormir en mi propia cama —se disculpó Renee.

Sheldon logró ocultar su decepción; habían

hecho el amor pero no habían dormido juntos. Asintió.

–Hasta mañana entonces.

Renee forzó una sonrisa. Cada vez que tragaba saliva, la garganta le ardía.

–Buenas noches –dijo, se puso de puntillas y lo besó en la mejilla.

Luego llegó a su dormitorio, se desvistió rápidamente y se metió en la cama.

La mañana del domingo, Renee se levantó helada. No podía dejar de tiritar. Era evidente que había contraído algo.

Era irónico que otro «algo» fuera la razón de que se hubiera quedado embarazada. Hacía meses, una de las asistentes del bufete de Miami había muerto de una meningitis provocada por una bacteria y todo el mundo que había estado en contacto con ella había tenido que tomarse un poderoso antibiótico. Renee no sabía que ese fármaco interactuaba con su anticonceptivo disminuyendo su potencia.

Después de mudarse a Kentucky, ella se había preguntado a veces qué habría sucedido si Donald no se hubiera casado. ¿Le habría pedido que se casara con ella al conocer que ella estaba embarazada de él? Esas dudas la habían acuciado hasta que había buscado un lugar desierto en el monte y había gritado hasta quedarse sin aliento.

Renee se obligó a levantarse de la cama, lavarse los dientes y darse una ducha caliente. Luego regresó a la cama con rodillas temblorosas y volvió a dormirse.

Sheldon entró en el comedor y vio a Jeremy y a Tricia sentados a la mesa con el abuelo de ella, Gus Parker. Tricia hizo una seña a Sheldon de que se uniera a ellos. Él se acercó y la besó en la mejilla.

—Buenos días.

—Buenos días, papá —saludó ella con los ojos brillantes—. El abuelo tiene noticias maravillosas.

Sheldon se sentó junto a su viejo amigo. Augustus Parker había entrado a trabajar en la cuadra como mozo dos semanas después de que Sheldon comprara su primer purasangre y se había jubilado de ayudante de entrenador treinta años más tarde.

—¿Qué buenas noticias son ésas, Gus?

Gus, alto, delgado y de casi ochenta años, esbozó una sonrisa llena de misterio.

—Voy a casarme.

Él y su primera esposa Olga habían estado casados durante cuarenta y siete años. Ella había fallecido hacía doce.

Sheldon se quedó sorprendido, y luego sonrió ampliamente y le estrechó la mano efusivamente.

—Enhorabuena. ¿Quién es la afortunada?

—Beatrice Miller.

—¿No es tu enfermera? —inquirió Sheldon.

—Mi antigua enfermera y la que pronto será mi esposa.

Tricia apoyó una mano en el hombro de su

abuelo. Gus había tenido un infarto y había sido hospitalizado el verano anterior, pero se había recuperado a tiempo para conducir a su nieta al altar en su boda con Jeremy. Todo indicaba que la enfermera de mediana edad que había estado cuidando de él no sólo le había curado el corazón, además se lo había conquistado.

–¿Y cuándo será el gran día, abuelo?

–Eso que lo decida Beatrice.

–¿Tenéis pensado marcharos de la cuadra? –preguntó Sheldon.

Gus negó con la cabeza.

–No. No pensaba marcharme, y menos ahora que voy a ser bisabuelo –dijo, guiñándole un ojo a su nieta–. Beatrice me ha dicho que le encantaría sustituir a Tricia como enfermera del colegio mientras ella está de baja por maternidad.

Tricia se quedó mirando a Gus.

–No voy a tomarme la baja por maternidad, abuelo. El bebé está previsto que nazca la primera semana de julio, que en el colegio hay vacaciones de verano. Tendré dos meses para estar todo el tiempo con el bebé y luego lo veré todos los días en la guardería.

Sheldon pensó en Renee y en su bebé. Ella le había dicho que estaba de cuatro meses, por lo que seguramente daría a luz en algún momento de marzo. Aunque no llevaría suficiente tiempo trabajando en la cuadra como para poder solicitar la baja por maternidad, él le pediría a Jeremy que le diera unos días libres.

Sheldon miró la hora. Casi era mediodía y

Renee no había bajado a saludar. Si no aparecía cuando él hubiera salido del comedor, le llevaría el desayuno a la cama.

Sheldon llamó a la puerta del dormitorio de Renee y escuchó, pero no oyó ningún movimiento al otro lado. Abrió lentamente la puerta y se acercó a la cama. Ella estaba tumbada sobre un costado y tenía los ojos cerrados. Él le tocó un hombro desnudo y apartó la mano rápidamente: ¡ella estaba ardiendo!

La culpa se apoderó de él. Cuando ella se había negado a dormir con él esa noche, él había creído que lo hacía porque no estaba cómoda compartiendo su cama en la granja. Sheldon sacó su teléfono móvil y llamó a Jeremy.

—Necesito que Tricia venga a casa y examine a Renee, está ardiendo de fiebre.

Minutos después, cuando Tricia y Jeremy entraron en el dormitorio de Renee, encontraron a Sheldon poniéndole paños fríos por el rostro y el cuello. Tricia captó la preocupación en la mirada de Sheldon.

—Déjame que le tome la temperatura —le dijo la enfermera.

Sheldon observó ansioso cómo Tricia le tomaba la temperatura y la presión sanguínea.

—Anoche se quejó de que le dolía la garganta —comentó él en voz baja.

Tricia miró a Sheldon.

—Al menos seis niños han tenido la garganta inflamada. El médico les hizo pruebas por si era por estreptococos. Pero ninguno tenía; todos los cultivos dieron negativo.

–No puedo tomar antibióticos –dijo Renee con una voz rota.

Tricia la miró.

–¿Por qué no?

Renee cerró los ojos. Le dolía hablar e incluso tragar saliva.

–Estoy embarazada.

Tricia y Jeremy se giraron hacia Sheldon, que no cambió su expresión impasible al escuchar la confesión de Renee. Ambos intercambiaron una mirada. Era evidente que Sheldon conocía la condición de Renee.

–Quiero que le hagan un cultivo de estreptococos en la garganta –ordenó Sheldon suavemente–. Llama al médico, Tricia, por favor. Que venga ya.

Sheldon estaba poniéndose cada vez más furioso. ¿Por qué no estaba ya allí el médico al que pagaban una fortuna para que acudiera en cuanto se le necesitara?

Jeremy ya conocía el temperamento explosivo de su padre y sabía que era mejor quitarse de en medio cuanto antes.

–Yo llamaré al médico, papá –se ofreció Jeremy, y salió de la habitación a toda prisa.

–Asegúrate de que bebe mucha agua para que no se deshidrate. Esperaré abajo al doctor Gibson –dijo Tricia, y siguió los pasos de su marido.

***

89

Renee perdió la conciencia del tiempo, pero sí recordaba haber oído al médico decir que se había contagiado de un virus y que, con reposo, una dieta blanda y mucho líquido, se sentiría mejor en unos tres o cinco días.

Ella durmió durante horas. Cuando se despertaba, encontraba a Sheldon junto a ella urgiéndola a beber del vaso que le acercaba a los labios. Él también le dio leche y zumos de frutas a través de una pajita. Lo que ella no recordaría después era que Sheldon le había lavado el cuerpo como si ella fuera un bebé.

El martes por la tarde, Renee se incorporó en la cama alerta y hambrienta. Lo primero que advirtió fue que no llevaba camisón, sino una camiseta de hombre; lo segundo, que una mujer estaba saliendo del cuarto de baño con un cubo lleno de productos de limpieza. Renee sólo había visto a la asistenta de hogar una vez, en la fiesta de antes de la carrera. Normalmente la escuchaba pasando la aspiradora, pero no solía encontrársela.

Lo tercero que Renee advirtió fue lo que le dejó más conmocionada: su vientre había crecido considerablemente, ya sobresalía por encima de su pelvis.

Claire Garrett, la asistenta, sonrió.

—Voy a decirle a Sheldon que ya te has despertado —anunció.

—Gracias —dijo ella con voz ronca.

Ya no le dolía la garganta, pero fuera lo que fuera que había tenido le había afectado a las cuerdas vocales.

Renee le devolvió la sonrisa a Claire. Luego plantó los pies en el suelo y se estremeció. No era invierno, pero ella estaba helada. Seguramente le llevaría un tiempo adaptarse al cambio de estaciones.

Entró en el cuarto de baño, abrió el grifo de la bañera y echó una taza de sales de baño con aroma a vainilla. Luego se lavó los dientes y la cara y se metió en la bañera. Suspiró, apoyó la cabeza en el reposacabezas y cerró los ojos.

–¿Necesitas que te frote la espalda?

Renee se sentó en la bañera de un respingo, salpicando agua alrededor. Sheldon estaba en la puerta y sonreía ampliamente. Renee sintió que el calor la invadía.

–No... gracias.

Sheldon no podía moverse, casi ni respirar. La visión de los pechos tan llenos de ella y su voz ronca lo paralizaron durante unos instantes. Toda la energía de su cuerpo se concentraba en su entrepierna y le provocaba un dolor que no quería que desapareciera. Supo que tenía que marcharse de allí cuanto antes o se quitaría la ropa y se metería en la bañera con ella.

–Te veré abajo –dijo.

Sabía que sus sentimientos hacia aquella mujer que compartía su casa se iban intensificando a cada minuto que pasaba junto a ella. Al estar sentado observando cómo dormía ella, había retrocedido veinte años atrás. En aquella época, él había pasado mucho tiempo junto a la cama de otra mujer y la había visto morir. Su vida había cambiado en los veinte años desde entonces, pero él seguía siendo el mismo.

En el pasado, se había acostado con otras mujeres movido por su frustración sexual. Pero con Renee era diferente porque, más que necesitarla, la deseaba. Esbozó una sonrisa irónica. Ya era hora de aceptar lo que la vida le ofrecía.

Capítulo Siete

–¿Es el primero que tiene?

Sheldon levantó la mirada del periódico que estaba leyendo y observó al hombre pelirrojo sentado a su lado.

–¿El primer qué?

–Bebé.

–No.

–¿Cuántos hijos tiene?

Como le había prometido a Renee, Sheldon la había acompañado al tocólogo a su revisión.

–Éste será el décimo –contestó Sheldon tranquilamente.

El otro hombre palideció y luego se sonrojó.

–¿Es una broma?

Sheldon contuvo la risa y decidió continuar con la broma.

–No. Tengo nueve hijos, todos chicos. Seguimos intentándolo porque queremos una niña.

–Cielos... –murmuró el hombre.

Sheldon se concentró de nuevo en el periódico. Renee salió de la consulta al poco tiempo con una amplia sonrisa en su rostro.

Sheldon se puso en pie. Cuando ella había llegado a la cuadra, él nunca hubiera adivinado que estaba embarazada. Pero después de tres semanas, el embarazo empezaba a notarse.

Se acercó a ella y la abrazó por la cintura.

–¿Cómo está todo?

Ella se acurrucó contra él y también lo abrazó por la cintura.

–Fabuloso. ¡Es una niña!

–Felicidades –dijo él, y la besó en la frente–. ¿Cuándo es la próxima revisión?

–Dentro de un mes. Y ahora salgamos de aquí –le dijo Renee en voz baja.

Le ponía un poco nerviosa ver a otras mujeres en los últimos días de gestación porque sabía que era lo que le esperaba a ella.

Sheldon acompañó a Renee hacia la puerta y se detuvo un momento delante del hombre con el que había hablado.

–Es una niña –le dijo.

El hombre lo miró unos instantes.

–¿Y qué hubiera sucedido si hubiera sido otro niño?

Los ojos de Sheldon brillaron de diversión.

–Entonces hubiera seguido intentándolo, amigo.

Renee esperó hasta que llegaron al coche para preguntar:

–¿Me he perdido algo en la consulta?

Sheldon le abrió la puerta.

–Ese hombre me había preguntado que cuántos hijos tenía y yo le he respondido que nueve –respondió él, y sonrió al ver la cara de sorpresa de Renee–. Le he dicho que seguiríamos intentándolo hasta que tuviéramos una niña.

–Eres malo, Sheldon Blackstone –le dijo ella, colocando una mano sobre el pecho de él.

Él se acercó y la apoyó contra el coche.

–¿Cómo de malo, princesa?

Ella levantó la barbilla y lo miró a los ojos.

–Muy malo, alteza.

Él acercó su cara a la de ella y se quedó a pocos centímetros.

–¿Y qué tengo que hacer para que cambies de opinión?

–A ver qué se te ocurre –le desafió ella.

Sin previo aviso, él la agarró en brazos y la subió al coche. Luego se subió él también y sacó el coche del aparcamiento.

–¿Adónde vamos? –preguntó Renee cuando se detuvieron frente a una tienda gourmet.

Él la besó en la mejilla.

–¿Te gustaría compartir una merienda de picnic conmigo? Donde tú quieras: en el porche de casa, en tu dormitorio o en el mío.

Ella lo pensó unos instantes, y luego dijo:

–¿Y si lo tomamos al aire libre?

Hacía una tarde muy agradable, con un cielo despejado y buena temperatura.

Sheldon miró a Renee por un momento. Ella era totalmente impredecible y eso le gustaba a él porque sabía que a su lado nunca se aburriría.

–No se hable más, lo tomaremos en el campo.

Renee se tumbó sobre la manta en el mismo lugar donde habían estado Sheldon y ella en Halloween. Saborearon una deliciosa comida y luego se durmieron el uno en brazos del otro. Cuando ella se despertó, el sol comenzaba a ponerse y empezaba a refrescar. Renee estaba apoyada sobre el pecho de Sheldon y ambos tenían las piernas entrelazadas.

–Sheldon, ¿estás despierto?

Él abrió los ojos.

–Sí, pequeña.

–Quiero que seas malo.

Hubo un instante de silencio.

–¿Cómo de malo?

Otra pausa.

–Travieso –dijo ella.

Sheldon la abrazó y rodó con ella hasta que ella estuvo boca arriba.

–¿Aquí?

–Sí –dijo ella, asintiendo.

–No puedo protegerte porque no llevo ningún preservativo encima.

Renee soltó una risita.

–Ya es tarde para eso, Sheldon. Recuerda, estoy embarazada.

Ella estaba embarazada y él estaba en perfecto estado de salud. Sheldon se sentó sobre los talones y se quitó el suéter. Luego, con los ojos clavados en los de Renee, se quitó el resto de la ropa.

La primera vez que habían hecho el amor había sido bajo la luz plateada de la luna. Ahora, los iluminaba el sol poniente. La otra vez él la había saboreado y acariciado entre sombras, pero esa vez todo estaba a plena luz.

Una pequeña brisa levantó algunas hojas del suelo. Sheldon le quitó los zapatos y los calcetines a Renee y abrió los botones de su blusa. Observó maravillado el vientre abultado y luego se inclinó sobre él y lo besó.

–Eres bellísima, princesa.

Renee cerró los ojos.

–Estoy gorda, Sheldon.

Él le tomó la mano y la colocó sobre su vientre.

–Llevas en tu interior una vida, cariño. ¿No te das cuenta de lo especial que es eso?

Ella abrió los ojos y vio el dolor en los de él; supo que él recordaba a sus seres queridos que había tenido que enterrar.

–Sí –susurró ella–. Este bebé es especial.

Él le quitó la blusa y la ropa interior con la habilidad de quien lo había hecho muchas veces. Pero Renee no tuvo tiempo de pensar en nada porque enseguida se encontró desnuda bajo la mirada penetrante de él. Abrió los brazos y acogió a Sheldon en su abrazo, aunque él no dejó caer todo su peso sobre ella.

Sheldon se recreó en brazos de la mujer que le hacía desear que llegara el día siguiente, la mujer que lo hacía reír sin intentar ser graciosa y la que le hacía desear estar dentro de ella a cada momento de cada día.

La besó suavemente en los labios y su lengua se entrelazó con la de ella en una danza erótica y sensual. Luego él bajó por su cuello, se deleitó en un seno y luego en el otro. Ella ahogó un grito y arqueó la espalda cuando él le mordisqueó un pezón y después el otro.

Renee había dejado de pensar con claridad y sólo sentía la pulsación entre sus piernas, cada vez más intensa. Agarró a Sheldon del pelo y lo atrajo hacia su rostro.

–Sheldon, hazlo, por favor –le rogó entre jadeos–. ¡Tómame ahora!

Él hizo lo que le pedía y deslizó su sexo dentro de la carne cálida y húmeda de ella. La pasión de ella lo arrastró y Sheldon se vio envuelto en un fuego que lo devoraba. Y entonces, de pronto, sigilosamente, acudieron a él todo tipo de sensaciones y sentimientos que había logrado enterrar junto con el féretro de Julia. El amor que había ofrecido a una mujer y que era incapaz de dar a otra se abrió paso en su corazón y se apoderó de él, rendido y entregado a la mujer que tenía en sus brazos.

Renee acogió los poderosos envites y los acompañó con los suyos. Sus manos estaban sobre todo Sheldon: su pelo, sus hombros, su ancho pecho... Sabía que en pocos segundos se vería obligada a rendirse a la arrebatadora pasión que la elevaba más y más alto, hasta perderse más allá de sí misma. Comenzó a gemir entre jadeos y por fin se entregó al éxtasis.

Al oír el gemido supremo de Renee, Sheldon no pudo contenerse más. Hundió su rostro en el cuello de ella mientras las explosiones de placer lo inundaban.

Necesitó más de dos minutos antes de poder moverse de nuevo, y se dejó caer pesadamente sobre la manta.

Renee se colocó de costado y apoyó su cabeza en el hombro de él. Él la atrajo hacia sí, ofreciéndole el calor de su cuerpo.

–No te duermas, ¿eh, cariño? –le susurró al oído.

–No puedo moverme.

–No tienes que hacerlo.

Renee se quedó tumbada mientras Sheldon

se vestía y luego la vestía a ella. En el corto camino a la casa principal, ella dormitó unos instantes. Sólo horas después recodaría que se había duchado con Sheldon y que él le había pedido que lo dejara dormir en su cama.

A las tres de la madrugada, Renee se despertó y bajó a la cocina a por un vaso de leche. Cuando regresó al dormitorio, encontró a Sheldon sentado en la cama esperándola preocupado.

–¿Estás bien? –le preguntó él.

Renee se sentó a horcajadas encima de él y se acomodó hasta encontrar la mejor posición.

–Sólo quería un vaso de leche.

–No deberías hacer eso –le advirtió él suavemente al oído.

–¿Hacer el qué?

–Sentarte sobre mí.

Ella esbozó una sonrisa sensual.

–¿Y por qué no?

–Porque te encontrarás de pronto tumbada boca arriba conmigo dentro de ti...

El beso explosivo de ella lo dejó atónito y luego fue ella la que se sorprendió cuando él le levantó el camisón por encima de la cintura y la colocó sobre él, uniendo sus cuerpos hasta convertirlos en uno solo.

Ella se arqueó para acogerlo completamente y comenzó a mover sus caderas. Era como si nunca tuviera suficiente de él. ¿Cómo le había hechizado él, que lograba que a su lado ella se olvidara de todo, incluso de su propio nombre?

Saciada, Renee se dejó caer sobre Sheldon

mientras el placer aún la recorría. Ella no sabía si su libido había aumentado porque estaba embarazada o porque estaba enamorándose de Sheldon Blackstone.

En las seis semanas que llevaba viviendo en la cuadra Blackstone, Renee había cambiado. El cambio más evidente era su cuerpo, ya no podía disimular su embarazo y, a pesar de que Sheldon le aseguraba que estaba más guapa que cuando había llegado a la cuadra, a veces ella se sentía torpe y deforme.

Siempre que pasaban la noche juntos lo hacían en la cama de ella. Pero, a pesar de la intimidad que iban compartiendo, ella sentía que en su relación faltaba algo. Cada vez que abrazaba a Sheldon, su amor por él aumentaba. Y cada vez que él la llevaba al orgasmo, ella temía que se le notara lo mucho que lo amaba.

Ella le había pedido a Sheldon que fuera su amigo y su confidente. Él le había propuesto estar a su lado y protegerla a ella y al bebé. Pero enamorarse no era parte de su acuerdo... eso era traspasar el nivel profesional.

La tarde siguiente, a última hora, Renee entró en la casa principal y subió a la planta de arriba. La puerta del dormitorio de Sheldon estaba ligeramente abierta y ella lo oyó cantar a pleno pulmón. Sonrió mientras se dirigía a su habitación. Al principio le había resultado extraño que, aunque Sheldon y ella vivían bajo el mismo techo, apenas se encontraban durante el día. Sólo por las noches, cuando Sean no acudía a dormir con su abuelo, compartían Sheldon y ella la cama.

Renee observó el vestido de seda azul de corte imperio que había sobre la cama y la chaquetilla a juego que colgaba en el armario. Veinte minutos más tarde, se calzó unas sandalias de seda azul igual que el vestido y se acercó al espejo de cuerpo entero en la puerta del armario. Le costó reconocer a la mujer que le mostraba el espejo. Le habían recogido el pelo en un precioso moño y el conjunto resultaba sofisticado pero sin ser demasiado rígido.

Renee ahogó un grito cuando otra figura se unió a ella. Sheldon se colocó a su lado, resplandeciente. Vestía un esmoquin hecho a medida, con camisa blanca y una corbata azul de seda que hacía juego con el vestido de ella y le daba un aplomo que pocos hombres tenían. Estaba perfectamente peinado. El calor que despedía su cuerpo y el seductor aroma de su colonia hicieron que a Renee se le acelerara el corazón.

Sheldon colocó una mano en la cintura de ella y la otra en su cuello, y le acarició la nuca con el pulgar suavemente. Renee lo miró a los ojos. La expresión impasible de él no revelaba lo que estaba sintiendo en aquel momento.

Él había estado evitando a Renee deliberadamente porque cada vez se sentía más atraído hacia ella. Cuando se encontraba con ella, se sentía atrapado en un campo de fuerza que lo dejaba indefenso y vulnerable. Él conocía esas emociones y no quería volverlas a experimentar.

Renee se estremeció mientras Sheldon jugueteaba con su pendiente de diamante. Cerró los ojos y apoyó la cabeza en el hombro de él. El estremecimiento se convirtió en un escalofrío cuando él la besó en el cuello.

–Estás increíblemente bella, hueles delicioso y sabes aún mejor –murmuró él, apoyado en su cuello.

Renee se deleitó en su fuerza.

–Si no nos vamos ahora, llegaremos tarde –dijo, poco convencida.

–No llegaremos tarde, princesa –le aseguró él al oído–. Gracias, cariño.

Ella se fundió con él y sintió que se le aceleraba el corazón.

–¿Por qué, amor mío?

–Por ser tú misma, Renee.

Sheldon la hizo girarse hacia él y le tomó la cara entre las manos.

–No creía que pudieras mejorar más, pero lo has hecho. Esta noche voy a ser la envidia de todos los hombres –le aseguró él.

Renee le sujetó las manos y las bajó de su rostro.

–¿Por eso me pediste que te acompañara y pagaste el vestido? ¿Para pasearme y presumir de mí como haces con tus preciados purasangre?

La expresión de Sheldon se ensombreció.

–¿Eso es lo que crees, Renee?

–Sí.

Él sacudió la cabeza lentamente.

–No te has dado cuenta, ¿verdad?

Ella enarcó las cejas.

–¿De qué?

La mirada de él se llenó de ternura y pasión.

–De que te adoro.

Renee se puso rígida de la sorpresa. Sheldon le había dado todo lo que ella siempre había deseado, pero ella no sospechaba que sentimientos de esa hondura fueran a mezclarse en todo aquello. Quiso decirle que ella también lo adoraba y lo amaba, pero la confesión de él le había dejado un nudo en la garganta.

–Gracias –dijo cuando por fin recuperó la voz.

Sheldon forzó una sonrisa para ocultar su frustración. Era evidente que ella no tenía los mismos sentimientos hacia él. De pronto lo acosaron las dudas. ¿Seguiría ella enamorada de su ex novio?

–¿Estás preparada?

Ella asintió.

–Sí.

Capítulo Ocho

Renee salió de la iglesia del brazo de Sheldon. Durante la ceremonia lo había mirado varias veces de reojo cuando los novios intercambiaban sus votos y se había preguntado si él estaría reviviendo su boda. Pero la expresión de él no había cambiado en ningún momento.

Sheldon colocó su mano sobre la de ella. Renee tenía la mano helada.

—¿Estás bien?

—Sí, ¿por qué?

—Tienes la mano helada.

—Pues precisamente ahora no tengo frío.

Dentro de la casa habían puesto la calefacción en atención a las mujeres con vestidos escotados o abiertos por la espalda.

Renee estaba abrumada por la cantidad de joyas que llevaban las otras mujeres presentes en el salón de baile. Los invitados eran la aristocracia de Virginia, además de algunos senadores de Washington y algún otro político más. La boda se había promocionado como el acontecimiento del año, ya que unía a los herederos de dos de las cuadras de caballos más ricas del estado.

Sheldon encontró la mesa que les habían asignado y condujo a Renee hasta ella.

–¿Qué quieres beber? –le preguntó al oído.

Renee iba a pedirle un vaso de leche, pero cambió de idea.

–Agua con gas con una raja de lima.

Sheldon rió suavemente y paseó su mirada desde la boca de ella hasta sus senos, modelados por el precioso vestido.

–¿Significa eso que esta noche vas a desatarte? –preguntó él en tono de broma.

–Hola de nuevo, Renee –saludó una voz familiar, interrumpiendo su conversación.

Renee miró por encima de su hombro. Kent Taylor estaba mirándole el pecho de forma lasciva, con una medio sonrisa en el rostro. Sheldon se acercó a él y le estrechó la mano mientras le daba palmadas en la espalda.

–¿Cuándo vas a presentar a Kiss Me Kate a otra carrera?

Kent Taylor se sonrojó. Aún no se había recuperado de que su caballo llegara segundo en la International Gold Cup.

–No lo sé –respondió, soltándose de la mano de Sheldon–. Espero que no te importe si le pido a tu dama que baile conmigo esta noche.

La sonrisa gélida de Sheldon hubiera dejado helados a la mayoría de hombres, pero Kent estaba demasiado borracho para darse cuenta.

–Sí que me importa.

Desconcertado, Kent parpadeó unas cuantas veces confiando en no haber oído lo que creía haber oído. Se encogió de hombros y se marchó.

–Es peor que un enjambre de moscas –murmuró Sheldon al verlo alejarse.

Renee miró a Sheldon con los ojos entrecerrados.

—Espero que no vayas a gruñir a cada hombre que quiera bailar conmigo. Esta noche he venido a divertirme.

Él le acarició la nuca y luego la besó en los labios.

—Y vas a divertirte.

—Prométemelo —dijo ella con una sonrisa.

Él le devolvió la sonrisa.

—Te lo prometo.

En verdad se divirtió bailando con él. Durante la cena había tocado un cuarteto de cuerda que la hora del baile fue reemplazado por una banda de música con un amplio repertorio de canciones para bailar.

Al cabo de un rato, Renee se excusó para ir al servicio. Según atravesaba la sala, sintió como si todo el mundo la mirara. Cuando la presentaba, Sheldon sólo decía su nombre, sin el apellido, y eso aumentaba su misterio y la curiosidad de los demás.

En el opulento tocador, Renee estaba en uno de los aseos ajustándose el vestido cuando oyó mencionar su nombre.

—¿Quién es esa mujer? —preguntó una mujer con acento sureño.

—No lo sé —respondió otra de voz más aguda—. Creí que tú sabrías quién es. Después de todo, tú estuviste en la fiesta que ofreció Sheldon el día antes de la carrera.

—Pues a ella no la recuerdo —confesó la primera mujer en voz baja.

—¿De dónde crees que la ha sacado Sheldon?

–No lo sé. Tal vez la ha conocido en una agencia de contactos, o podría haberla sacado de uno de esos clubs para hombres. Allí hay de todo.

–¿A qué te refieres con «de todo»?

–A mujeres que bailan medio desnudas y se enroscan en postes.

–¿Estás diciéndome que ella es una prostituta?

–No parece que lo sea, pero hoy en día nunca se sabe.

–Su vestido disimula sus formas, pero yo creo que está embarazada.

–Cuidado con lo que dices, Valerie Marie Winston. No creo que Sheldon haya esperado a ser abuelo para volver a tener hijos.

–Cuidado con lo que dices tú, Susanna Caroline Sullivan. Fíjate bien en ella. Dios le ha dotado de un buen par de senos.

Renee no sabía qué hacer. Si salía del servicio, las mujeres sabrían que había escuchado su conversación. Pero tampoco iba a quedarse allí escondida indefinidamente.

–Nadie ha visto a Sheldon con una mujer desde que Julia murió. Quizás ha tenido problemas con *ya sabes qué* –continuó Valerie.

–¿En qué mundo vives? –le dijo Susanna–. Hay fármacos para hombres con ese tipo de *problema*.

Renee ya había escuchado suficiente. Descorrió el cerrojo y salió del servicio. La conmoción de las dos chismosas no tuvo precio. Era imposible saber qué edad tenían, eran de esas mujeres operadas hasta la saciedad a las que

Sheldon se había referido: de narices perfectas, labios hinchados con colágeno, liftings faciales y pelo perfectamente teñido de rubio ceniza.

Renee sonrió, se lavó las manos y tomó la toalla que le tendía la mujer del tocador. Era evidente que Valerie y Susanna habían considerado que era una mujer tan insignificante que podían chismorrear en su presencia. Renee abrió su bolso y dejó un billete en el platillo de las propinas. Luego se dirigió a las mujeres elegantemente vestidas que de pronto estaban totalmente concentradas en empolvarse la nariz. Renee se sostuvo los pechos y fulminó con la mirada a las dos chismosas que la miraban por el espejo.

–Éstos son míos –les informó–. Y, para que quede claro, Sheldon Blackstone no tiene ese *problema* que comentabais.

Luego, con la cabeza alta y toda ella muy estirada, Renee salió del tocador y fulminó con la mirada a cualquiera que la mirara durante más tiempo de lo que la educación recomendaba.

Encontró a Sheldon sentado con varios hombres en la mesa. Al verla llegar tan rígida, Sheldon frunció el ceño y se puso en pie.

–¿Algo va mal? –le preguntó, tomándola del codo.

–Quiero marcharme –susurró ella.

–¿Ahora?

Renee tenía la mandíbula tan apretada que empezaba a dolerle.

–Sí, Sheldon, ahora.

Él vio algo en la mirada de ella que nunca antes había estado allí y se preguntó qué la había descolocado tanto. Se despidió de los hombres con un gesto de la cabeza.

–Caballeros, continuaremos la conversación en otro momento.

–Llámame la próxima semana para que nos reunamos –le dijo uno de ellos.

–Lo haré –le respondió Sheldon.

Luego condujo a Renee fuera del salón de baile y recogió su chaqueta del guardarropa. Esperaron en silencio, observándose mutuamente, mientras el aparcacoches les entregaba el coche.

Llevaban cinco minutos de camino a la cuadra Blackstone cuando Sheldon rompió el tenso silencio.

–¿Qué sucede, Renee?

Ella le contó todo, incluidos los nombres de las dos mujeres que la habían tomado por una prostituta.

–Si esto es una muestra de lo que voy a encontrarme cada vez que salgamos juntos tú y yo, quiero cancelar nuestro acuerdo. Ellas no saben nada de mí y sin embargo tienen el descaro de llamarme puta.

Sheldon detuvo el coche en el arcén. Tenía los ojos brillantes.

–Tú sabes quién eres, y yo sé quién...

–Tú no sabes nada de mí –le interrumpió Renee–. Te has acostado conmigo, Sheldon, pero no sabes nada de mí.

Renee se obligó a contener las lágrimas.

–¿Acaso lo que me has contado de ti misma

es mentira? —le preguntó él en un peligroso susurro.

Ella desvió la mirada y la fijó en el paisaje. El corazón le latía a toda prisa.

—Cuando me has presentado a tus amigos, ¿por qué sólo has dicho mi nombre y no mi apellido? No estoy en la lista de la policía de «los más buscados» ni nada por el estilo. Y tampoco soy una de esas mujeres que se ganan la vida bajo el sobrenombre de Amber o Bambi.

Sheldon negó con la cabeza.

—Las cosas no son así, cariño.

—¿Ah, no? Deja que te diga cómo son: no voy a volver a salir contigo.

Sheldon la observó largamente. Ella no podía comprender el impacto que había causado en todos. Los hombres estaban abrumados por su belleza lozana y las mujeres la envidiaban porque ella representaba lo que muchas de ellas habían perdido hacía tiempo: la belleza natural. Pero él no iba a refutar sus acusaciones, no en aquel momento en que ella estaba tan molesta. Así que encendió el motor y volvió a poner el coche en camino.

Él no sabía si Renee le había mentido acerca de su ex, pero sí estaba seguro de una cosa: él no había sido del todo sincero al admitir que la adoraba; la verdad era que se había enamorado de ella. Era la segunda vez en su vida que se enamoraba de una mujer.

Renee estaba sentada en su despacho mirando por la ventana en lugar de imprimiendo el informe de contabilidad que tenía que darle a Jeremy. Llevaba varios días incapaz de concentrarse. Su enfrentamiento con Sheldon había roto su equilibrio emocional.

Sheldon y ella habían regresado a la cuadra el sábado por la noche y cada uno se había ido a su cama a dormir. Ella no había sabido nada de él en varios días, y por fin, después del desayuno, había oído que Ryan le decía a Jeremy que Sheldon estaba en su refugio de las montañas.

Así que él se había ido sin ella, pensó Renee; su promesa de enseñarle a pescar había sido hueca.

Entonces ella sintió un movimiento familiar en su interior; cerró los ojos y sonrió. Todas las ecografías y el ver su vientre cada día más abultado habían quedado en segundo plano desde que había sentido moverse al bebé por primera vez.

–Renee...

Ella se giró hacia la puerta. Jeremy había acudido a por el informe.

–Entra, por favor. Sólo me queda imprimir el informe para dártelo.

Jeremy se sentó en una silla cerca del escritorio y estudió a Renee. Ella había cambiado desde su llegada a la cuadra, y no sólo a nivel físico; se había vuelto más abierta con sus habitantes.

Él se había dicho que no iba a meterse en las vidas ajenas. Lo que sucediera entre Renee y Sheldon no era asunto suyo. La responsabilidad de gestionar la cuadra, ser un buen marido y un futuro padre dentro de poco le dejaban poco tiempo para perderlo en chismorreos.

Jeremy se inclinó hacia delante y estudió la lista que Renee había colgado de un tablón de corcho. Era un planning de tareas con una previsión de fechas de entrega. Parecía que ella llevaba el trabajo adelantado.

Mientras Renee esperaba a que se imprimieran las más de treinta páginas del informe, sonó su teléfono móvil. Se sorprendió porque no solía recibir muchas llamadas.

—¿Diga? —saludó.

—Hola, Rennie.

Ella sonrió. Era su hermano.

—Hola, ¿qué tal todo, Teddy?

Hubo un momento de silencio y por fin él respondió.

—Te llamo por algo en concreto, Rennie.

A ella empezaron a temblarle las rodillas. Se dejó caer en su silla y cerró los ojos.

—¿Es mamá? —preguntó ella.

—No —se apresuró a responder su hermano—. Es Donald.

Renee se irguió en la silla y abrió los ojos.

—¿Qué pasa con él?

—Ha telefoneado aquí preguntando por ti. Dice que acaba de obtener el divorcio y que quiere casarse contigo.

—¿Y tú qué le has dicho?

—Que no sabía dónde estás.

—Gracias, Teddy.

—No me las des todavía, Rennie. Ha dicho que sabe que siempre pasas el día de Acción de Gracias con nosotros, así que tiene pensado presentarse aquí para ver si puede hablar contigo.

–Entonces no iré, Teddy. Si él me ve sabrá que estoy embarazada de él –dijo ella, y bajó la voz al darse cuenta de que no estaba sola.

–Pues no vengas. Deja que yo me ocupe del señorito. Y si se pone tonto conmigo, tendré que darle una paliza. Luego ya se me ocurrirá algún cargo del que acusar a ese bastardo mentiroso.

Renee sonrió. Su hermano era policía y se puso furioso cuando ella le descubrió la doble vida de Donald.

–Os echaré de menos a todos –dijo ella apenada.

–Nosotros también te echaremos de menos a ti. Pero nos veremos en Navidad. Ahora voy a tener más tiempo, así que iremos a verte a Virginia. Los niños han estado diciéndome que quieren visitar Williamsburg.

–A mí también me gustaría ir.

–Entonces lo haremos. Pasaremos a recogerte el viernes por la tarde y te llevaremos de vuelta el lunes por la noche.

–De acuerdo, Teddy.

–Te llamaré si aparecen nubes por aquí.

Renee se mordió el labio inferior.

–Ten cuidado. He visto a Donald perder los nervios más de una vez y era increíblemente brusco.

–No te preocupes por mí, tú quédate donde estás –replicó él.

–De acuerdo. Te quiero, Teddy.

–Yo también te quiero, Rennie.

Renee colgó el teléfono y recogió su informe de la impresora. Grapó las hojas y se las dio a Jeremy con manos temblorosas. Él las agarró sin apartar la mirada de Renee.

–¿Quieres que nos reunamos cuando estés mejor?

–Estoy perfectamente –se apresuró a contestar ella.

–Estás temblando.

–Estaré bien en unos minutos –le aseguró ella.

Fue a su silla y se sentó, consciente de que su jefe no le quitaba los ojos de encima. Renee inspiró hondo y soltó el aire lentamente.

–La primera página es un análisis de los tres últimos años.

Jeremy escuchó a medias lo que Renee le contaba; no lograba dejar de pensar en la conversación telefónica de ella. No había tenido intención de enterarse de la vida de Renee, pero cuando ella había dicho «si él me ve sabrá que estoy embarazada de él», había captado su atención. Era evidente que Renee no quería que el padre de su bebé supiera dónde estaba ella.

Llamaron suavemente a la puerta.

–Siento interrumpir.

Renee y Jeremy se giraron y vieron a Sheldon en la puerta, tapándola casi por completo con su imponente figura. Sheldon saludó a Renee con una inclinación de cabeza.

–Buenas tardes.

Hasta ese momento, ella no había sido consciente de lo mucho que lo había extrañado. Había echado de menos su voz, su risa envolvente y sobre todo sus cálidos abrazos. Había llegado a depender de él más de lo que hubiera deseado. Ella levantó la barbilla y le sonrió.

–Buenas tardes, Sheldon.

Jeremy estudió el crisol de emociones que cruzaron por el rostro de su padre. Su madre había fallecido cuando él tenía diez años, pero ya entonces era lo suficientemente mayor para reconocer las miradas de complicidad entre sus padres. Y la mirada que estaban intercambiando Renee y Sheldon era propia de una pareja.

Sheldon se obligó a apartar la mirada de Renee y saludar a su hijo con otra inclinación de cabeza.

–Hola, Jeremy.

–Hola, papá. Me alegro de que hayas regresado porque tengo que hablar contigo.

–Estaré en mi estudio, ven a verme cuando termines aquí.

Jeremy se giró hacia Renee.

–¿Podemos continuar en otro momento?

Ella parpadeó como si acabara de salir de un trance.

–Por supuesto.

Jeremy se puso en pie y siguió a Sheldon a su estudio. La conversación telefónica de Renee con su hermano no se le iba de la cabeza.

Llegaron a la habitación y Sheldon se sentó en su sofá preferido. Jeremy se sentó enfrente.

–¿Qué sucede? –preguntó Sheldon.

Jeremy lo observó unos instantes antes de responder.

–Ryan y Kevin quieren llevar a Jahan a las carreras de Santa Anita y de Kentucky Oaks.

Sheldon se inclinó hacia delante.

—¿Y tú no confías en su decisión?

—No es que no confíe, papá, es sólo que...

—No confías en ellos, Jeremy —insistió Sheldon—. Si lo hicieras, no estaríamos teniendo esta conversación. Ahora que me he jubilado y te he pasado la gestión de la cuadra a ti, esperaba que no cuestionaras a Ryan y Kevin en sus decisiones de si un caballo está o no preparado para una carrera. Cuando Ryan y tú decidisteis que Jahan corriera la International Gold Cup, yo lo acepté porque erais tres contra mí. Ahora son dos contra ti, Jeremy, así que tendrás que aceptar su decisión.

Jeremy se lo quedó mirando un largo momento.

—De acuerdo, papá, no me opondré a su decisión. Pero hay otra cosa de la que quiero hablarte.

Le repitió la conversación que Renee había tenido con su hermano y vio cómo la expresión de Sheldon cambiaba radicalmente delante de sus ojos. Su mirada se volvió tan dura que le pareció estar delante de un extraño.

—Dime algo, papá —le rogó, preocupado.

En voz baja y lentamente, Sheldon le contó lo que Renee le había contado de su relación con Donald Rush.

—¿Sabes algo de ese tipo? —le preguntó a su hijo.

—Sé que es uno de los pioneros de la industria de los videojuegos.

—¿Esos videojuegos con los que juega Sean?

—Sí —asintió Jeremy—. Papá, ella no quiere que él la encuentre.

–Y no lo hará, al menos no mientras ella esté aquí. Si él pone un pie en el perímetro de la granja, le dispararemos.

–¿Y qué vas hacer? ¿Tenerla como si fuera un rehén?

Sheldon negó con la cabeza.

–No, voy a protegerla. Quiero que aumentes la seguridad en el perímetro de la propiedad.

–¿Puedes proteger a Renee de un hombre que puede acudir a juicio para reclamar la custodia de su hijo, un hijo que puede probar que es suyo?

–No –admitió Sheldon.

–Sé otra forma en la que puedes proteger a Renee sin tener que convertirte en su guardaespaldas ni tener que disparar a su ex novio –dijo Jeremy.

–¿Cuál?

Jeremy lo observó unos instantes y se armó de valor.

–Cásate con ella.

Esperaba una contestación brusca, pero su padre lo miró con tanto dolor que Jeremy se arrepintió de haber hecho la sugerencia.

–No puedo hacer eso –dijo Sheldon con la vista clavada en el suelo–. No sería un buen marido para ella.

–¿Lo dices porque ella está embarazada de otro hombre?

–No, no tendría ningún problema en criar al bebé como si fuera mío.

–¿Entonces, por qué?

Sheldon adoptó una expresión melancólica.

–No estuve al lado de Julia cuando me necesitó. Tu madre se descubrió un bulto en el pecho y le hicieron una biopsia sin que yo me enterara. Cuando ella descubrió que era maligno, le hizo jurar al médico que no lo revelaría.

Jeremy abrió mucho los ojos.

—¿Y por qué ella no quiso decirte nada?

—Porque sabía que yo habría dejado de entrenar a Boo-yaw. Y ella sabía lo mucho que yo quería ganar el Derby.

—Pero papá... no puedes culparte por algo sobre lo que no podías hacer nada.

Sheldon se cubrió el rostro con las manos.

—Las señales estaban ahí, hijo, pero yo estaba demasiado metido en mis cosas como para darme cuenta.

Jeremy se acercó a él y le puso una mano en el hombro.

—Lo que pasó con mamá es parte del pasado y no puede remediarse. Pero ahora tienes una segunda oportunidad para hacerlo bien.

Sheldon levantó la cabeza bruscamente.

—¿A qué te refieres?

Jeremy se puso en pie y se dirigió hacia la puerta. Dudó un instante, pero decidió continuar:

—Mira lo que tienes y lo que podrías esperar tener.

Sheldon se repitió las crípticas palabras de Jeremy, negándose a aceptar lo evidente. El tiempo fue pasando y, cuando por fin salió de su estudio, ya era de noche.

Capítulo Nueve

Renee no vio la figura sentada al final de las escaleras del porche hasta que casi estuvo encima. Si ella no hubiera estado perdida en sus pensamientos, hubiera detectado el familiar perfume a sándalo.

La llamada telefónica de su hermano la había dejado preocupada, aunque se decía una y otra vez que Donald no iría a buscarla. Después de todo, ella era una más de las múltiples mujeres con las que él había salido y con quien había vivido, una más de las estúpidas mujeres que habían creído que podrían convertirse en su esposa.

La única diferencia entre ella y el resto de mujeres era que a Donald le había llevado más de un año conseguir que ella accediera a salir con él. Y una vez que lo hizo, pasaron seis meses más hasta que ella accedió a acostarse con él. Ella estaba convencida de que él se daría por vencido, pero él siguió yendo tras ella. Después de dieciocho meses juntos, Renee se creyó que él decía en serio lo de tener un futuro juntos. Pero lo que no sabía era que durante una semana salvaje en Las Vegas, él se había casado con una *showgirl*.

–¿Qué estás haciendo aquí? –preguntó ella en un susurro.

–Vivo aquí.

Renee sintió que se le encendían las mejillas.

–Ya sé que vives aquí, Sheldon, pero no esperaba encontrarte sentado en las escaleras del porche.

–Estaba esperándote para hablar contigo –dijo él, y se dio unos golpecitos en las rodillas–. Por favor, siéntate.

Ella negó con la cabeza.

–No puedo. Tengo que cambiarme para la cena.

Él la agarró por la cintura y la sentó en su regazo. Renee intentó levantarse, pero él no la dejó.

–Por favor, Renee, concédeme sólo unos minutos –le rogó él.

Renee se relajó y se recreó en las poderosas piernas de él y en su abrazo protector. Desde luego, había echado de menos sus abrazos; había echado de menos a Sheldon.

–¿De qué quieres hablar?

–De lo que sucedió hace dos semanas.

Ella se puso rígida unos momentos, pero respiró hondo y se relajó de nuevo.

–¿Qué ocurre con eso?

Sheldon la besó el fragante pelo.

–Quiero pedirte perdón por si sentiste que yo no te apoyaba lo suficiente.

–Lo único que yo te pedí fue que fueras mi amigo y que me apoyaras en los momentos buenos y en los malos, pero en lugar de eso me encontré con un amante.

–Cariño, yo soy tu amigo... tu amigo, tu amante y tu protector. Quise decirte que no hicieras caso de Susanna y Valerie, pero estabas demasiado enfadada conmigo para poder razonar. Ellas dijeron lo que dijeron porque te tienen envidia.

–No pueden tener envidia de mí, Sheldon.

Él la besó en el cuello.

–Pues la tienen, cariño. No podemos controlar lo que otras personas piensan o dicen, pero si algo de lo que dijeron sobre ti en el tocador llega a mis oídos, que se preparen.

Él le rodeó la cintura con los brazos y reposó sus manos sobre el vientre de ella. Ella cubrió las manos de él con las suyas.

–No te lo conté para que te enfrentaras a ellas, sólo quería que supieras por qué no quiero acudir a más fiestas contigo.

–No tienes que... –comenzó él, y de pronto enmudeció al sentir un movimiento en el vientre de ella y su expresión se suavizó–. ¿Cuándo ha empezado a dar pataditas?

Renee le sonrió.

–La semana pasada, pero eran muy suaves. Cada vez son más fuertes.

–Es una pequeña muy inquieta –comentó él con una amplia sonrisa.

–Duerme por el día y se despierta por la noche, y entonces se pone a hacer volteretas.

–¿Y no te deja dormir?

–A veces no –respondió Renee, apartándole la mano–. Tengo que arreglarme para la cena.

Se levantó del regazo de él y él también se puso en pie.

–Te espero en el comedor.

–No voy a cenar aquí.

121

–¿Vas a salir?

–Sí.

–¿Fuera de la granja?

–¿Por qué?

Sheldon se cruzó de brazos y decidió ser sincero.

–Jeremy me ha contado tu conversación telefónica.

–Él no tenía ningún derecho a revelarte una conversación personal.

–Si era tan personal, podrías haberle dicho a tu hermano que llamara después o haberle pedido a Jeremy que saliera del despacho.

Renee puso los ojos en blanco.

–Uno no le pide a su jefe que salga del despacho para tener una conversación privada por teléfono en horas de trabajo. Además, él no debería haberte contado mis asuntos personales.

–Jeremy me lo ha contado porque, mientras vivas y trabajes aquí, tú eres asunto mío. Tú, treinta y cinco personas más, treinta y seis si contamos a tu bebé, y mil millones de dólares en caballos. No lo olvides, Renee. Si vas a salir de la granja, irás acompañada por mí o por alguien armado. Ya hemos aumentado la seguridad en toda la propiedad. Y ahora, voy a preguntártelo de nuevo, Renee: ¿vas a cenar fuera de la granja?

Hubo un silencio tenso mientras ella luchaba por controlar sus emociones. Después de la llamada de su hermano, ella se había obligado a no pensar en Donald. Si él se había divorciado para pedirle matrimonio a ella, ¿creería que ella iba a casarse con él?

Pero ella no lo haría ni aunque estuviese embaraza de quintillizos. Porque se había enamorado de otro hombre, un hombre que se había convertido en su amigo, su amante y su protector.

–No, Sheldon, no voy a cenar fuera de la granja.

Él se acercó y la besó dulcemente en los labios.

–¿Quieres que te espere levantado?

Renee quiso advertirle que estaba siendo muy controlador, pero en lugar de eso le dirigió una sonrisa traviesa. Estaba claro que él quería asegurarse de que ella estaba a salvo.

–Sólo si tú quieres. Quizás cuando regrese podríamos pasar la noche juntos...

Sheldon soltó una carcajada vibrante y contagiosa.

–Estoy deseando que llegue ese momento, princesa.

Ella se puso de puntillas, lo besó en la mejilla y luego se dirigió a su habitación. Kelly, Tricia y Beatrice Miller la habían invitado a cenar con ellas y a jugar después una partida de cartas.

Renee llamó al timbre de la casa de Kelly y Ryan y, al ver que la puerta estaba abierta, entró en la casa, llena de luz y de aromas deliciosos.

Tricia acudió a darle la bienvenida con una amplia sonrisa.

–Hola. Ven a la cocina.

Renee advirtió que Tricia tenía el pelo más largo que cuando la había conocido. Era una auténtica belleza y con el embarazo resplandecía cada día más.

Renee entró en la cocina y se encontró con un mar de actividad. Beatrice Miller estaba en la encimera cortando un aguacate mientras Kelly doraba una alitas de pollo en una sartén. La hija de cuatro meses de Kelly, Vivienne, estaba en una trona y Tricia le iba dando de comer.

Las cuatro mujeres, de edades comprendidas entre los treinta y tantos y los sesenta años, intercambiaron cálidas sonrisas.

—Gracias por venir —dijo Kelly.

—Gracias por invitarme —respondió Renee—. ¿Puedo ayudar en algo?

Kelly negó con la cabeza.

—Esta primera vez no, hoy eres nuestra invitada. Pero la próxima vez podrás hacer algo más agotador, como poner la mesa.

Renee se sonrojó.

—Que esté embarazada no quiere decir que no pueda moverme.

—Aún no —dijeron al unísono Kelly y Tricia.

Kelly contempló el vientre redondeado de Renee.

—Para cuando estés a punto de dar a luz, no serás capaz ni de atarte los cordones.

—Dejad de meteros con ella —les regañó Beatrice amablemente—. Está llevando el embarazo bastante bien.

—¿Cuándo está previsto el parto, Renee? —preguntó Tricia.

—El tres de marzo.

—Yo estoy para principios de julio, pero ya no me sirven los pantalones —comentó Tricia.

124

Kelly miró a su cuñada.

–Te dije, incluso antes de que supieras que estabas embarazada, que había soñado que sostenías tres peces. Y eso significa que vas a tener trillizos.

Tricia puso los ojos en blanco.

–Tú y tus sueños...

–Yo ya sé seguro que voy a tener uno solo –señaló Renee.

–¿Niño o niña? –le preguntó Beatrice.

–Niña.

Kelly aplaudió.

–Fabuloso, así Vivienne tendrá alguien de su edad con quien jugar.

–¿Puedo darle de comer? –preguntó Renee antes de darse cuenta de lo que decía.

–Claro que sí –le respondió Tricia.

–¿Dónde puedo lavarme las manos?

–El aseo está por ahí –le indicó Tricia.

Renee salió de la cocina y las otras tres mujeres intercambiaron miradas de complicidad.

–Ella va a necesitar práctica antes que tú, Tricia –le susurró Kelly a su cuñada.

Renee regresó y ocupó el sitio de Tricia. Vivienne Blackstone era un bebé precioso. Había heredado la belleza de su madre y el pelo rizado de su padre. Y los ojos grises de su abuelo.

Después de una deliciosa cena y una animada partida de cartas, Kelly y Tricia se convirtieron en unas buenas amigas de Renee. Beatrice les daba sabios consejos y a Renee le recordó a su madre.

Ryan y Sean habían regresado hacía un rato de cenar en la casa principal y habían acostado a Vivienne, dejando a las mujeres tener su noche.

—¿Dónde aprendiste a jugar al *bidwhist*? —le preguntó Kelly a Renee, repartiendo cartas nuevamente.

—Solía ver cómo jugaban mi madre y mis tías. ¿Y tú cómo aprendiste?

Kelly sonrió.

—De mi madre. Ella y sus amigas de la universidad solían juntarse los domingos por la tarde a jugar.

—A mí me enseñó mi abuela —comentó Tricia.

Beatrice se dirigió a Renee.

—¿La gente joven sabe jugar al *bidwhist*?

—No lo creo —respondió Renee—. Las estudiantes negras que hacían prácticas en mi bufete no lo conocían.

—Es una pena —intervino Tricia—. Supongo que tendremos que mantener la tradición nosotras.

—Tienes razón —coincidió Kelly—. Si Sheldon y sus amigotes pueden irse a su cabaña a jugar al póker, fumar puros y beber cerveza en su fin de semana de reunión anual, sugiero que nosotras nos juntemos otro mes y juguemos al *bidwhist*.

Tricia miró a la prometida de su abuelo.

—Cuando mi abuelo ha regresado esta tarde de ese fin de semana, ¿te ha parecido que había fumado?

Beatrice negó con la cabeza.

–No. Gus asegura que no ha probado ni una calada y Sheldon tampoco. Además, Sheldon les dijo a los otros dos que no podían fumar dentro de la cabaña.

–Tienen que dejar los puros y la cerveza. En dos días se terminan un barril entero –gruñó Tricia.

–¡No me lo puedo creer! –exclamó Renee–. Eso es mucha cerveza.

–¿Por qué no se lo dices a tu hombre? –le dijo Tricia.

Renee abrió mucho los ojos.

–¡Sheldon no es mi hombre!

Kelly enarcó una ceja.

–Yo no he dicho que fuera Sheldon. ¡Te he pillado! –bromeó, apuntando a Renee con el dedo.

–¿Mi suegro es «tu hombre», Renee? –canturreó Tricia en tono de broma.

–No pienso contestar –dijo Renee también en broma.

Kelly y Tricia chocaron sus manos mientras vitoreaban «¡Boo-yaw!» al unísono. Renee rió hasta que le dolieron los costados.

Renee seguía con una sonrisa cuando llegó a su casa y encontró a Sheldon esperándola en el porche, en el balancín. Él se puso en pie y abrió los brazos y ella se fundió en su abrazo. Allí se sentía segura, mucho más de lo que se había sentido nunca. Mucho más que cuando había dormido en la lujosa mansión de Miami Beach con sus avanzados sistemas de seguridad.

Se separó ligeramente de Sheldon y lo miró.

–¿Estás listo para pasar la noche conmigo? –le preguntó con una sonrisa.

Él le devolvió la sonrisa.

–Sí, lo estoy.

Antes de que ella se diera cuenta, Sheldon la levantó en brazos y entró con ella en la casa. Luego echó el cerrojo a la puerta y subió a la planta de arriba. Se detuvo a mitad del pasillo y miró a Renee con una ceja enarcada. Todas las veces que habían hecho el amor, había sido él quien había acudido al terreno de ella, salvo la primera noche, que lo habían hecho en la cabaña. Sin embargo, no podían posponer para siempre el momento de plantearse qué había realmente entre ellos. Él necesitaba saber si ella deseaba tanto que él formara parte de su vida como él lo deseaba de ella.

–¿Tu cama o la mía?

Renee supo lo que Sheldon sentía en aquel momento: las dudas, las preguntas de hacia dónde se encaminaba su relación y si lo que compartían era algo más que una cama y pasión.

Ella cerró los ojos y sonrió.

–La tuya.

Sheldon la besó en la frente. Y en ese mismo momento, todo lo que hacía a Renee Wilson ser quien era, se convirtió en parte de él.

Él había necesitado tres días lejos de ella, tres días en los cuales se había juntado con sus mejores amigos en su refugio, para recordar lo que tanto echaba de menos en su vida.

La «pandilla salvaje», como se llamaban a sí

mismos, eran amigos de hacía muchos años que abandonaban la cuadra durante un fin de semana para hacer «cosas de hombres»: pescaban, iban de caza, cocinaban, fumaban puros, bebían cerveza, recordaban anécdotas de guerra y hablaban de las mujeres a las que habían amado y que habían perdido. Esos hombres eran los hermanos que Sheldon siempre había querido tener y nunca había tenido. Eran sus confidentes y su conciencia.

Sin embargo, ese año había sido diferente. A pesar de que habían llevado mujeres a la cabaña, ninguna de ellas había logrado entrar en esa parte de él que ansiaba algo más que una descarga a nivel físico. Ninguna de ellas había sido capaz de despertar su amor.

Entonces, él había dejado de intentar comprender por qué Renee había aparecido en su vida embarazada de otro hombre, por qué había sido ella y no otra mujer sin un pasado que tuviera tanto peso. Tampoco sabía por qué se sentía tan impotente cuando pensaba en lo que ella más necesitaba, un marido. Las palabras de Jeremy se le habían grabado a fuego en el cerebro: «Mira lo que tienes y lo que podrías esperar tener».

Él tenía suficiente dinero como para que le durara hasta ser un anciano, había traspasado el legado de las carreras de caballos a la siguiente generación y había reservado diez mil acres de tierras de primera calidad para sus nietos. Tenía todo lo que un hombre podía desear... todo, salvo una mujer con la que compartir su futuro y sus sueños de aquella segunda mitad de su vida.

Cada vez que quería pronunciar las palabras que más deseaba oír una mujer, morían en sus labios.

Él recordaba a su madre en su lecho de muerte cuando le rogó a su padre que se casara con ella antes de su último suspiro. Y, aunque James Blackstone sabía que iba en contra de la ley y podía haber terminado en la cárcel, se había casado con la mujer a la que amaba.

«Deja de tener miedo», le susurró una voz interior. Renee no era Julia ni él tenía treinta y dos años y era un padre soltero con dos niños pequeños que dependían de él en todo momento. «Cásate con ella», continuó la voz. Si se casaban, Renee y su hija se convertirían en unas Blackstone, un apellido con renombre e influencia.

Sheldon entró en su dormitorio con Renee en brazos y la dejó en la enorme cama. En la chimenea ardía un romántico fuego.

Lenta y seductoramente, Sheldon desnudó a Renee. Ella se recreó en sus caricias con los ojos cerrados. Él recorrió su vientre redondeado y sus senos cada vez más llenos. Deslizó una mano entre sus rodillas y la subió hasta el centro de su calor, tocándola de tal manera que ella no podía estarse quieta.

Renee le agarró la mano y la detuvo, incapaz de contener los gemidos de placer. Si Sheldon no la poseía pronto, todo se acabaría en segundos. Él introdujo un dedo en su interior y fue su turno de gemir cuando sintió cómo se convulsionaba la carne que lo abrazaba.

Sheldon retiró la mano y se desvistió. Se

tumbó junto a Renee y la colocó de costado suavemente. Luego se introdujo en su interior y los dos gimieron de placer al convertirse en un solo cuerpo.

«Estoy en casa», sintió Renee. Y no se trataba de la modesta casita del barrio de Miami en la que se había criado, ni del cochambroso apartamento en el que había vivido con su madre y su hermano tras la muerte de su padre; tampoco era el pequeño apartamento que se había comprado después de tener dos trabajos al día para ahorrar lo suficiente para poder pagar la entrada; y desde luego no era la mansión de la playa con lujosos yates pasando por delante. Sheldon Blackstone era su hogar y todo lo que eso representaba: sentirse amada, a salvo, cómoda y protegida.

Renee cerró los ojos y se olvidó de todo salvo del hombre que estaba a su lado. Se le aceleraron el corazón y la respiración. Ella sintió un calor abrasador y luego un frío extremo. Sheldon marcaba un ritmo rápido primero y lento después, de nuevo rápido y así sucesivamente hasta que el éxtasis supremo la inundó y la hizo estremecerse sintiendo que se desvanecía para recomponerse de nuevo, exhausta y satisfecha.

Sheldon apretó la mandíbula mientras se debatía en su interior. No quería dejar de sentir aquel placer que lo estaba volviendo loco, quería prolongar aquella multitud de sensaciones para siempre. La pasión que Renee despertaba en él lo elevaba a unos niveles de placer que él nunca había experimentado antes con ninguna mujer. Sheldon aumentó el ritmo y la fuerza de los empujones, consciente de la pequeña que crecía dentro de Renee, y de pronto se quedó inmóvil mientras vertía su pasión en aquella mujer y se olvidaba de todo por unos instantes.

Se quedaron tumbados un rato, sin moverse, mientras recuperaban la respiración y el ritmo normal de sus latidos. Luego Sheldon tapó sus cuerpos brillantes de sudor con una sábana y se sumieron en un profundo sueño satisfecho.

Capítulo Diez

Renee se levantó de la cama de Sheldon temprano el día de Acción de Gracias, a finales de noviembre, y fue a ducharse y vestirse a su antigua habitación. No había vuelto a dormir allí desde la noche de la cena con Kelly, Tricia y Beatrice.

Su rutina diaria había cambiado desde que dormía en la cama de Sheldon: se acostaba antes y se levantaba antes también. Siempre que el tiempo lo permitía, daba un paseo matutino. Era evidente que Sheldon había incrementado la vigilancia de seguridad en la granja porque ella de vez en cuando veía a un jinete con un rifle en su regazo o cruzando su pecho.

Renee se puso un ancho suéter, unas mallas, botas y una gorra y se dispuso a dar su paseo diario. Aunque era día de fiesta a nivel nacional, en la cuadra nunca se descansaba. Los caballos tenían que ser lavados, cepillados y trabajados como todos los días.

Renee había ganado peso en el embarazo y eso hacía que le doliera la espalda, pero desde que había comenzado su rutina de caminar todos los días, se le había suavizado el dolor.

Cuarenta minutos y kilómetro y medio más tarde, Renee se detuvo delante de uno de los establos donde vivían los caballos de carreras. Varios mozos de cuadra estaban lavando con mangueras a los animales. Renee espió a Shah Jahan, inmóvil mientras recibía el torrente de agua sobre su brillante pelo negro. Contempló maravillada su largo cuello, su noble cabeza y sus inteligentes ojos. Era un animal imponente. Jahan había participado en dos carreras más desde la International Gold Cup y en todas había llegado el primero. Renee recordaba la ficha con las estadísticas de Shah Jahan:

Propietario: Cuadra Blackstone.
Entrenador: Kevin Manning.
Padre: Ali Jahir.
Madre: Jane's Way.
Carreras: 3.
Victorias: 3.
Valorado en: 1,2 millones de dólares.

Lo que tenía impresionados a los entendidos de las carreras de caballos era que Shah Jahan no tenía ni siquiera dos años.

Renee saludó a los mozos y entró en el establo. El sonido de la limpieza de los boxes reverberaba en la nave. El dulce olor a heno enmascaraba el olor a sudor, estiércol y orina. Renee se hizo a un lado justo a tiempo para no pisar una bola de pelo blanco y negro que se había lanzado contra sus pies. Ella se agachó y levantó al cachorro, que gimoteó intentando soltarse.

–¿Y tú de quién eres? –le preguntó.

–De nadie, señorita Renee.

Renee se giró y vio a Peter McCann, un adolescente que sería muy guapo cuando el acné lo abandonara.

–¿Es un perro callejero? –le preguntó ella.

Peter asintió.

–Su madre parió una camada hace unas seis semanas. El señor Jeremy Blackstone ya ha regalado cuatro, éste es el último que queda. Lo acaban de vacunar.

Renee sonrió ante los enormes ojos negros que la observaban.

–¿De qué raza es?

–De ninguna en concreto, es un chucho –contestó Peter–. Su madre era parte labrador y parte perro pastor. No sabemos quién es el padre. Seguramente Lady Day se dio un paseo fuera de la cuadra buscando un macho y no regresó hasta que estaba a punto de parir. Ahora que ya no está dando de mamar, el doctor Blackstone va a esterilizarla porque dice que ya hay suficientes perros en la cuadra para hacer compañía a los caballos.

Sheldon le había explicado a Renee que la mayoría de las cuadras tenían perros o cabras como mascotas para los caballos estabulados porque los equinos necesitaban compañía. Renee se sintió unida al cachorro en seguida.

–Creo que voy a llevármelo a casa.

–Va a ser un perro grande, señorita Renee. Mírele las patas.

Renee las observó detenidamente. Eran bastante largas para un cachorro tan pequeño.

–Si tiene parte de perro pastor, se adaptará a vivir fuera de la casa.

–Ninguno de los perros de la cuadra duerme en ninguna casa, salvo cuando nieva. Si va a llevárselo, le traeré una correa. Y cuando termine mis tareas, le llevaré comida.

Renee esbozó una cálida sonrisa.

—Muchas gracias.

Sólo cuando le hubo puesto la correa al cachorro, pensó Renee en la reacción de Sheldon. ¿Y si él no quería tener un perro en su casa? Ella no tenía mascota desde que su madre se había visto obligada a vender la casa de Miami y a mudarse a un apartamento donde el casero les prohibió tener animales.

El cachorro dio un par de pasos, se detuvo y se sentó. Renee lo tomó en brazos y lo acurrucó contra su pecho.

Ella acababa de pasar la casa de Tricia y Jeremy cuando vio a Sheldon caminando hacia ella. Renee esbozó una sonrisa sensual: él tenía una forma de caminar de lo más sexy, erguido y moviendo los hombros ligeramente de un lado a otro. Iba vestido con una camisa de franela, vaqueros y botas y estaba arrebatador. Ella lo había visto vestido de etiqueta y a lo vaquero y le gustaba más de la segunda forma, destacaba más su belleza natural.

Ella se detuvo, sonrió y esperó a que él la alcanzara. Pero su sonrisa se desvaneció cuando vio la expresión seria de él.

—Buenos días —le saludó ella.

Sheldon la recorrió con la mirada y se detuvo momentáneamente en el cachorro.

—Creí que, como hoy no era día laborable, te quedarías en la cama hasta que hubiera amanecido.

–Me gusta levantarme temprano y dar un paseo.

–¿Y por qué no me has esperado para que te acompañara? –preguntó él en tono más suave.

–No quería despertarte.

–Despiértame, Renee.

–De acuerdo, Sheldon, te despertaré.

Él señaló el cachorro.

–¿Qué llevas ahí?

–Es una mascota.

Él enarcó las cejas.

–¿Una mascota?

–Nuestra mascota, Sheldon.

Él se cruzó de brazos.

–¿He dicho yo en algún momento que quisiera una mascota?

Renee negó con la cabeza.

–No. Pero, si voy a vivir contigo, se convertirá en *nuestra* mascota –le dijo ella, y lo miró–. ¿No te gustan los animales?

Sheldon la miró sin dar crédito.

–Si no me gustaran los animales, ¿para qué iba a dedicarme a los caballos? No me opongo a que tengas un perro, pero ¿quién va a cuidar de él cuando nos vayamos?

–¿Irnos adónde?

–Había pensado llevarte a la cabaña este fin de semana. Dijiste que querías aprender a pescar.

–¿No podemos llevárnoslo con nosotros, Sheldon? Por favor... –rogó ella cuando lo vio fruncir el ceño.

Sheldon intentó reprimir una sonrisa, pero no lo consiguió.

–De acuerdo, princesa. Puedes llevar a *nuestra* mascota a la cabaña.

Ella se acercó a él y le rodeó la cintura con el brazo que le quedaba libre. Él tenía algo sujeto por la espalda. Era una pistola.

–Sheldon... –murmuró ella.

Él le agarró la mano y la apartó del arma.

–No te preocupes, pequeña.

–Pues claro que me preocupo. No me gustan las armas.

–A mí tampoco –replicó él–. Pero a veces son un mal necesario.

Ella dio un paso atrás.

–No quiero ni verla.

–Entonces camina delante de mí y no la verás.

Renee se colocó delante de Sheldon. Podía sentir la mirada de él en su espalda.

–No sé cómo llamar al cachorro.

–¿Es un macho? –preguntó él, y la vio asentir–. ¿Qué te parece Parche?

–¿Y eso cómo se te ha ocurrido?

–Porque parece que lleva un parche negro sobre un ojo.

Renee no se había dado cuenta de eso.

–Parche Blackstone, me gusta cómo suena –dijo ella.

–Va a necesitar comida.

–Peter me ha dicho que luego llevará su comida a la casa.

Sheldon sacudió la cabeza. Tres meses antes, él vivía solo. Y últimamente no sólo compartía su casa y su vida con una mujer, además iba a hacerlo con un perro.

–Intenta educarlo cuanto antes a que haga sus necesidades en el exterior porque no quiero que Claire tenga más trabajo.

–Yo limpiaré lo que él ensucie.

–No lo harás.

–¿Por qué no, Sheldon? Es mi mascota y por tanto mi responsabilidad.

–No tienes por qué pasarte el día limpiando heces de perro. Yo lo haré.

Renee se puso rígida.

–No lo harás.

–Pues entonces, deshazte del maldito perro.

Ella se detuvo, se giró hacia Sheldon y se acercó a él.

–No voy a discutir contigo, Renee –le advirtió él con voz suave.

Hubo algo en su expresión que detuvo a Renee de protestar.

–Yo tampoco contigo –dijo ella al fin.

Luego se dio media vuelta y continuó caminando. Si él no estaba dispuesto a discutir, ella no podía defender su punto de vista.

Renee se sentó junto a Sheldon en la mesa principal del comedor para la cena de Acción de Gracias. Cada mesa estaba decorada con elementos propios de la estación: pequeñas calabazas, piñas y agujas de pino... Los manteles naranjas y amarillos habían sustituido a los habituales blancos. Una suave música sonaba por los altavoces creando una atmósfera acogedora.

Renee había desayunado poco porque quería reservarse todo el apetito para la cena. Al poco de sentarse, Kevin Manning, su esposa y su sobrina Cheryl se unieron a ellos.

Cheryl, a sus diecinueve años, se había convertido en una celebridad en el mundo de las carreras de caballos. Medía apenas un metro y medio y pesaba cuarenta y cinco kilos.

Ryan Blackstone se puso en pie y esperó a que se hiciera el silencio en la sala.

—Buenas tardes —comenzó sonriente—. Al contrario que mis queridos padre y hermano, mi discurso será breve y amable, porque yo no sé vosotros, pero yo tengo tanta hambre que me comería un caballo.

Un murmullo de siseos y abucheos recorrió la sala.

—Por supuesto, nunca me comería uno de nuestros caballos.

La gente prorrumpió en aplausos. Ryan se puso serio.

—Hablando en serio, este año tenemos muchas cosas que agradecer. Doy gracias por nuestras familias, las cercanas y sus extensiones. También tenemos que agradecer a Kevin y a Cheryl sus increíbles éxitos. Y damos la bienvenida a los nuevos miembros de nuestra familia —dijo, y sonrió a Renee y Beatrice—. Me gustaría también agradecer a mi hermano su duro trabajo y su apoyo incondicional ahora que nos preparamos para una nueva generación de logros en la cuadra Blackstone. Quiero agradecer a mi padre por haber estado siempre, no sólo junto a mí, sino junto a todos nosotros. Ha sacrificado mucho para convertir la cuadra Blackstone en lo que es hoy en día y por eso estoy seguro de que será recompensado de formas que no puede ni siquiera imaginar.

Ryan se detuvo un momento y contempló al auditorio.

–El año pasado, nuestras madres le pidieron a Sheldon un entorno seguro para sus hijos. Esa petición desembocó en la guardería y el centro de día infantil. Este año algunos de vosotros habéis pedido una capilla y vuestra petición se ha tenido en cuenta. Sheldon os ha regalado cinco acres de tierra en la parte norte de la granja para la construcción de una iglesia interconfesional. Hace dos días que el constructor puso los cimientos y esperamos tener terminado el proyecto para primavera.

Ryan se detuvo mientras aplausos y vítores inundaban la sala. Levantó una mano para poder seguir hablando.

–Quizás algunos de vosotros no lo sepáis, pero antes de entrar a trabajar aquí, uno de nuestros mozos fue ayudante de un pastor en una pequeña iglesia de Texas –dijo, y se dirigió a un hombre que estaba en una mesa cercana–. Reverendo Jimmy Merrell, salude a su rebaño por favor, y bendiga la comida.

La gente aplaudió sorprendida. Jimmy se puso en pie y juntó sus manos. Renee hizo lo mismo sobre su regazo y le invadió la calidez cuando Sheldon colocó una de sus manos sobre las suyas.

Ella tenía muchas cosas que agradecer ese año: la pequeña que se movía vigorosamente en su interior; el amor del hombre que estaba a su lado; el amor y la felicidad que había encontrado su madre después de tantos años; y que su hermano la hubiera apoyado tanto cuando ella había acudido a él.

El rezo terminó y la cena comenzó. Renee comió tanto que ya no pudo probar el postre. Aunque al final se llevó un poco de la deliciosa tarta de batata para saborearla en el viaje hacia la cabaña de las montañas.

Sheldon acunó a Renee en su pecho mientras contemplaba el fuego en la chimenea y sonrió dulcemente. Era un escenario perfecto: una mujer y un hombre juntos en la cama mientras su perro dormía frente a la chimenea.

Había querido ir con Renee a la cabaña porque necesitaba alejarse de la cuadra, pero sobre todo porque quería estar a solas con ella. Esperaba poder ser capaz de afrontar sus temores y aclarar sus sentimientos hacia ella. Él sabía que desde el primer momento había sentido algo especial hacia ella, pero no podía imaginar que se iba a enamorar de una mujer que llevaba en su vientre el fruto del amor por otro hombre.

Una vez que él se había recuperado de la conmoción al enterarse de que ella estaba embarazada, ese hecho se había vuelto insignificante. Kelly se había casado con Ryan y se había convertido en madre de Sean, hijo de Ryan de su anterior matrimonio. Kelly había adoptado a Sean un año después.

Sheldon cerró los ojos y suspiró suavemente. Si él se casara con Renee antes de que naciera

142

su hija, la pequeña se convertiría automáticamente en una Blackstone.

–¿Has pensado ya en algún nombre para la pequeña?

Renee se removió sobre el pecho de Sheldon.

–Estoy pensando en llamarla Virginia porque era el nombre de mi abuela. También me gustan Sonya y Hannah.

–Todos son nombres de mujeres fuertes –señaló él.

–Ya que voy a tener que criarla yo sola, va a tener que ser una chica fuerte –comentó Renee, contemplando el fuego.

–Yo te ayudaré, cariño.

Ella se quedó inmóvil.

–¿Cómo?

–Yo te ayudaré a criarla. Sé que he cometido errores con Ryan y Jeremy, pero han resultado unos buenos chicos. Estoy muy orgulloso de ellos.

Renee negó con la cabeza.

–No, Sheldon. No puedo pedirte eso.

–¿No me pediste que os protegiera a ti y a tu bebé?

–Que nos protegieras sí, no que asumieras la responsabilidad de criarlo.

Sheldon sintió una opresión en el pecho mientras digería las palabras de Renee. Ella le permitía ser una parte de su vida, pero no participar de ella. La historia volvía a repetirse: Julia se había casado con él, le había dado dos hijos, pero le había ocultado una parte de su vida, le había ocultado su enfermedad hasta que había sido demasiado tarde.

¿Estaba él destinado a repetir el mismo error? ¿Se había enamorado de una mujer como Julia? Había llegado su momento de esconder sus sentimientos hacia Renee. Se había enamorado de ella y seguramente siempre la amaría, pero era algo que nunca le confesaría ni a ella ni a nadie.

Le acarició el hombro.

—Será mejor que durmamos un poco porque mañana tenemos que levantarnos muy temprano para ir a pescar.

—Arriba, dormilona. Es hora de levantarse.

Renee murmuró algo, pero no se despertó. Sheldon insistió.

—Renee...

Ella abrió los ojos. ¿Dónde estaba? Se tumbó boca arriba y vio a Sheldon inclinado sobre ella.

—¿Qué hora es?

—Las cuatro de la madrugada —susurró él con una sonrisa—. Salgamos a pescar mientras los peces pican.

Ella no se movió. Él le acarició la oreja con la nariz.

—Como quieras, princesa. Pero si soy quien pesca los peces, tú tendrás que limpiarlos.

Renee se incorporó de un salto. Odiaba limpiar pescado.

—No. Dame unos minutos y estaré lista.

Sheldon la observó meterse en el baño. Ella se movía más lentamente que antes. Él ahogó un bostezo. Había pasado toda la noche sin poder dormir preguntándose si había obligado a Renee a vivir con él. El bungalow estaba a punto de ser reconstruido y él estaba planteándose darle la opción de mudarse a él.

Pero al verla caminar como un pato mientras se masajeaba la espalda, se le encogió el corazón. No podía dejarla, no hasta que hubiera dado a luz.

Renee se tumbó en un banco de madera en el cuarto de baño con las piernas llenas de espuma. Sheldon se colocó a horcajadas sobre el banco con una cuchilla en la mano. Se había ofrecido a depilarle las piernas. Se colocó el pie de ella sobre el muslo.

—Relájate, pequeña. No voy a hacerte ningún corte.

—Siempre me he depilado yo sola.

Él se inclinó hacia delante y le puso una mano sobre el abultado vientre.

—Eso era antes, cuando podías doblarte hacia delante o levantar la pierna. Pero en este momento estás a merced mía.

Renee asintió mirando al techo.

—Eso es lo que temo —dijo entre risas.

Él le depiló las piernas y luego la levantó del banco y la atrajo hacia su pecho. Ella se había quejado de que le dolía la espalda y empezó a darle un pequeño masaje.

—Me siento como una ballena —comentó ella, deleitándose en el masaje—. ¿Sabes cuánto peso he ganado hasta ahora? Seis kilos.

—Pues estás preciosa —le aseguró él.

Ella le rodeó el cuello con los brazos y lo besó en la mejilla.

–Gracias. Me gustaría cocinar para ti esta noche, Sheldon.

–¿Seguro que sabes cocinar? –preguntó él medio en broma, medio en serio.

–Tú no te acerques a la cocina y verás si sé. Voy a ver lo que tienes en la nevera y en el congelador y, si no hay lo que necesito, te haré ir a buscarlo al supermercado más cercano.

–Por aquí no hay supermercados.

–¿Y dónde compras la comida?

–Suelo traerla de la granja.

–Como el barril de cerveza que tú y tus amigotes os bebéis durante vuestra reunión anual, ¿no?

–Si te cuento algo, ¿prometes no decírselo a nadie? –le preguntó él tan serio que Renee se preocupó.

–Sí.

–Normalmente sólo nos bebemos unas cuantas latas de cerveza, no todo un barril.

–Tricia dice que su abuelo fanfarronea de que gastáis un barril en el fin de semana.

–El primer año que nos juntamos compramos un barril. Lo terminamos, es cierto, pero más de las tres cuartas partes las perdimos intentando servirnos. Yo no puedo beber más de dos cervezas seguidas.

–¿Entonces todo es mentira?

Él la besó en el hombro.

–No del todo. Cuando yo dije ese año que habíamos gastado un barril todo el mundo asumió que nos lo habíamos bebido entero. Nunca nos molestamos en aclarar el malentendido porque eso destruiría la atmósfera del grupo.

¿Sabes cuántos han querido entrar en nuestra organización de élite?

Renee soltó una carcajada.

–Sois un fraude, muchachos.

–Y será mejor que nadie lo sepa –le amenazó él.

–No te preocupes, Sheldon. Guardaré vuestro secreto.

Él la tumbó sobre el banco y la besó apasionadamente. Luego la subió en brazos y la llevó hasta uno de los dormitorios de la planta baja. La tumbó sobre la cama y se colocó sobre ella pero sin aplastarla con su peso. Siguieron besándose y acariciándose, compartiendo una intimidad de la que nunca tenían bastante.

Sheldon apoyó la espalda contra el cabecero de la cama y colocó a Renee sobre él, a horcajadas, con la espalda de ella hacia su pecho. La elevó ligeramente y la penetró, y luego cubrió los senos de ella con sus manos.

Su unión duró unos minutos, pero cuando alcanzaron juntos el orgasmo fue el éxtasis más dulce que cualquiera de los dos había experimentado nunca.

Capítulo Once

Renee añadió un poco de romero recién cortado al marinado de la trucha que iba a cocinar.

—¿Me necesitas para algo antes de que suba a lavarme la cabeza? —le preguntó Sheldon, entrando en la cocina.

Sean y él habían ido a Staunton a cortarse el pelo.

Renee sonrió.

—No, me apaño bien por aquí.

Después del fin de semana de Acción de Gracias, en el que habían cocinado alternativamente Sheldon y ella, habían seguido turnándose al regresar a la granja. Él se había quedado tan impresionado con lo bien que ella cocinaba, que incluso le pedía platos especiales.

Desde que habían regresado de la cabaña, se levantaban a la vez, daban juntos el paseo matutino, desayunaban juntos en el comedor de la granja y luego regresaban a su casa. Ella había adelantado su horario de trabajo una hora, con lo cual empezaba a trabajar a las ocho y terminaba a las cuatro. Y, aunque ya no necesitaba echarse una siesta durante el día, no solía dormir seguido por la noche: en cuanto se tumbaba en la cama, el bebé comenzaba sus volteretas en su interior.

Sheldon entró en la cocina cuando Renee estaba dando los últimos toques a la comida. Ella se acercó a él y apoyó la cabeza sobre su corazón, que latía desbocado.

—¿Qué te sucede, Sheldon? —rogó ella.

Él la abrazó fuertemente mientras la acunaba.

—Te amo, Renee. Te amo, pero temo perderte.

Ella vio la tristeza en los ojos de él antes de que él la disimulara.

—¿Y por qué ibas a perderme? —replicó ella en un susurro—. Pienso quedarme junto a ti mucho tiempo.

Él le tomó el rostro entre sus manos.

—Quiero que estés en mi vida no sólo unos meses o unos años, sino siempre. Sé que puedo ser un buen padre para tu bebé, pero no confío en que pueda ser un buen marido para ti.

—¿Por qué, Sheldon?

Él le contó al oído lo que le había sucedido con Julia, la enfermedad de ella y la ambición de él de que su caballo ganara.

—Yo me dí cuenta de que ella estaba cada vez más débil, pero siempre que le preguntaba si estaba bien me aseguraba que sí. Y yo la creí como un tonto.

—Pero tú al menos se lo preguntaste, cariño. Ella eligió no decirte la verdad.

—Yo debería haber insistido.

Renee sacudió la cabeza.

—Eso no hubiera cambiado nada. Ella eligió ocultarte la verdad. Cuando eso sucede, uno no puede hacer nada.

Sheldon dejó de pensar en su pasado y se

concentró en el presente: Julia lo había engañado a él y Donald había engañado a Renee. La diferencia estaba en que Julia ya no existía y Renee sí estaba a su lado. Tenía que pedirle que se casara con él y reclamar al bebé como suyo. Pero ¿sería capaz de arriesgarse tanto?

—Sí —se dijo a sí mismo en voz alta.

Renee lo miró, extrañada.

—¿Sí, qué?

Él parpadeó como si saliera de un trance.

—¿Me amas, Renee?

Un relámpago de aprensión sacudió a Renee.

—¿Sucede algo?

—¿Me amas, Renee Wilson? —repitió él, solemne.

A ella se le aceleró el corazón.

—Sí, Sheldon Blackstone. Te amo.

—¿Me harías el honor de convertirte en mi esposa?

—Sí.

—¿Y me permitirías el honor de ser un padre para tu hija?

Renee lo miró a los ojos y se estremeció. Sheldon estaba ofreciéndole lo que ella había deseado toda su vida: un hombre al que amar y en quien confiar, un hombre que la protegiera a ella y a su bebé.

Se mordió el labio inferior para detener su temblor.

—Sí, Sheldon —respondió ella, y una deliciosa calidez la inundó cuando él la besó—. ¿Este acuerdo será un asunto estrictamente de negocios?

Él sonrió.

—Por supuesto, sólo negocios. Quiero casarme contigo antes de que termine el año, convertir una de las habitaciones del piso de arriba en la habitación del bebé y luego, cuando Virgina, Sonya o Hannah Blackstone tenga por lo menos seis meses, nos iremos de luna de miel a algún lugar exótico y haremos el amor apasionadamente.

Ella soltó una risita y se acurrucó contra él todo lo que le permitía su barriga.

—No tenemos que viajar a ningún lado para hacer el amor apasionadamente.

Sheldon colocó una mano sobre el vientre de ella.

—Por una vez, me gustaría hacer el amor contigo sin que nuestra hija estuviera presente.

—Tres meses y seis semanas no es tanto tiempo.

—Tienes razón. Creo que me va a gustar tener una hija.

—Y yo estoy segura de que le va a encantar tenerte a ti como padre.

Él apoyó la barbilla en la cabeza de ella mientras le acariciaba la espalda.

—Quiero que sepas que voy a consentirla, Renee.

—De acuerdo, siempre y cuando no la conviertas en una niña mimada.

—Cenemos, luego llamaremos a Jeremy y a Ryan y les anunciaremos nuestras buenas noticias. Y después hablaremos con tu familia.

—Me gustaría casarme el día de Nochebuena.

—Y así será, princesa. Tendrás todo lo que quieras.

Desde el primer momento en que se había

bajado del coche al llegar a la cuadra, Renee había sabido que Sheldon Blackstone tenía algo especial. Tan especial, que ella se había enamorado de él a pesar de haberse prometido que nunca volvería a confiar en otro hombre.

El día de Nochebuena, la cuadra Blackstone se vistió de gala para celebrar la boda entre Renee Anna Wilson y Sheldon James Blackstone. El comedor refulgía, adornado con manteles de damasco, vajilla de porcelana, cristal de Murano, candelabros de plata y flores blancas por todas partes.

Sheldon había elegido a Jeremy para que lo acompañara al altar, y a Ryan y Sean como testigos. Renee le había pedido a su hermano que fuera su padrino, y su cuñada, Kelly y Tricia eran sus damas de honor y testigos.

Los empleados de la cuadra comenzaron a llegar a las ocho menos cuarto de la tarde y fueron sentándose en sus mesas asignadas mientras un cuarteto de cuerda tocaba conciertos de Mozart.

A las ocho en punto, las luces se atenuaron. Jeremy y Sheldon, de etiqueta, entraron en la sala y les siguieron las damas de honor. Comenzó a sonar la marcha nupcial y Renee, agarrada del brazo de su hermano, se concentró en no caerse mientras caminaba por la alfombra hacia Sheldon. Su vestido, de satén blanco inmaculado, tenía un corte imperio que disimulaba artísticamente su abultado vientre. Renee miró a su madre y sonrió.

Su hermano puso su mano sobre la de ella.

–Ya casi hemos llegado, Rennie.

En cuanto Renee le había anunciado que iba a casarse con Sheldon, Edward había telefoneado a Donald Rush y le había dicho que Renee ya se había casado. Donald le había deseado lo mejor y luego había colgado bruscamente, cerrando ese capítulo del pasado de Renee.

Ella sintió una fuerte patada en su vientre y ahogó un grito. Su pequeña había despertado a tiempo para asistir a la boda de sus padres. Miró a Sheldon llena de emoción y luego se giró hacia el reverendo Jimmy Merrell, que iba a celebrar su primera boda en la granja.

Después de medianoche, en la calidez de los brazos de su marido, Renee repasó en su mente la boda y el banquete. Los cocineros se habían superado a sí mismos y habían creado una cena pantagruélica y deliciosa.

Renee se giró de costado y colocó su mano sobre el pecho de Sheldon. Sonrió al ver brillar la alianza en su dedo. Sheldon le dio un suave apretón y rezó en silencio dando gracias por su esposa y por el bebé que llevaba en su vientre. Él tenía una segunda oportunidad para ser un buen marido. Y esa vez iba a hacerlo bien.

–¿Quieres saber algo, Sheldon?

–Dime, cariño.

–Acabo de darme cuenta de lo afortunada que soy.

–¿Por qué?

–Porque paso cada noche con mi mejor amigo.

Sheldon rió suavemente y la besó en la frente.

–Feliz Navidad, princesa.

Renee lo besó en el hombro.

–Feliz Navidad, amor mío.

Esa Navidad iban a celebrarla como marido y mujer. La próxima, serían además padres.

Epílogo

Dieciocho meses después

El fotógrafo comprobó su fotómetro y ajustó la cámara.

–Renee, por favor, acércate un poco más a tu marido. Jeremy, vas a tener que sujetar en brazos a dos de tus hijas.

Los Blackstone se habían reunido en el salón de casa de Renee y Sheldon para una foto familiar. En sólo un año y medio la familia se había incrementado con cinco miembros: Renee había dado a luz a una niña a la que llamó Virginia; Tricia y Jeremy se habían convertido en padres de trillizas que parecían miniaturas de su padre; y Ryan y Kelly habían tenido su tercer hijo, que se llamó como su abuelo, Sheldon James Blackstone II.

Virginia se removió en los brazos de Renee.

–Papá...

Sheldon la agarró en brazos y la apoyó en su rodilla. La pequeña era su mayor orgullo y alegría desde el momento en que había llegado al mundo gritando a pleno pulmón. Él la había besado, le había cortado el cordón umbilical y la había sentido como suya desde los primeros instantes de su nacimiento.

–Haz la foto de una vez –ordenó Sheldon al fotógrafo.

El hombre levantó una mano para que se estuvieran quietos. Hubo un destello del flash que dejó atónitos a los niños. Apenas se habían recuperado cuando se produjo otro destello. Esa vez se rieron mientras intentaban agarrar los círculos blancos que veían delante de sus ojos.

El fotógrafo hizo aún otra foto más que inmortalizó las sonrisas y las miradas de alegría de la siguiente generación de los Blackstone de Virginia.

DESEO

MARY LYNN BAXTER
UN AUTÉNTICO TEXANO

Grant Wilcox estaba acostumbrado a conseguir todo lo que deseaba y lo que ahora deseaba era a Kelly Baker, la bella desconocida recién llegada a la ciudad que además era una excelente abogada capaz de sacarle de una situación complicada. La relación que en principio era exclusivamente profesional no tardó en convertirse en una apasionada aventura…

JILL MONROE
CÓMO SEDUCIR AL JEFE

Era la ayudante perfecta, o al menos lo fue hasta que accedió a que la hipnotizaran durante una fiesta. De la noche a la mañana, la eficiente y recatada Annabelle Scott se convirtió en toda una seductora que se pasaba el día pensando cuál de sus atrevidos atuendos sorprendería más a Wagner Acrom, su jefe.

N.º 547

ROCHELLE ALERS
HERIDAS DE AMOR

Renee Wilson necesitaba desesperadamente conseguir ese trabajo en la granja Blackstone. No podía marcharse, pero tampoco se atrevía a quedarse con el viudo Sheldon Blackstone, ni a negar el deseo que ardía dentro de ella cuando él estaba cerca. No pasaría mucho tiempo antes de que Sheldon admitiera que, con su vulnerabilidad y su encanto, Renee estaba destruyendo la coraza de hierro con la que protegía su corazón.

DESEO
CATHERINE MANN

TODO LO QUE DESEO

El empresario Seth Jansen necesitaba una niñera temporal y Alexa Randall parecía apropiada para el puesto. Ella aceptó pasar una temporada en una exuberante isla de Florida con aquel hombre cuya pasión le hacía cuestionarse las decisiones que había tomado.

Los bebés le hacían pensar a Alexa en la familia que siempre había querido y las noches con Seth eran incomparables. El millonario podía ser el hombre de sus sueños… si no estuviera fuera de su alcance.

HONRADAS INTENCIONES

N.º 548

El comandante Hank Renshaw lo sabía casi todo sobre Gabrielle Ballard.

Casi todo salvo cómo sería acariciarla porque era la prometida de su mejor amigo. O lo había sido hasta que Kevin murió en el campo de batalla, después de hacerle prometer que buscaría a Gabrielle.

De modo que estaba en Nueva Orleans, en el apartamento de Gabrielle, viéndola darle el pecho a su bebé. No era el honor ni el sentido del deber lo que hacía que quisiera quedarse, sino el deseo que sentía por ella, así de sencillo; el deseo de tomar a la mujer a la que siempre había amado y, por fin, hacerla suya.

JAZMÍN™

JESSICA HART
CITA SORPRESA

Finn McBride, el jefe de Kate Savage, parecía sacado del mismísimo infierno; quizá fuera guapo, pero se pasaba el día entero pegado a su mesa. Sus amigas decidieron concertarle a Kate una cita a ciegas con un atractivo viudo. Pero cuando llegó al lugar de la cita ¡descubrió horrorizada que el hombre misterioso no era otro que Finn!

KAREN ROSE SMITH
UN CORAZÓN PROTEGIDO

Era alto, moreno y muy guapo; seguramente por eso Jed Sawyer estaba en boca de toda la ciudad, y Brianne Barrington era la última víctima de sus encantos. Ella andaba buscando al hombre perfecto mientras que él sufría una verdadera fobia hacia el compromiso. ¿Cómo una mujer que creía en el "felices para siempre" había conseguido arruinar sus planes de mantener una relación estrictamente profesional?

N.º 577

LUCY GORDON
EL HIJO DEL ITALIANO

El hombre con el que Becky Hanley había estado a punto de casarse acababa de volver a su vida. Habían pasado años, pero Luca Montese estaba más guapo y sexy que nunca y la atracción volvió a surgir entre ellos con una fuerza arrolladora. Pero entonces Becky descubrió que solo había regresado para tener un hijo con ella... y lo más sorprendente era que ella estaba embarazada.

BIANCA™

KIM LAWRENCE

LIBRES PARA EL AMOR

En medio del caos de una huelga de controladores en el aeropuerto, el soltero más cotizado de Madrid, Emilio Ríos, se tropezó con un antiguo amor, Megan Armstrong. En el pasado, Emilio se había doblegado a su deber como hijo y heredero, y se había casado con la mujer «adecuada», renunciando a Megan, que no era tan sofisticada.

Alejarse de ella había sido lo más difícil que había hecho en su vida, pero ahora que era libre, no iba a perder ni un minuto.

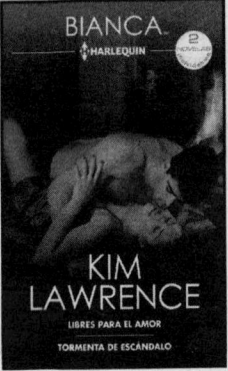

TORMENTA DE ESCÁNDALO

El corazón de Poppy se rompió siete años antes, cuando el aristocrático Luca Ranieri le dijo adiós, eligiendo el deber por encima del amor.

Ahora, Poppy se encuentra en el castillo de su abuela en Escocia, atrapada por una violenta tormenta de la que también se ha refugiado un deliciosamente desaliñado Luca.

N.º 483

Durante dos días, encerrados y solos en el castillo, Poppy vuelve a entregarle su corazón. Pero con el final de la tormenta llegará la realidad… y Luca deberá elegir de nuevo entre su deber y sus sentimientos por ella.

DESEO

A merced de Su Majestad

EL MANDATO DEL REY

JENNIFER LEWIS

N.° 228

El seductor rey Vasco Montoya era imparable. Tras enterarse de que la muestra que había donado en su juventud a un banco de esperma había sido utilizada, había decidido reclamar a su heredero y, por ende, a su encantadora madre. Stella Greco estaba decidida a proteger a su pequeña familia de aquel desconocido. Pero su vida dio un giro y no le quedó más remedio que recluirse en el reino de los Montoya para empezar de nuevo. Incluso antes de llegar, la magia del cuento de hadas de Vasco empezó a desplegarse. Claro que los finales felices no eran tan simples como un beso, por muy ardiente que fuera.

DESEO

*Estaban separados por intereses contrapuestos...
y unidos por el deseo*

UNA JUGADA
PERFECTA

KAREN BOOTH

N.º 2187

Paige Moss estaba abriéndose camino en el mundo del deporte con su agencia para deportistas femeninas de élite, pero el guapísimo Zach Armstrong, su rival más destacado, estaba dispuesto a robarle la clientela. Cuando se encontraron en una feria deportiva en Las Vegas para aclarar las cosas, la atracción que nació entre ellos condujo a una noche de pasión.

Y, a pesar de la rivalidad, no pudieron resistirse a mezclar los negocios con el placer...

BIANCA

Jamás había esperado que su escapada de dos días terminara en chantaje, matrimonio forzado y la necesidad de proporcionar un sucesor

CASADA, SEDUCIDA,
TRAICIONADA...

MICHELLE SMART

N.º 3112

Gabriele Mantegna poseía documentos que amenazaban la reputación de su familia, por lo que Elena Ricci decidió que sería capaz de hacer cualquier cosa para evitar su divulgación, incluso casarse con el hombre que terminaría traicionándola.

Sin embargo, cuando Elena comprobó cómo las caricias de Gabriele prendían fuego a su cuerpo, se preguntó qué ocurriría cuando la química que ardía entre ellos, y que los consumía tan apasionadamente como el odio que ambos compartían, diera paso a un legado que los acompañaría toda la vida...

BIANCA.

Impondría su autoridad…
quisiera ella o no

LA DESOBEDIENTE PROMETIDA DEL JEQUE

JANE PORTER

BIANCA
HARLEQUIN — JEQUES

JANE PORTER
LA DESOBEDIENTE
PROMETIDA DEL JEQUE

N.º 3108

El jeque Tair vivía según las estrictas reglas del desierto. Cuando descubrió que Tally había infringido una de esas normas sagradas, poniendo en peligro a su gente, Tair se vio obligado a actuar…

Tally se había convertido en una especie de prisionera, pero su instinto le decía que escapara… aunque cada vez que lo intentaba, el desierto se lo impedía. Y, con cada acto de desobediencia, Tair se volvía más y más firme.

Como dirigente, debía castigarla. Como hombre, la deseaba con todas sus fuerzas…